Rainer Wekwerth

Damian

Die Stadt der gefallenen Engel

Rainer Wekwerth
schreibt aus Leidenschaft. Er ist Autor erfolgreicher Bücher, die er teilweise unter Pseudonym veröffentlicht und für die er Preise gewonnen hat. Er ist verheiratet und Vater einer Tochter.
Mehr über den Autor unter
www.wekwerth.com

Rainer Wekwerth

Damian

Die Stadt der gefallenen Engel

Arena

Für Anna und Gabriele

1. Auflage 2010

Einbandgestaltung: Frauke Schneider
Gesamtherstellung: Westermann Druck Zwickau GmbH
ISBN 978-3-401-06513-7

www.arena-verlag.de
Mitreden unter forum.arena-verlag.de

Denn Gott hat die Engel, die gesündigt haben, nicht verschont, sondern hat sie mit Ketten der Finsternis zur Hölle verstoßen und übergeben, dass sie zum Gericht behalten werden.

2. Petrus 2,4

Wie bist du vom Himmel gefallen, du schöner Morgenstern! Wie bist du zur Erde gefällt, der du die Heiden schwächtest! Gedachtest du doch in deinem Herzen: »Ich will in den Himmel steigen und meinen Stuhl über die Sterne Gottes erhöhen; ich will mich setzen auf den Berg der Versammlung in der fernsten Mitternacht; ich will über die hohen Wolken fahren und gleich sein dem Allerhöchsten.«

Jesaja 14,12

Hochmütig warst du geworden, weil du so schön warst. Du hast deine Weisheit vernichtet, verblendet vom strahlenden Glanz. Ich stieß dich auf die Erde hinab . . .
So ließ ich mitten in dir ein Feuer ausbrechen, das dich verzehrt hat. Vor den Augen all derer, die dich sahen, machte ich dich zu Asche auf der Erde.

Das Buch Ezechiel, Kapitel 28

An dem Rand des Himmels standen sie und sahen dort den wüsten, unermesslich tiefen Abgrund.

John Milton – Paradise Lost, Auszug 7. Gesang

Prolog
Erwachen

Er war nicht mehr als ein Schatten in der Dunkelheit. Ein Schemen, der sich gegen den wolkenzerfetzten Himmel abhob. Der Mann kauerte auf einem Mauervorsprung, hoch oben über den pulsierenden Lichtern der Stadt.

Vollkommen regungslos.

Nur der Wind spielte mit seinen Haaren, wehte sie um das entrückte Gesicht, als wolle er den Mann zum Tanz im Mondlicht einladen, doch dieser schien seine Umgebung nicht wahrzunehmen. Gleich einer Krähe kauerte er in Gedanken versunken auf dem Dachfirst, die Arme vor der Brust gekreuzt. Seine dunkle Kleidung verstärkte den vogelartigen Eindruck noch. Als er einen Arm hob und die Hand anklagend dem Himmel entgegenstreckte, zerstob das Bild.

Warum? Warum hast du mich fallen lassen?

Er erwartete keine Antwort auf diese Frage. Es gab keine Antwort. Es gab nur die Nacht und den Wind. Und vielleicht war das genug. Vielleicht war es sogar mehr, als er sich überhaupt erhoffen konnte.

Das Dunkelblau des Nachthimmels wich einem tiefen Schwarz und das Leben der Stadt schien sich eine kleine Atempause zu gönnen. Immer weniger Autos fuhren über die vierspurige Straße unter ihm und die Lichter der Häuser erloschen nach und nach. Der Mann legte den Kopf in den Nacken und schloss die Augen. Der Geruch des Tages war dem Duft der Nacht gewichen. Er konnte die Büsche und

Bäume des nahe gelegenen Parks riechen. Tief sog der die Luft ein und verharrte einen Augenblick. Er versuchte, nicht an die Menschen zu denken, die dort unten in ihren Betten lagen oder sich schlaftrunken auf den Weg zur Arbeit machten. All das Leben unter ihm wollte er für einen Moment vergessen. Er fühlte die Kraft des Windes auf seinem Gesicht, die kalte Luft strich über seine Haut und er genoss das Prickeln, das seinen Körper erfasste. Er spürte die Wolken, die sich zu mächtigen Gebilden auftürmten, als würde sich auch eine schwere Last auf seine Schultern legen. Bald würde der aufziehende Sturm Regen bringen.

Ein einzelner Tropfen fand seinen Weg auf seine geöffneten Lippen. Er lächelte.

Wasser! Das Leben selbst.

Die Mauersteine knirschten unter seinen Stiefeln, als er sich erhob. Breitbeinig stand der Mann am Rand des Daches, die Arme weit ausgestreckt. Der Wind rüttelte an seiner Gestalt, wollte ihn packen, über den Vorsprung reißen, aber er trotzte der Kraft.

Ein Lächeln umspielte seine Lippen, während er so dastand. Es war einfach unglaublich, das alles zu spüren. Fühlen zu können. Vor Freude lachte er laut auf. Ein einsamer Klang in der Finsternis, der sich mit dem Heulen des Sturms vermischte. Der Wind peitschte ihm Regentropfen ins Gesicht, aber da war noch etwas. Etwas anderes.

Hinter ihm erklang ein schabendes Geräusch. Krallen, die über Stein kratzten. Schwefelgeruch mischte sich in den Geschmack des Regens und den Duft der Nacht. Der Mann verzog das Gesicht. Er hatte ihnen befohlen, in der Dunkelheit auszuharren und zu warten, bis er zu ihnen kam.

»Herr«, knurrte eine tiefe Stimme hinter seinem Rücken.

Der Angesprochene hob eine Hand, ohne sich umzudrehen.

»Du störst mich«, sagte er verärgert. »Hast du keine Ehrfurcht vor der Schönheit der Nacht? Fühlst du nicht das Leben um dich herum?« Er hielt kurz inne und holte ein paarmal tief Luft, ehe er fortfuhr. »Und warum wartest du nicht, wie ich es befohlen habe?«

»Deine Diener sind ungeduldig.«

Der Anführer spürte, wie sich der Blick aus geschlitzten Pupillen in seinen Rücken bohrte. Er lauschte in sich hinein, ob er Angst empfand, aber da war nur dieses berauschende Gefühl, am Leben zu sein. Sie fürchteten ihn noch immer. Fürchteten seine ungeheure Macht, die jeden einzelnen von ihnen zu Staub zermalmen konnte.

Aber wie lange noch? Mit jedem Atemzug nahm seine Kraft ab. Der Mann wusste, dass die Zeit kommen würde, da sich seine Diener nicht mehr seinen Befehlen beugen würden. Dann würde er sterben.

Doch er durfte keine Schwäche zeigen. Mit einem sanften Lächeln auf dem Gesicht wandte er sich um.

Das Wesen stand nur wenige Schritte entfernt. Der Wind trieb die Wolken am Himmel auseinander und das bleiche Licht des Mondes fiel auf eine Gestalt, die ihn weit überragte. Obwohl der größte Teil durch die fahle Dunkelheit verborgen blieb, erahnte er die Kraft, die sich in diesem Körper verbarg. Sein Gegenüber schien nur darauf zu warten, sich auf ihn zu stürzen.

Ohne zu zögern, trat er näher. Sein Blick drang tief in die gelben Pupillen ein. Langsam legte der Mann einen Finger über die geöffneten Lippen mit den langen Reißzähnen.

»Ich sage, du sollst schweigen.« Fast zärtlich strich der

Finger über das schuppige Fleisch. »Schweig und gehorche meinen Befehlen.« Seine Stimme war gefährlich leise geworden und deutlich war die Drohung zu hören, die in diesen Worten mitschwang.

Die Lippen zuckten, als wollten sie widersprechen.

»Nein.« Die Stimme des Anführers klang wie brüchiges Glas. »Und nun geh! Geh zu den anderen. Sag ihnen, wir werden noch warten.«

Er nahm den Finger von den Lippen des anderen und deutete in die Finsternis hinaus. Seine Stimme wurde sanft, als er weitersprach. »Die Engel sind wachsam. Heute ist nicht die Nacht des Kampfes. Heute ist die Nacht der List. Deshalb muss ich nachdenken.«

Die Miene des Anführers verdüsterte sich, dann drehte er sich abrupt um. »Und du wirst mich nicht noch einmal stören.«

1.

Lara stöhnte und verdrehte genervt die Augen. Der Regen fiel immer dichter und der Bahnhof war durch die grauen Schlieren auf der Windschutzscheibe kaum auszumachen. Hoffentlich war es in Berlin besser als hier. Aber egal ob Regen oder nicht, wichtig war nur, dass sie endlich Ferien hatte und zwei Wochen lang wegkonnte. Weg von Ben und den traurigen Tagen, die hinter ihr lagen.

Laras Mutter lenkte den großen Volvo in eine Seitenstraße und hielt nach einem Parkplatz Ausschau. Regentropfen hinterließen verschwommene Spuren auf dem Autofenster. Die Lüftung des Fahrzeugs lief auf Hochtouren, trotzdem war die Scheibe beschlagen. Ihre Mutter beugte sich kurzsichtig über das Lenkrad, um etwas zu erkennen. »Siehst du was?«, fragte sie.

»Da vorne«, antwortete Lara. »Es sind jede Menge Parkplätze frei.«

Wen wunderte das in einem Dorf wie Rottenbach? Es war jetzt kurz vor elf Uhr und der morgendliche Pendlerverkehr nach Stuttgart war längst versiegt. Lara seufzte. Rottenbach war wirklich nicht der Nabel der Welt. Eigentlich war hier nur morgens und am Abend etwas los, wenn die Menschen zur Arbeit fuhren oder wieder nach Hause kamen. Dann wimmelte es von Leuten mit Aktentaschen, Frauen und Männern in grauer oder schwarzer Kleidung. Jugendliche kamen kaum hierher. Entweder nahmen sie den Bus zur Schule oder sie ließen sich von ihren Eltern fahren.

Laras Mutter hatte endlich einen freien Parkplatz erspäht

und steuerte nun den Wagen umständlich hinein. Lara warf ihr einen Blick zu und hätte beinahe laut aufgelacht, als sie sah, wie ihre Mutter konzentriert die Lippen schürzte. Und trotz dieser albernen Mimik sah sie toll aus, wie immer. Die langen braunen Locken fielen weit über die Schultern hinab und umspielten ihr hübsches Gesicht.

Lara wusste, dass sie ihrer Mutter ähnlich sah. Sie hatten die gleichen Haare und ihre Gesichter zeigten unverkennbar die enge Verwandtschaft. Allerdings war die Nase ihrer Mutter schmal und gerade und bei ihr selbst ein wenig gebogen, was ihr ihrer Meinung nach ein vogelähnliches Aussehen verlieh. Außerdem hatte Rachel olivfarbene Haut, sie hingegen wirkte etwas blass. Aber auf ihre Augen war Lara stolz, denn die Augenfarbe ihrer Mutter war ein unauffälliges Braun, während ihre Pupillen einen intensiven grünen Schimmer hatten und bei Sonnenschein wie ein Smaragd leuchteten. Ben hatte immer gesagt, dass sie wie zwei kleine Waldseen schimmern würden . . .

»Hallo, Fräulein Winter«, lachte Laras Mutter und riss sie aus ihren Gedanken, »wir müssen uns beeilen! Dein Zug kommt gleich.« Und schon hatte sie die Fahrertür aufgemacht und der mit Regen vermischte Wind drang unerbittlich ins warme Innere.

»Ich komm ja schon«, murmelte Lara und stieg aus.

Eigentlich kam ihr der Regen genau recht. So würde niemand ihre Tränen sehen, die ihr bei dem Gedanken an Ben in die Augen gestiegen waren. Und je schneller sie bei ihren Großeltern in Berlin war, umso schneller konnte sie der Erinnerung an Ben entfliehen, die sie seit ein paar Tagen zu ersticken drohte. Es war die Idee ihrer Großeltern gewesen, dass sie zu Besuch kam, und obwohl Lara zurzeit auf gar nichts Lust hatte, war sie froh, für eine Weile nicht in Rottenbach sein zu müssen.

Ben, Ben, Ben. Den ganzen Tag war er in ihrem Kopf. Und sogar in ihre Träume stahl er sich. Seit er mit ihr Schluss gemacht hatte, drehten sich ihre Gedanken nur noch um ihn. So als gäbe es nichts anderes mehr auf der Welt. Wie einen Kieselstein rollte sie die Frage nach dem »Warum« in ihrem Kopf hin und her und fand doch keine Erklärung, die den Schmerz in ihrem Inneren hätte lindern können.

Lara blickte zum Himmel und sah ein paar Krähen, die ihr Spiel mit dem Wind trieben. Fasziniert beobachtete sie, wie sie sich von einer Böe emportragen und wieder fallen ließen. Sie fragte sich, wie es wohl sein mochte, schwerelos am Himmel zu schweben und niemals abzustürzen.

Auch sie war geschwebt. Mit Ben. Hatte sich einfach von diesem unheimlich schönen Gefühl tragen lassen. Aber dann war sie gefallen und hart aufgeschlagen.

Tut mir leid, aber ich denke, es ist besser, wenn wir uns eine Weile nicht mehr sehen. Ich habe jemand anderen kennengelernt, hatte er ihr vor zehn Tagen per SMS geschrieben.

Nicht mehr sehen? Wie hatte Ben sich das vorgestellt? Schließlich ging er auf die gleiche Schule wie sie, es war unmöglich, sich nicht zu begegnen! Jede Pause war seitdem die Hölle für sie gewesen. Sie konnte es einfach nicht glauben, dass sie nicht mehr zu ihm zu gehen durfte, ihn nicht mehr umarmen konnte, nie wieder seine Lippen auf den ihren spüren würde.

Ben hatte sie in den Pausen angelächelt, als sei nichts zwischen ihnen vorgefallen, aber für sie war jedes Lächeln ein Stich ins Herz gewesen und sie hatte nur noch Schmerz gefühlt.

Ich hätte mit ihm schlafen sollen, dachte Lara. Ich hätte es tun sollen, als er es wollte.

»Irgendwann muss es passieren«, hatte er gesagt.

Aber sie hatte sich bedrängt gefühlt, tief im Inneren gespürt, dass sie noch nicht dafür bereit war.

»Ich möchte noch warten«, hatte sie zu ihm gesagt.

Daraufhin war er gegangen. Wortlos.

Zwei Tage hatte sie ihn nicht gesehen. Er war nicht zur Schule gekommen und ihre Anrufe und Nachrichten waren unbeantwortet geblieben. Am dritten Tag hatte sie die SMS erhalten.

Arschloch.

Wut stieg in ihr auf. Wie konnte er sie nach dieser langen Zeit so behandeln?

»Lara, kommst du jetzt endlich?« Die Stimme ihrer Mutter klang ungeduldig.

Lara wischte sich hastig die Tränen von den Wangen, dann lief sie um den Wagen herum und half ihrer Mutter, den Koffer auszuladen. Der Ausziehgriff klemmte, und erst nachdem sie beide heftig daran gezogen hatten, ließ sich die Verlängerung herausziehen, sodass sie den schweren Koffer hinter sich herziehen konnten.

Während der Regen unablässig auf sie herabfiel, wandte Lara den Kopf und betrachtete die Spuren der Plastikrollen im Kies. Sie lächelte bitter.

Wenigstens so hinterlasse ich Spuren.

»Was hast du?«, fragte ihre Mutter. »Du siehst schon den ganzen Vormittag so traurig aus. Freust du dich denn gar nicht auf Berlin? Ist es wegen Ben?«

Lara blickte in das Gesicht ihrer Mutter und sah die ernsthafte Anteilnahme darin.

»Ja, wegen Ben ... und dem Wetter ... und auch wegen Berlin. Vielleicht sollte ich doch hierbleiben und mich die nächsten zwei Wochen in meinem Zimmer verkriechen – oder besser gleich für den ganzen Rest meines Lebens.«

Rachel blieb stehen und legte eine Hand auf ihre Schulter. »Das, was du gerade erlebst, muss jeder einmal durchmachen. Es gehört dazu.«

»Ich weiß, aber das macht es auch nicht leichter«, sagte Lara.

»Niemand sagt, dass es leicht ist.«

»Aber mir hat auch niemand gesagt, wie beschissen weh es tut, wenn es vorbei ist.«

Normalerweise reagierte ihre Mutter allergisch darauf, wenn sie Wörter wie »beschissen« benutzte, aber dieses Mal schien sie einfach darüber hinwegzuhören.

»Richtig, das erfährt man erst, wenn es zu spät ist. Aber es gibt keine Liebe ohne Schmerz. Je früher du das verstehst, desto erträglicher wird es für dich sein, wenn der Schmerz kommt und dich aufzufressen versucht.«

»Liebst du Papa noch immer?«, fragte Lara leise.

Ihr Vater hatte die Familie kurz nach ihrer Geburt verlassen und sie hatten nie wieder etwas von ihm gehört.

Rachels Augen schienen eine Spur dunkler zu werden. »Ich liebe und ich hasse ihn.«

»Du hast jedes Recht dazu, ihn zu hassen.« Laras Wut auf Ben und ihren Vater machte sich Luft und ihre Stimme klang verbittert.

»Weißt du, ich glaube, wir sollten wirklich nicht mehr darüber sprechen. Wir können es nicht ungeschehen machen und es schmerzt jedes Mal aufs Neue, darüber zu reden.«

»Ich habe es einfach immer noch nicht verstanden.« Lara zögerte. »Vielleicht war es ja doch wegen mir.«

Laras Mutter zog ihre Tochter eng an sich. »Du weißt, so war es nicht. Wir haben oft darüber gesprochen«, flüsterte sie leise. Ihre Stimme klang plötzlich rau.

Lara löste sich aus der Umarmung. Ihre Mutter trat verlegen einen Schritt zurück.

»Was wirst du ohne mich anfangen, wenn ich in Berlin bin?«, versuchte Lara, einen unbefangenen Ton anzuschlagen.

»Na ja, es gibt da diesen neuen Kollegen in der Firma ... Thorsten Stegemann. Ich habe dir von ihm erzählt. Er ist wirklich nett und er hat schon öfter gefragt, ob wir nicht mal zusammen was unternehmen wollen.«

»Also Mama!«, sagte Lara gespielt vorwurfsvoll, aber innerlich war sie froh darüber, dass ihre Mutter vielleicht endlich jemanden gefunden hatte, mit dem sie eine Beziehung aufbauen konnte. Seit ihr Vater gegangen war, hatten sie allein gelebt.

Ihre Mutter grinste über das ganze Gesicht. »Und wenn es nicht klappt oder ein großer Reinfall wird, dann komme ich zu dir und lasse mich trösten.«

Lara lächelte. Ihre Mutter schaffte es immer wieder, sie aufzuheitern, selbst wenn sie nicht aufgeheitert werden wollte.

»Ich bin erst siebzehn und hab vom Leben noch keine Ahnung«, sagte sie theatralisch und seufzte übertrieben laut.

»Du hast gelernt, was Schmerz ist. Diese Erfahrung ist zwar nicht schön, aber sie macht dich erwachsener.«

Eine Lautsprecherdurchsage kündete das Eintreffen des Verbindungszuges nach Stuttgart an.

»Jetzt aber los«, rief ihre Mutter lachend.

Beide legten die Hände auf den Koffergriff und rannten zum Bahnsteig.

2.

Lara stieg aus dem ICE und blieb benommen stehen. Die fünfeinhalb Stunden, die der Zug für die gesamte Strecke bis nach Berlin gebraucht hatte, waren wahnsinnig schnell vergangen. Sie war so erschöpft gewesen, dass sie schon kurz hinter Stuttgart eingeschlafen war. Kalte Luft schlug ihr nun entgegen und die Menschen rempelten sie an, weil sie mitten auf dem Bahnsteig stehen geblieben war. Doch Lara wollte sich erst einmal umsehen.

Der Berliner Hauptbahnhof war atemberaubend. Die unteren Etagen wirkten wie ein großzügig angelegtes Kaufhaus, wohingegen die oberen Etagen aufgrund der luftigen Stahl- und Glaskonstruktion lichtdurchflutet waren und mehr dem ähnelten, was man sich unter einem Weltraumbahnhof der Zukunft vorstellte. Fast schien es Lara, als hätte sie eine Zeitreise unternommen und die nächste Lautsprecherdurchsage würde den Abflug zum Mars oder zur Venus bekannt geben. Stattdessen sagte eine künstlich wirkende Stimme die Einfahrt eines ICEs aus Hamburg an.

Um sie herum drängten die Menschen vorwärts und Lara ließ sich nun einfach mit dem Strom treiben. Die Luft war erfüllt von unzähligen Sprachen. Menschen aus aller Welt erinnerten in ihrer Vielfalt an einen tropischen Fischschwarm, der mal hierhin, mal dorthin drängte.

Lara lachte kurz auf, als sie daran dachte, wie sie heute Morgen noch auf dem Rottenbacher Bahnhof gestanden hatte. Dann sog sie tief die Luft ein. Es duftete nach Freiheit, nach Abenteuer, nach Leben.

Das war Berlin. Ihre Zeit in Berlin. Und sie begann genau hier und jetzt.

Es hatte aufgehört zu regen, aber noch immer liefen Tropfen die Fensterscheibe des Taxis hinunter. Lara hatte den Bahnhof im Erdgeschoss verlassen und am Europaplatz ein Taxi genommen, so wie es ihre Großeltern ihr gesagt hatten. Der Fahrer, ein schweigsamer junger Mann mit mürrischem Gesichtsausdruck, hatte nur einmal mit ihr gesprochen, als er das Fahrziel wissen wollte. Lara hatte kein Problem damit, sie hatte sowieso keine Lust auf sinnlosen Smalltalk und schaute stattdessen lieber aus dem Fenster.

Das also war Berlin. Der Ort, an dem sie zur Welt gekommen war. Lara spürte ein leichtes Kribbeln in der Magengegend. Zuletzt war sie vor fünf Jahren hier gewesen, doch die Erinnerungen an die Stadt und auch an die Großeltern waren wie von einem Schleier überdeckt. Lara kniff die Augen zusammen. Vereinzelte Sonnenstrahlen drangen durch die Wolken und ließen Fensterscheiben und Hausfassaden glänzen und funkeln. Die Stadt war grüner als erwartet. Überall säumten Bäume die Straßen, die Blätter waren bereits herbstlich verfärbt.

Als sie die stark befahrene Straße verlassen hatten, wurde der Verkehr immer ruhiger. Schließlich hatten sie die Stadtmitte so weit hinter sich gelassen, dass der Verkehr nur noch träge dahinfloss. Niedrigere Häuser lösten die mehrstöckigen Gebäude ab, die wiederum Villen aus dem neunzehnten Jahrhundert Platz machten. Die Gegend, durch die sie nun fuhren, wirkte wohlhabend, aber nicht protzig. Hier lebten zweifelsohne Menschen der oberen Gesellschaftsschicht. Alles war sauber und ordentlich, die Häuser waren aufwendig renoviert und die Gärten groß und gepflegt. In vielen Einfahrten parkten teure Autos. Fußgänger waren kaum zu sehen und Lara konnte auch keine spielenden Kinder in den Gärten oder auf den Straßen entdecken.

Als das Taxi vor dem Haus ihrer Großeltern hielt, hatten sich die Regenwolken verzogen und das letzte Licht des Tages spiegelte sich in den Pfützen. Lara stieg aus dem Fahrzeug und spürte, dass sie ein wenig nervös war. Der Taxifahrer lud ihren Trolley aus, nahm das Fahrgeld und ein kleines Trinkgeld entgegen, bevor er wieder einstieg und davonbrauste.

Der Wind zauste an Laras Haar, als sie das mit schwarzen Schieferschindeln gedeckte Haus betrachtete. Sie war schon einmal hier gewesen, im Alter von zwölf Jahren, aber im Sommer hatte das Anwesen ihrer Großeltern weniger düster gewirkt. Auf den Schindeln glänzte feucht der Regen und verlieh dem Ganzen etwas Unwirkliches. Das würde nun also für die nächsten Tage ihr Zuhause sein. Lara hatte sich auf die Zeit in Berlin gefreut. Doch nun, als sie vor dem Haus ihrer Großeltern stand, machte sich ein merkwürdiges Gefühl in ihr breit. Entschlossen schüttelte Lara es ab. Sie war hier, um sich in das Leben der Großstadt zu stürzen. Sie wollte Spaß haben und all die schrecklichen Tage, die hinter ihr lagen, einfach nur vergessen.

Verwelktes Laub raschelte unter ihren Füßen, als Lara die mit Kies bestreute Einfahrt zur Vorderseite des Hauses hinaufging. Die Räder des Trolleys blieben immer wieder stecken und es kostete sie ziemlich viel Kraft, den Koffer hinter sich herzuziehen. Schließlich erreichte sie schnaufend die kleine Treppe.

Gerade in dem Augenblick, als sie die abgetretenen Steinstufen in Angriff nehmen wollte, flog die Haustür auf und ihre Großeltern traten heraus.

Martha kam die Stufen herab, während ihr Mann im Türrahmen stehen blieb. Als sie vor Lara stand, schien sie einen Moment zu zögern, doch dann breitete sie ihre Arme aus und umarmte ihre Enkeltochter zur Begrüßung.

»Wir freuen uns so, dass du gekommen bist, Lara.« Die Augen ihrer Großmutter strahlten, als sich Lara befreite und sie neugierig betrachtete. Sie hatten sich seit ihrem letzten Besuch nicht mehr gesehen, aber die alte Dame schien keinen Tag älter geworden zu sein.

Das graue Haar war nun fast weiß geworden, aber noch immer war es dicht und zu einer modischen Kurzhaarfrisur geschnitten. Nur wenige Falten um die Augen herum verrieten ihr Alter. Die straffen Wangen mit ihrer gesunden Farbe konnten es immer noch mit einer zwanzig Jahre jüngeren Frau aufnehmen. Einzig die dünnen Finger, mit denen sie Lara über das Haar strich, waren knochiger als in Laras Erinnerung, aber sie wirkten gepflegt und waren in einem blassen Rot lackiert worden.

»Nun lass mich doch auch mal das Mädchen begrüßen«, brummte ihr Großvater, der die Stufen herabgekommen war, um Lara ebenfalls zu umarmen. Maximilian Hermsdorf war ein großer Mann, der seine Enkeltochter um Haupteslänge überragte. Obwohl er nun schon vierundachtzig Jahre alt war, hielt er sich noch immer aufrecht – und er trug noch immer seine weißen Haare zu einem Pferdeschwanz gebunden.

Laras Großvater war ein Unikum. Mit seinen ausgeblichenen Jeans und dem karierten Baumwollhemd wirkte er wie ein alternder Holzfäller und keinesfalls wie ein hoch angesehener Professor für Geschichte und Okkultismus.

Seine weißen Augenbrauen zogen sich missbilligend nach oben, als er Lara auf Armeslänge entfernt hielt und ihr in die Augen sah. »Das Kind ist zu dünn«, meinte er lapidar. »Aber daran werden wir etwas ändern. Deine Großmutter hat einen Apfelstrudel gebacken und dazu gibt es warme Vanillesoße.«

In diesem Moment nahm Lara den herrlichen Geruch wahr, der aus dem Haus drang. Außer einem Sandwich, das ihr ihre Mutter am Bahnhof noch in die Hand gedrückt hatte, hatte sie nichts mehr gegessen und nun merkte sie, dass sie wirklich hungrig war – das erste Mal, seit Bens SMS ...

Martha griff nach Laras Hand und zog sie mit sich. »Komm rein, Lara, und fühl dich wie zu Hause. Max, du nimmst den Koffer.«

Aber der ist ganz schön schwer, wollte Lara erwidern, doch dann sah sie, wie ihr Großvater sich mit erstaunlicher Kraft den Trolley schnappte und ihn ins Haus trug.

3.

Sie gingen in die Küche. In der Mitte des Raumes stand ein schlichter Holztisch, um den sich vier Stühle gruppierten. Ein altertümlicher Herd mit eingebautem Backofen teilte sich eine Seite der Wand mit der Spüle. Darüber hingen Schränke, in denen Teller, Tassen und Gläser untergebracht waren. Eine rustikale Küchenvitrine stand neben dem großen Fenster, das auf den Hof hinausging. Alles wirkte etwas abgenutzt, strömte aber den Geruch von Pflege und Sauberkeit aus. Der Duft eines ganzen Lebens lag in diesem Raum.

So ganz wollte das Gefühl, das Lara in diesen Räumen empfand, nicht mit dem Bild zusammenpassen, das sie sich von Berlin gemacht hatte. Doch dann ermahnte sie sich selbst. Sie war gerade erst angekommen und sollte nicht vorschnell urteilen, sondern den Dingen eine Chance geben.

Martha nahm ihrer Enkelin die Jacke ab und drängte sie auf einen Stuhl. In der Küche war es sehr warm. Lara wickelte ihren Schal ab und hängte ihn über die Lehne. Ihr Großvater hatte ihr gegenüber Platz genommen. Seine Augen funkelten sie freudig an.

»Na, was gibt es Neues in Rottenbach?«, fragte ihre Großmutter, während sie den Apfelstrudel aus dem Backofen zog.

»Nicht viel«, antwortete Lara.

»Wie läuft es in der Schule?«

»Geht so.«

Martha zog eine Augenbraue hoch und Lara fügte schnell hinzu: »Eigentlich läuft es ganz gut. Das Abitur sollte kein Problem sein.«

»Und wie geht es deiner Mutter?«

»Gut.«

Obwohl es die wahrscheinlich normalste Frage der Welt war, schwang ein seltsamer Unterton mit. Ihre Mutter und ihre Großeltern sprachen schon seit Jahren kaum miteinander. Bis auf wenige Telefonate im Jahr herrschte Stille an der Familienfront. Lara selbst rief wenigstens ab und zu in Berlin an. Wenn sie schon nicht in ihrer Nähe lebten, wollte sie wenigstens den Kontakt zu ihren Großeltern aufrechterhalten.

Ihre Großmutter liebte es, mit ihrer Enkelin am Telefon zu schwatzen, und ihr Großvater überraschte sie immer wieder mit Geschichten, die sich angeblich in der Umgebung abgespielt hatten. Lara hatte den Verdacht, dass er sich manches ausdachte, um sie zu unterhalten, denn auf der Fahrt hierher hatte es nicht gerade nach einer aufregenden Wohngegend ausgesehen.

Sie wollte gerade ihren Großvater danach fragen, ob er sie all die Jahre angeschwindelt hatte, als Martha einen dampfenden Teller vor ihr abstellte und ihr Besteck in die Hand drückte.

Es duftete herrlich und hungrig machte sich Lara über das Essen her. Es schmeckte fantastisch. Zwischen zwei Bissen fragte sie: »Und ihr? Esst ihr nichts?«

Ihr Großvater schüttelte den Kopf. »Da wir nicht genau wussten, wann du kommst, haben wir schon zu Abend gegessen.«

»Ein Stück Apfelstrudel passt immer rein«, grinste Lara. »Besonders wenn er von Oma ist.«

»Da hast du recht«, lachte der Professor. »Martha, gib mir einen Teller. Und bitte viel Vanillesoße.«

Kurz darauf aß auch er genüsslich und sogar ihre Großmutter nahm sich ein Stück und setzte sich zu ihnen an den Küchentisch.

Eine Weile aßen sie schweigend, dann sagte Martha vorsichtig: »Deine Mutter hat uns von Ben erzählt.«

Lara blickte auf. Sie sah die Anteilnahme in den Augen ihrer Großmutter. »Dazu gibt es nichts zu sagen.« Es klang härter als beabsichtigt.

Ihr Großvater schaute von seinem Teller auf. Sein Blick war eindringlich. »Das mag sein, aber falls du darüber reden willst – du weißt, wir können zuhören.«

»Ja, das weiß ich«, gab Lara zu. Trotzdem wollte sie das Thema unbedingt vermeiden.

»Was hast du in Berlin vor? Schon irgendwelche Pläne gemacht?«, wollte Martha wissen und wechselte geschickt das Thema.

Lara schüttelte erleichtert den Kopf. »Ich hab keine Ahnung«, gab sie zu und schob sich das letzte Stück Apfelstrudel in den Mund. »Auf jeden Fall will ich ein bisschen durch die Stadt ziehen. Vielleicht lerne ich ja ein paar coole Leute kennen.«

»Na, das klingt doch gut. Möchtest du noch ein Stück Apfelstrudel?«

Lara verneinte. »Ich bin ziemlich müde. Wenn es euch nichts ausmacht, würde ich jetzt gern nach oben gehen. Schließlich habe ich Ferien und ich bin heute viel zu früh aufgestanden!«

Martha lächelte und stand auf. »Lass alles stehen«, sagte sie, als Lara Teller und Besteck wegräumen wollte. »Komm, ich zeig dir dein Zimmer.«

Nachdem Lara ihrem Opa eine gute Nacht gewünscht hatte, stieg sie hinter ihrer Großmutter die Treppe hinauf.

Und jeder Schritt war ein Schritt in die Vergangenheit. Die Erinnerung an ihren bisher einzigen Besuch stieg in ihr auf und mit ihr kam ein Gefühl von Geborgenheit. Es war bestimmt die richtige Entscheidung gewesen, nach Berlin zu kommen, um Ben zu vergessen.

Vielleicht würde es bald weniger wehtun, an ihn zu denken. Lara wollte die Zeit in Berlin genießen. Sie war im Haus ihrer Großeltern, die sie so lange nicht gesehen hatte und nun endlich näher kennenlernen würde.

Und dann war da noch Berlin.

Eine ganze Stadt, die nur darauf wartete, entdeckt zu werden.

Das Zimmer war klein, ohne beengt zu wirken. Ein einfacher Kleiderschrank, ein bequemes Bett, ein Nachttisch aus Kiefernholz mit passender Lampe, ein flauschiger Teppich, der frühmorgens die kalten Füße wärmte, mehr gab es darin nicht. Trotzdem fühlte sich Lara sofort wohl in dem Raum.

Über dem Bett hing ein farbenfrohes Ölgemälde, das eine Landschaft im Frühling zeigte. Goldene Sonnenstrahlen fielen auf blühende Wiesen. Bäume wiegten sich im Wind. Eigentlich ein kitschiges Bild. Aber so voller Leben. Lara betrachtete es eingehend und erinnerte sich daran, wie sie als Kind davor gestanden und davon geträumt hatte, diesen Ort zu finden. Das Bild stammte von einem unbekannten polnischen Maler und der Himmel mochte wissen, wo es gemalt worden war.

Lächelnd schaute ihre Großmutter sie an. »Ich erinnere mich, als du das letzte Mal hier warst und uns besucht hast, musste ich dir Farbe und Papier besorgen, weil du es abmalen wolltest.«

Nun musste auch Lara lächeln. »Manche dieser Versuche habe ich heute noch.«

»Es waren schöne Bilder. Und du hast immer voller Hingabe gemalt.«

»Schon eine Weile her«, murmelte Lara.

»Malst du noch?«

»Nein.«

Martha fragte nicht nach. »Wenn du willst, kannst du das Gemälde mit nach Hause nehmen. Hier oben verstaubt es nur und es ist ein Bild, das angesehen werden will.«

»Du würdest es mir schenken?«, fragte Lara erstaunt.

»Ja«, sagte ihre Großmutter ernst. »Eigentlich war es schon immer dein Bild. Seit du das erste Mal davor gestanden bist und es mit staunenden Augen betrachtet hast. Es hing bisher nur am falschen Ort.«

Lara umarmte ihre Großmutter. »Danke, Oma.«

»Ich lasse dich jetzt allein, damit du auspacken und dich hinlegen kannst.«

»Gute Nacht, Oma.«

»Gute Nacht, Lara.«

Als ihre Großmutter das Zimmer verlassen hatte, warf sich Lara aufs Bett. Sie war ziemlich müde von der Reise, aber als sie kurz die Augen schloss, sah sie sofort Bens Gesicht vor sich. Wütend riss sie die Augen wieder auf, sprang auf die Beine und begann, ihren Koffer auszupacken.

Sie war in Berlin. Sie wollte nicht mehr an zu Hause denken. An Rottenbach. An Ben. Das alles war nun weit weg und sie würde ein paar coole Tage hier verbringen! Und die würde sie sich bestimmt nicht von diesem Idioten vermiesen lassen!

Ganz anders als in Rottenbach gab es hier tausend Dinge,

die man tun konnte. Lara trat ans Fenster und schob die Gardine beiseite. Der Himmel, der nun wieder wolkenverhangen war, reflektierte die Lichter der Stadt. Lara kam es vor, als hätte jemand eine riesige orangefarbene Glocke über Berlin gestülpt. Die Vorfreude auf die Großstadt mit all ihren Möglichkeiten hinterließ ein kribbelndes Gefühl in ihrem Magen. Vielleicht würde sie ja tatsächlich ein paar Leute in ihrem Alter kennenlernen; nette Leute, die ihr zeigen konnten, was Berlin fernab der Touri-Ziele wirklich zu bieten hatte.

Ja, sie würde sich ins Großstadtleben stürzen und alle Jungs dieser Welt konnten ihr gestohlen bleiben!

Lara drehte sich vom Fenster weg, legte den letzten Pulli in den Schrank, dann verstaute sie den Koffer und ließ sich zufrieden aufs Bett fallen. Schließlich zog sie ihr Handy aus der Hosentasche. Sie wollte ihrer Mutter noch eine SMS schicken, dass sie gut angekommen war.

Und sie hatte nun das Gefühl, angekommen zu sein.

Berlin!

4.

Zwei Tage später

Lara schlang den Schal enger um den Hals und stellte den Kragen ihrer Jacke hoch. Der Herbstwind fegte erbarmungslos durch die Straßen und trug einen Geruch nach feuchtem Laub mit sich. Obwohl es noch einigermaßen hell war, beleuchteten bereits die Lampen der Straßenlaternen ihren Weg zum nahe gelegenen Park.

Lara mochte diese Oase fernab der großen Straßen; sie hatte die Grünfläche gleich am ersten Morgen entdeckt, als sie zum Bäcker gelaufen war. Und nach einem langen Tag in der quirligen, lauten Stadt hatte sie gestern Abend die Ruhe genossen, die einen umfing, sobald man den Park betrat. Auch heute war Lara mit den öffentlichen Verkehrsmitteln aus der Innenstadt zurückgekommen und nun sehnte sie sich nach ein bisschen Stille und Einsamkeit.

Die letzten beiden Tage war sie durch Berlin gelaufen, hatte sich treiben lassen von den Menschenmengen, die die Stadt bevölkerten. Sie hatte das Brandenburger Tor besucht und eine Currywurst auf dem Alexanderplatz gegessen. Sie hatte die letzten warmen Strahlen der Spätsommersonne genossen und sich mit einem Coffee-to-go an das Ufer der Spree gesetzt, wo ein paar Jugendliche Musik gemacht hatten.

Berlin war anders als alles, was sie kannte. Es war so groß, dass man verloren ging, wenn man keinen Stadtplan benutzte. Die Menschen waren nett, mit offenen Gesichtern und beantworteten freundlich ihre Fragen, wenn man sie nach bestimmten Orten oder nach einer Richtung fragte.

Sie fand die Metropole aufregend und genoss es, anonym zwischen den Menschen dahinzutreiben, aber nach einem Tag in der Stadt freute sich Lara darauf, noch ein bisschen durch den kleinen Park zu schlendern. So konnte sie wieder runterkommen und ihre Gedanken ordnen.

Lara hatte das Haus ihrer Großeltern schon ein ganzes Stück hinter sich gelassen und bog nun in eine schmale Gasse ein, die direkt auf den Park zuführte. Außer ihr waren kaum Leute unterwegs. Ein Jogger kam ihr entgegen, er hatte seine Fleecemütze weit über die Ohren gezogen. Eine Windböe fuhr durch die Bäume und wirbelte braune Blätter durch die immer kälter werdende Abendluft. Als Lara das Ende der Gasse erreicht hatte, überquerte sie einen Zebrastreifen und betrat den Park.

Es war nicht wirklich dunkel hier, aber die Schatten drängten von allen Seiten an den schmalen Kiesweg. Lediglich einige in großen Abständen verteilte Laternen schufen hell erleuchtete Passagen.

In den Büschen und Bäumen raschelten Tiere, wahrscheinlich Vögel, die einen Schlafplatz für die Nacht suchten. Über allem lag der Geruch feuchten Laubes und der Geruch nach Vergänglichkeit. Die Blüten der meisten Blumen waren längst verwelkt, sie strömten einen süßlichen Duft aus, der vom Sommer erzählte und vom nahenden Winter kündete.

Unwillkürlich musste Lara an zu Hause denken – und an Ben. Während sie in der Stadt von all den neuen Eindrücken förmlich überschwemmt worden war, gab es hier nichts, das ihre Gedanken abgelenkt hätte. Ihre Füße folgten dem bekannten Weg von allein. Sie hielt den Kopf gesenkt und so bemerkte sie den Jungen erst, als sie mit ihm zusammenstieß.

Kurz taumelte sie, dann fand sie das Gleichgewicht wieder und trat unbewusst einen Schritt zurück.

»Entschuldigung. Ich war . . .«

Lara schaute auf. Dunkle Augen blickten sie durchdringend an. Etwas Lauerndes lag in diesem Blick. Der Junge mochte in ihrem Alter sein. Wirres schwarzes Haar lugte unter der Kapuze seiner Jacke hervor. Seine Haut war glatt, fast als hätte sie jemand zu fest über die Wangenknochen gespannt. Schweigend starrte er sie an.

»Es tut mir leid«, stammelte Lara und wollte sich abwenden.

Eine Hand streckte sich nach ihr aus, packte sie am Ärmel ihrer Jacke.

»Du gehst nirgendwohin«, sagte er leise.

Angst durchströmte Laras Körper. Sie wollte protestieren, ihn auffordern, sie sofort loszulassen, aber nur ein stummes Krächzen verließ ihre Lippen.

Der Junge grinste wölfisch.

Hinter ihm erschien ein weiterer Schatten.

Er war nicht allein.

»Was soll das?«, stieß Lara hervor und versuchte, sich aus dem Griff des Jungen zu befreien. »Lass mich . . .«

Der Schlag kam unerwartet. Hart und schmerzvoll. Die Ohrfeige warf sie zu Boden.

»Halt's Maul, Schlampe!« Seine Stimme keuchte vor Erregung.

Lara versuchte, sich aufzurappeln, aber da war er auch schon über ihr. Im nächsten Moment saß er rittlings auf ihr und sein Gewicht drückte ihren Körper in den nassen Kies. Mit fliegenden Händen riss er ihre Jacke auf, so als öffne er einen Vorhang.

»Ich . . . bitte . . .« Lara wollte schreien, wollte nach Hilfe rufen, doch in diesem Moment legten sich Finger über ihren Mund, raubten ihr den Atem. Der Junge beugte sich zu ihr hinab, flüsterte in ihr Ohr: »Kein Wort mehr. Du wirst tun, was ich dir sage, oder ich mach dich alle. Hast du das verstanden?«

Lara nickte heftig. Ihre Augen waren aufgerissen und sie sah in seinem Blick, dass er es ernst meinte. Die Hand löste sich von ihren Lippen, dann wurde ihr Pullover hochgeschoben. Laras Herz begann zu rasen, das Blut rauschte in ihren Ohren.

»Geil!«, meinte der zweite Junge, der ins Licht der Laterne trat.

Lara wandte ihm den Kopf zu. Er war nicht viel älter als der Junge, mit dem sie zusammengeprallt war. Blondes, strähniges Haar fiel ihm in die Stirn. Sein Gesicht hatte etwas Feminines, aber seine Augen glänzten voller Gier.

»Was hast du mit ihr vor?«, fragte er.

Sein Kumpel lachte und Lara gefror das Blut in den Adern, als sie seine gelblich verfärbten Zähne aufblitzen sah. Er packte Laras BH mit einer Faust und riss ihn mit einem Ruck von ihrem Körper. Der kalte Luftzug ließ Lara schaudern, gleichzeitig rann ihr der Schweiß zwischen den nackten Brüsten hinab. Lara lag wie erstarrt auf dem nassfeuchten Boden. »Bitte . . .«, wimmerte sie.

Ein weiterer Schlag traf ihr Gesicht. Ihr Kopf wurde heftig zur Seite geschleudert. Lara spürte einen brennenden Schmerz auf ihrer Wange, dann hatte sie den metallischen

Geschmack von Blut auf ihrer Zunge. Als der Typ sich an ihrer Hose zu schaffen machte, bäumte sich Laras ganzer Körper in verzweifelter Wut auf und sie stieß einen schrillen Schrei aus.

Plötzlich erklang ein ersticktes Geräusch und der zweite Junge sackte auf die Knie. Sein verblüffter Blick ging in die Nacht hinaus. Seine Hände griffen nach seinem Nacken, so als suchten sie etwas, dann kippte er stumm vornüber.

Laras Angreifer wirbelte herum. Mit einem Satz war er auf den Füßen. Vor ihm stand ein junger Mann. Ganz in schwarz gekleidet, wirkte er wie ein Schemen in der Dunkelheit. Er hatte den langen Ledermantel zurückgeschoben und die Hände fast lässig in die Taschen seiner Jeans gesteckt. Ein sanftes Lächeln lag auf dem schmalen Gesicht. Er sprach kein Wort, sah den anderen nur neugierig an, der irritiert auf seinen bewusstlosen Kumpel starrte.

»Das war ein Fehler«, keuchte Laras Angreifer aufgebracht.

»Ach ja?« Der junge Mann machte einen Schritt auf ihn zu.

»Wir wollten sie nur ein wenig erschrecken.«

»So sah es aber nicht aus.« Seine Stimme war so sanft wie sein Lächeln.

»Man mischt sich nicht in die Angelegenheiten anderer ein.«

»Tut man das nicht?«

»Nein.« Der Junge grinste bösartig. Plötzlich blitzte eine Messerklinge auf. »Man lässt es bleiben.«

Der Satz war noch nicht zu Ende gesprochen, als sich der Angreifer nach vorn warf. Das Messer zuckte nach dem Fremden, aber der drehte sich wie ein Tänzer zur Seite. Der

Stich ging ins Leere. Dann standen sich beide wieder gegenüber. Lauernd.

»Das war wohl nichts. Vielleicht solltest du noch ein wenig üben.«

Der Messerstecher schwieg. Den Oberkörper vorgebeugt, umkreiste er seinen Gegner. Die Hand mit der Waffe pendelte fast magisch durch die Luft.

»Du willst es noch einmal versuchen?«, fragte der junge Mann gelassen. Er streckte die Hand einladend aus. »Komm.«

Lara beobachtete den Kampf wie durch einen Schleier. Der Schock des Überfalls hatte ihren Körper geschwächt. Ihre Beine zitterten unkontrolliert. Sie versuchte, sich aufzurichten, sackte aber gleich wieder zu Boden.

Ich muss hier weg.

Sie versuchte davonzukriechen. Winzige Kieselsteine bohrten sich in ihre Handflächen und sie zuckte zurück. Als sie den Kopf hob, schien ihr Herz einen Schlag auszusetzen.

Der zweite Junge, von dem sie geglaubt hatte, er wäre ohnmächtig, stand leise hinter dem Rücken des fremden Mannes auf. Sein Freund hatte ihn bereits entdeckt. Lara erkannte, dass sein Spiel mit dem Messer den Gegner ablenken sollte, bis der andere herangeschlichen war.

Sie stieß einen Schrei aus. Der Kopf des Mannes ruckte zu ihr herum – und das war ein Fehler. Vielleicht hätte er den hinterhältigen Angriff noch rechtzeitig bemerkt, aber so wurde seine Aufmerksamkeit auf sie gelenkt und er sah den Schlag nicht, der auf seinen Hinterkopf krachte.

Betäubt versuchte er, sich der neuen Gefahr zu stellen, aber da traf ihn die Faust des Messerstechers mitten ins Gesicht. Ein Blutschwall schoss aus der schmalen Nase hervor, bespritzte sein Hemd und den Mantel, aber noch stand er aufrecht. Fast in Zeitlupe hob er schützend den rechten Arm. Nun prasselten derbe Faustschläge auf ihn ein und er stürzte zu Boden. Die Angreifer traten ihm in die Rippen, fluchten und bespuckten ihn, aber dann hielten sie plötzlich inne und lauschten in die Dunkelheit.

»Da kommt jemand«, sagte der eine.

»Ja, lass uns abhauen«, antwortete der andere.

Kurz darauf waren sie verschwunden. Lara sah und hörte niemanden, aber sie war dankbar dafür, dass die beiden Angreifer nicht weiter auf den jungen Mann einprügelten, der versucht hatte, sie zu retten.

Sie ließ sich auf die Hände sinken und kroch ungeachtet der Schmerzen zu ihm hinüber. Er lag mitten auf dem Weg. Das schwarze lange Haar klebte auf dem blutverschmierten Gesicht. Seine Unterlippe war geplatzt und Blut sickerte daraus hervor. Ein dünnes Rinnsal lief aus seiner Nase über das Kinn den Hals hinunter. Aber er atmete und war bei Bewusstsein. Als Lara vorsichtig sein Gesicht in beide Hände nahm, versuchte er ein Lächeln.

»Fast hätten sie mich erwischt«, stöhnte er. Er grinste schmerzverzerrt und streckte eine Hand aus.

»Hilf mir auf die Beine.«

»Vielleicht solltest du . . .«

»Hilf mir.«

Lara stand mühsam auf, ergriff seine Hand und zog ihn hoch, dann standen sie sich schweigend gegenüber.

»Danke«, sagte sie leise.

Er strich sich eine Haarsträhne aus den Augen und befühlte seine aufgeplatzte Lippe und die Zähne.

»Scheinen noch alle da zu sein.«

»Wir sollten einen Arzt und die Polizei rufen.«

»Wozu?«

»Du bist verletzt.«

Er lächelte auf eine eigentümliche Art. »Warmes Wasser und ein bisschen Jod reichen aus. Ich habe keine Lust, die ganze Nacht im Krankenhaus oder auf einem Polizeirevier zu verbringen.«

»Wie geht es dir?«, fragte Lara.

Er lachte laut auf und presste dabei die Hände auf die Rippen. »Blendend.« Sein Blick drang in ihre Augen. »Und du? Wie geht es dir? Bist du verletzt?«

Lara blickte an sich herab. Ihr Pullover war über dem Bauch etwas ausgeleiert und der oberste Knopf ihrer Jeans war verschwunden, weshalb die Hose ein Stück aufklaffte. Hastig zog sie den Reißverschluss ihrer Jacke zu. Auf dem Boden lag ihr zerfetzter BH. Mit zitternden Händen hob sie ihn auf und stopfte ihn schnell in ihre Jackentasche.

»Ich denke . . . mir ist nichts passiert . . .«

Ein Schluchzen entrang sich ihrer Kehle. Einen Moment lang sah der junge Mann sie stumm an, dann nahm er sie in die Arme.

»Wo wohnst du?«, fragte er leise. »Ich bringe dich nach Hause.«

5.

»Dort«, sagte Lara und deutete auf den schwarzen Schatten des Hauses, das sich wie ein Scherenschnitt vor dem Nachthimmel abhob. »Am Ende des Weges. Das ist es. Das Haus meiner Großeltern.«

Ihr Schritt war nun fester, das Zittern hatte sich gelegt, aber Lara fühlte sich unheimlich müde und erschöpft.

Der fremde junge Mann ging schweigend neben ihr. Den ganzen Weg vom Park bis hierher hatte er kaum gesprochen. Nur hin und wieder gefragt, ob es ihr gut gehe. Lara spürte seine Kraft durch den Stoff der Jacke hindurch, als seine Hand sich um ihren Oberarm legte, um sie zu stützen, als sie die Straße überquerten.

Sie benötigte seine Hilfe nicht, denn längst fühlte sie sich nicht mehr schwach, aber sein Griff vermittelte ihr das angenehme Gefühl, beschützt zu werden. Plötzlich schoss ihr ein Gedanke durch den Kopf. Sie blieb unvermittelt stehen und sah ihn an. Seine Augen leuchteten im Licht der Straßenlaterne, als er sich umwandte und ihr in die Augen blickte.

»Ist was?«, fragte er. Seine Stimme war warm und mitfühlend.

»Ja«, lächelte Lara schüchtern. »Ich habe dich gar nicht nach deinem Namen gefragt.«

Ein jungenhaftes Grinsen zog über sein Gesicht. Er schob sich eine Strähne aus der Stirn. »Ich bin ganz schön unhöflich.« Dann wurde er ernst und streckte ihr die Hand entgegen. »Damian. Mein Name ist Damian Antas.«

Lara ergriff seine Hand und erschauerte, als ein Kribbeln ihren Arm hinauflief.

»Lara.«

Wieder tauchte dieses schiefe Grinsen auf. »Und weiter?«

»Winter.«

»Ein schöner Name. Schöner Klang.« Dann wiederholte er ihn, flüsterte ihn. »Lara Winter.«

»Danke, dass du mir geholfen hast«, sagte Lara.

»Nicht der Rede wert.«

»Ich weiß nicht, was geschehen wäre, wenn du nicht eingegriffen hättest.«

Er sagte nichts, fasste nur wieder nach ihrer Hand und hielt sie fest.

Lara fühlte sich geborgen in seiner Nähe. Das schmale Gesicht strahlte Ruhe und Kraft aus. Der Wind spielte mit seinen schwarzen Haaren und in Lara stieg das Gefühl auf, ihn schon einmal gesehen zu haben. Aber das war natürlich Unsinn.

»Lass uns weitergehen«, sagte Lara. »Ich bin okay.«

Er nickte und lief los.

Ihre Hand hielt er fest in seiner.

Die Haustür flog schon nach dem ersten Läuten auf, so als hätten ihre Großeltern direkt hinter der Tür gewartet. Die beiden alten Leute waren entgegen Laras Vermutung noch nicht im Bett gewesen.

Marthas weiße Haare sahen aus wie frisch frisiert und ihr Großvater trug Stiefel statt der um diese Zeit üblichen Pantoffeln. Fast schien es, als hätten ihre Großeltern auf sie gewartet.

»Oh mein Gott«, rief ihre Großmutter. »Lara, was ist passiert?«

Bevor Lara überhaupt etwas sagen konnte, hatte Martha sie auch schon am Arm gefasst und in den Flur gezogen. »Was ist geschehen? Hattest du einen Unfall? Bist du gestürzt?«

Ihr Großvater trat einen Schritt näher. »Martha, lass das Mädchen doch erst mal Luft holen. Dann wird sie uns schon sagen, was passiert ist.«

Nachdem alle in die Küche gegangen waren und auf den Stühlen Platz genommen hatten, blickte Lara in die angespannten Gesichter ihrer Großeltern. In diesem Augenblick wurde ihr klar, dass sie unglaubliches Glück gehabt hatte und ihr eigentlich nichts passiert war. Sie entschied sich, so nahe wie möglich an der Wahrheit zu bleiben, ohne ihre Großeltern unnötig aufzuregen. »Zwei Jungs in meinem Alter haben mich im Park angerempelt und wurden aggressiv.« Laras Stimme zitterte, sie räusperte sich, bat ihre Großmutter um ein Glas Wasser und erzählte dann weiter. »Einer von den beiden hat mir eine Ohrfeige verpasst, da bin ich hingefallen. Damian kam hinzu und hat sich eingemischt, da haben sie auf ihn eingeprügelt, aber als sie hörten, dass jemand kommt, sind sie abgehauen.«

Sie verschwieg, dass einer der beiden ihr den BH heruntergerissen und versucht hatte, sie auszuziehen. Für Details war auch später noch Zeit, im Moment fühlte sie sich müde und erschöpft und konnte kaum noch die Augen offen halten.

»Oh mein Gott«, sagte ihre Großmutter. »Hast du Schmerzen? Tut dir etwas weh?«

»Nein, ich fühle mich nur etwas schwach, aber es geht bestimmt gleich wieder besser«, meinte Lara zögerlich.

»Wir müssen die Polizei verständigen«, sagte Max ruhig.

»Können wir das nicht morgen machen, Opa?«

»Wir werden einen Arzt rufen«, bestimmte Martha.

»Nein, das ist nicht nötig«, erklärte Lara. »Ich würde mich nur gern ein wenig hinlegen.« Doch als sie aufstand, wurde ihr schwindelig. Alles Blut wich aus ihrem Gesicht.

»Du siehst aus wie ein Gespenst«, sagte ihre Großmutter besorgt. »Ich bringe dich jetzt ins Bett und keine Widerrede.« Sie nahm Laras Arm und führte sie aus der Küche und die Treppe hinauf.

Lara konnte hören, dass Damian und Max ebenfalls aufgestanden waren. Auf dem Absatz drehte sie sich noch einmal um. Sie wollte sich von Damian, der nun im Flur stand, verabschieden, aber er hatte ihr den Rücken zugewandt. Das Letzte, was Lara an diesem Tag sah, war der merkwürdige Blick, den ihr Großvater Damian zuwarf. Fast schien es, als tauschten die beiden eine stumme Botschaft aus.

6.

Als Lara erwachte, schien es ihr, als tauche sie aus einem tiefen dunklen See zur Oberfläche auf. Die Sonne schien hell ins Zimmer und kündete von einem warmen Herbsttag.

Sie hatte nicht geträumt oder erinnerte sich zumindest nicht daran, trotzdem fühlte sie sich wie erschlagen. Ihr Blick fiel auf den Digitalwecker. Elf Uhr vierunddreißig – sie hatte fast den ganzen Vormittag verschlafen!

Als sie aufstand, spürte Lara, wie ihre Beine zitterten. Und mit dem Zittern kehrte die Erinnerung zurück. Galle stieg in ihrem Mund auf. Auf nackten Füßen lief Lara ins Bad und spülte ihren Mund mit kaltem, frischem Wasser aus. Als sie einen Blick in den Spiegel warf, zuckte Lara zusammen. Das konnte unmöglich sie sein!

Das bleiche Gesicht eines Gespenstes schien ihr entgegenzublicken. Die Haare fielen ihr strähnig auf die Schultern, ihre Augen lagen tief in den Höhlen, die Farbe ihrer Iris wirkte stumpf und erinnerte an verschmutzte Glaskugeln. Sie fasste mit beiden Händen nach ihren Wangen, schob sie hoch und runter, aber trotzdem sah es aus, als wäre das Fleisch von ihnen abgefallen.

Ich sehe schlimm aus. Dann verbesserte sie sich in Gedanken. *Nein, ich sehe furchtbar aus. Wie der leibhaftige Tod.*

Sie stellte erneut das Wasser an, hielt die gewölbten Handflächen darunter und klatschte sich das kühle Nass ins Gesicht.

Besser.

Etwas Farbe kehrte in ihr Gesicht zurück. Erst jetzt bemerkte sie die rote Schramme an ihrem Hals. Sie begann unterhalb des linken Ohrläppchens und zog sich bis zum Schlüsselbein. Als sie die Linie mit dem Finger nachfuhr, spürte sie keinen Schmerz.

Laura griff nach ihrer Zahnbürste und schrubbte, bis ihr Zahnfleisch brannte. Als sie den Mund ausspülte, hörte sie ihre Großmutter von unten rufen.

»Lara, bist du wach?« Dann eine kleine Pause. »Kommst du zum Frühstück? Ich habe Rührei und frischen Toast gemacht. Komm, bevor alles kalt wird.«

Ihr war überhaupt nicht nach Essen zumute, dennoch rief sie zurück, dass sie gleich runterkäme.

Lara griff nach einem breiten Kamm und begann, die Knoten aus ihren Haaren zu ziehen. Anschließend trug sie noch rasch etwas Rouge auf, schlüpfte in ihre Jeans, streifte ein weißes T-Shirt über und ging barfuß in die Küche hinunter.

Der Duft des Essens drang Lara in die Nase und zu ihrer Überraschung stellte sie fest, dass sie doch Appetit hatte.

»Guten Morgen, Oma«, sagte Lara und zog einen Stuhl heran.

Ihre Großmutter wirkte ruhig und gefasst, aber in ihren Augen lag ein besorgter Ausdruck. Offensichtlich hatten Laras Verschönerungsversuche doch nicht so viel bewirkt.

Martha trat schweigend näher, bückte sich und umarmte ihre Enkelin. »Alles wird wieder gut«, flüsterte sie immer wieder leise in Laras Ohr und streichelte ihr dabei tröstend über den Rücken.

»Oma, ich . . .«

»Jetzt iss erst mal und dann reden wir in aller Ruhe darüber, was passiert ist.«

Lara trank den letzten Schluck Kaffee und wischte mit einer Ecke des Toastbrots das restliche Ei auf. Mit dem Frühstück im Magen fühlte sie sich wesentlich besser und auch das Schwächegefühl war verschwunden.

Sie atmete tief ein und sagte: »Oma, ich habe dir gestern nicht alles erzählt . . . nicht die ganze Wahrheit.«

Ihre Großmutter hob fragend eine Augenbraue. »Und was hast du ausgespart?«

»Ich war diejenige, die versehentlich gegen einen der beiden gestoßen ist, nicht umgekehrt. Aber obwohl ich mich entschuldigt habe, sind sie aggressiv geworden. Derjenige, den ich angerempelt habe, hat mich geschlagen und beschimpft. Als ich zu Boden stürzte, hat er sich auf mich geworfen und versucht, mir die Kleider vom Leib zu reißen.« Lara versuchte, das Zittern in ihrer Stimme zu unterdrücken.

Stumm vor Entsetzen blickte ihre Großmuter sie an.

»Wäre Damian nicht hinzugekommen, hätte alles Mögliche passieren können. Er hat mir geholfen – und wurde von den beiden zusammengeschlagen.«

Sie schwiegen für einen Moment, beobachteten, wie der Staub im Sonnenlicht tanzte.

»Dann sind wir Damian zu großem Dank verpflichtet . . .«, sagte ihre Großmutter schließlich.

»Ja.«

». . . und wir müssen die Polizei verständigen.«

Lara zögerte. »Ich denke, das wird nichts bringen, Oma.«

»Was?«

»Es war dunkel, diese Typen trugen Kapuzenjacken und ich habe ihre Gesichter nicht richtig gesehen. Zum Glück ist ja nichts passiert.«

Marthas Gesichtsausdruck wurde hart. »Du willst sie davonkommen lassen? Einfach so? Sie haben dich geschlagen und hätten dir wer weiß was angetan, wenn der junge Mann nicht aufgetaucht wäre . . . Und du willst sie noch nicht mal anzeigen?«

»Oma, das bringt doch nichts. Ich habe nicht die Kraft, mich stundenlang von der Polizei befragen zu lassen. Am liebsten würde ich den ganzen Vorfall einfach vergessen.«

»Vergessen? Nein, hier wird gar nichts vergessen. Wenn dein Großvater von der Universität zurück ist, fahren wir zum nächsten Polizeirevier. Und heute Abend rufen wir deine Mutter an und erzählen ihr alles.«

Lara gab jede Widerrede auf. Ihr fehlte die Energie, ihrer Großmutter zu widersprechen. Sie nahm Teller, Tasse und Besteck, stand auf und räumte alles in die Spülmaschine. Ohne sich umzudrehen, fragte sie beiläufig: »Hat Damian eine Telefonnummer oder seine Adresse hinterlassen?« Selbst in ihren Ohren klang der Versuch, kein übermäßiges Interesse zu zeigen, absolut kläglich.

»Nicht, dass ich wüsste, als ich gestern Abend wieder runterkam, war er schon gegangen. Vielleicht hat dein Großvater etwas notiert.«

Enttäuschung machte sich in Lara breit. Gerne hätte sie Damian wiedergesehen, mit ihm über alles gesprochen, sich noch einmal bei ihm bedankt, aber nun war er genauso schnell aus ihrem Leben verschwunden, wie er hineingetreten war.

Vor ihrem geistigen Auge sah sie das schwarze Haar, das schmale, etwas bleiche Gesicht und sein schiefes Lächeln, das ihn so sympathisch machte. Sie spürte, er war jemand Besonderes. Ein Mensch, wie man ihm nur selten begegnet.

Sie musste sich eingestehen, dass alle Jungs an ihrer Schule neben ihm langweilig und uninteressant wirkten. Sie hätte ihn gern näher kennengelernt; vielleicht hätte er ihr Berlin zeigen können.

Aber nun war es zu spät. Sie hatte es verpatzt!

Warum habe ich ihn nicht nach seiner Handynummer gefragt?

Der Gedanke, ihn vielleicht niemals wiederzusehen, ließ ihre Laune auf den Nullpunkt sinken. Plötzlich fühlte sie sich unsagbar müde. Kraftlos.

Sie wandte sich um. »Ich lege mich noch mal hin, Oma.«

Die Augen ihrer Großmutter forschten in ihrem Gesicht. »Geht es dir nicht gut?«

»Doch schon, aber ich fühle mich schlapp. Ein bisschen Schlaf wird mir guttun.«

»Soll ich dich irgendwann wecken?«

»Nein, lass mal. Ich werd dann schon wieder irgendwann aufwachen.« Sie versuchte ein Lächeln, dann verließ sie die Küche.

Als sie die Tür zu ihrem Zimmer öffnete, liefen ihr die ersten Tränen über das Gesicht. Sie wischte sie nicht weg, sondern vergrub ihr Gesicht in den Kissen.

7.

Diesmal war es das altmodische Läuten der Türglocke, das Lara weckte. Draußen schien noch immer die Sonne, allerdings war sie ein ordentliches Stück weiter nach Westen gewandert.

Als es zum zweiten Mal klingelte, zog sich Lara die Bettdecke über den Kopf. Trotzdem hörte sie, wie ihre Großmutter nach ihr rief.

»Lass mich«, brummte Lara ins Laken.

Keine Minute später wurde die Bettdecke schwungvoll zurückgerissen und ihre Großmutter warf ihr einen sonderbaren Blick zu.

»Steh auf, Lara.«

»Warum denn? Ich möchte noch . . .«

»Du hast Besuch.«

Schläfrig richtete sich Lara auf. Besuch? Wer sollte sie denn hier besuchen kommen?

»Du solltest dich rasch anziehen«, meinte ihre Großmutter. »Und vielleicht wirfst du noch kurz einen Blick in den Spiegel, bevor du runterkommst. So wie du aussiehst . . .« Auf den Lippen ihrer Großmutter war ein kleines Lächeln zu sehen.

Die Erkenntnis durchzuckte Lara wie ein Blitz.

Damian!

Er war gekommen, um sie zu sehen.

Sie sprang aus dem Bett, stolperte über die eigenen Schuhe, die sie dort abgestellt hatte, und hastete ins Bad.

Verdammt, wie schminkte man sich in fünf Minuten, ohne anschließend wie ein Clown auszusehen . . .?

Damian saß in der Küche und trank gerade ein Glas Wasser, als Lara das Zimmer betrat. Lächelnd erhob er sich. Für einen Moment standen sich beide befangen gegenüber, dann streckte Lara die Hand aus und lachte.

»Schön, dich wiederzusehen, Damian.«

Ihr Herz klopfte bis zum Hals, als er ihre Hand nahm und sie festhielt. Ein sanftes Feuer jagte ihren Arm hinauf und ließ sie wohlig erschauern.

»Ich freue mich auch. Hoffentlich störe ich nicht. Deine Großmutter hat gesagt, du ruhst dich aus.«

»Ja, ich war immer noch ziemlich müde, als ich heute Morgen aufgewacht bin. Aber wie geht es dir?«

Neugierig betrachtete sie Damians Gesicht. Von seinen Verletzungen war kaum noch etwas zu sehen. Die Lippe war deutlich abgeschwollen, die Nase wies zwar an der Nasenwurzel noch eine blaue Verfärbung auf, aber ansonsten sah es aus, als wäre er ohne größere Wunden davongekommen.

»Ich habe die ganze Nacht mein Gesicht gekühlt, am Schluss hat es sich wie taub angefühlt, aber anscheinend helfen die alten Hausmittel tatsächlich.« Er lächelte.

Er sieht wirklich verdammt gut aus, dachte Lara und spürte, wie ihr die Röte ins Gesicht schoss. Sein Haar war frisch gewaschen und fiel locker auf die Schultern herab. Das schmale Gesicht mit den hohen Wangenknochen hatte etwas Raubtierhaftes und wirkte sehr anziehend.

Seine Lippen schienen stets zu lächeln, aber das Außergewöhnlichste an ihm waren seine Augen. Hell wie ein zugefrorener Wintersee. Als er Lara direkt in die Augen sah, entdeckte sie einen silbernen Punkt, der wie ein Irrlicht über die Pupille zog, bevor er verschwand.

Sie blinzelte verwirrt.

»Ich denke, du kannst die Hand des jungen Mannes wieder loslassen«, sagte ihre Großmutter in die entstandene Stille hinein und kicherte. »Vielleicht hat er noch Verwendung dafür, wenn er wieder mal ein Mädchen rettet.«

»Oh«, machte Lara nur, ließ Damians Hand los und sah verlegen zu Boden. Ihre Großmutter war manchmal wirklich unmöglich!

»Nein, in der nächsten Zeit nicht«, meinte Damian lachend. Lara bewunderte ihn für die Unbefangenheit, mit der er die peinliche Situation überspielte.

»Ich habe einen Mohnkuchen gebacken.« Martha streckte ihnen lächelnd einen riesigen Kuchenteller entgegen. »Ihr solltet ihn lieber gleich essen, denn wenn Max heute Abend nach Hause kommt und den Kuchen entdeckt, wird kein Krümel mehr übrig bleiben.«

8.

Deine Großmutter ist nett«, meinte Damian und kickte einen Kieselstein über den Weg. Nachdem Martha jedem von ihnen zwei große Stücke Kuchen aufgezwungen hatte, war die Situation in der Küche irgendwie unangenehm geworden. Lara wollte Damian so vieles fragen, mit ihm über den gestrigen Abend sprechen, aber die Anwesenheit ihrer Großmutter machte das unmöglich.

Als Martha keine Anstalten machte, sie beide allein zu lassen, hatte Lara einen Spaziergang vorgeschlagen. Und zum Glück war auch die alte Dame der Meinung gewesen, dass Lara ein bisschen frische Luft guttun würde. Lara seufzte. Sie mochte ihre Großeltern wirklich, aber manchmal waren sie schlimmer als ihre Mutter.

Sie ließen die Vorstadtgärten hinter sich und gingen eine schmalen Weg entlang, der zu einem kleinen See führte, dessen Oberfläche im Sonnenlicht golden glänzte.

Bisher hatten sie kaum miteinander gesprochen, aber Lara genoss dieses Schweigen. Ihre Hände hatte sie tief in den Jackentaschen vergraben, damit Damian nicht bemerkte, wie sie aufgeregt ihre Finger knetete.

»Ein schöner Platz«, sagte Damian. Er bückte sich und hob einen kleinen schwarzen Stein auf. Nachdem er ihn eine Weile betrachtet hatte, ließ er ihn übers Wasser tanzen. Als er sich wieder zu Lara umdrehte, grinste er. »Ich konnte einfach nicht widerstehen.«

»Sieben Mal.«

»Was?«

»Der Stein ist sieben Mal aufgehüpft, bevor er untergegangen ist.«

»Nicht schlecht, oder?«

Sie zwinkerte ihm zu. »Aber nicht gut genug.«

Nach zwei Minuten hatte Lara einen vielversprechenden Stein gefunden. Er passte perfekt in ihre Handfläche, war flach und rund. Sie nahm einen Schritt Anlauf und ließ den Stein auf Kniehöhe los. Befriedigt sah sie zu, wie er bis ans andere Ufer hüpfte.

»Wow!«, meinte Damian und schien wirklich beeindruckt zu sein. »Du machst das anscheinend öfters. Hat dir das dein Vater beigebracht?«

Lara schüttelte den Kopf. Durch die Bewegung verfing sich eine Haarsträhne zwischen ihren Lippen, die sie energisch wegwischte. »Nein, ich kenne meinen Vater nicht. Er hat meine Mutter kurz nach der Geburt verlassen.«

Betretenes Schweigen breitete sich aus. »Das tut mir leid«, sagte Damian schließlich.

»Muss es nicht.«

»Vermisst du ihn?«

Sie zögerte. »Wie kann man etwas vermissen, das man niemals hatte?« Lara hob eine Hand, als Damian etwas erwidern wollte. »Es ist nicht *er*, den ich vermisse, aber ich habe mir oft gewünscht, ich hätte einen Vater, so wie alle anderen Kinder eben auch.«

»Kann ich verstehen. Hast du Geschwister?«

»Nein. Und du? Bist du auch ein Einzelkind oder hast du Geschwister?«

»Ich habe eine ältere Schwester.«

»Wie alt bist du eigentlich?«

»Einundzwanzig. Und du?«

»Siebzehn. Bald werde ich achtzehn.« Sie seufzte. »Endlich.«

»Warum? Hast du es eilig?«

»Will nicht jeder Jugendliche irgendwann erwachsen werden – oder zumindest als erwachsen gelten? Ich finde dieses Zwischenstadium unerträglich. Entweder die Leute behandeln dich wie ein kleines Kind oder sie fordern von dir, Verantwortung zu übernehmen. Dazwischen gibt es anscheinend nichts.«

»Also ich war gerne ein Kind. Den ganzen Tag machen, was man will, das ist doch die pure Freiheit.«

»Machen, was man will?«, fragte Lara erstaunt. »Sie schicken dich in die Schule. *›Lerne, Kind, für dich, für das Leben, nicht für die Schule.‹*« Lara merkte, wie sie die Stimme ihrer Mutter imitierte. »Und wenn du nicht die Noten nach Hause bringst, von denen sie träumen, dann stellen sie Fragen, bis du gar nichts mehr weißt.«

»Na ja, ganz so . . .«

Lara ließ ihn nicht aussprechen. »Zu all dem Schulstress kommt dann noch irgendwelcher langweiliger Musikunterricht, in meinem Fall Geige, weil die musikalische Ausbildung ja so wichtig ist.«

Lara hatte sich nun richtig in Rage geredet. »Und Sport«, fuhr sie fort. Sie verzog das Gesicht und fuchtelte wild mit den Händen. »Sport ist wichtig. Man braucht ja Bewegung, wenn man den ganzen Tag nur herumsitzt. Also melden sie dich beim Ballett, zum Reiten oder für Tennisstunden an.«

Als sie Luft holte, nutzte Damian die Gelegenheit, etwas einzuwerfen. »Und zu alldem hat man dich gezwungen. Du wurdest nicht gefragt. Gegen deinen Willen hat man dich auf ein Pferd gesetzt und dir einen Tennisschläger in die Hand gedrückt!«

Zuerst wollte sie losschimpfen, aber dann sah sie sein Schmunzeln. »Du nimmst mich nicht ernst.«

»Doch, aber du solltest dich mal hören. Es klingt, als hättest du deine Kindheit in Sklaverei verbracht.«

Sie konnte das Lachen, das in ihr aufstieg, nicht unterdrücken. »Na ja, ganz so schlimm war es dann auch wieder nicht. Aber mal ehrlich, war es bei dir anders?«

Sein Gesichtsausdruck wurde ernst. Ein harter Zug legte sich um seine Mundwinkel. »Es war in Ordnung.«

Lara spürte, dass er nicht darüber sprechen wollte. Zuerst wollte sie nachhaken, entschied sich dann aber dagegen. Schließlich kannten sie einander noch kaum und vielleicht würde es einen anderen Zeitpunkt geben, um ihn danach zu fragen.

Ein Geräusch erregte ihre Aufmerksamkeit und sie wandte den Kopf. »Schau mal, ein Reiher«, flüsterte sie und deutete auf die elegante Silhouette, die scheinbar schwerelos über den See schwebte. Am anderen Ufer angelangt, breitete der große Vogel seine Flügel aus und landete. Kurz darauf stakste er durch das hohe Schilf und pickte im trüben Wasser nach Futter.

»Ich dachte, sie wären alle längst zu ihrem Winterquartier aufgebrochen«, sagte Lara.

»Die Tage sind warm. Vielleicht wartet er noch, bevor er sich auf den langen Weg in den Süden macht.«

»Ja, es ist schön. Die Sonne tut gut nach all dem Regen.«

Und der Tag ist schön, weil ich ihn mit dir verbringen kann, dachte Lara. Heimlich betrachtete sie Damian aus den Augenwinkeln. Hatte sie sich nicht erst vor ein paar

Tagen geschworen, dass sämtliche Jungs ihr gestohlen bleiben konnten? Aber Damian war anders. Ganz anders als die Jungs, die sie bisher kennengelernt hatte. Als sie an Ben dachte, versetzte es ihr einen kleinen Stich. Doch dann spürte sie Damians Arm, der wie zufällig den ihren streifte, roch seinen Duft und sofort ging es ihr besser. Sie wollte einfach die Zeit genießen, die sie mit ihm hier verbringen konnte. Und sie war so neugierig, was für ein Mensch er wirklich war. Sie hatte Lust darauf, Damian besser kennenzulernen.

»Gehst du noch zur Schule?«, fragte sie ihn.

»Kann man so sagen«, grinste er. »Vor einer Woche habe ich mit dem Studium begonnen – ich studiere Geschichte.«

»Mein Großvater war Professor für Geschichte, bevor er in Pension ging.«

»Ja, er hat es erwähnt. Er war Dozent an derselben Universität, an die ich jetzt gehe.«

»Was für ein Zufall.«

»Ist es denn so ungewöhnlich, Geschichte zu studieren?«

»Irgendwie schon«, meinte Lara. »Alle, die ich kenne, wollen sich nach dem Abi für BWL oder Jura oder Medizin einschreiben.«

»Dein Großvater hat mir erzählt, dass du zur Schule gehst und nächstes Jahr dein Abi machst und nur während der Herbstferien hier zu Besuch bist.«

»Mein Großvater hat anscheinend sehr viel erzählt.«

»Wo kommst du her?«

»Das Kaff kennt niemand.«

»Trotzdem.«

»Rottenbach in Baden-Württemberg.«

»Kenne ich wirklich nicht.«

»Da geht es dir wie sechs Milliarden anderer Menschen.«

»Ist es so schlimm dort?«

Lara zuckte mit den Achseln. »Nicht wirklich. Bloß sterbenslangweilig. Und du? Kommst du aus Berlin oder bist du wegen des Studiums hierher gezogen?«

»Ich bin ein waschechter Berliner.«

»Das hört man dir nicht an.«

»Meine Eltern stammen aus Ungarn. Ich hatte zu Hause genug Probleme damit, Deutsch ohne Akzent zu lernen, da hat es für einen Dialekt einfach nicht mehr gereicht.«

Sie stieß ihm spielerisch den Ellbogen in die Seite.

Damian stieß einen lauten Schmerzensschrei aus, fasste sich an die Rippen und sank auf die Knie.

Mist, wie konnte sie nur so gefühllos sein! Sie hatte ganz vergessen, dass er verletzt war. Sie bückte sich zu ihm herab und legte ihre Hand auf seine Schulter.

»Es tut mir leid. Es tut mir wirklich . . .«

Er wandte ihr das Gesicht zu und grinste sie breit an.

»Du hast mich verarscht!«, rief Lara empört. Sie trommelte lachend mit ihren Fäusten auf seinen Rücken. »Du blöder . . .«

Lachend sprang er auf und hielt ihre Hände fest.

»Du bist so ein . . .«

»Was?«, fragte er ruhig.

Sie blickte in seine hellen Augen und versank darin.

». . . Idiot«, vervollständigte sie leise den Satz.

Sein Gesicht war dem ihren nah. Ganz nah. Sie konnte spüren, wie sein Atem über ihre Wangen strich. Seine Hände waren sanft geworden, ohne sie loszulassen. Für einen Moment hatte sie das Gefühl, er würde sie an sich ziehen, sie vielleicht küssen, aber der Augenblick verging. Er ließ sie los und trat einen Schritt zurück.

»Komm, wir gehen noch ein Stück«, sagte er ruhig.

9.

W*as ist da eben geschehen?*, fragte sich Lara, während sie schweigend neben Damian um den See lief. *Er hätte mich beinahe geküsst. Ich . . . ich weiß nicht, ob ich das will. Es ist . . . noch zu früh. Wir kennen uns noch nicht richtig.*

Und dennoch, Lara wusste, sie hätte es zugelassen. Sie musste sich eingestehen, dass es sie fast ein wenig enttäuschte, dass es nicht geschehen war.

Wie seine Lippen wohl schmeckten?

Kurz darauf ärgerte sie sich über sich selbst. Sie gab sich hier irgendwelchen bescheuerten Tagträumen hin. *Mädchen verliebt sich in ihren Lebensretter* . . . Das war doch totaler Mist! Damian war einundzwanzig und bei seinem Aussehen konnte er ganz andere Mädchen haben. Aber trotzdem hatte Lara das Gefühl, dass da irgendetwas zwischen ihnen war.

»Damian?«

»Ja?«

»Gibst du mir deine Handynummer?«

Er blieb stehen und blickte sie ruhig an. »Ich habe kein Handy.«

»Du hast kein Handy?«, fragte Lara verblüfft.

»Nein.«

»Jeder hat ein Handy.«

»Dann bin ich eben nicht ›jeder‹.«

»So habe ich das nicht gemeint.«

»Ja, ich weiß.«

»Und deine Freunde? Wie erreichen sie dich?«

»Ich habe nicht besonders viele Freunde.«

Es klang, als habe er gar keine.

»Wie kann ich dich erreichen? Hast du einen Festnetzanschluss?«

Seine Hand vollführte eine unwirsche Handbewegung. »Nein, habe ich nicht. Warum auch? Wer mir etwas zu sagen, soll es persönlich tun.«

Seine Augen funkelten. Er wirkte verärgert und Lara wusste nicht einmal, warum. Hatte sie etwas Falsches gesagt? Sie hätte gern nachgehakt, aber eine innere Stimme flüsterte ihr zu, das Thema fallen zu lassen. Also schwieg sie.

Sie gingen weiter.

Etwas später blieb Damian unvermittelt stehen und bückte sich. Zunächst konnte Lara den Grund dafür nicht erkennen, dann sah sie, wie er seine Hand nach etwas im Gras ausstreckte.

Ein bunter Schmetterling krabbelte von dem Halm, auf dem er saß, auf den ausgestreckten Finger. Damian richtete sich auf und hielt die Hand dicht vor sein Gesicht. Seine Lippen spitzten sich. Er blies vorsichtig Luft unter die Flügel des Tieres.

»Warum tust du das?«, wollte Lara wissen.

»Es ist zu kalt für ihn. Ich will ihn wärmen.«

»Er ist schön.«

Damian lächelte. »Er ist mehr als das. Er ist makellos.«

Der Schmetterling spreizte seine Flügel und drängte dem warmen Atem entgegen.

»Bald wird er sterben«, sagte Damian ruhig.

»Warum sagst du das?«

»Weil es wahr ist.« Damian sah sie ernst an. »Es ist der Kreislauf des Lebens. Unveränderlich und scheinbar grausam. Leben muss vergehen, damit neues Leben entstehen kann.« Er hob seine Hand etwas an. »Aber dieser Schmetterling war eine Zeit lang Teil des Ganzen. Seine Schönheit hat die Welt ein wenig reicher gemacht. Nun ist es für ihn Zeit zu gehen.«

»Das ist traurig.«

»Vielleicht. Vielleicht auch nicht. Es kommt auf den Blickwinkel des Betrachters an.«

»Und wie siehst du es?«

»Jetzt und hier ist er lebendig und wunderschön. Das ist alles, was zählt. Es gibt keine Zukunft, nur ein Jetzt, das vergeht und zu einem neuen Jetzt wird. Immer und immer wieder, bis in alle Ewigkeit.«

»Das klingt, als ob du dir viele Gedanken über die Welt machst. Über alles.« Lara konnte ihre Verwunderung über Damians Worte nicht verbergen. Ob Ben solche Worte auch nur jemals gedacht hatte?

»Nein, tue ich nicht, aber ich kann Wahrheit erkennen, wenn ich sie sehe.«

Lara trat einen Schritt näher. »Darf ich ihn einmal nehmen?«

»Ja, aber sei vorsichtig.«

Er hob seine Hand, Lara streckte ihren Zeigefinger aus, und als Damian sich ein wenig bewegte, krabbelte der Schmetterling auf Laras Finger. Lara hauchte ihn sanft an.

»Lass ihn fliegen«, meinte Damian.

»Ja, er soll fliegen.« Lara warf das Tier in die Luft, das kurz mit den Flügeln flatterte und wenige Meter durch die Luft taumelte, bevor es zu Boden fiel.

»Oh nein«, rief Lara aus. »Der arme . . .«

Sie wollte zu dem Schmetterling gehen, aber Damian legte seine Hand auf ihren Arm und hielt sie zurück. »Nein, lass ihn. Seine Zeit ist gekommen.«

Traurig wandte sich Lara ab.

Weder sie noch Damian sahen, dass die Flügel des Tieres zu Stummeln verbrannt waren.

Sie nahmen ihren Spaziergang wieder auf. Lara hing ihren Gedanken nach. Damian war so viel erwachsener als die Jungen, die sie kannte. Und er war geheimnisvoll. Lara spürte, dass er irgendetwas vor ihr zu verbergen versuchte. Umso stärker war diese brennende Neugierde in ihr, alles über ihn und sein Leben wissen zu wollen. Allerdings sie hatte keine Ahnung, ob er genauso fühlte. Was mochte er über sie denken? Ob er einfach nur irgendein beliebiges Mädchen in ihr sah, das ihm zufällig über den Weg gelaufen war? Insgeheim hatte sie gehofft, dass er sich für sie interessieren würde.

»Was hast du nach dem Abi vor?«, fragte Damian in die Stille hinein.

»Weiß nicht genau«, gab Lara zu.

»Irgendwelche Interessen?«

»Vielleicht mache ich etwas mit Musik und Kunst.«

»Was denn?«

»Na ja«, begann sie zögerlich. »Kunsttherapeutin wäre ein Beruf, der mich interessieren würde. Musik und Kunst werden oft und erfolgreich in Therapien eingesetzt. Besonders bei Kindern.«

Er blieb stehen und musterte aufmerksam ihr Gesicht. »Das klingt nach einem interessanten Beruf.«

»Na ja, ansonsten könnte ich ja auch BWL oder Jura . . .«

»Ganz bestimmt«, unterbrach Damian sie lachend.

Lara blickte auf ihre Armbanduhr. »Es ist Zeit, wir müssen langsam zurück. Meine Großmutter besteht darauf, dass ich mit ihr und meinem Großvater zur Polizei gehe und Anzeige erstatte.«

»Okay.«

»Sie wird dich sicherlich fragen, ob du mitkommen und eine Aussage machen willst.«

»Kein Problem.« Seine Stimme klang gelassen, aber Lara hatte das Gefühl, dass er von diesem Vorschlag nicht sonderlich begeistert war.

Damian machte einen Schritt, dann blieb er plötzlich stehen und starrte auf die andere Seite des Ufers. Regungslos.

Ein Schauder lief über Laras Rücken. »Was ist? Ist da jemand?«

Er sah sie an und lächelte, aber das Lächeln erreichte seine Augen nicht. »Nein, es ist alles in Ordnung. Da ist nichts.«

Plötzlich hatte sie Angst. »Können wir zurückgehen?«

»Sicher.«

Als sie das Ufer verließen und auf den Weg zurückgingen, schob sich eine dunkle Wolke vor die Sonne.

Das Wesen stand im Schatten einer alten Eiche. Sein mächtiger, muskelbepackter Körper war im Dickicht kaum auszumachen, aber es selbst konnte alles sehen.

Aus geschlitzten gelben Pupillen starrte es ans andere Ufer. Der reptilienartige Kopf schwankte von einer Seite zur anderen. Breite Nüstern blähten sich. Ein tiefes Grollen entwich der Kehle des Dämons und er fletschte die langen Reißzähne.

In seiner Faust hielt er den Körper des toten Reihers. Er hatte dem Vogel den Kopf abgebissen und Blut troff aus seinem Maul, floss seinen stämmigen Hals hinab.

Hinter ihm tauchte ein kleineres, aber nicht minder hässliches Wesen auf. Der groteske Oberkörper schaukelte auf kurzen, dünnen Beinen. Lautlos trat es heran. Drei feuerrote Augen leuchteten in dem Gesicht, als es zu den beiden Menschen hinübersah.

»Das Mädchen sollte längst uns gehören«, knurrte der Beobachter zornig. Er warf den schuppigen Kopf in den Nacken. Durch die Bewegung begannen die kleinen Glöckchen an seinen widderartigen Hörnern zu klingeln.

»Der Anführer hat gesagt, wir sollen noch warten.« Die Stimme des Hinzugekommenen war ein Singsang, leise wie der Wind, der durch das Gebüsch strich.

Das Reptil glotzte dumpf auf den Zwerg herab. »Satan, der Fürst und wahre Herrscher über die Hölle, hat befohlen, das Mädchen zu ihm zu bringen. Sein Wort zählt. Der Anführer ist nur ein Diener.«

»So, wie wir auch«, zischte das kleinere Wesen.

»Ja.« Zornig, einem Brüllen gleich, wurde das Wort ausgestoßen, aber es lag keine Zustimmung darin.

»Unsere Zeit wird kommen. Der große Krieg naht. Wir werden sie vernichten und nicht länger Sklaven sein.«

»Diesen Traum träumen alle Sklaven.« Das Reptil wandte sich abrupt um und verschwand im Gestrüpp. Zurück blieben nur seine letzten Worte und der Klang der Stimme, die sie gesprochen hatte.

10.

Als Lara und Damian die Auffahrt zum Haus entlanggingen, entdeckten sie Laras Großvater auf der obersten Stufe der Treppe sitzend. Wie üblich trug er Jeans, ein Baumwollhemd und seine Stiefel. Zwischen seinen Lippen steckte eine dicke Zigarre, aus der er in regelmäßigen Abständen blauen Dunst in die Luft blies.

»Deine Großmutter hat mich aus dem Haus verbannt. Sie meint, sie hätte genug von dem Gestank«, seufzte er und grinste dabei. »Und das nach fünfundvierzig Jahren Ehe. Man kann es kaum glauben.«

»So ganz unrecht hat sie ja nicht, oder?«, meinte Lara. »Rauchen ist eben einfach ungesund.«

»Da hörst du's, Max!«, erklang in seinem Rücken eine strenge Stimme. Martha verschränkte energisch die Arme vor der Brust, doch der Professor zog erneut genüsslich an seiner Zigarre.

»Wie sieht es aus?«, wandte sie sich dann an Lara und Damian. »Wollt ihr noch ein Stück Kuchen?«

»Kuchen?«, brummte Laras Großvater. »Davon hast du mir aber nichts gesagt!«

Martha drehte sich mit einem siegessicheren Lächeln um, als ihr Mann die Zigarre ausdrückte und ihr und den beiden jungen Leuten ins Haus folgte.

Fünf Minuten später saßen alle am Küchentisch. Der Kuchen war verspeist. Laras Großmutter schlürfte duftenden

Tee, während Max die langen Beine ausstreckte und seinen Kaffee genoss.

Lara und Damian hatten ihnen gegenüber Platz genommen. Sie warteten auf das, was nun unweigerlich kommen musste. Und es kam.

»Wir müssen zur Polizei gehen«, sagte Martha ruhig.

»Oma, ich . . .«, versuchte Lara sofort zu widersprechen, aber ihre Großmutter ließ sie erst gar nicht ausreden. »Ich weiß, was du sagen willst. Trotzdem!«

»Was meinen Sie dazu?«, wandte sich der Professor an Damian. Damian ließ sich Zeit, bevor er antwortete. Er und Lara hatten auf dem Heimweg über das Thema geredet und sie hatten entschieden, die Behörden aus dem Spiel zu lassen.

»Keiner von uns beiden hat die Täter richtig gesehen, es war zu dunkel, und alles, was wir zu Protokoll geben würden, würde wahrscheinlich nach einer harmlosen Auseinandersetzung zwischen Jugendlichen klingen.«

»Harmlose Auseinandersetzung?«, echote Laras Großmutter. »Sie wurden zusammengeschlagen und verletzt.«

»Nicht ernsthaft. Ein paar Prellungen, die längst schon nicht mehr wehtun, sonst habe ich nichts abbekommen.«

Lara war froh darüber, dass sie bisher nicht das Messer erwähnt hatte, mit dem Damian angegriffen worden war. Offensichtlich hatte auch er nichts davon erzählt.

»Max, was denkst du?«, fragte Martha ihren Mann unsicher.

»Wir können die jungen Leute nicht zwingen. Wenn sie nicht zur Polizei gehen wollen, müssen wir das akzeptieren.«

Martha holte tief Luft, als wolle sie etwas entgegnen, aber

dann sagte sie doch: »In Ordnung. Aber wir müssen Rachel anrufen und ihr alles erzählen.«

»Oma!«, stieß Lara heftig hervor. »Du weißt genau, dass dann meine Ferien bei euch vorbei sind! Du kennst doch Mama – ich werde sofort nach Hause fahren müssen.«

Der Professor seufzte. »Tja, da hast du wohl recht«, murmelte er.

Schweigen breitete sich aus und alle Augen waren gespannt auf Laras Großmutter gerichtet.

»Ich sehe schon, ich kann sagen, was ich will«, meinte diese schließlich. »Aber macht mir später keine Vorwürfe.«

Lara war unendlich erleichtert. Sie war glücklich über die Entscheidung ihrer Großmutter. Sie würde in Berlin bleiben. Sie konnte noch mehr Zeit mit Damian verbringen – wenn er das auch wollte. Viel mehr. Als Lara Damian einen Blick zuwarf, lächelte er.

11.

Als Damian etwas später nach Hause ging, verkrümelte sich auch Lara nach ein paar Minuten auf ihr Zimmer. Zufrieden ließ sie sich aufs Bett sinken, verschränkte die Hände hinter dem Kopf und blickte zur Zimmerdecke empor. Ab und zu bog ein Fahrzeug in die Straße ein, dann wanderte das bleiche Licht des Scheinwerfers über Decke und Wände, aber ansonsten lag der Raum in einem fahlen Dunkel.

Sie ließ ihre Gedanken schweifen und dachte über ihr Gespräch mit Damian nach, ließ sich all seine Worte noch einmal durch den Kopf gehen und erinnerte sich an den aufregenden Moment, als er sie beinahe geküsst hätte.

Es war kaum vierundzwanzig Stunden her, dass sie ihm begegnet war, aber es kam ihr vor, als ob sie sich schon viel länger kannten. In seiner Nähe verspürte sie eine Vertrautheit, wie sie sie noch nie einem Menschen gegenüber empfunden hatte – ihre Mutter einmal ausgenommen, aber das zählte schließlich nicht.

Es war das Gefühl, so angenommen zu werden, wie man ist, ohne sich irgendwelche Masken überstülpen zu müssen, ohne all die kleinen Schwindeleien und Übertreibungen, die einen selbst interessanter machen sollen. Lara konnte sich noch gut daran erinnern, wie es am Anfang mit Ben gewesen war. Ben, für den die halbe Klasse schwärmte. Und schließlich ihre Versuche, ihn auf sich aufmerksam zu machen – wie albern ihr das gerade alles vorkam …

Damian war so anders. Ohne ihr Komplimente zu machen, hatte er ihr das Gefühl gegeben, etwas Besonderes zu sein. Ein warmes Gefühl breitete sich in Laras Bauch aus, als sie an seine Augen dachte. Doch im nächsten Moment war da auch wieder das alte Misstrauen in ihr, das ihr zuflüsterte, sie solle vorsichtig sein, ihr Herz nicht zu schnell zu verschenken.

Denk an Ben. Denk daran, wie sehr er dich verletzt hat. Lass das nicht noch einmal zu.

Nein, erwiderte sie sich selbst. *Damian ist nicht wie Ben.*

Es stimmte, er war anders. Gut aussehend, ohne arrogant zu sein, höflich, ohne sich anzubiedern. Aber da war auch etwas Geheimnisvolles, Dunkles an ihm. Eine Finsternis, die tief in seinem Inneren darauf zu lauern schien, ans Tageslicht zu kommen. Etwas, das mit seiner Vergangenheit zu tun hatte. Er verbarg etwas vor ihr, ließ sie nicht in seine Seele blicken. Aber vielleicht war es dafür auch einfach noch zu früh.

Sei nicht so ungeduldig, schalt sie sich. *Gib ihm die Zeit, sich zu öffnen.*

Aber tief in sich drin spürte Lara, dass es zu spät war. Sie war bereit, sich zu verlieben.

Bereit, sich in ihm zu verlieren.

12.

Die Stille der Nacht hatte den Park umfangen. Nur ein alter Mann, abgerissen wie ein Obdachloser, gekleidet in einen verschmutzten, ehemals weißen Mantel, schlurfte von der Last des Lebens gebeugt über den Kies des Parkweges. Seine Füße steckten in alten Bundeswehrstiefeln, die von Klebeband zusammengehalten wurden. Mit der knorrigen rechten Hand umklammerte er einen geschnitzten Stock, der ihm bis an die Hüfte reichte. In der anderen Hand hielt er eine zerfetzte Plastiktüte, die seinen gesamten Besitz beinhaltete. Er brabbelte leise vor sich hin, während er nach einem Schlafplatz für die Nacht suchte.

Plötzlich trat ein Schemen aus den Schatten der Nacht. Ein Wesen von ungeheuerlichem Aussehen. Es überragte den Alten bei Weitem. Der Körper war von zottigem Fell bedeckt. Muskulöse Arme endeten in messerscharfen Klauen, während es sich auf säulenartigen Beinen näherte.

Halb Mensch, halb Raubtier mit fingerlangen Reißzähnen im aufgerissenen Maul, war es ein lebendig gewordener Albtraum. Kurz vor dem Alten blieb das Monster stehen. Das hässliche Gesicht beugte sich herab und sog tief die Luft ein. Es schnupperte. Dann verengten sich die geschlitzten Pupillen und ein Schnauben erklang.

»Engel. Komm und kämpfe mit mir«, zischte das Monster.

Der alte Mann hob den Blick und lächelte ein zahnloses Lächeln. »Du missachtest die Gebote«, antwortete er ruhig.

»Sie gelten nicht mehr. Nicht für mich.«

»Dein Herr wird über deinen Ungehorsam erzürnt sein.«

»Ich diene keinem Herrn mehr.«

Der Obdachlose schwieg überrascht. Vor ihm stand ein Dämon, der nicht länger bereit war, ein Sklave zu sein. Irgendetwas war mit dieser Kreatur geschehen und es war wichtig, dass Gabriel davon erfuhr.

»Kämpfe oder stirb schweigend!«, forderte ihn das Wesen erneut auf.

»So sei es«, krächzte der Alte mit rauer Stimme.

Der Dämon trat zurück. Gebeugt, die Klauen weit ausgestreckt, beobachtete er die Verwandlung.

Der Rücken des Alten richtete sich auf. Die Haut spannte sich. Falten verschwanden ebenso wie bläuliche Adern. Da, wo vorher nur zerzauste Haarbüschel gewachsen waren, fielen jetzt goldene Locken auf breite Schultern.

Der zerschlissene Mantel wurde zu einem einfachen Leinengewand, der hölzerne Stock zu einem Schwert aus Licht und Feuer.

Als die Verwandlung vollendet war, stand ein Engel, ein strahlender Krieger Gottes, vor dem Dämon. Ein junger Mann von unsterblicher Schönheit, der lächelte – aber in seinem Lächeln lag keine Freude.

Die Kreatur griff, ohne zu zögern, an. Sie warf ihren massigen Körper nach vorn, die Klauen fuhren zischend durch die Luft, aber sie trafen ihr Ziel nicht. Der Engel drehte sich in einer einzigen geschmeidigen Bewegung zur Seite und der Hieb ging ins Leere.

Der Dämon brüllte zornig auf, wandte sich um und schlug mit beiden Pranken nach seinem Gegner, der blitzschnell unter den Schlägen abtauchte. Eine Faust streifte seine Schulter und glühender Schmerz jagte durch den Körper des Engels. Der Krieger wich zurück, der Dämon setzte nach, aber plötzlich sprang der Engel in die Luft und sein Schwert stieß herab. Zischend fuhr es in den monströsen Leib.

Das Wesen hielt abrupt inne, ein Ächzen erklang, dann verging der Dämon in einer glühenden Wolke aus Feuer. Nicht einmal Asche erinnerte an sein Dasein in dieser Welt. Stille kehrte ein.

Das Schwert in der Faust des Engels wurde wieder zu einem Stock. Der athletische Körper verwandelte sich in das ausgemergelte Etwas zurück, das es zuvor gewesen war.

Der alte Mann wollte gerade weitergehen, als ein brennender Schmerz durch seinen Rücken fuhr. Erstaunt blickte er an sich herab und sah die fingerlangen Krallen, die seine Brust durchbohrt hatten. Blut, das sich in gleißendes Licht verwandelte, drang daraus hervor und den ausgetrockneten Lippen entwich ein Stöhnen.

»Es gibt noch mehr von uns«, flüsterte eine heisere Stimme in das Ohr des Alten. »Und man sollte immer darauf achten, was sich hinter einem befindet.«

Es waren die letzten Worte, die der alte Mann hörte, dann verging er in einem Lichtblitz.

Unruhig warf sich Lara im Bett hin und her. Ihr Kissen war nass geschwitzt und das Nachthemd klebte an ihrem Körper. Sie träumte.

Wieder war sie im Park. Es war Nacht und nur der fahle Schein einiger Lampen erhellte das Dunkel. Obwohl sie wusste, was sie erwartete, drängte es sie vorwärts. Sie wollte schreien, sich umdrehen und weglaufen, aber unerbittlich trugen sie ihre Füße in die Schatten hinein. Der Kies knirschte unter den Sohlen ihrer Schuhe und dann geschah es. Geschah es wieder.

Sie stieß mit jemandem zusammen, fiel hin, wollte sich aufrappeln, aber dann war er über ihr.

Hände packten sie grob. Sie hörte, wie der Stoff ihrer Bluse zerriss. Die kalte Nachtluft ließ sie erschauern. Seine Stimme keuchte, als er den Bund ihrer Jeans packte.

»Bitte . . .«, flehte sie.

Dann blickte sie auf, sah zum ersten Mal das Gesicht ihres Angreifers. Ein bleiches, schmales Gesicht von klarer Schönheit. Dunkles Haar umspielte dieses Gesicht.

Damian. Er lächelte grausam.

»Du gehörst mir. Mir allein.«

»Bitte«, flehte sie erneut, aber sie wusste, dass es kein Erbarmen geben würde. Ihre Augen weiteten sich, bis Lara das Gefühl hatte, sie würden aus den Höhlen springen.

»Liebst du mich?«, fragte er heiser. Sein Antlitz verzerrte sich, als er seinen Kopf in den Nacken legte und triumphierend aufbrüllte: »Ja, das tust du.«

13.

Die zwei Männer saßen in einem unauffälligen Fahrzeug mittlerer Bauart. Der alte Renault sah aus, als habe er schon bessere Tage gesehen. An vielen Stellen der Karosserie blätterte der ehemals schwarze, jetzt zu einem stumpfen Grau gewordene Lack ab.

Die Insassen hatten den Wagen außerhalb des Lichtscheins der Straßenlaterne geparkt, sodass man selbst aus größter Nähe ihre Gesichter hinter den verschmutzten Scheiben kaum ausmachen konnte. Es waren Gesichter von strahlender männlicher Schönheit, markant, mit fein geschnittenen Zügen. Die beiden Männer hätten Zwillinge sein können. Beide trugen das goldblonde Haar schulterlang und in ihren Augen funkelte das gleiche intensive Blau.

Sie waren Engel. Krieger des Lichts, die seit Jahrtausenden auf der Erde wandelten, Gott dienten, die Menschen beschützten, und dennoch hatte sie bis heute noch kein Mensch wahrgenommen. Wer sie sah, vergaß sie sofort wieder, denn ihre Schönheit war von einer Perfektion, die das menschliche Auge darüber hinwegleiten ließ, ohne sie zu bemerken. So wie Steine, über die das Wasser eines Baches fließt, blieben sie sichtbar und waren dennoch verborgen.

»Wir müssen handeln«, sagte Arias. »Die Gebote wurden verletzt. Ein Engel wurde getötet. Du weißt, was das bedeutet.«

Der andere schwieg. Stumm blickte er zu dem Fenster

hinauf, hinter dem Laras Zimmer lag und in dem das Mädchen gerade schlief.

»Die Zeit der Entscheidung ist nahe«, beharrte Arias. »Wir können nicht mehr warten.«

Gabriel wandte sich ihm zu. Sein Gesicht blieb im Schatten verborgen, war nur ein Schemen, aber Arias spürte, wie ihn der andere ansah.

»Dariel wurde von einem Dämon getötet. Warum? Welche Erklärung gibt es dafür?«, sagte Gabriel leise. Trauer schwang in seiner Stimme mit.

»Ich habe seinen Tod gefühlt«, entgegnete Arias heftig. »Sein Schmerz war mein Schmerz, als er starb.«

»So war es für uns alle. Sein Tod ist ein großer Verlust und die dunkle Seite wird stärker. Immer mehr Krieger der Finsternis drängen in diese Welt und wir sind nur wenige, die ihnen gegenüberstehen. Wenn der Pakt gebrochen wurde, wird sich alles verändern.«

»Deshalb müssen wir handeln, bevor die Dämonen so stark werden, dass wir sie nicht mehr aufhalten können.«

Gabriel schüttelte traurig den Kopf. »Wir können nichts tun, solange wir nicht wissen, was genau vor sich geht. Dariels Tod kann Ursachen haben, von denen wir nicht wissen. Wenn wir vorschnell handeln, geschehen vielleicht Dinge, die wir nie wollten. Wir dürfen nichts überstürzen und müssen uns erst Gewissheit verschaffen.« Gabriel drehte seinen Kopf und blickte gedankenverloren zu dem Haus hinüber. »Das Mädchen. Ich spüre, dass die Geschehnisse etwas mit ihr zu tun haben. Sie ist der Schlüssel zu allem. Wir müssen auf eine Gelegenheit hoffen, mit ihr zu reden.«

»Du redest von Hoffnung. Ich rede von Kampf. Hier und jetzt. Wir können siegen.«

»Du sagst, wir *können* siegen, aber die ganze Wahrheit ist, wir *müssen* siegen oder nichts wird den Fürsten der Hölle noch aufhalten, nun nachdem der Pakt gebrochen ist. Nur wir stehen zwischen ihm und dem Ende der Welt. Und wir sind nur wenige.«

»Wir dürfen nicht zulassen, dass dem Mädchen etwas geschieht. Lass mich zu ihr und mit ihr sprechen. Ich werde die richtigen Worte finden.«

»Du weißt, wir können das Haus nicht betreten, es ist unreines Gebiet, und wo immer das Mädchen auch hingeht, folgen ihr die Dämonen. Ich bitte dich um Geduld, Bruder. Vertraue mir.«

Arias senkte beschämt den Kopf, als er Gabriels flehenden Tonfall hörte, aber innerlich wuchs seine Unruhe. Alles in ihm brannte darauf, sich den dunklen Horden zu stellen und zu Ehren Gottes eines großen Sieg zu erringen.

»Ich werde dir vertrauen«, sagte Arias in die entstandene Stille hinein.

»Dann lass uns zu den anderen gehen. Wir wollen für Dariel beten.«

Lara stand am Fenster und sah nachdenklich in die Nacht hinaus. Der Traum war verflogen, aber noch immer verstörte er sie, so real waren die Bilder und ihre Angst gewesen. Ihre Kehle war wie ausgetrocknet. Nun trank sie in kleinen Schlucken und das kalte Wasser war eine Wohltat. Als sie das Glas auf der Fensterbank abstellte, bemerkte sie das Aufleuchten der Scheinwerfer eines alten Fahrzeugs, das gerade dabei war, aus einer Parklücke zu rangieren. Der Fahrer schien nicht besonders geübt zu sein. Er musste mehrmals vor- und zurücksetzen, bevor er in die Fahrspur einbog.

Lara blickte auf die Leuchtziffern ihres Weckers. Vier Uhr morgens. Ungewöhnlich, aber nicht bemerkenswert. Wahrscheinlich ein Frühaufsteher auf dem Weg zur Arbeit.

Irgendwie war an Schlaf nicht mehr zu denken. Der Traum war aufwühlend gewesen und nun war sie hellwach.

Sie schaute wieder aus dem Fenster. Der Mond stand hoch am Himmel. Sein fahles Licht konnte kaum die Schatten der Nacht verdrängen, aber es reichte aus, um die Fensterscheibe zum Glänzen zu bringen.

Plötzlich erschrak sie. Für einen Moment hatte Lara das Gefühl gehabt, jemand starre sie von der anderen Seite der Scheibe an, aber es war nur ihr Spiegelbild, das sich mit dem Abbild des Mondes vereinigte und etwas Neues schuf.

Fasziniert bewegte Lara ihren Kopf zur Seite, wand ihr Gesicht nach links und rechts. Jedes Mal entstand ein anderes Bild, aber jedes dieser Bilder ließ ihr Gesicht wie eine Fratze aussehen. In einem Moment war sie ein katzenartiges Wesen mit schmaler Schnauze und kleinen scharfen Reißzähnen, im nächsten Augenblick zerflossen ihre Wangen und ihre Nase zu einem bleichen Totenschädel, der sie aus glühenden Augenhöhlen anstarrte.

Eine plötzliche Erkenntnis jagte ihr einen Schauer über den Rücken. Wenn sich bei Bewegung alles in ihrem Spiegelbild veränderte und verschob, warum blieben ihre Augen dann davon ausgenommen? Warum hatten sie stets die richtige Proportion, verzerrten sich nicht oder wurden unscharf? Was war hier los? Spielten ihr die Nerven einen Streich? War der Überfall doch nicht so spurlos an ihr vorübergegangen, wie sie gehofft hatte?

Lara kniff die Augen fest zu, zählte langsam bis zehn und öffnete sie schließlich zögerlich. Im Fenster war nun einfach nur ein Mädchen mit zersausten Haaren zu erkennen, das ziemlich müde aussah. Ihr Herz begann, wieder in einem normalen Rhythmus zu schlagen, und Lara bemerkte, dass ihre Füße eiskalt waren. Ihr war eiskalt. Lara fühlte sich unwohl. Die Sache mit dem Mondlicht auf der Fensterscheibe musste sie sich eingebildet haben und doch hinterließ es ein ungutes Gefühl in ihr. Sie schlich schnell zurück ins Bett und zog die Decke bis ans Kinn. Es dauerte lange, bis sie endlich wieder eingeschlafen war.

14.

Was hast du heute vor?«, fragte ihre Großmutter, als sie am Frühstückstisch saßen. Der Kaffee duftete herrlich und Lara biss herzhaft in ein Toastbrot, das sie dick mit Marmelade bestrichen hatte. Draußen vor dem Fenster herrschte trübes Grau. Es würde bald regnen. Trotzdem fühlte sich Lara so lebendig wie selten zuvor. Sie war in Berlin. In der Stadt, in der Damian lebte – und heute Abend würde sie ihn wiedersehen.

»Damian kommt später vorbei. Er möchte mit mir in eine Szenekneipe gehen.« Lara versuchte, so gelassen wie möglich zu klingen, doch sobald sie Damians Namen ausgesprochen hatte, schlug ihr das Herz bis zum Hals.

Beim Wort »Kneipe« hob ihre Großmutter missbilligend eine Augenbraue.

Lara verdrehte genervt die Augen. »Keine Sorge, Oma. Ich will einfach nur ein bisschen Spaß haben und Berlin kennenlernen. In Rottenbach gibt es leider keine so coolen Kneipen wie hier.« Sie warf ihrer Großmutter einen trotzigen Blick zu. »Damian wird schon aufpassen, dass ich nicht verloren gehe«, fügte sie schließlich beruhigend hinzu.

»Du magst ihn«, stellte Martha fest.

»Ja, sehr. Und du? Was denkst du über ihn?«

Ihre Großmutter ließ sich mit der Antwort Zeit. Schließlich sagte sie: »Er ist ein interessanter junger Mann und er sieht sehr gut aus.«

Lara entging der nachdenkliche Blick nicht, der diese Antwort begleitete.

»Damian wirkt oft so ernst.« Lara wusste zunächst nicht, wie sie ihren Eindruck von ihm beschreiben sollte. »Ernster, als es in diesem Alter üblich ist.« In Gedanken wiederholte sie die Worte, die er beim Anblick des Schmetterlings gesagt hatte – als er von Leben und Tod sprach.

»Ein außergewöhnlicher junger Mann«, stellte ihre Großmutter fest.

»Die Jungs in meinem Alter interessieren sich nur für Handys, Autos, coole Klamotten und dafür, was ihre Freunde von ihnen halten. Bei ihm ist das anders. Er ist so klug und macht sich über so viele Dinge Gedanken.«

Lara merkte, wie sie ins Schwärmen geriet, und auf das Gesicht ihrer Großmutter stahl sich ein leichtes Grinsen. Aber dann wurde Lara ernst. »Neben ihm komme ich mir manchmal richtig dumm und ungebildet vor. Ich komme mir *so* jung vor.«

Und ich will nicht zu jung für ihn sein, fügte sie in Gedanken hinzu.

Martha griff über den Tisch. Sanft umschlossen ihre Finger die Hand ihrer Enkelin. »Bei mir und deinem Großvater war es so ähnlich. Glaub mir, ich weiß, wie du dich fühlst.«

Lara blickte erstaunt auf. Ihre Großmutter wirkte stets stark und unbesiegbar und es schien, als sei sie diejenige, die in dieser Ehe das Sagen hatte.

»Ich begegnete deinem Großvater neunzehnhundertdreiundfünfzig an der Universität. Ich studierte Kunst und Philosophie. Es war ein heißer Sommer und ich saß mit hochgeschobenem Rock am Rand eines Brunnens und ließ die Füße im kühlen Wasser baumeln, als er mit einem Stapel Bücher unter dem Arm aus der Bibliothek kam. Er sah unglaublich gut aus. Schon damals trug er seine Haare länger als üblich, aber noch nicht so lang wie heute. Er sah wild und verwegen aus und im ersten Moment konnte ich mir gar nicht vorstellen, dass er ein Student wie wir anderen war. Er wirkte so reif, so erwachsen, als er mit selbstbewussten Schritten über den Campus auf mich zukam.«

»Und dann? Was geschah dann? Hat er dich angesprochen oder du ihn?«

Martha lächelte und in ihrem Gesicht entstanden unzählige kleine Falten, die ein Muster um ihre Mundwinkel bildeten.

»Er stellte sich vor mich hin, blickte mich ernst an und fragte, ob ich wisse, dass die biologische Abteilung der Universität zu Versuchszwecken südamerikanische Pfeilschwänze, hochgiftige kleine Fisch, in dem Brunnen ausgesetzt habe.« Ihre Großmutter kicherte. »Ich erschrak furchtbar und sprang so heftig auf, dass ich mit ihm zusammenstieß und seine Bücher ins Wasser fielen.«

Martha machte eine künstliche Pause und verdrehte die Augen, dann sprach sie weiter. »Ich entschuldigte mich natürlich sofort, aber er lachte nur, zog die Schuhe aus, stieg ins Becken und holte die Bücher heraus. Als ich ihn auf die giftigen Fische ansprach, grinste er wie ein Schuljunge, der seiner Lehrerin einen Streich gespielt hat. Da wusste ich, es war alles gelogen und er hatte nur nach einer originellen Möglichkeit gesucht, mich anzusprechen, ohne gleich abzublitzen.« Martha lächelte verschmitzt. »Du musst wissen, Lara, damals war ich eine Schönheit.«

»Das bist du heute noch, Oma.« Und es stimmte, ihre Großmutter war eine wunderschöne Frau. Ebenso wie ihre Mutter strahlte sie Eleganz und Sinnlichkeit aus, die auch über die Jahre nicht verloren gegangen war.

Wenn ich doch auch nur ein wenig wie sie wäre, dachte Lara und hoffte, dass sie dieses gewisse »Etwas« geerbt hatte.

»Wie ging es mit euch weiter?«

»Oh, wir haben uns für den Abend in einem Café verabredet und auf dem Heimweg hat er mich dann geküsst.«

»Oma!«, rief Lara gespielt entsetzt aus.

»Es war nur ein einziger Kuss, aber danach war es um mich geschehen. Drei Monate später haben wir geheiratet. Gegen den Willen meiner und seiner Eltern, die meinten, so eine Verbindung käme zu früh und wir sollten erst einmal unser Studium beenden. Aber die Zeit hat uns recht gegeben, denn wir sind immer noch zusammen und seit vielen Jahren glücklich verheiratet.«

»Ach Oma, das klingt ja wie aus einem Hollywood-Streifen!«, meinte Lara theatralisch seufzend. »Ich wünschte, bei mir wäre es auch mal so romantisch«, fügte sie dann nach einer kurzen Pause mit ernsterer Stimme hinzu.

Martha schüttelte leicht den Kopf. »Du musst wissen, dass ich am Anfang unserer Beziehung ähnlich empfunden habe wie du. Auch ich habe mich ungebildet und dumm gefühlt. Ich fühlte mich *ungenügend.* Max war ein brillanter Student, der für seine Studien eine Auszeichnung nach der anderen gewann. Ich hingegen war nur Mittelmaß und mein Abschluss dürftig. Oft kamen uns seine Mitstudenten oder Professoren besuchen. Dann saßen sie bis lange nach Mitternacht in unserer Einzimmerwohnung und diskutierten über Politik, Geschichte, Psychologie, Sozialismus und Kapitalismus und was weiß ich noch alles. Ich saß dabei und schwieg, denn zum einen verstand ich noch nicht einmal die Hälfte von dem, worüber sie sprachen, und zum anderen fürchtete ich, dass alles, was ich sagen würde, furchtbar dumm klingen könnte. Und weißt du, was?«

»Was?«

»Wenn dann alle weg waren und wir im Bett lagen, fragte er mich nach meiner Meinung zu den Themen, über die sie gesprochen hatten. Er *wollte* wissen, was ich dazu zu sagen hatte, und immer hörte er mir schweigend zu, ohne mich zu unterbrechen, und stets gab er mir das Gefühl, dass das, was ich zu sagen hatte, wichtig sei. Dafür habe ich ihn geliebt.«

»Und dann?«

»Habe ich heimlich Bücher zu allen Themen gelesen, die deinen Großvater interessierten. Es vergingen Monate, aber schließlich raffte ich all meinen Mut zusammen und beteiligte mich an den Diskussionen. Du hättest sein Gesicht sehen sollen. Es glühte vor Stolz, als ich einem seiner ärgsten Widersacher bei diesem Gespräch meine Argumente um die Ohren schlug, bis er schwieg und mir durch ein Nicken zu verstehen gab, dass meine These überzeugend war.«

Martha hob eine Hand. »Heute bin ich eine gebildete Frau, zumindest halte ich mich dafür, aber all das konnte ich nur durch deinen Großvater werden. Hätte er mir damals das Gefühl gegeben, dumm zu sein, ich hätte ihm geglaubt und niemals das Selbstvertrauen aufgebracht, mich zu ändern.«

Lara schwieg einen Moment. Die Geschichte ihrer Großeltern wies merkwürdige Parallelen zu ihr und Damian auf. »Was genau hat Opa eigentlich unterrichtet?«, nahm sie das Gespräch nach einer Weile wieder auf. »Ich frage, weil Damian auf dieselbe Uni geht, an der Opa seinen Lehrstuhl hatte.«

»Geschichte.«

»Mama sagte etwas von Okkultismus.«

»Ja, das auch. Max hatte bis zur Geburt deiner Mutter den einzigen Lehrstuhl in ganz Europa inne, aber dann konzentrierte er sich ausschließlich auf Geschichte. Aus deinem Großvater hätte ein bedeutender Historiker werden können, aber er unterrichtete lieber Studenten, als Bücher zu schreiben, von denen er meinte, sie würden sowieso von niemandem gelesen.«

»Ich kann mit dem Begriff Okkultismus nicht viel anfangen. Ich weiß zwar so in etwa, was er bedeutet, aber ich habe mich noch nie genauer mit dem Thema beschäftigt«, gab Lara zu und hatte für einen kurzen Augenblick das Gefühl, als würde ihre Großmutter zusammenzucken.

»Okkultismus ist so etwas wie ein Überbegriff für alle Geheimwissenschaften und übersinnlichen, naturwissenschaftlich nicht erklärbaren Phänomene«, erwiderte Martha knapp. »Aber wenn du mehr wissen willst, musst du deinen Großvater fragen.«

Lara wurde den Eindruck nicht los, dass dieses Thema ihrer Großmutter nicht behagte. »In Ordnung«, meinte sie deshalb nur.

Martha sah zur Wanduhr und stöhnte. »Ach herrje, wie die Zeit vergeht. Dein Opa hat übermorgen Geburtstag und ich muss noch einkaufen gehen und alles vorbereiten. Wir haben Gäste und es gibt noch so viel zu tun.«

»Ich kann dir helfen.«

Ihre Großmutter erhob sich und strich ihr über die Wange. »Das ist lieb von dir. Morgen vielleicht. Ja, morgen könnte ich deine Hilfe gut gebrauchen, aber jetzt muss ich mich erst einmal sortieren.«

»Soll ich dich beim Einkaufen begleiten? Ich könnte die Tüten tragen.«

»Nein, ist nicht nötig. So viel brauche ich nun auch wieder nicht. Das Essen und die Getränke werden von einem Partyservice geliefert. Ich muss mich nur um die Dekoration kümmern. Ich habe mir etwas ganz Besonderes ausgedacht, denn schließlich wird man nicht jeden Tag fünfundachtzig Jahre alt.«

Fünfundachtzig, dachte Lara. Wie hatte ihr Großvater es nur geschafft, noch immer so fit auszusehen?

Martha ging in den Flur hinaus und streifte einen Wollmantel über. »Ich muss jetzt los, Lara«, rief sie. »Wenn du später Hunger hast, im Kühlschrank steht noch Suppe von gestern, die kannst du dir warm machen.«

Kurz darauf knallte die Haustür ins Schloss und Lara fragte sich, wie sie die lange Zeit bis zum Abend totschlagen sollte. Es kam ihr so vor, als würden die Minuten heute besonders langsam verstreichen. Sie hatte zwar keine Lust, sich wieder in eine überfüllte U-Bahn zu quetschen, aber sie war schließlich nicht nach Berlin gekommen, um allein in einem alten Haus zu sitzen und dem Ticken der Küchenuhr zu lauschen.

15.

Das Haus war zum Abriss freigegeben. Es sah aus, als warte es nur darauf, wieder zu Stein und Staub zu werden. Die Fenster waren längst verschwunden, sodass es aus leeren Höhlen in den trüben Tag hinausglotzte.

Die einzige Tür, die an der Vorderseite noch vorhanden war, hing schief in den Angeln, und wenn der Wind durch den Eingang fuhr, erklang ein schauriges Geräusch, das an die Schmerzen eines gequälten Tieres erinnerte. Das Dach war zwar ebenso verrottet wie der Rest, aber es lagen noch alle Ziegel darauf.

Die Ruinen des ehemaligen Industriegebiets wirkten wie ein Überbleibsel aus einer anderen Zeit. Während sich nun an anderen Stellen am Stadtrand hochmoderne Fabrikanlagen und luxuriöse Bürohäuser aneinanderreihten, verirrte sich in diese Gegend außer ein paar Graffiti-Sprayern oder dem ein oder anderen Straßenkind kaum jemand. Auf dem Gelände rund um das Haus hatte sich Unrat angesammelt. Vom Wind herangetragenes Laub und Papier türmte sich an den Wänden des Hauses oder hatte sich im verrosteten Maschendraht des Zaunes verfangen. Zwei verbeulte Plastikeimer lagen neben einem Fahrradgestell ohne Räder, das irgendjemand über den Zaun geworfen hatte.

Wind kam auf, verdrängte den beißenden Geruch nach kalter Asche und ließ die vertrockneten Grasbüschel rascheln, die hier einen halben Meter hoch wuchsen.

Dieser Ort wurde von den Bewohnern der nahe gelegenen Hochhäuser gemieden. Etwas lag in der Luft, das die Menschen veranlasste, einen Bogen um das Areal zu machen oder die Straßenseite zu wechseln, wenn sie hier entlangkamen.

In dem Haus selbst herrschte Stille, aber es war nicht die Stille, die durch die Abwesenheit von Geräuschen entsteht. Es war eine Stille, wie sie vor einem Sturm herrschen mag oder die, wie man sagt, im Auge eines Tornados zu hören ist. Es war eine Stille voller stummer Wut und geflüstertem Verrat. Die Stille vor dem Tod.

Spärliches Licht fiel durch eine winzige Dachluke. Damian saß mit gekreuzten Beinen auf dem verschmutzten Fußboden und malte mit dem Finger Zeichen in den Staub. Es waren Zeichen, wie sie kein Mensch zuvor gesehen hatte. Geschrieben in der Sprache des Bösen.

Im Hintergrund warteten seine Diener darauf, dass er sein Schweigen brach, aber er beachtete die Kreaturen nicht, obwohl er ihre zornigen Blicke in seinem Rücken fühlen konnte.

Schließlich erhob er sich geräuschlos und klopfte sich den Staub von der Kleidung. Ohne sich umzublicken, winkte er einen der Jäger heran.

»Wie kann ich dienen, Herr?«, katzbuckelte der Dämon, als er zwei Meter vor ihm stehen blieb und sich tief verbeugte. Zottige Haare fielen dabei vor sein Gesicht und verhüllten so ein Antlitz, das an eine ausgetrocknete Mumie erinnerte.

»Hatte ich euch nicht befohlen, diesen Ort nicht zu verlassen?«, fragte Damian leise.

»Ja, das hattet Ihr«, gab das Wesen zu, bemüht, keinen Zorn auf sich zu richten.

»Und dennoch seid ihr dem Mädchen gefolgt.«

»Nicht ich, Herr. Nicht ich.«

Damians Blick fiel in die dunklen Ecken des Raumes, dorthin, wo sich die anderen verbargen. Wartend. Lauernd.

»Grum'aak, tritt vor, damit ich dich sehen kann.«

Gelbe Pupillen blitzten in der Dunkelheit auf, dann schob sich das mächtige Reptil in den Raum hinein.

»Du warst am See«, sagte Damian beiläufig.

Das Wesen ragte nun vor ihm auf und er musste nach oben blicken. Nüstern blähten sich geräuschvoll, als das Wesen die Luft einsog.

»Satan hat uns Befehle gegeben. Ich bin sein gehorsamer Diener.«

»Bist du das?« Damians Arm schoss nach vorn und legte sich auf die Brust des Dämons. Der mächtige Körper erstarrte, erschauerte und dann durchlief ihn ein Zittern, das immer stärker wurde. Das Wesen wollte sein Maul aufreißen, seine langen Reißzähne zeigen, aber die Macht des Anführers ließ keine Bewegung zu.

Damian trat einen Schritt nach vorne und stellte sich auf die Zehenspitzen, damit sein Gesicht der Fratze des Dämons so nahe wie möglich kam.

»Du bist ein Sklave«, sagte er sanft. »Ein Sklave, der tut, was ich ihm sage, der tötet, wenn ich es verlange. Ein Geschöpf ohne eigenen Willen.« Seine Stimme war gefährlich leise geworden. »Du bist *nichts* und wagst es, dich mir zu widersetzen? Wenn das noch einmal geschieht, werde ich dich in Asche verwandeln.«

In den Augen des Wesens glühte Angst, aber auch grenzenloser Hass.

»Hast du mich verstanden, Grum'aak? Dann nicke.« Damian lachte auf. »Entschuldige, du kannst den Kopf nicht bewegen. Ich habe das für einen Moment vergessen.« Schließlich wurde er wieder ernst und seine Stimme zu einem Schwert aus Eis. »Dann will ich dies als Zeichen deiner Unterwerfung deuten.«

Seine Hand vollführte eine winzige Bewegung und der Leib des Dämons wurde durch die Luft geschleudert, bis er gegen die Wand des Raumes prallte und dort zu Boden fiel.

Ohne ein weiteres Wort verließ Damian den Raum. Seine Diener sollten nicht sehen, dass seine Glieder schwach waren und seine Hände zitterten. Diese Machtdemonstration hatte fast seine letzten Kräfte gekostet.

Als er das Haus verließ, ahnte er nicht, dass sich hinter seinem Rücken Verrat bildete. Er hatte nicht die leiseste Ahnung, dass diese Kreaturen seinen Tod planten.

16.

Lara hatte sich entschieden, die Zeit bis zum Abend mit einem Stadtbummel zu verbringen. Sie wollte ein Geschenk für ihren Großvater besorgen und sich ein paar Klamotten kaufen. Vielleicht fand sie einen coolen Lederrock und ein Paar kniehohe schwarze Stiefel. Sie brauchte definitiv etwas anderes zum Anziehen als das, was sie mitgenommen hatte, und mit dem sie neben Damian wahrscheinlich wie ein Landei aussah. In Rottenbach mochten ihre Klamotten »in« sein, aber hier in Berlin tickten die Uhren anders – schneller. Die Jugendlichen neigten viel mehr zur Selbstdarstellung, das war ihr gleich an ihrem ersten Tag in der Stadt aufgefallen. Sie trugen grelleres Make-up und Klamotten, die sie sexy wirken ließen. Jeder zeigte, was er hatte. Da wollte sie nicht peinlich aus der Masse herausstechen, wenn Damian heute Abend mit ihr loszog.

Lara freute sich auf die Shoppingtour. Sie hatte eine halbe Stunde im Internet gestöbert und ein paar vielversprechende Läden gefunden. Außerdem war sie ihrer Mutter dankbar, dass sie ihr vor der Fahrt nach Berlin noch ein bisschen Geld zugesteckt hatte.

Sie fuhr mit der U-Bahn zur Friedrichstraße. Nachdem sie den Bahnhof verlassen hatte, wandte sie sich nach rechts und ging die Einkaufsstraße hinauf, bis sie zum Kaufhaus *Upper Eastside Berlin* kam, ein luxuriöses Geschäfthaus, in dem viele bekannte Modehäuser untergebracht waren.

Die Geschäfte waren aber genauso langweilig und teuer

wie in Stuttgart. Ein wenig enttäuscht ging sie die Straße hinunter. Sie überquerte die Weidendammer Brücke und kam am Friedrichstadtpalast vorbei. Schließlich entdeckte sie einen kleineren Klamottenladen, wo sie ein ärmelloses blaues T-Shirt mit weißem Aufdruck erstand. Das Shirt endete knapp über dem Bauchnabel, und obwohl es nicht die passende Jahreszeit für so etwas war, fand Lara, dass es einfach sexy aussah. Ihre Mutter würde wahrscheinlich einen Anfall bekommen, wenn sie wüsste, dass sie im Herbst mit so einem Teil herumlief. Aber Rottenbach schien gerade so weit weg zu sein wie das andere Ende der Welt.

Gut gelaunt verließ Lara das Geschäft und überlegte, wohin sie als Nächstes gehen sollte. Da sie keine Ahnung hatte, wo noch mehr nette Läden zu finden waren, verließ sie sich einfach auf ihr Gefühl und bummelte die Straße entlang.

Irgendwann bog sie in eine Nebenstraße ab und entdeckte einen schrägen Gothic-Laden. Als sie vor der Glasfront stehen blieb und die Auslage betrachtete, bemerkte sie in der Reflektion der Fensterscheibe einen Mann, der auf der anderen Straßenseite stand und herübersah. Sie wusste nicht, warum, aber plötzlich hatte Lara das Gefühl, dass er sie beobachtete.

Er war mittelgroß, mit langen blonden Haaren. Sein Gesicht war in der Scheibe nicht gut zu erkennen, aber er schien ein gut aussehender junger Typ zu sein. Er trug Jeans und eine Baseballjacke. Unbeweglich stand er da und starrte herüber.

Lara verspürte ein leichtes Kribbeln im Nacken. Vielleicht wartete er auf jemanden, der im Laden ist, überlegte sie.

Aber so verhielt er sich nicht. Männer, die warteten, gingen auf und ab, rauchten oder blickten ständig auf die Uhr. Seine Hände waren jedoch in der Jacke vergraben. Er stand einfach nur da und blickte zu ihr herüber.

Ihr Erlebnis von letzter Nacht fiel ihr plötzlich wieder ein, die merkwürdigen Fratzen, die das Mondlicht ihr im Fensterglas vorgegaukelt hatte. Lara konzentrierte ihren Blick erneut auf das verschwommene Abbild des Mannes, der noch immer zu ihr herüberschaute. Sie überlegte, was sie tun sollte. Einfach über die Straße gehen und ihn ansprechen? Nein, das war vielleicht doch zu riskant und außerdem würde er wohl kaum zugeben, dass er sie anstarrte. Schließlich war es ja auch möglich, dass sie sich täuschte, und dann wäre es einfach nur peinlich. Vielleicht hatte er einen guten Grund, da zu stehen, vielleicht beobachtete er sie gar nicht und im nächsten Moment würde seine Freundin aus dem Laden kommen, ihm um den Hals fallen und berichten, was für ein schickes Teil sie gefunden hatte.

Und doch war da diese Ahnung, die ihr zuflüsterte, dass es keine Freundin gab, sich die Ladentür nicht öffnen und niemand auf ihn zustürmen würde.

Lara beschloss, erst mal in den Laden zu gehen. Sie würde dann ja sehen, ob der Mann ihr folgte oder ob er vor dem Geschäft wartete.

Ein lautes Bimmeln erklang, als sie die Tür öffnete. Im Geschäft war es ziemlich dunkel; im Gegensatz zu den anderen Läden, in denen sie heute war, waren hier keine Neonlichter an den Decken. Lauter Gothic-Rock dröhnte aus versteckten Lautsprechern und Lara blickte sich neugierig um.

Die Wände waren mit dämonischen Fratzen und Bildern bemalt worden. Schwarz, grau und düster starrten sie fremde Gottheiten und Teufel an. Dämonen feierten auf den Bildern bizarre Rituale.

Abgefahren!, dachte Lara.

Überall standen weibliche und männliche Schaufensterpuppen herum, deren bleichen Körpern oftmals die Arme fehlten oder der Unterkörper. Manche Gesichter waren hinter schwarzen Masken verborgen.

Total abgefahren!

Das war mit Sicherheit der ungewöhnlichste Laden, den Lara jemals betreten hatte. Wohin das Auge fiel, sah man Leder, Lack, Chrom, Ketten und dunkles Eisen.

Als sie durch den Laden schritt, wurde eine Verkäuferin auf sie aufmerksam. Die junge Frau trug enge schwarze Lederhosen und ein schwarzes T-Shirt, das einen Großteil des bleichen Bauches freiließ. Lara blickte in dunkle Augen, die von dick aufgetragenem Kajal umrandet waren. Die Lippen waren gleich mehrfach gepierct. In den Ohren steckten glänzende Chromstifte. Die Verkäuferin wedelte mit überlangen schwarz lackierten Fingernägeln und fragte Lara, ob sie ihr helfen könne.

»Ich suche einen Lederrock und ein passendes Oberteil dazu«, sagte Lara selbstsicher. »Dazu vielleicht schwarze Stiefel bis zum Knie.«

»Okay.« Nur ein Wort, aber die Frau schaffte es, höflich und gelangweilt zugleich zu klingen. »Hinten im Laden haben wir was.« Die schwarzen Fingernägel deuteten in die entsprechende Richtung. »Willst du dich erst einmal umschauen oder . . .«

Oh, da hat aber jemand richtig Lust zu arbeiten, lächelte Lara stumm in sich hinein. »Ich komme schon klar.«

Befriedigt zog sich die Verkäuferin hinter die Verkaufstheke zurück und begann, mit einer gleichaltrigen Frau zu plaudern, die ihr Klon hätte sein können. Genauso bleich, genauso düster.

Wahrscheinlich ihre Zwillingsschwester, lästerte Lara in Gedanken. *Als Säuglinge wurden sie vor dem Laden ausgesetzt und der Besitzer hat sie großgezogen. Bestimmt haben sie noch nie Tageslicht gesehen, und wenn sie zur Fensterscheibe rausglotzen, fragen sie sich, was das große gelbe Ding da am Himmel macht.*

Lara grinste bei ihren fiesen Gedanken, aber als ihr Blick dabei zum Schaufenster glitt, musste sie wieder an den Mann vor der Tür denken. Angestrengt schaute sie durch die Glasscheibe.

Die gegenüberliegende Straßenseite war leer.

Der Mann war verschwunden.

Ich habe mich doch getäuscht, dachte sie erleichtert und begann, sich durch die Kleiderständer zu wühlen.

Der Mann war nicht verschwunden, er war weitergegangen und in eine Seitenstraße abgebogen. Dort traf er auf eine Gestalt, die sich im Eingang eines Mietshauses verborgen hielt.

»Ist sie allein?«, fragte der Wartende.

»Ja, ich habe niemanden gesehen. Auch keine Wächter.«

»Hat sie dich entdeckt?«

»Sie hat mich in der Glasscheibe des Ladens beobachtet.«

»Gut, so sollte es sein. Sie wird sich fragen, wer du bist und warum du ihr folgst. Wir müssen ihr Misstrauen wecken, damit sie auch alles andere hinterfragt, was um sie herum geschieht.«

»Soll ich mich ihr weiter nähern?«

»Nein, Gabriel hat uns befohlen zu warten.«

»Ich denke, wir müssen handeln.«

»Genau das denke ich auch«, sagte Arias leise. »Und bald werden wir das auch tun.«

17.

Nach fast einer Stunde verließ Lara den Laden wieder. Entgegen ihrer Erwartung hatte sie genau den Lederrock gefunden, den sie sich vorgestellt hatte. Dazu hatte sie ein schwarzes langärmliges Oberteil mit einem Muster aus dunkelgrauen Tribals gekauft. Aber das Beste waren die schwarzen Lederstiefel; zusammen mit dem Rock und dem Shirt sah sie schlichtweg atemberaubend aus.

Damian wird beeindruckt sein, wenn ich die Sachen heute Abend anziehe, dachte Lara glücklich. Mit weit ausholenden Schritten und baumelnder Tüte in der Hand ging sie die Straße entlang. Die Wolkendecke war etwas aufgerissen und warme Sonnenstrahlen fielen auf ihr Gesicht. Genau so hatte Lara sich Berlin vorgestellt – einzigartig, aufregend und einfach unglaublich cool. Kurz erschien Bens Gesicht vor ihren Augen, doch sie schob den Gedanken an ihn einfach beiseite und schlenderte gut gelaunt die Straße entlang.

Als sie ein paar Minuten lang gelaufen war, musste sie sich kurz orientieren, dann bog sie nach links ab und stieß nach nur wenigen Metern auf einen winzigen, fast schon versteckt liegenden Buchladen. »Fischer & Sohn« prangte in verblassenden Buchstaben über dem Eingang. Gleich daneben ragte ein Wasserspeier, der wie eine Mischung aus Drache, Hund und Affe aussah, aus der Mauer. Den Mund mit den gefletschten Zähnen aufgerissen, die Zunge heraushängend, auf dem Rücken fledermausartige Flügel, hockte er einem Wächter gleich über dem Eingang.

Neben der alten Holztür mit eingesetzter Glasscheibe stand ein Aufsteller mit verbilligten Büchern, die allesamt so aussahen, als stammten sie aus einer Haushaltsauflösung. Lara betrachtete die Auslage in der Fensterscheibe und stellte fest, dass immerhin die neuesten Bestseller vorhanden waren. Da sie keine große Lust darauf verspürte, noch lange nach einem anderen Laden zu suchen, drückte sie die abgegriffene Messingklinke herunter und trat in eine andere Welt ein.

Der Gegensatz zu der Boutique, die sie gerade besucht hatte, hätte größer nicht sein können. Dort hatte trotz der düsteren Atmosphäre Ordnung geherrscht, hier regierte das blanke Chaos. Bücher, wohin man auch sah. Am Boden zu Türmen aufgestapelt oder in alte Holzregale eingeordnet, scheinbar ohne System. Tische bogen sich unter der Last unzähliger Werke und selbst die Verkaufstheke war durch die vielen Bücher, die darauf lagen, kaum auszumachen. In dem kleinen Raum herrschte Enge und der Atem von Jahrhunderten. Der Geruch von Papier und vergangener Zeit lag in der Luft. Es war kein unangenehmer Geruch, aber er war fremd und intensiv.

Noch nie hatte Lara einen derart antiquierten Buchladen gesehen. Die Geschäfte, die sie sonst aufsuchte, blitzten vor Sterilität und die Bücher standen säuberlich sortiert in den Regalen oder lagen in ordentlichen Stapeln auf kleinen Tischen. Lara fühlte sich in der Zeit versetzt. Vielleicht ins späte neunzehnte Jahrhundert, als die Frauen noch Hauben und die Männer Gehröcke und Schuhe mit Manschetten trugen.

»Was kann ich für Sie tun, Fräulein?«, fragte eine krächzende Stimme, die perfekt zum Ambiente passte.

Lara brauchte einen Moment, bis sie den Mann hinter der Verkaufstheke entdeckte. Er war nicht besonders groß und wurde von den aufgestapelten Büchern verdeckt.

Als er aus seinem Versteck hervorkam, blitzten kluge Augen Lara aus einem runzeligen Gesicht an. Ein fast kahler Schädel, der nur von einem weißen Haarkranz rund um die Ohren gesäumt war, glänzte im Licht des Kronleuchters, der von der Decke hing und dämmriges Licht verbreitete. Der Alte trug eine Brille mit runden Gläsern, die er auf die Nasenspitze geschoben hatte. Über ihren Rand hinweg sah er Lara neugierig an.

»Ich suche ein Buch«, erklärte Lara und wusste im gleichen Moment, wie dämlich das klang. Natürlich suchte sie ein Buch, warum sonst betrat man einen Buchladen?

»Aha«, meinte der Alte amüsiert. »Und welches?«

»Das weiß ich nicht. Es soll ein Geschenk für meinen Großvater sein, er hat übermorgen Geburtstag.«

»Und was liest der Herr Großvater so, wenn er liest?«

Gute Frage, dachte Lara und ärgerte sich darüber, dass sie ihre Großmutter nicht danach gefragt hatte.

»Vielleicht können Sie mir etwas empfehlen.«

»Hmm«, machte der Alte und es klang irgendwie vorwurfsvoll.

»Mein Opa ist – oder besser gesagt er war – Professor für Geschichte hier in Berlin.«

Ein Leuchten glitt über das Gesicht des Ladeninhabers. »Maximilian Hermsdorf!«, rief er aus. »Dann müssen Sie Lara sein, seine Enkelin. Er hat mir erzählt, dass Sie zu Besuch kommen.«

Lara war verwirrt. »Sie kennen ihn? Berlin ist schließlich ganz schön groß . . .«

»Oh ja«, unterbrach der Buchhändler sie. »Ihr Großvater ist seit mindestens einem halben Jahrhundert Stammkunde in diesem Laden. Ich kannte ihn schon, da war er noch ein vielversprechender Student mit jeder Menge Flausen im Kopf.« Der Alte lächelte.

Lara schüttelte ungläubig den Kopf. Sie konnte es kaum glauben, dass sie mitten in Berlin zufällig auf einen Buchladen stieß, in dem man ihren Großvater kannte. Das war ja fast wie in Rottenbach! Aber ein Gutes hatte das Ganze. »Dann wissen Sie ja über seinen Geschmack Bescheid«, sagte sie erleichtert. »Bestimmt finden wir etwas für ihn.«

»Aber natürlich. Seien Sie ganz unbesorgt. Erst letzte Woche war der Herr Professor hier und wir haben uns über verschiedene Bücher unterhalten, die er interessant fand. Zwei Titel hat er gleich mitgenommen, aber da sein Bargeld für das dritte Buch nicht ausreichte, hat er es hiergelassen.« Der alte Mann kratzte sich am Kinn. »Sie wissen es vielleicht nicht, aber Ihr Großvater bezahlt stets in bar. Er hält nicht viel von ›Plastikgeld‹, wie er immer sagt. ›Richtiges Geld für richtige Ware‹, so lautet sein Credo. Natürlich wollte ich ihm das Buch so überlassen und sagte ihm, er könne ja beim nächsten Besuch bezahlen, aber davon wollte er nichts hören.«

Der Alte redete wie ein Wasserfall, und obwohl Lara ihn sympathisch fand, unterbrach sie seinen Redefluss. »Haben Sie das Buch noch?«

»Oh ja, natürlich, selbstverständlich. Es muss hier irgendwo sein.« Verwirrt fuhr sich der Alte über den Kopf, so als streichle er seine Glatze. »Wo habe ich es bloß hingelegt?«

Er ging zwei Schritte, blieb dann wieder stehen. Sein Kopf

wackelte dabei, wie bei den Figuren, die sich manche Leute auf das Armaturenbrett ihres Autos stellten. »Es muss doch ... verflixt aber auch ...« Er wandte sich an Lara. »Einen Moment bitte.« Dann rief er laut und deutlich den Namen *Robert*. Eine Sekunde verging.

»Robert?«

Ein junger Mann in Laras Alter erschien durch eine Tür, die sie bis zu diesem Augenblick gar nicht bemerkt hatte. Er trug Jeans und ein schwarzes T-Shirt mit der Aufschrift einer Heavy-Metal-Band. Die dunklen Haare sahen verstrubbelt aus und er versuchte, sie unauffällig glatt zu streichen. Lara vermutete, dass er im hinteren Teil des Ladens geschlafen hatte. Die Augen des Jungen musterten sie neugierig.

»Das ist mein Enkel«, erklärte der Ladenbesitzer. »Ein Nichtsnutz, wie er im Buche steht, aber er hat ein schlaues Köpfchen und das Gedächtnis eines Elefanten. Habe ich nicht recht, Robert?«

»Wenn du es sagst, Opa.« Der Junge lächelte, als er Lara die Hand entgegenstreckte. »Robert Fischer, ihr untertänigster Diener, gnädiges Fräulein.«

»Robert!«, schimpfte der Alte. »Bitte sei höflich und benimm dich. Du sprichst mit Kundschaft und außerdem ist diese junge Dame die Enkelin von Professor Hermsdorf.«

Das Lächeln des jungen Mannes verschwand und in seine Augen trat ein merkwürdiger Ausdruck. Er legte den Kopf schief und betrachtete sie eingehend. »Dann bist du also Lara.«

»Ja.« Offensichtlich wusste ganz Berlin, wer sie war und dass sie ihre Großeltern besuchte.

»Ich habe von dir gehört.«

Was für eine seltsame Feststellung, dachte Lara. Die Situation hatte etwas Skurriles, Unwirkliches.

»Ich hoffe, nur Gutes«, meinte Lara und zwang sich, angesichts dieser dummen Floskel trotzdem zu lächeln.

Sofort ging eine Veränderung mit dem Jungen vor. Er grinste breit und zwinkerte ihr zu. »Nur das Allerbeste.«

»Können wir jetzt . . .«

»Ach ja, das Buch«, unterbrach sie der Alte. »Hatte ich fast schon wieder vergessen. Robert, wo ist das Buch, das der Herr Professor sich angesehen hat?«

»Du meinst ›Das Paarungsverhalten der Beutelmäuse auf Papua-Neuguinea‹?«

»NEIN, das meine ich nicht«, erwiderte der Großvater gereizt. »Und jetzt Schluss mit dem Unfug und hol das Buch.«

»Okay«, meinte Robert und zuckte mit den Achseln. »Dann eben das andere.«

Lara musste ein Grinsen unterdrücken, als er hinter der Ladentheke verschwand, sich bückte und kurz darauf ein Buch in die Höhe hielt. »John Milton – Das verlorene Paradies.«

Er reichte Lara das Buch. Es war eine gebundene Ausgabe, deren Schutzumschlag einen Engel mit Flügeln zeigte, der den Kopf beschämt abwandte und mit seiner Hand in die Ferne deutete.

»Um was geht es in dem Buch?«, fragte Lara.

Der alte Mann trat heran und legte eine Hand flach auf den Umschlag. »Es geht um Gott, die Menschen und den Fall der Engel, um den Kampf zwischen Satan und den Mächten des Himmels.«

»Und so etwas liest mein Großvater? Ist das ein Roman?«

»Nein, ein Epos, ein Gedicht, bestehend aus zehntausend Versen.«

Lara schlug das Buch an einer willkürlichen Stelle auf und las:

Bis Einer sich erhebt von stolzem Herzen,
Der, unzufrieden mit der schönen Gleichheit,
Sich unverdiente Herrschaft seiner Brüder
Anmaßt und Eintracht, der Natur Gesetz,
Vom Erdenraume ganz verdrängt und bannt.
Er jagt mit Krieg (denn Menschen sind sein Wild)
Und Kriegslist solche, welche sich nicht seiner
Tyrannenherrschaft dienend unterwerfen.
Man nennt ihn mächt'gen Jäger vor dem Herrn,
Zum Trotz dem Himmel oder auch von ihm
Die zweite Herrschaft fordernd; durch Empören
Erringt er einen Namen sich, wiewohl
Er Andre der Empörung schwer verklagt;
Mit einem Schwarme Gleichgesinnter, die
Mit ihm und unter ihm tyrannisch walten,
Zieht er aus Eden westwärts, findet dort
Die Fläche, wo ein schwarzer harz'ger Pfuhl
Sich siedend öffnet als der Hölle Schlund.

»Liest sich ein wenig merkwürdig«, meinte Lara und blickte fragend auf.

»Oh nein, das tut es nicht«, widersprach ihr der Alte energisch und Lara zuckte angesichts seines barschen Tonfalls erschrocken zusammen. »Es liest sich wunderbar. Es ist eine Melodie, geschaffen für die Ewigkeit.«

Lara begann, sich unwohl zu fühlen. Sie wusste nicht,

warum, aber der Buchhändler und sein Enkelsohn wirkten keineswegs mehr so freundlich wie am Anfang. Jede Fröhlichkeit war aus ihren Gesichtern verschwunden und sie blickten sie ernst an, so als habe sie mit ihrem Kommentar einen großen Frevel begangen.

Plötzlich war es in dem Laden stickig und Lara hatte Probleme, Luft zu bekommen. Sie warf einen unsicheren Blick auf das Buch, das sie noch immer in ihren Händen hielt, und als sie wieder aufblickte, sah sie in eine verzerrte Fratze. Robert Fischers Aussehen schien sich plötzlich verändert zu haben. Ein Knochenschädel pendelte auf einem dürren Hals. Sein Gesicht hatte die gesamte Haut verloren. Als er sie angrinste, bewegten sich nackte Muskeln und Sehnen. Rote Augen lagen tief in den Höhlen und glotzten sie an.

Ein Würgen kroch in Laras Hals hoch. Panik erfasste sie und ihr Herz raste. Sie schloss für einen Moment die Augen. Das Blut rauschte in ihren Ohren und Lara schüttelte ruckartig den Kopf. Sie holte tief Luft und sah erneut auf.

Alles war normal. Robert Fischer blickte sie verwundert an – ein harmloses Jungengesicht, das vollkommen gewöhnlich wirkte. Die Vision war verschwunden. Trotzdem, sie musste hier raus. Sofort!

»Ich nehme das Buch«, ächzte Lara. »Was kostet es?«

Der Buchhändler nannte einen Betrag, der unter zehn Euro lag. Lara zog ihren Geldbeutel aus der Jackentasche und legte mit zitternden Fingern einen Schein auf die Theke. Das Buch steckte sie in die Tüte zu den Kleidern.

»Danke, Sie brauchen mir kein Wechselgeld zu geben«, sagte sie. »Einen schönen Tag noch.«

Hastig verließ sie die Buchhandlung.

18.

Gaval war ein guter Jäger. Seine Geschicklichkeit, scheinbar unsichtbar und völlig unbemerkt Dämonen oder Menschen zu verfolgen, wurde von den anderen Engeln bewundert. Er selbst bildete sich darauf nichts ein. Ihm war jede Eitelkeit fremd. Gabriel hatte ihm befohlen, das Mädchen aus sicherer Entfernung zu beobachten, und so verbarg er sich hinter einem hohen Schornstein, der auf dem Dach eines Hauses aus dem neunzehnten Jahrhundert stand. Der Wind zerrte an seinen langen Haaren und ließ den offenen Mantel flattern, aber er genoss das Gefühl, aus luftiger Höhe auf die Stadt hinabzusehen.

Seit Lara die U-Bahn verlassen hatte, war er ihr über die Dächerzeilen gefolgt. Niemand hatte ihn bemerkt, wenn er mit weiten Sätzen, die für einen normalen Menschen unmöglich wären, von Dach zu Dach sprang. Manchmal überwand er so eine Kluft von zwanzig Metern und stets landete er sicher. Niemals rutschten seine Füße ab oder verloren seine Hände den Halt. Als er beobachtete, wie Lara die Boutique betrat, spürte er die Anwesenheit zweier anderer Engel, Arias und Sanael. Er wunderte sich darüber, dass sie ebenfalls in der Nähe waren. Aus seiner Position heraus konnte er zwar Lara sehen, aber durch den Dachvorsprung, auf dem er stand, blieb Sanael seinen Augen verborgen, da er sich senkrecht unter ihm aufhielt.

Für einen kurzen Moment beobachtete er, wie der andere Engel die Straße entlangging, bevor er in einem Hauseingang verschwand. Gaval sandte eine telepathische Nachricht an die beiden Engel aus, aber sie hatten ihre Gedanken blockiert und so konnte er keinen Kontakt mit ihnen aufnehmen. Kurz darauf waren sie verschwunden, denn das Gefühl, andere Krieger in der Nähe zu wissen, verblasste in ihm.

Das Mädchen verließ etwas später das Geschäft mit einer Tüte in der Hand und ging die Straße hinunter, bevor sie an der nächsten Abzweigung in eine schmale Gasse abbog und kurz darauf in einem alten Buchladen verschwand. Gaval riskierte einen waghalsigen Sprung, um auf das Dach zu gelangen, das dem Eingang gegenüberlag. Nun saß er hinter dem Schornstein und wartete ungeduldig darauf, dass Lara den Laden wieder verließ.

Dies war eindeutig Dämonengebiet. Obwohl er die Krieger der Hölle nicht sah, spürte er doch ihre Anwesenheit. Ihre Aura schwebte über dem Viertel und veränderte die Teile des für menschliche Augen unsichtbaren Lichtspektrums, welches Engel allerdings sehr wohl wahrnehmen konnten. Farben verblassten, wurden von grauen und schwarzen Schleiern überlagert, die sich wie Dunst über alles schoben, was in ihren Einflussbereich geriet. Auf die Menschen mochte das Stadtviertel lediglich etwas heruntergekommen und nicht sonderlich farbenfroh wirken, aber Gaval wusste es besser.

Dies war ein gefährlicher Ort und er war allein. Er fürchtete sich nicht, aber er ignorierte auch nicht die Möglichkeit, entdeckt zu werden. Was sollte er tun?

Falls Lara tiefer in das Gebiet der Dämonen eindrang, konnte er ihr nicht folgen, andererseits musste er wissen, was das Mädchen vorhatte und ob ihr Gefahr drohte.

Ein leises Schaben in seinem Rücken ließ ihn herumwirbeln. Gaval streckte den rechten Arm zum Himmel. Er flüsterte ein Wort und in seiner Faust erschien ein goldener Speer.

Alles schien ruhig und unverdächtig, aber ein Kribbeln auf seiner Haut verriet ihm, dass er nicht mehr alleine war. Konzentriert suchte er das Dach ab. Alles wirkte normal, aber dann entdeckte er den Dämon, der sich in einen Wasserspeier verwandelt hatte und regungslos wie eine Steinfigur auf einem Mauervorsprung hockte. Er war nur etwa einen halben Meter groß und wirkte wie ein Gnom mit kurzen Gliedern. Das Gesicht hatte etwas Hundeartiges und nun bemerkte Gaval auch die Flügel auf seinem Rücken. Dies war ein Beobachter, kein Krieger.

Das Wesen schien zu spüren, dass seine Tarnung durchschaut war. Es quietschte ängstlich und flitzte davon. Gaval jagte mit kraftvollen Sätzen hinter ihm her. Wenn das Wesen entkam, würden bald weitere Dämonen auftauchen und er wäre dazu gezwungen, seine Mission abzubrechen.

Der Gnom raste den Dachgiebel entlang. Gaval sah, dass er versuchte, eine offene Dachluke zu erreichen. Sollte es ihm gelingen, ins Haus zu fliehen, würde es unmöglich werden, ihn zu erwischen. Der Engel legte all seine Kraft in einen einzigen Sprung. Den mit der Spitze nach unten gerichteten Speer mit beiden Fäusten umklammert, flog er durch die Luft. Senkrecht stieß er auf das Wesen herab, der Speer durchdrang den Körper des Dämons, dann jagten Flammenzungen den Schaft hinauf und das Wesen verging. Erleichtert ließ sich Gaval in die Hocke sinken. Er schloss die Augen, um sich zu beruhigen, und so sah er die riesige Pranke nicht, die mit einem Donnerschlag die Dachziegel durchbrach, seinen Hals packte und ihn in die Tiefe zog. Dort in der Dunkelheit des Hauses hatten Jäger gelauert und der Köder hatte den Feind zu ihnen geführt.

Das Letzte, was Gaval von dieser Welt sah, bevor er in einem Lichtblitz verging, waren messerscharfe Krallen, die sich auf ihn stürzten.

Als Lara den Buchladen verließ, hörte sie einen lauten Knall, der wie ein Donner klang. Sie sah zum Himmel auf, aber es waren keine dunklen Wolken zu sehen, also konnte ein Gewitter nicht die Ursache dafür gewesen sein. Ihr Blick fiel auf den leeren Sockel über der Eingangstür. Sie stutzte. Hatte darauf nicht eben noch eine steinerne Figur gestanden – ein Gargoyle? Oder hatte sie sich das nur eingebildet? Sie war sicher, den Wasserspeier gesehen zu haben, aber nun schien es, als hätte es ihn nie gegeben. Wieder stieg ein leichtes Panikgefühl in Lara auf, so wie letzte Nacht, als sie vor dem Fenster gestanden hatte. Was war nur los mit ihr?

Lara taumelte noch immer leicht zitternd die Straße entlang. Sie wollte weg von diesem merkwürdigen Buchladen mit dem merkwürdigen Alten und seinem seltsamen Enkelsohn. Die Begegnung hatte sie verwirrt. Sie wusste keinen Grund dafür, aber die umschlagende Stimmung und die ihr entgegengebrachte Feindseligkeit waren deutlich spürbar gewesen. Und dann diese schreckliche Vision. Wie aus einem Traum.

Was ist bloß los mit mir?

Ihr Magen verkrampfte sich und eine leichte Übelkeit stieg in ihr auf. Lara blieb an einer Hausecke stehen und lehnte sich gegen die raue Wand. *Vielleicht habe ich mir eine Erkältung oder ein Virus eingefangen,* überlegte sie.

Lara stellte die Tüte ab und fasste an ihre Stirn. Sie war

nicht heiß und auch ihre Wangen glühten nicht. Möglicherweise war ihr nur die Aufregung auf den Magen geschlagen. Erst dieser Albtraum letzte Nacht, dann der merkwürdige Mann, der sie scheinbar heimlich beobachtet hatte, und schließlich das Erlebnis im Buchladen. Ob sie Damian heute Abend von diesen merkwürdigen Dingen erzählen sollte? Ihr Herz begann zu pochen, als sie an ihre Verabredung dachte.

In diesem Moment piepste ihr Handy. Lara traute ihren Augen kaum, als sie die SMS öffnete – sie war von Ben!

Hi, wie geht's dir? Hab gehört, du bist in Berlin. Cool! Denke oft an dich. Können wir uns sehen, wenn du wieder da bist? Melde dich bei mir.

Laras Unruhe verflog schlagartig, wurde zu heißer Wut, die ihr glühend ins Gesicht schoss. Was sollte das denn? Warum schrieb Ben ihr so einen Scheiß? Warum schrieb er ihr überhaupt? War mit seiner Neuen schon wieder Schluss und er wollte einfach mal auschecken, ob sie noch sauer auf ihn war? Glaubte dieser Idiot wirklich, nach allem, was geschehen war, würden ein paar läppisch hingeworfene Worte genügen, dass sie sich ihm vor Freude wieder glücklich in die Arme warf?

Arschloch!

Sie starrte auf das Handy.

Können wir uns sehen, wenn du wieder da bist?

Nein! Nein! Nein! Ich will dich nicht mehr sehen!, tobte es in ihr und ein ärgerliches Knurren entrang sich ihrer Kehle.

Plötzlich zog sich ein Riss über das Display. Das Glas zersprang. Das Handy wurde glühend heiß. Erschrocken ließ Lara das Gerät zu Boden fallen. Qualm drang nun aus dem Handy hervor und das Plastik begann zu schmelzen. Lara starrte verblüfft auf den Asphalt. Das Handy war vollkommen hinüber, die SIM-Karte bestimmt nicht zu retten.

Wie war das nur passiert?

Ein Kabelbrand?

Verdammter Mist! Gab es nicht irgendwelche Sicherheitsbestimmungen, die genau *das* verhindern sollten? Oder kam so etwas nur ein Mal in einer Million Fälle vor?

Das würde passen!

Es wäre typisch für ihr Leben!

Verflogen war die gute Laune nach der erfolgreichen Shoppingtour, vergessen die Vorfreude auf den Abend mit Damian.

Zurzeit ging scheinbar alles in die Brüche. Einfach alles.

19.

Das Haus wirkte leer und verlassen, als Lara aus der Stadt zurückkehrte. Ihre Großmutter war scheinbar noch immer unterwegs, und wo ihr Großvater sich aufhielt, wusste sie nicht. Gerne hätte sie jetzt jemanden um sich gehabt und über sinnlose Dinge geplaudert, um die merkwürdigen Erlebnisse aus ihrem Kopf zu verbannen, aber im Haus herrschte eine kaum zu ertragende Stille.

Schlecht gelaunt warf Lara ihre Einkaufstüten achtlos in den Flur. Kurz betrachtete sie sich in dem hohen Spiegel, der direkt neben den Kleiderhaken hing, und fuhr sich durchs Haar. Sie sah erschöpft aus. Dunkle Ringe zeichneten sich unter ihren Augen ab, die Haut wirkte grau und schlaff. *Vielleicht sollte ich mich noch ein wenig hinlegen, bevor Damian mich abholen kommt.* So konnte sie ihm jedenfalls nicht unter die Augen treten, entschied sie.

Müde stieg sie die Stufen zu ihrem Zimmer hoch. Als sie den obersten Treppenabsatz erreicht hatte, klingelte das Telefon. Genervt ging Lara die Treppe wieder hinunter und hob den Hörer ab. Es war ihre Mutter. Vor einer Minute hätte sie gern mit ihr geredet, aber jetzt war ihr irgendwie alles zu viel.

»Hallo, Lara. Wie geht es dir?«

»Hallo, Mama. Alles okay.«

»Du klingst irgendwie komisch. Bist du krank?«

»Nein, nein. Ich war in der Stadt einkaufen. Jetzt bin ich müde und mir tun die Füße weh.«

»Was ist mit deinem Telefon? Ich habe versucht, dich anzurufen, aber irgendetwas scheint mit deinem Handy nicht zu stimmen.«

»Ist kaputtgegangen. Ich brauche ein neues, aber das hat Zeit, bis ich wieder daheim bin.«

»Wie gefällt dir Berlin?«

Lara ließ sich auf eine Treppenstufe sinken und lehnte sich mit dem Rücken gegen das Geländer.

»Ist schön hier.«

»Und?«

»Was und?«

»Sag schon, was machst du so?«

»Nicht viel. Ich gehe spazieren und lass mich von Oma dick und rund füttern.«

»Das ist alles? Unternimmst du sonst nichts? Berlin ist eine tolle Stadt mit unzähligen Möglichkeiten und du hockst zu Hause? Du solltest die Zeit genießen und etwas erleben.«

»Na ja, etwas Besonderes ist schon geschehen.«

»Was?« Die Stimme ihrer Mutter klang plötzlich heiser vor Aufregung. »Hast du jemanden kennengelernt? Leute in deinem Alter?«

»Na ja, nicht gerade in meinem Alter . . .«, versuchte Lara auszuweichen, entschied sich dann aber doch für die Wahrheit. »Er ist einundzwanzig und heißt Damian. Wir sind uns im Park begegnet.« *Was für eine Untertreibung.*

»Und wie sieht er aus?«

»Mama!«

»Du kennst mich. Ich bin neugierig.«

»Er ist etwas größer als ich, hat lange schwarze Haare und ein schmales Gesicht.« Lara merkte, wie sich ihre schlechte Laune verflüchtigte, als sie von Damian erzählte.

»Lange schwarze Haare?«, echote ihre Mutter. »Wer trägt denn heutzutage . . .«

»Mom, er sieht umwerfend aus«, lachte Lara ins Telefon hinein.

»Umwerfend«, klang es fröhlich zurück. »Das hört sich ja ganz gut an . . .«

»Sag es nicht. Dafür ist es noch zu früh.« Lara seufzte. »Aber er gefällt mir sehr und ich denke, er interessiert sich auch für mich. Heute Abend wollen wir zusammen weggehen.«

»Wohin?«

»In eine Szenekneipe. Soll anders sein als alles andere hier in Berlin.«

»Klingt aufregend.«

»Mal schauen, wie es wird.«

»Was macht Damian beruflich? Arbeitet er?«

»Nein, er studiert Geschichte. Übrigens an derselben Uni wie Opa.«

Plötzlich herrschte Stille am anderen Ende der Leitung. »Was sagst du da?«

»Nichts weiter, nur dass er an Großvaters ehemaliger Universität Geschichte studiert. Wieso fragst du so komisch?«

»Nichts. Es ist nichts«, versicherte ihre Mutter, doch ihre Stimme klang eigenartig. »Mich hat nur kurz der Umstand irritiert, dass es dasselbe Studienfach und dieselbe Universität sind. Kennt dein Großvater ihn?«

»Ich glaube, sie haben sich mal an der Uni gesehen, aber kennen ist zu viel gesagt.«

»Dann war er schon bei Opa und Oma zu Hause?«

Lara verdrehte genervt die Augen. »Ja, Damian bringt

mich heim, wenn wir etwas unternommen haben. Was ist denn los mit dir? So kenne ich dich gar nicht.«

»Wie meinst du das?«

»Na, dieses Getue und die vielen Fragen«, erwiderte Lara gereizt.

Die Stimme ihrer Mutter wurde streng. »Vergiss nicht, mit wem du sprichst, also spar dir deinen Tonfall.«

»Ja, ist ja schon gut«, murmelte Lara. »Sorry.«

Ein kurzes Zögern. »In Ordnung. Sind deine Großeltern da?«

»Nein. Oma ist einkaufen, du weißt ja, übermorgen hat Opa Geburtstag und sie will eine Party für ihn geben. Sollen sie dich anrufen?«

»Nein«, erwiderte ihre Mutter eine Spur zu hastig. »Ich gratuliere ja übermorgen, da kann ich mit ihnen reden.«

»Mama?«

»Ja?«

»Was ist eigentlich mit dir und deinen Eltern?«

»Wie meinst du das?«

»Ihr besucht euch niemals und sprecht auch sonst kaum ein Wort miteinander. Warum habt ihr so ein schlechtes Verhältnis zueinander? Und hör endlich auf, mir einreden zu wollen, alles sei in bester Ordnung.«

Eine längere Pause entstand, bevor Rachel sagte: »Ich weiß nicht, wie ich es dir erklären soll.«

»Sag es einfach.«

Ein Stöhnen erklang im Hörer. »Wenn es doch nur so einfach wäre.«

»Vielleicht ist es das auch!«, rief Lara ungeduldig aus. Sie hatte die ewigen Ausflüchte ihrer Mutter so satt. »Es geht mir tierisch auf die Nerven, nicht zu wissen, was zwischen euch steht«, schleuderte sie ihrer Mutter entgegen. »Und es tut mir weh, mit ansehen zu müssen, wie ihr euch ignoriert.«

Lara hörte, wie ihre Mutter tief Luft holte. »Du hast recht. Wir sollten über alles reden.«

Lara versuchte, sich zu entspannen. Sie lehnte ihren Kopf gegen das Treppengeländer und schloss für einen Moment die Augen.

»Na ja, unser Verhältnis war nicht immer so«, begann ihre Mutter zögerlich. »Deine Großeltern waren gute Eltern. Es begann nach deiner Geburt, bis dahin war alles in bester Ordnung. Ich und dein Vater wohnten während unserer kurzen Ehe und der Schwangerschaft im Haus deiner Großeltern und sie bemutterten mich von früh bis spät, kümmerten sich um mich und erfüllten mir jeden Wunsch. Dein Vater war oft nicht da und ich war dankbar, nicht allein zu sein. Als der große Tag kam, waren alle ganz aufgeregt. Meine Mutter hatte mich von einer Hausgeburt überzeugt und so waren nur sie, Großvater, dein Vater und eine Hebamme im Haus, als es so weit war. Die Wehen kamen in kurzen Abständen und waren ziemlich heftig, aber die Geburt dauerte nicht allzu lang. Du kamst auf die Welt und hast sofort das ganze Haus zusammengebrüllt.«

Lara lächelte.

»Ich war so glücklich. Ein gesundes, hübsches Mädchen und ich habe dich vom ersten Moment an geliebt.« Sie schwieg, scheinbar verloren in Raum und Zeit.

»Mama?«, fragte Lara zaghaft.

»Die Hebamme hat dich gewaschen und mir in den Arm gelegt. Deine Großmutter ging hinaus, um deinen Vater und deinen Opa zu holen. Ich hatte erwartet, dass sie sofort ins Zimmer stürmen würden, aber sie ließen sich Zeit und ich hörte, wie sie sich leise im Flur unterhielten. Ich fand das merkwürdig, war aber zu erschöpft und zu glücklich, um mir darüber Gedanken zu machen. Nach ein paar Minuten kamen sie dann.« Der letzte Satz klang bitter. »Dein Vater trat ans Bett und küsste mich. Er flüsterte mir zu, ich habe das prima gemacht, dann nahm er dich auf den Arm und betrachtete dich lange. Er wirkte sehr ernst dabei und ich fragte ihn, ob er nicht glücklich sei. Er sagte, ja, das sei er, sehr sogar, und er lächelte, aber irgendwie hatte ich das Gefühl, dass er enttäuscht war.«

Lara fühlte einen Stich in ihrem Herzen und ihre Augen brannten heiß. Sie hatte es immer geahnt und nun wurde aus dieser Ahnung Gewissheit. Ihr Vater hatte ihre Mutter wegen ihr verlassen. Eine einzelne Träne lief ihre Wange hinab. Lara biss sich fest auf die Lippen, um nicht schreien zu müssen. Die Stimme ihrer Mutter erklang wie aus weiter Ferne.

»Ich weiß, was du jetzt fühlst und was du denkst, und vielleicht hast du auch recht. Dein Vater und ich hatten oft darüber gesprochen. Ich wusste, dass er sich von ganzem Herzen einen Sohn wünschte. Aber ich hoffte, dass alles gut werden würde, wenn er dich erst einmal sah, wenn er dich in seinen Armen hielt.« Laras Mutter schluckte. »Aber diese Hoffnung hat sich leider nicht erfüllt«, flüsterte sie.

»Was ist dann geschehen?«, fragte Lara und versuchte, ihre Stimme fest klingen zu lassen.

Ihre Mutter weinte. Sie konnte es deutlich hören, obwohl sie sich alle Mühe gab, es zu verbergen. »Er küsste dich auf die Stirn und legte dich in meinen Arm zurück. Dann verließ er das Zimmer. Seit dieser Nacht habe ich ihn nicht wiedergesehen.«

Lara schwieg. Sie hörte das Ticken der Küchenuhr, zählte stumm die Sekunden, die verrannen. Und sie spürte, wie mit jedem Zeigerschlag wieder diese unbändige Wut in ihr aufstieg, die sie schon am Nachmittag in der Stadt überfallen hatte. »Warum hast du mir das nie erzählt? Warum hast du mir nie die Wahrheit gesagt?«, zischte sie schließlich ins Telefon.

»Ich ... ich wollte es. Aber irgendwie war nie der richtige Zeitpunkt, nie der richtige Moment. Ich dachte ...«

»Was?«, brüllte Lara ungehalten. »Was dachtest du? Dass es einfacher wäre, wenn ich größer bin?«

»Ja. Ich bin deine Mutter und ich wollte dich schützen.«

»Vor der Wahrheit gibt es keinen Schutz, *Mutter.* Das solltest du wissen. Sie holt einen immer ein.«

»Das habe ich gerade erfahren.«

»Sonst noch was?«, fragte Lara mit eisiger Stimme. »Gibt es sonst noch etwas, das du mir nicht erzählt hast, weil du mich *schützen* wolltest?«

»Ja. Deine Großeltern ... sie ... sie warfen mir vor, ich hätte deinen Vater aus dem Haus getrieben. Sie meinten, wenn ich ihm die Zeit gegeben hätte, seine Enttäuschung zu verarbeiten, hätte aus uns eine glückliche Familie werden können. Sie sagten, ich hätte alles zerstört und es sei meine Schuld, dass du ohne Vater aufwachsen musstest.«

»Und, war es deine Schuld?«

»Nein!« Die Stimme ihrer Mutter war voller Zorn. »Er hat dich – mein Kind, unser Kind – nicht angenommen, es nicht so geliebt, wie es ein Vater tun sollte. Das konnte ich ihm nicht verzeihen und das werde ich ihm auch niemals verzeihen.«

Das eintretende Schweigen lastete schwer auf ihnen, bis Lara schließlich ohne ein weiteres Wort die Verbindung unterbrach.

20.

Lara lag auf dem Bett und weinte. Sie hatte ihr Gesicht im Kissen vergraben. Immer wieder durchlief ein Zittern ihren Körper, dann hatte sie das Gefühl, ersticken zu müssen, und machte sich mit einem lauten Schluchzen Luft.

All der Zorn, all die Wut waren einer tiefen Traurigkeit gewichen, die sie überwältigte. Sie weinte, weil sie nie die Liebe eines Vaters kennengelernt hatte, und sie weinte darüber, all die Jahre gehofft zu haben, ihr Vater würde eines Tages vor ihr stehen und sie in die Arm schließen. Sie hatte sich niemals als vollständiger Mensch gefühlt, etwas in ihr hatte gefehlt, so wie ein Puzzle, das zwar ein Bild ergab, aber dessen fehlende Teile leere Flecken hinterließen. Diese Flecken waren in ihre Seele eingebrannt, und nachdem sie nun wusste, ihr Vater hatte sie vom ersten Moment an abgelehnt, spürte sie auch, dass es für sie keine Vollständigkeit geben konnte.

Wie kann man das eigene Kind nicht lieb haben?

Diese Frage war so überwältigend, wie die Antwort banal war – ihrem Vater fehlte offensichtlich ebenfalls etwas. Ihm fehlte die Fähigkeit, selbstlos zu lieben, und dieser Gedanke gab Lara Trost, linderte den Schmerz ein wenig.

Ihre Gedanken wanderten zu ihrer Mutter. Wie musste sich ihre Mutter damals im Moment ihrer größten Freude gefühlt haben, als sie erkannte, dass der Mann, den sie liebte, diese Freude nicht teilte, dass er nicht einmal seine Enttäuschung darüber verbergen konnte, dass es kein Sohn geworden war?

Es muss schlimm für sie gewesen sein, dachte Laura. Und sie muss gespürt haben, dass sie allein ist und es wahrscheinlich auch bleiben würde. *Ein ganzer Ozean verlorener Träume . . .*

Lara wischte sich die Tränen von den Wangen, stand auf und ging zum Fenster. Erschöpft lehnte sie ihre Stirn gegen das kühle Glas. Die Kälte schien sich in ihrem ganzen Körper auszubreiten.

. . . und dennoch hätte sie mir die Wahrheit sagen müssen.

Rachel Winter ging unruhig im Zimmer auf und ab. Sie hatte keinen Blick für den Sonnenschein, der durch die hohen, geöffneten Fenster in die Wohnung fiel, und sie hörte nicht den Gesang des Windes, der leise ums Haus strich. Ihre Gedanken waren bei Lara.

Habe ich einen Fehler gemacht?, fragte sie sich zum unzähligsten Mal. *Hätte ich schweigen sollen, hätte ich die Wahrheit noch länger zurückhalten sollen?*

»Vor der Wahrheit gibt es keinen Schutz«, hatte Lara gesagt und nicht geahnt, wie recht sie damit hatte.

Noch heute, nach so vielen Jahren, schmerzte die Wahrheit. Die Wahrheit, dass sie sich in diesem Mann getäuscht hatte, dass er weder sie noch die gemeinsame Tochter wirklich lieben konnte.

Er war gegangen. Und niemand wusste, wohin.

Kein Wort des Abschieds. Keine Nachricht von ihm. Er war so spurlos verschwunden, wie er gekommen war. Er hatte ihr Leben für immer verändert – aber er hatte ihr auch ein wunderbares Geschenk gemacht.

Lara.

Rachel ging zur Kommode und griff nach der Zigarettenschachtel, die darauf lag. Mit fahrigen Fingern zog sie eine Zigarette heraus und zündete sie an. Der Rauch schmeckte bitter, aber das Ritual beruhigte sie ein wenig.

Ihre Gedanken wanderten zum Gespräch mit ihrer Tochter zurück. Lara würde Zeit brauchen, die Wahrheit über ihren Vater zu verarbeiten, aber da war noch etwas anderes, das Rachel beunruhigte.

Wer war dieser Damian?

Sie nahm ihren Gang durchs Wohnzimmer wieder auf.

Eigentlich sollte ich mich darüber freuen, dass Lara jemanden kennengelernt hat. Jemand, der ihr hilft, über Ben hinwegzukommen.

Aber da war dieses merkwürdige Gefühl, das gleich einer Spinne über ihre Seele krabbelte und ein Netz aus Fragen wob. Woher kam dieser Damian so plötzlich? Er studierte Geschichte an derselben Universität, an der ihr Vater früher unterrichtet hatte. Hatte er ihn mit nach Hause gebracht und ihn Lara vorgestellt?

Sie erinnerte sich noch gut an den Tag, als ihr Vater ihr Michael vorgestellt hatte.

»Hallo, Rachel, ich möchte, dass du jemanden kennenlernst. Das ist Michael Winter, einer meiner besten Studenten. Er hat sich bereit erklärt, dir bei den Prüfungsvorbereitungen zu helfen.«

»Papa, ich brauche keine . . .«

Dann hatte sie dem fremden jungen Mann in die Augen gesehen und ein Schauer war durch ihren Körper gejagt. Danach hatte sie nur noch halbherzig versucht, ihren Vater davon zu überzeugen, dass sie auch ohne Hilfe zurechtkam.

Michael war tatsächlich der brillante Student, als den

ihn ihr Vater dargestellt hatte. Er kannte die Antwort auf scheinbar jede ihrer Fragen und er besaß die Geduld, ihr Zusammenhänge so lange zu erklären, bis sie alles verstanden hatte. Dabei beschränkte sich sein Wissen keineswegs nur auf Geschichte. Er schien einfach alles zu wissen, ob es nun um Mathematik, Physik oder sonst ein Lehrfach ging.

Bald kam Michael täglich. Er ging praktisch im Haus ihrer Eltern ein und aus und Rachel ertappte sich dabei, wie sie ungeduldig auf die Uhr sah und die Minuten zählte, bis er endlich in der Hofeinfahrt auftauchte und mit seinen weit ausholenden Schritten den Weg zum Haus zurücklegte.

Irgendwann war es dann geschehen. Eine unabsichtliche Berührung ihrer Hand durch seine, ein tiefer Blick in ihre Augen und dann seine Lippen auf den ihren. Niemals würde sie den ersten Kuss vergessen, einen Kuss, der ihre Seele fliegen ließ.

Drei Monate später war sie schwanger geworden und sie hatten geheiratet. Ohne großes Fest. Standesamtlich. Lediglich ihre Eltern waren dabei gewesen. Von seiner Familie war niemand gekommen. Er sagte, er habe keine lebenden Verwandten und sie glaubte ihm. Wollte ihm glauben, denn ihr Glück war vollkommen gewesen. Bis zu jenem Tag.

Und nun gab es wieder einen jungen Mann, der Geschichte an der Universität ihres Vaters studierte – und dieses Mal war ihre Tochter dabei, ihr Herz zu verlieren.

Konnte das Zufall sein?

Oder war es Schicksal?

Wiederholte sich die Geschichte, indem die Tochter denselben Fehler wie die Mutter beging?

Rachel fand keine Antworten auf all diese Fragen, aber da war dieses beunruhigende Gefühl in ihr – das Gefühl, dass etwas nicht stimmte.

21.

Lara schlief.

In ihrem Traum stand sie neben Damian auf einer Höhe und blickte über weites, ödes Land. Er hielt ihre Hand fest umklammert. Sein Griff schmerzte, aber sie schwieg und starrte auf ein steinernes Meer, dessen Kargheit nur durch feurige Ströme unterbrochen wurde, die das Gebiet wie glühende Lava durchzogen. Ein heißer Wind strich über ihr Gesicht. Das Atmen fiel ihr schwer, denn die stickige Luft presste ihren Brustkorb zusammen.

Damian machte eine weit ausholende Bewegung, die alles umfasste. »Sieh, meine Fürstin«, sagte er mit Ehrfurcht in der Stimme. »Sieh dein Königreich.«

Er wandte ihr das Gesicht zu und Lara erschrak. Es war nicht mehr Damian, der sie anblickte. Etwas Dunkles, Formloses wie schwarzer Nebel hatte sein Gesicht ersetzt und darin glühten seine Augen wie feurige Kohlestücke.

Sie versuchte, sich seinem Griff zu entziehen, aber er hielt sie unerbittlich fest. Die schwarzen Schwaden verwandelten sich und wurden zu etwas, das Damian war, aber ihn älter aussehen ließ. Ein grausamer Zug umspielte die faltigen Lippen, als er sich vorbeugte.

»Und sieh deine Sklaven.«

Ihre Augen weiteten sich entsetzt, als sie die nicht enden wollenden Ströme der schauerlichen Wesen entdeckte, die vom fernen Horizont her auf sie zuhielten. Ausgeburten der Fantasie, wie sie kein Mensch zuvor erblickt hatte, drängten und schoben sich unerbittlich vorwärts. Klagelaute, Jammern und furchtbare Schreie drangen auf den Hügel.

»Sag mir, meine Fürstin, wer soll leben, wer soll sterben?«

»Lara, bitte mach die Tür auf.«

Das Klopfen und der durchdringende Ruf drangen in Laras Traum. Verwirrt öffnete sie die Augen und blickte zur Zimmerdecke hinauf. Es dauerte einen Moment, bis sie begriff, dass sie eingeschlafen sein musste. Sie hatte geträumt, aber was sie geträumt hatte, wusste sie nicht mehr.

»Lara!«

»Oma? Was ist denn?«, murmelte sie. Sie war müde, so unendlich müde.

»Warum hast du dich eingeschlossen? Und warum hörst du mich nicht?«

»Entschuldige, ich muss eingeschlafen sein«, antwortete sie träge.

»Dann öffne jetzt die Tür.«

»Nein.«

Eine kurze Pause entstand.

»Nein? Was heißt da Nein?«

»Ich möchte allein sein.«

»Ist etwas passiert? Geht es dir gut?«

»Ja, Oma. Ich möchte einfach nur allein sein.«

»Damian hat angerufen. Er kommt in einer halben Stunde vorbei, um dich abzuholen.«

Laras Blick wanderte zum Digitalwecker. Sie hatte über vier Stunden lang geschlafen. Aber das war jetzt auch egal. Sie fühlte sich so erschöpft und ausgebrannt, dass noch nicht einmal der Gedanke an Damian ihr Energie verlieh.

»Sag ihm bitte, dass ich mich nicht wohlfühle und heute Abend nicht aus dem Haus möchte.«

»Oh nein, junge Dame«, erwiderte ihre Großmutter. Trotz der geschlossenen Tür konnte Lara die Strenge und Unnachgiebigkeit in ihrer Stimme hören. »Das wirst du schön selbst tun.«

»Ich will ihn aber nicht sehen und auch nicht mit ihm reden. Oma, bitte!«

»Nein, und damit Schluss. Entweder du sagst mir jetzt, was mit dir los ist und warum du dich im Zimmer einschließt, oder du kannst zusehen, wie du allein zurechtkommst.«

Kurz darauf hörte Lara, wie ihre Großmutter wütend die Treppe hinunterstapfte.

Etwas später vernahm Lara das Läuten der Türklingel und gleich darauf die Stimme ihrer Großmutter. Was gesprochen wurde, verstand sie nicht.

Dann klopfte es leise an ihre Tür.

»Lara?«

Der Klang seiner sanften Stimme ging ihr durch Mark und Bein.

»Kann ich mit dir sprechen?«

»Im Augenblick ist mir nicht nach Reden.« Lara fühlte sich leer. Und doch wirbelten so viele Gedanken durch ihren Kopf und auch ihre Gefühle schienen Achterbahn zu fahren.

»Okay, aber wenn es dir nichts ausmacht, bleibe ich noch ein wenig hier.«

»Warum?«, fragte Lara erstaunt.

»Du sollst wissen, dass ich für dich da bin, wenn es dir nicht gut geht.«

Laras Herz begann, schneller zu schlagen, aber trotz seiner lieben Worte wollte sie Damian heute nicht sehen. Sie brauchte Zeit, um ihre Gedanken und ihre Gefühle zu ordnen.

Sie schwiegen und dieses Schweigen gab Lara mehr als tausend tröstende Worte. Schließlich setzte sie sich mit dem Rücken zur Tür auf den Boden. Sie spürte, dass er sich auf der anderen Seite ebenfalls gegen die Tür lehnte.

»Damian?«

»Ja.«

»Wurdest du schon mal von jemandem enttäuscht, den du sehr liebst?«

Eine Weile verging, dann sprach er. Leise und eindringlich und Lara hörte den Schmerz hinter seinen Worten.

»Ich hatte einen Freund. Nein, nicht nur einen Freund. Er war mehr als das, er war wie ein Bruder für mich und ich vertraute ihm vollkommen. In meiner bedingungslosen Liebe zu ihm bemerkte ich nicht, wie er sich veränderte. Ich sah die Warnzeichen, aber ich reagierte nicht und dann war es zu spät. Er beging einen ungeheuerlichen Verrat, von dem es kein Zurück mehr gab.«

Stille.

»Wen hat er verraten? Dich?«

»Sich selbst. Uns alle.«

Lara zögerte. »Mehr willst du nicht dazu sagen?«

»Nein, denn mehr gibt es dazu nicht zu sagen. Wie ist es bei dir? Willst du darüber reden?«

Will ich darüber reden? Würde das den Schmerz in ihrem Inneren lindern?

»Es geht um meinen Vater.«

Er schwieg und sie spürte, dass er ihr die Zeit geben wollte, die richtigen Worte zu finden.

»Ich habe heute mit meiner Mutter telefoniert und sie hat mir endlich die Wahrheit über ihn gesagt.« Lara holte tief Luft. »Mein Vater wünschte sich einen Sohn. Als er eine Tochter bekam, konnte er seine Enttäuschung nicht verbergen – und meine Mutter verzieh ihm nicht, dass er es nicht konnte.«

»Es muss wehgetan haben, das zu hören.«

»Das hat es. Nicht nur, dass ich ohne Vater aufgewachsen bin, letztendlich bin ich auch der Grund dafür, dass er gegangen ist.«

»Nein, ich denke, in diesem Punkt hast du unrecht.«

»Warum sagst du das?«

Sie konnte sein Lächeln fast sehen. »Jeder Mann, der eine Tochter wie dich bekommt, sollte glücklich sein. Wenn er dieses Glück nicht empfindet, ist etwas in ihm zerbrochen. Das ist nicht deine Schuld.«

»Danke, dass du das sagst.«

»Lara?«

»Ja?«

»Ich würde dich jetzt gern spüren.«

Sie erhob sich und stellte sich mit dem Gesicht zur Tür.

»Leg deine Hand auf das Holz.« Sie hörte seine Kleidung rascheln, als er aufstand.

»Meine Hand ist da.«

»Meine auch. Fühlst du es?«

»Ja, ich kann dich spüren.«

Es war ein besonderer Moment. Lara fühlte es. Tief in ihr drin war die Gewissheit, dass sie diesen Augenblick nicht einfach so vergehen lassen durfte. Sie holte tief Luft und öffnete langsam die Tür.

Da stand er. Ruhig sah er sie an.

Lara fasste zögerlich nach seiner Hand, nahm sie in die ihre. »Es geht mir besser«, sagte sie. »Vielleicht tut mir ein wenig Ablenkung auch ganz gut. Also, wenn du noch möchtest, können wir los.«

»Bist du dir sicher?«

»Ja. Ich ziehe mich nur kurz um, dann können wir gehen.«

Er lächelte. »Berlin wartet auf dich.«

22.

Die Bar, von der Damian erzählt hatte, befand sich in der Schönhauser Allee. *Last Cathedral* stand in großer gotischer Schrift über dem Eingang, vor dem sich unzählige Jugendliche drängten und darauf warteten, hineingelassen zu werden.

Niemand sah normal aus. Alle trugen Kostüme oder Klamotten im Gothic-Style. Nahezu jeder war übertrieben geschminkt. Lara sah Mädchen in ihrem Alter mit farbigen Kontaktlinsen, die ihre Augen geschlitzt wirken ließen. Irgendwie hatten sie dadurch etwas Raubtierartiges an sich. Lara war froh, dass sie am Nachmittag noch Klamotten gekauft hatte – doch selbst in ihrem neuen Outfit kam sie sich noch brav und bieder vor. Wenigstens trugen ihre dunklen Haare dazu bei, dass sie nicht aus der Menge herausstach.

Viele zeigten trotz der abendlichen Kühle jede Menge Haut – oft von unzähligen Piercings durchstochen oder mit Tattoos übersät. Die meisten waren auffällig geschminkt, hatten dunkel umrandete Augen und bleiche Gesichter, manche hatten sich sogar Bisswunden aufgemalt. Es war wie beim Setting zu einem Horrorfilm oder einem skurrilen Kostümfest.

Lara rammte Damian den Ellbogen in die Seite. »Du hättest mir sagen können, was mich erwartet. Dann hätte ich mich entsprechend vorbereitet.«

Er grinste sie breit an. »Dann wäre mir aber die Überraschung nicht gelungen. Außerdem siehst du klasse aus! Ich werde dich heute Abend wohl nicht aus den Augen lassen dürfen.«

Lara spürte, wie ihr die Hitze ins Gesicht stieg. *Ich gefalle ihm,* dachte sie glücklich. Lächelnd griff sie nach seiner Hand und drückte sie. Er hielt sie fest und zog sie mit sich durch die Menge, die ihnen bereitwillig Platz machte.

Lara konnte es kaum glauben: Jeder hier schien Damian zu kennen, von allen Seiten wurde ihm freundlich zugenickt oder gewunken. Dafür, dass er angeblich kaum Freunde besaß, wie er behauptete, war er ganz schön beliebt. Ein junges Mädchen in ihrem Alter wandte sich um, als Damian sich an ihr vorbeidrücken wollte. Grell geschminkte Lippen verzogen sich zu einem Lächeln. Das Mädchen zog den Bauch ein, damit ihre Brüste in der schwarzen Lederkorsage noch praller, noch aufregender wirkten.

»Hallo«, sagte sie mit rauchiger Stimme.

»Hi«, meinte Damian nur, beachtete sie aber nicht weiter, sondern drängte vorwärts. Lara war ihm dankbar dafür, denn sie hatte keine Lust, wie eine dumme Gans danebenzustehen, während die Tussi versuchte, ihn anzumachen.

Vor dem Eingang stand ein Glaskasten, in dem ein menschliches Skelett hockte. Lara starrte es verblüfft an und sie wollte Damian fragen, ob es wirklich echt war, aber er zog sie bereits weiter. Über eine Wendeltreppe ging es ins Untergeschoss. In der Wand waren Urnengräber eingelassen. Die Namen auf den quadratischen Grabplatten klangen rumänisch und italienisch, die Daten verrieten, dass die hier angeblich beerdigten Menschen aus dem Mittelalter stammten. Lara spürte ein merkwürdiges Kribbeln in ihrem

Bauch, als sie an Damians Hand durch diese verrückte Kneipe ging.

In der Bar war es voll und stickig. Laute Musik dröhnte ihnen in den Ohren, als sie sich einen Weg durch die Menge bahnten. Die Bar war kleiner, als Lara angenommen hatte. Links ging es zu zwei Tischen und den Toiletten, rechts zog sich der Hauptraum neben einer langen Theke bis zu einer kleinen Tanzfläche und einer Treppe, die auf die Empore führte. Damian ergatterte einen freien Platz an der Theke. Über der Theke hing ein gewaltiger Kronleuchter und eine Wand war durch ein Gemälde verziert, das eine Frau zeigte, die auf einem geflügelten Dämon oder dem Teufel ritt. Ein anderes Bild zeigte eine nackte Frau, die sich mit dem Tod wollüstig vergnügte. Überall hingen künstliche Spinnweben herab. Brennende Kerzen verstärkten den düsteren Eindruck noch.

Lara lehnte sich gegen den Tresen und blickte fasziniert auf die weiblichen Bedienungen, die ihre Gesichter hinter glänzenden Masken verbargen. Die Zapfanlage war mit großen Totenschädeln verziert. Weitere Schädel hingen an den Wänden, die teilweise aus Backstein waren, aber auch grobe Mauerblöcke imitierten. Aber am beeindruckendsten waren die Menschen.

Lara spürte, wie ihr Adrenalinspiegel stieg. Sie fühlte das pulsierende Leben in diesen Mauern, fühlte die vibrierende Energie, die nahezu greifbar war. Fast alle hier drin waren in ihrem Alter, aber neben den Mädchen wirkte sie tatsächlich wie ein Landei. Lack und Leder, wohin das Auge auch fiel. Und nackte Haut. Viel nackte Haut. Pure Erotik lag in der Luft. Es roch nach wildem Leben und Sinnlichkeit. Lara beobachtete zwei Mädchen, die sich aufreizend aneinanderrieben und sich gegenseitig den Hals ableckten, so als wären sie Lesben, aber sie war sich sicher, dass alles nur Show war. Hier ging es ums Auffallen. Um Sehen und Gesehenwerden.

Eine andere Frau trug eine lange weiße Lederhose, die ihre nackten Pobacken präsentierte, während sie aufreizend die Hüften kreisen ließ. Viele Leute standen paarweise herum. Manche küssten sich, aber jeder berührte auf die ein oder andere Weise seinen Partner, so als wolle man trotz aller Freizügigkeit seinen Besitzanspruch demonstrieren.

Lara zuckte zusammen, als Damian ihr ins Ohr raunte: »Und wie findest du es hier?«

»Cool – so was Abgefahrenes hat Rottenbach leider nicht zu bieten«, sagte sie lachend. »Bist du öfters hier?«

»Ab und zu. Auf alle Fälle wird es hier nie langweilig.«

Lara nickte. »Wenn das meine Freundinnen sehen könnten . . .!«

»Nächstes Mal bringst du sie einfach mit.«

Nächstes Mal. Lara lächelte still und genoss das angenehme Kribbeln in ihrem Bauch. Die Sache mit Damian fühlte sich gut an, auch wenn er noch Abstand hielt. Schüchtern, aber so als wäre es das Normalste der Welt, legte sie ihm eine Hand auf die Schulter und flüsterte in sein Ohr: »Danke, dass du mich hierher gebracht hast.«

Er bewegte sich nicht und für einen Moment blieb sie so stehen, dann ließ Lara ihre Hand wieder sinken. Etwas enttäuscht. Sie hatte gehofft, er würde ihre Berührung erwidern, vielleicht sogar seine Hand um ihre Hüfte legen, aber danach sah es nicht aus. Etwas steif und unbeholfen stand sie vor ihm und versuchte, sich nichts anmerken zu lassen.

Ein Typ in Damians Alter kam vorbei. Er musterte Lara

kurz, ohne zu lächeln, und begrüßte Damian mit einer Umarmung. Ein paar Worte wurden gemurmelt, dann verschwand der andere wieder in der Menge. Lara ließ ihren Blick durch die Bar schweifen. Obwohl der Laden schon bis zum Anschlag gefüllt war, drängten weitere Menschen herein.

»Ich habe Durst«, sagte sie zu Damian.

»Was möchtest du?«

Sie sagte es ihm. Damian bestellte ein Bier für sich und eine Cola für sie. Als die Getränke vor ihnen abgestellt wurden und Damian der Bedienung einen Geldschein reichte, zuckte Lara zusammen. Vor ihren Augen verwandelte sich die Hand der Kellnerin. Aus schlanken Fingern mit rotem Nagellack wurde eine Kralle mit messerscharfen Nägeln, die sich abrupt um das Geld schlossen. Lara sah auf und direkt in das harmlose Gesicht einer pummeligen jungen Frau, die ihre Maske hochschob und sie freundlich anlächelte.

»Heiß hier drin«, erklärte die Frau und wedelte sich mit einer normalen menschlichen Hand Luft zu.

Lara stand da wie versteinert, vollkommen unfähig, sich zu bewegen oder zu sprechen. Wie in Zeitlupe wandte sie ihren Blick von der Frau ab. Um sie herum waren die Leute auf alle möglichen Arten verkleidet, manche bis zur Unkenntlichkeit mit Tattoos, aufgemalten Tribals und gestylten Kontaktlinsen in Monstrositäten verwandelt. Künstliche Wunden klafften an Hälsen und Brüsten auf. Es gab Piercings ohne Ende, die sie schon beim puren Anblick zusammenzucken ließen – warum also hatte sie Halluzinationen bei einer Frau, die vollkommen normal aussah?

Ein Frösteln lief über ihren Rücken. Irgendetwas stimmte

nicht mit ihr. Als wieder ein Gefühl von Panik in ihr aufzusteigen drohte, zwang sie sich zur Ruhe und nippte an ihrer Cola. Damian schien ihr Unwohlsein nicht zu bemerken, denn er trommelte entspannt mit den Fingern auf der Theke.

Lara nahm einen weiteren Schluck Cola und hätte sich fast verschluckt, als sie ein intensives Prickeln auf ihrer Stirn spürte. Plötzlich war da dieses Gefühl, beobachtet zu werden. Sie ließ die Flasche sinken und sah sich um. Sofort fiel ihr Blick auf das blonde Mädchen, das Damian am Eingang so verführerisch angelächelt hatte. Diesmal hatte Lara allerdings das Gefühl, dass die Aufmerksamkeit ihr galt. Fast regungslos stand das Mädchen mit dem grellen Lippenstift in einer Ecke und starrte sie an. In einer Hand hielt sie eine Bierflasche, aber sie trank nicht daraus, sondern schwenkte sie nur langsam wie ein Pendel hin und her. Unter dem starren Blick des Mädchens fühlte sich Lara unwohl. Sie wollte sich abwenden, aber eine fast schon magische Kraft zwang sie dazu, das Mädchen weiter anzusehen.

Und je länger sie in diese Augen blickte, desto mehr schienen sie sich zu verändern. Eine neue Vision drängte sich ihrem Bewusstsein auf. Lara beobachtete fasziniert und erschrocken zugleich, wie sich das Gesicht des Mädchens veränderte. Wie es gleich geschmolzenem Wachs die Form verlor, bevor sich etwas anderes, etwas Neues herausbildete. Das Mädchen war nun kein Mädchen mehr, sondern glich einer dämonischen Fratze mit gebleckten Lippen, die spitze Zähne entblößten. Lederartige Haut überzog das Gesicht. Gelbe geschlitzte Pupillen starrten sie an, während zwischen den Lippen eine gespaltene Zunge erschien, die witternd vorschnellte.

Lara stieß einen Schrei aus und zuckte zurück. Dabei stieß sie mit einem jungen Mann zusammen, der das Bier in seiner Hand verschüttete und sich bekleckerte.

»Verdammte Scheiße«, brüllte er sie an. Aber Lara achtete nicht auf ihn, sondern wandte sich um, taumelte benommen los und zwängte sich schweißgebadet durch die hereinströmenden Menschen hinauf zum Ausgang.

Draußen blieb sie stehen. Sie lehnte sich mit dem Rücken an die kühle Wand und schloss die Augen. Die kalte Luft war angenehm, Lara atmete ein paarmal tief durch und wurde ruhiger.

Jemand berührte sie am Arm. Dann erklang eine vertraute Stimme.

»Was ist? Geht es dir nicht gut?«

Sie schlug die Augen auf und blickte in Damians besorgtes Gesicht.

»Mir ist plötzlich schlecht geworden«, log sie.

»Und jetzt?«

»Geht schon wieder.«

»Soll ich dich nach Hause bringen?«

Seine Sorge war rührend, aber Lara schüttelte den Kopf. »Nein, lass uns einfach woanders hingehen, wo es nicht so voll ist.«

»Kein Problem«, lächelte er und zog sie mit sich.

Nicht weit von der Bar entfernt, in einer ruhigen Seitenstraße, fanden sie ein kleines Bistro, dessen Glastür einladend offen stand.

Lara und Damian betraten den Raum und Lara fühlte sich auf Anhieb wohl. Goldenes Licht aus altmodischen Kristalllüstern durchströmte den Raum, spiegelte sich auf dem hellen Marmorboden und funkelte wie kleine Kometen in den Glasscheiben. Es roch nach Kaffee, Kuchen und gebackenem Brot. Darunter schwang ein Duft von Vanille und Anis mit. Die Einrichtung bestand aus Baststühlen und Hockern und kleinen runden Tischen mit marmorierter Steinplatte.

Ein Kellner mit breitem Lächeln auf dem Gesicht und einem mächtigen Schurrbart forderte sie mit einer Handbewegung auf, Platz zu nehmen. Er trug ein weißes Hemd, dazu eine rote Fliege und seltsamerweise breite Hosenträger. Über seinem runden Bauch spannte sich eine schwarze Schürze und gab ihm das klischeehafte Aussehen eines Südfranzosen, der er wahrscheinlich gar nicht war, denn er sprach breitesten Berliner Dialekt, als er ihnen die Karte reichte und die Empfehlungen des Hauses aufzählte.

Lara und Damian bestellten jeweils einen Cappuccino und dazu ein stilles Mineralwasser. Der Kellner ging.

»Und?«

Lara faltete die Karte zusammen und blickte auf. Direkt in seine wintergrauen Augen, die sie liebevoll ansahen. Sie wusste, was er meinte.

»Mir geht es gut. Tut mir leid, dass wir nicht . . .«

Er winkte ab. »Ist doch egal. Da können wir auch ein anderes Mal hingehen. Hauptsache, du fühlst dich wieder wohl.«

Der Kellner kam und brachte ihre Bestellung. Der Kaffee war heiß und gut. Das Wasser kühl. Lara trank einen Schluck, um ihren trockenen Mund anzufeuchten, während sie heimlich Damian beobachtete, der nachdenklich auf den Tisch sah, als gäbe es dort etwas zu entdecken. Sie ließ ihre linke Hand auf die Tischplatte sinken, in der Hoffnung, dass er danach griff, aber er starrte nur weiterhin auf den Tisch.

Damian folgte dem Muster der Tischplatte mit seinem Blick, aber er nahm nichts um sich herum war. Er war verwirrt. Lara sah wie ein Engel im Schein des Lichtes aus und ihre Schönheit versetzte ihm einen Stich.

Was war das? Was war das für ein Gefühl in seinem Inneren? So warm. Und doch so unvertraut.

Was geschieht mit mir?

Wütend auf sich selbst, griff er nach dem Wasserglas und nahm einen tiefen Schluck. Er durfte sich nicht ablenken lassen. Er hatte eine Aufgabe zu erfüllen. Eine Aufgabe, von der alles abhing.

Und dennoch. *Dieses Mädchen ist etwas Besonderes. Ich sehe es in ihren Augen, in ihrem Lächeln, in der schüchternen Art, wie sie mich heimlich beobachtet.*

Der erste zaghafte Zweifel an dem, was er tun sollte, wurde in ihm wach, aber er drängte ihn mit aller Macht zurück.

Ich darf nicht zulassen, was sie in mir auslöst.

Ich kann nicht sein, was ich nicht sein darf.

Und doch war da diese kaum bezähmbare Sehnsucht, sie zu berühren. Für einen Moment gab er diesem Impuls nach, aber als er vorsichtig seine Hand nach ihr ausstreckte, war es schon zu spät. Lara hatte ihre Hand zurückgezogen und in den Schoß gelegt.

Damian seufzte stumm und griff nach der Kaffeetasse.

Lara sah, wie er die Hand ausstreckte, und für einen Augenblick schien es, als wolle er nach ihrer Hand greifen – gerade in dem Augenblick, als sie die Hand vom Tisch nahm.

Aber sie hatte sich getäuscht, denn er zog nur die Kaffeetasse heran.

Sie wusste nicht, was sie sagen sollte, und so lastete das Schweigen auf ihnen. Lara blickte sich im Bistro um, während Damian auch weiterhin nur still auf den Tisch sah. In ihrem Kopf fuhren die Gedanken Karussell: ihre merkwürdigen Visionen, ihre Wutanfälle, ihre Mutter, Ben – und dazwischen Damian. Immer wieder Damian. Sie saß ihm gegenüber und doch schien er so unendlich weit entfernt zu sein.

Ein Knoten bildete sich in Laras Magen und sie musste gegen die aufsteigenden Tränen anschlucken. Hatte sie etwas falsch gemacht? War er enttäuscht, dass sie den Abend kaputt gemacht hatte? Lara wollte so gerne mit Damian über alles reden, aber er schien in seiner eigenen Gedankenwelt gefangen zu sein. Schließlich hielt sie es nicht mehr aus und sagte: »Damian, macht es dir etwas aus, mich nach Hause zu bringen? Ich habe meinen Großeltern versprochen, nicht zu spät zu kommen.«

Sein Kopf ruckte hoch, so als erwache er aus einem Traum. »Oh«, sagte er. »Natürlich. Warte, ich bezahle nur kurz.«

Er winkte dem Kellner und wischte ihren Einwand beiseite, dass sie ihre Getränke doch selbst bezahlen könne.

»Nein, lass mal. Du bist eingeladen.«

Der Kellner kam und Damian drückte ihm den geforderten Betrag plus ein ordentliches Trinkgeld in die Hand. Dann verließen sie das Bistro.

Draußen war es kühl geworden. Lara schlug den Kragen ihrer Jacke hoch und klemmte sich die Hände unter die Achseln.

»Wir müssen dort lang«, meinte Damian.

Dann gingen sie schweigend zur U-Bahn-Station.

Ohne sich zu berühren.

23.

Als Lara das Haus betrat, merkte sie, dass sie Hunger hatte. Auf dem Weg zur Küche hörte sie die gedämpften Stimmen ihrer Großeltern aus der Bibliothek dringen. Weshalb waren sie so spät noch wach? Es war zwar erst kurz nach Mitternacht, aber normalerweise waren sie um diese Uhrzeit immer schon im Bett. Hatten sie vielleicht gewartet, bis sie nach Hause kam? Lara spürte, wie kalte Wut in ihr aufstieg. Ihre Großeltern waren ja schlimmer als ihre Mutter! Verärgert wollte sie schon weitergehen, als sie hörte, wie ihr Großvater etwas sagte, das sie dazu brachte, stehen zu bleiben und zu lauschen.

»... es besteht ... Lara. Er hat versprochen, dass sie ...«

Das Telefon klingelte.

Um diese Uhrzeit?

Lara trat näher.

»Hermsdorf«, meldete sich der Professor.

Er lauschte in den Hörer.

»Hallo, Rachel. Wir haben lange nichts von dir gehört.«

Seine Stimme klang kühl. Lara stand wie versteinert. Weshalb rief ihre Mutter mitten in der Nacht hier an?

»Ja, ihr geht es gut. Warum fragst du?«

Pause.

»Wir haben ihn kennengelernt. Ein netter junger Mann.«

Sie sprachen über Damian! Das durfte ja wohl nicht wahr sein! War ihre Mutter nun völlig durchgeknallt? Sie war am Telefon schon so komisch gewesen, als Lara ihr von Damian erzählt hatte. Aber dass sie nun sogar freiwillig bei ihren Eltern anrief . . .

»Stimmt. Er geht auf die Universität.« Pause. »Ich habe ihn dort mal getroffen, als er bei einem ehemaligen Kollegen im Büro saß und ich hereinplatzte, um ihn auf ein Bier abzuholen.«

Pause.

»Was hat das mit Michael zu tun?« Der Tonfall von Laras Großvater wurde immer gereizter.

Lara verstand überhaupt nichts mehr. Warum brachte ihre Mutter jetzt ihren Vater ins Spiel?

»Das ist Zufall. Reiner Zufall«, sagte der Professor und Lara fand, dass seine Stimme wie die eines Theaterschauspielers klang. »Hast du eine Ahnung, wie viele Studenten auf die Uni gehen?«

Pause.

»Nein, ich habe ihn ihr nicht vorgestellt. Sie sind sich zufällig im Park begegnet.« Pause. »Jetzt hör aber auf. Du siehst Gespenster, wo es keine gibt.«

Lara verstand einfach gar nichts mehr. Sie wusste nur, dass dieser Anruf absolut merkwürdig war, denn ihre Mutter vermied es, mit ihren Eltern zu sprechen. Außer an Geburtstagen oder an Weihnachten rief sie niemals an und auch ihre Großeltern wahrten die Distanz, wo immer es ging. Es war schon ein kleines Wunder gewesen, dass ihre Mutter ihr erlaubt hatte, die Ferien in Berlin zu verbringen – und das hatte sie Ben zu verdanken. Wäre sie seinetwegen nicht so am Boden zerstört gewesen, hätte ihre Mutter niemals dem Besuch bei den Großeltern zugestimmt.

»Du kannst gern vorbeikommen und dir selbst einen Eindruck von ihm machen. Wie du weißt, habe ich übermorgen ... Ja, der Weg ist weit.«

Er lauschte wieder den Worten seiner Tochter und sagte schließlich: »Natürlich geben wir auf Lara acht ... Ja, ich rufe dich an, wenn etwas sein sollte.«

Wieder vergingen Sekunden.

»Ja, wir sprechen uns übermorgen ... Nein, ich werde ihr nicht sagen, dass du angerufen hast. In Ordnung? Bis dann.«

Lara konnte den Piepton des Akkus hören, als er den Hörer wieder auf die Station legte.

»Warum hat sie angerufen?«, fragte ihre Großmutter.

»Das hast du doch gehört, es ist ...« Lara hatte ihr Gewicht auf den anderen Fuß verlagert und ein Dielenbrett knarrte.

Dann war plötzlich Stille und sie wusste, dass die Großeltern ihre Anwesenheit ahnten. Schnell huschte sie in die Küche und öffnete den Kühlschrank.

Kurz darauf stand ihre Großmutter in der Tür. Ihr misstrauischer Blick fiel auf den geöffneten Kühlschrank, dann auf Lara.

»Du bist ja schon wieder zu Hause! Wir haben dich gar nicht kommen hören.«

»Ja, ähm, ich bin auch eben erst zur Türe rein ... und ich habe noch Hunger.« Lara räusperte sich. »Ist irgendetwas, weshalb seid ihr denn noch wach? Ich dachte, ihr ...«

Lara konnte ihren Satz nicht zu Ende sprechen, da ihre Großmutter sie energisch unterbrach. »Was sollte das vorhin?«

Lara zuckte zusammen. Ihre Großmutter *wusste*, dass sie

vor der Tür gestanden und gelauscht hatte. Aber dann sprach sie weiter und Lara fiel ein Stein vom Herzen.

»Ich meine die Sache mit Damian. Schließlich wart ihr verabredet! Und als er dich abholen will, öffnest du nicht einmal die Tür.«

»Mir ging es nicht so gut . . .«, versuchte Lara auszuweichen. Auf keinen Fall wollte sie gerade von dem Telefonat mit ihrer Mutter erzählen. Sie überlegte fieberhaft, was sie sagen konnte, als ihr plötzlich eine Ausrede einfiel. »Na ja, ich habe heute eine SMS von Ben gekommen . . .«

»Und?«

»Ich glaube, er will wieder mit mir zusammen sein.«

Marthas Gesichtszüge entspannten sich. »Und jetzt weißt du nicht, was du tun sollst?«

Lara nickte stumm. Sie fühlte sich unwohl dabei, ihre Großmutter zu belügen.

»Er hat dein Herz gebrochen und nun fragst du dich, ob du ihm noch vertrauen kannst.«

»Ja«, log Lara und fühlte trotz der netten Worte ihrer Großmutter eine seltsame Spannung in der Luft. »Genau so ist es.«

Eine Weile standen sie so da. Schweigend. Und Lara beschlich das Gefühl, dass sie nicht die Einzige war, die gerade nicht die Wahrheit erzählen wollte.

24.

Damian stand auf dem Dach eines alten Fabrikgebäudes und starrte in die Finsternis hinaus. In seinen Gedanken herrschte Verwirrung, aber auch Verzweiflung. Er war an diesen trostlosen Ort gekommen, um nachzudenken. Noch immer beunruhigten ihn die Gefühle, die er für Lara empfand.

Gefühle, die er nicht empfinden durfte.

Satan hatte ihm klare Befehle erteilt und er wusste um die Wichtigkeit dieser Aufgabe, dennoch zögerte er.

Ich bin, was ich bin.

Aber einst war er etwas anderes gewesen.

Ein Engel.

Vor langer Zeit. Einst war er das Licht gewesen.

Und nun war er die Dunkelheit.

Als Satan gegen Gott aufbegehrte, war er ihm aus Liebe und Freundschaft gefolgt. Satans Verrat hatte einen Krieg im Himmel ausgelöst, der jede Vorstellungskraft sprengte, und am Ende wurde er in die Hölle verbannt, so wie alle Engel, die ihm gefolgt waren. Sie wurden zu *Dunklen Engeln* und damit zu den Feinden der Himmelskrieger.

In Damian lebte jedoch die Sehnsucht nach dem Himmel weiter. Er verzehrte sich nach der Gemeinschaft der Engel, aber es gab kein Verzeihen und es würde auch nie ein Verzeihen geben. Also fügte er sich in sein Schicksal. Die gefallenen Engel dienten nun auf ihre Weise der göttlichen Ordnung, indem sie die finsteren Seelen der Menschen in die Hölle brachten. Die Seelen all jener, die an Gott gesündigt hatten. Diese Seelen wurden zu Dämonen, die in unendlicher Zahl die Hölle bevölkerten.

Seit Äonen herrschte Satan nun über dieses Reich aus Feuer und Schmerzen, aber seine Herrschaft war bedroht. Die Dämonen drängten darauf, auf die Erde zurückzukehren, denn in ihnen brannte die Sehnsucht nach der alten Welt, aber in ihren Seelen war alles Gute ausgelöscht. Sie kannten nur noch Hass. Hass, der alles verbrennen würde, sollte es ihnen jemals gelingen, in die Welt der Menschen einzudringen.

Satans Macht war bedroht, seine Stellung als alleiniger Herrscher über das Böse in Gefahr. Im untersten Kreis der Hölle war eine offene Rebellion ausgebrochen und immer mehr abtrünnige Dämonen schlossen sich den Aufständen an. Unzählige dunkle Engel waren bei dem Versuch gefallen, die Horden zu zersprengen und die Kontrolle wieder zu übernehmen. Nun herrschten Dämonen über den neunten Kreis der Hölle. Dämonen, die danach strebten, ihren Hass in die Welt der Menschen zu tragen.

Satans Macht schwand. Zwar regierte er noch über acht Kreise seines Reiches, doch diese Kontrolle forderte täglich neue Opfer unter den dunklen Engeln. Er hatte seinen Legionen befohlen, die Horden aufzuhalten und wenn nötig bis zum Tod des letzten Kriegers zu kämpfen, damit es den Dämonen nicht gelang, die Tore zur Welt der Menschen zu erobern. Satan konnte nicht zulassen, dass Dämonen ungehindert in diese Welt eindrangen und sich auf Erden ein eigenes Reich errichteten. Wenn die Zeit der letzten Tage auf Erden kam, wenn Hölle und Himmel in den Krieg zogen und die letzte Schlacht schlugen, würde er es sein, der nach dem Sieg über die Menschen herrschte. Seine Macht würde sich von Kontinent zu Kontinent erstrecken und die Menschen würden sich ihm unterwerfen und ihn anbeten. Sein Hass auf sie würde sie ebenso zu Sklaven machen wie die Dämonen – aber noch war es nicht so weit.

Die dunklen Engel waren mächtig, jedoch erinnerte der Schmerz in Damians rechter Hand ihn an eine Grenze dieser Macht. Kein Höllenkrieger, sowie auch kein Engel, konnte für längere Zeit in dieser Welt verweilen, ohne an Macht einzubüßen und Schaden zu nehmen. Der Herr aller Dinge hatte dafür gesorgt, dass niemand diese Welt zu einem Schlachtfeld machte.

Und so kämpften sie im Zwielicht gegeneinander. Die Dämonen versuchten, durch List und Tücke die Herzen und Seelen der Menschen für sich zu gewinnen, denn auch die Hölle schöpfte ihre Kraft aus dieser Welt. Aus den Gedanken und den Taten des Bösen. Aber Satans Reich war bedroht. Sklaven schickten sich an, zu Herren zu werden.

Und dieses Mädchen?

Damian wusste, dass sie der Schlüssel zu allem war. Ihr Schicksal würde über das Schicksal aller entscheiden – Engel, Menschen und Dämonen.

Am 6.666 Tag ihres Lebens, kurz nach ihrem achtzehnten Geburtstag, würde sich entscheiden, ob Lara gut oder böse sein würde. Das Licht oder die Dunkelheit wählte – wenn es für sie bis dahin überhaupt noch eine Wahl gab.

Lara ahnte nichts von alledem. Doch Damian wusste, dass sie sich zusehends veränderte. Immer öfter und immer heftiger brach sich der dunkle Teil ihrer Seele Bahn. Sie verstand nicht, was mit ihr geschah. Aber er verstand es.

Was sollte er tun?

Satan gehorchen, auch wenn das Laras Tod bedeuten konnte? Oder gab es einen anderen Weg?

Einen Weg, an dessen Ende vielleicht sein eigener Tod stehen würde?

Sein Schicksal war ihm gleichgültig. Er hatte noch einmal den Himmel gesehen, frei geatmet und die Sonne auf seiner Haut gespürt – mehr, als er je hatte erwarten können.

Dennoch. Es galt, das Richtige zu tun.

Nur dass er nicht wusste, was richtig oder falsch war.

Nicht wusste, was er tun sollte.

Ich brauche mehr Zeit.

Noch einmal sog Damian tief den Atem der Nacht ein.

Dann ließ er sich vom Dach fallen und verschwand in der Dunkelheit.

Lara hatte sich schließlich unter den unbehaglichen Blicken ihrer Großmutter ein Brot geschmiert. Nun saß sie am Tisch und biss heißhungrig in ihr Schinkenbrot.

»Warum hast du gelauscht?«

Die Frage war wie ein Hammer, der auf einen Amboss schlug.

Lara hatte den Mund voll, und das verschaffte ihr ein wenig Zeit, über eine Antwort nachzudenken. Sollte sie lügen? Behaupten, nicht gelauscht zu haben? Nein, sie war kein kleines Kind mehr, das man mit der Hand in der Keksdose erwischt hatte.

»Das war Zufall. Ich wollte in die Küche und habe gehört, wie ihr mit meiner Mutter gesprochen habt.«

Die Stirn ihrer Großmutter legte sich in Falten. »Dann bist du in dem Augenblick vorbeigekommen, als Rachel angerufen hat?«

Was sollte das nun wieder? War das ein Verhör?

»Ja, wieso? Habt ihr Geheimnisse? Gibt es etwas, das ich nicht wissen soll?«, fragte Lara gereizt. Sie hatte keine Lust, ihre schlechte Laune noch länger zu verbergen; an diesem Tag war einfach zu viel passiert.

»Nein«, versicherte ihre Oma. »Aber ich mag es nicht, wenn man durch mein Haus schleicht und an Türen lauscht. Außerdem haben dein Großvater und ich manchmal Dinge zu besprechen, die dich nichts angehen.«

»Okay«, erwiderte Lara mit gelangweiltem Tonfall.

»Okay? Ist das alles oder kannst du auch normal mit mir reden, ohne irgendwelche idiotischen amerikanischen Abkürzungen zu verwenden?«

Himmel, war die sauer! Im ersten Moment fühlte sich Lara versucht nachzugeben, aber sie war sich keiner Schuld bewusst und sie verstand nicht, warum ihre Großmutter sich so aufregte.

»Okay ist ein ganz normales Wort«, entgegnete sie wütend. »Tut mir leid, wenn du damit ein Problem hast, aber Jugendliche meines Alters benutzen es ständig. Es drückt Zustimmung aus. Nicht mehr und nicht weniger.«

Das Gesicht ihrer Großmutter lief rot an. »So redest du nicht mit mir«, zischte sie. »So kannst du mit deiner Mutter sprechen, aber ich verlange etwas mehr Respekt.«

Lara sprang auf. Der Teller klapperte und der letzte Rest Brot fiel zu Boden. »Und ich wünsche mir, dass man mich nicht wie ein kleines Kind behandelt. Ich bin keine fünf mehr. Und wenn ich höre, wie über mich gesprochen wird, dann ist es mein gutes Recht zu erfahren, *was* da gesprochen wird.«

Martha stand ruhig da. Kein Muskel bewegte sich in ihrem Gesicht, als sie mit eiskalter Stimme sagte: »Du darfst jederzeit wissen, was über dich geredet wurde, *aber* dann kannst du ins Zimmer kommen oder uns fragen. Vor der Tür stehen und lauschen, so etwas tun kleine Kinder, also wundere dich nicht darüber, wenn man dich so behandelt.«

»Ich . . .«

»Nein, wenn du wie ein erwachsener Mensch behandelt werden willst, dann benimm dich auch entsprechend.« Sie drehte sich auf dem Absatz um. »Und damit ist das Thema für mich beendet. Gute Nacht.«

Ohne ein weiteres Wort verließ sie die Küche. Lara kochte vor Wut. Der Hunger war verflogen. Sie stellte den Teller in die Spülmaschine und warf das restliche Brot in den Abfalleimer. Sie wollte gerade die Küche verlassen, als ihr Großvater eintrat.

»Lara, bitte komm mal mit mir.«

25.

Draußen vor dem Haus ließ sich ihr Großvater auf die oberste Stufe der Treppe sinken. Mit einer Handbewegung bedeutete er Lara, es ihm gleichzutun.

Der Glockenschlag einer nahe gelegenen Kirche ertönte. Es war bereits ein Uhr. Der Himmel war wolkenverhangen, aber da und dort blitzten Sterne durch die grauen Schleier. Der Mond war nur zu erahnen. Ein leichter Wind strich durch die Bäume und ließ Lara frösteln. Sie rieb sich die nackten Arme. Das Licht der Flurbeleuchtung fiel auf ihr Gesicht.

»Mir ist kalt. Außerdem ist es schon spät und ich bin müde.«

»Es dauert nicht lange.« Die Augen des Professors lagen im Schatten der Höhlen, aber Lara hatte das Gefühl, dass er sie eindringlich anblickte.

»Ich habe das Gespräch zwischen dir und deiner Großmutter gehört.«

»Du meinst unseren Streit.«

»Ja.«

»Dann hast du gelauscht.« Sie lächelte bitter.

»Ja, das habe ich wohl.« Er seufzte. »Aber darum geht es jetzt nicht.«

»Worum geht es dann?«

»Um Martha.«

Wieder einmal, dachte Lara, verkniff sich aber eine Bemerkung.

»Meine Frau ist krank.«

Vier Worte. Nur vier Worte, aber so wie sie ausgesprochen wurden, drangen sie Lara durch Mark und Bein.

»Was ist mit ihr?« Ihre Stimme zitterte, nicht nur wegen der nächtlichen Kälte.

Sie konnte sein müdes Lächeln ahnen, als ihr Großvater sagte: »Sie war schon immer eine starke Frau. Sicher, sie sieht das anders, glaubt, ich wäre derjenige . . .« Seine Hand machte eine alles umfassende Bewegung. ». . . der das alles möglich gemacht hat. Aber in Wahrheit war sie es. Ohne deine Großmutter wäre ich verloren gewesen. Sie war mein Halt in einer Zeit, als es keinen Halt gab, als ich dabei war, mich in meinen Träumen zu verlieren.«

»Ich weiß nicht, was du meinst.«

»Das ist auch nicht wichtig. Glaub mir einfach, dass es so ist.«

»Was hat Oma?«

Er drehte den Kopf ein wenig zu ihr und das Licht des Flurs warf neue Schatten über sein Gesicht, aber vielleicht war es auch Trauer. Oder Hoffnungslosigkeit. Oder Resignation. Lara wusste es nicht, aber sie spürte, wie schwer ihm die nächsten Worte fielen.

»Es ist ein Tumor. Ein Gehirntumor. Inoperabel. Man hat ihn vor drei Monaten festgestellt, weil deine Großmutter immer wieder über heftige Kopfschmerzen klagte.«

Laras Atmung setzte aus. All die Wut, die bis eben noch in ihr getobt hatte, war wie weggeblasen. Der eigene Herzschlag dröhnte in ihren Ohren und sie hatte das Gefühl, unter Wasser zu sein. Keine Luft mehr zu bekommen.

Das konnte nicht sein.

Das durfte nicht sein.

Sie hatte doch nur ihre Mutter und ihre Großeltern. Es

gab keine sonstigen Verwandten. Auch wenn sie in den letzten Jahren nur wenig Kontakt zu ihrer Oma gehabt hatte, so war sie doch *da gewesen*. Man konnte sie anrufen, ihr schreiben oder, so wie jetzt, sie besuchen.

Der Duft von frisch gebackenem Mohnkuchen stieg ihr in die Nase, aber es war nur eine Illusion ihres Geistes, der ihr den künftigen Verlust klarmachen wollte.

Nein, schrie es in ihr, aber sie fragte ruhig: »Gibt es Aussicht auf Heilung?«

Ihr Großvater schüttelte traurig den Kopf. »Für eine Operation ist es zu spät und eine Chemotherapie verspricht keine Aussicht auf Besserung.«

Lara legte sich eine Hand auf die Brust. Das Gefühl, ersticken zu müssen, wurde immer stärker. »Wie lange noch?«

»Das weiß niemand.«

Sie *musste* es wissen. »Wie lange noch?«

Nun sah sie seine Augen und trotz der Dunkelheit konnte sie den Schmerz erkennen, der darin lag. »Drei Monate, vielleicht ein halbes Jahr.«

Sein Schmerz mochte still und leise sein, ihrer war ohrenbetäubend. Sie schlug die Hände vors Gesicht und weinte.

Ihr Großvater rückte näher. Dann umfasste sein Arm ihre Schulter.

»Wir müssen stark sein. Für sie. Martha kämpft so tapfer.«

»Hat sie starke Schmerzen?«, schluchzte Lara.

»Ja, aber sie sagt nichts. Spricht nicht darüber. Nicht einmal mit mir.«

»Medikamente?«

»Jede Menge Tabletten, aber ich weiß nicht, wann und wie viel sie davon nimmt.«

»Es muss sehr schwer für sie sein.«

»Ja, denn sie ist eine stolze Frau, aber ich denke, manchmal ist es auch für sie zu viel. So wie vorhin. Dann . . .«

Er musste nicht weiterreden, Lara verstand ihn auch so. Ihre Großmutter war stets eine beherrschte Persönlichkeit gewesen. Ein Mensch, der sein Leben selbst gestaltete und vor keiner Schwierigkeit zurückwich, aber nun fiel es ihr schwer, sich zu beherrschen, denn dieses Mal gab es keinen Kampf. Sie konnte nur ertragen, was ihr auferlegt worden war, und wusste nicht einmal, wie lange sie es ertragen konnte.

»Wenn die Schmerzen zu schlimm werden . . .«

»Ich habe vorgesorgt. Wenn es zu Ende geht, wird deine Großmutter nicht leiden müssen.«

Und was ist dann mit dir?, fragte sich Lara stumm. *Wirst du ohne sie weiterleben können?*

Sie kannte die Antwort.

Und nun verstand sie auch, warum ihre Mutter ihr erlaubt hatte, die Ferien hier zu verbringen.

Sie sollte Abschied nehmen.

Der Wind flüsterte durch die Nacht, während Lara neben ihrem Großvater auf der Treppe saß. In Gedanken versunken, schwiegen beide, bis Lara sagte: »Es tut mir leid, wie ich Oma vorhin behandelt habe.«

»Das war schon in Ordnung. Du hattest recht. Ich habe dir das alles erzählt, damit du deine Großmutter besser verstehst. Sie ist gerade nicht sie selbst und reagiert manchmal über.«

»Es war . . . es war nur . . .«, versuchte Lara zu erklären.

»Lass es gut sein. Ich verstehe dich.« Der Professor strich sich eine Haarsträhne aus dem Gesicht, dann legte er den

Kopf in den Nacken und sah zum Himmel auf. »Eine schöne Nacht.«

Lara tat es ihm gleich. »Es sieht nach Regen aus.«

»Nein. Ich denke nicht, dass es regnen wird. Der Wind kommt von Osten und treibt die Wolken zurück.«

»Opa?«

»Ja?«

»Warum hat meine Mutter angerufen?«

»Sie macht sich Sorgen um dich, wie es alle guten Mütter tun.«

»Es war wegen Damian, stimmt's?«

»Ja, sie wollte mehr über ihn wissen.«

Das ist nicht richtig, dachte Lara. Ihre Mutter hatte konkrete Fragen gestellt und sie war misstrauisch gewesen, so viel hatte sie dem belauschten Telefonat entnehmen können. Sie hatte gefragt, ob Damian ihr durch ihren Großvater vorgestellt worden war. Aber so war es nicht gewesen, denn sie hatte Damian im Park kennengelernt, wenn man dabei überhaupt von Kennenlernen sprechen konnte.

»Das alles hat mit meinem Vater zu tun.«

Der Kopf des Professors ruckte herum. Trotz der Dunkelheit spürte Lara, dass er sie anstarrte. Wahrscheinlich fragte er sich, wie viel sie über ihren Vater wusste.

»Ich denke schon«, meinte er schließlich. »Die Situation war ähnlich, beide studieren oder studierten an derselben Universität und der Zufall will es, dass auch ich an dieser Universität war. Da deine Mutter mit Michael kein Glück hatte, befürchtet sie wahrscheinlich, dass es dir ähnlich ergehen könnte. Was natürlich Quatsch ist. Seit damals sind achtzehn Jahre vergangen. Damian und Michael sind ebenso zwei verschiedene Menschen wie du und deine Mutter.«

»Ich habe heute mit ihr telefoniert.«

»Ja, das hat sie gesagt.«

»Sie hat mir endlich erzählt, was damals geschehen ist.«

Er schwieg einen Moment, dann sagte er: »Irgendwann musstest du die Wahrheit erfahren. Ich denke, du bist alt genug, um damit umzugehen.« Er zögerte. »Kannst du damit umgehen?«

Lara wandte ihm den Kopf zu. »Vielleicht eines Tages. Ich hoffe es. Wer hört schon gern, dass der eigene Vater einen verlassen hat, weil er enttäuscht darüber war, keinen Sohn bekommen zu haben?«

»So war es nicht.«

»Wie war es dann?« Lara spürte, wie erneut heißer Zorn in ihr aufstieg, aber sie zügelte sich. Niemand erzählte ihr die ganze Wahrheit über das, was damals geschehen war. Es war wie ein Puzzle und sie brauchte mehr Teile, um das Bild zusammenzusetzen. Wut würde ihr in diesem Fall nicht weiterhelfen.

»Dein Vater hat sich einen Sohn gewünscht. Viele Väter tun das und sie müssen sich erst auf die neue Situation einstellen, damit klarkommen, dass es nicht so gekommen ist, wie sie es sich erhofft haben.«

»Und dann ist er gegangen?«

»Nein ... das heißt, nicht direkt. Es gab einen Streit zwischen deinen Eltern. Deine Mutter war nach der Geburt verständlicherweise sehr aufgewühlt, als dein Vater dich nicht sofort auf den Arm nahm, weil er selbst in Aufruhr war. Rachel hat ihm schwere Vorwürfe gemacht.«

»Was für Vorwürfe?«

Er kratzte sich an der Stirn. Lara spürte, dass ihr Großvater die nächsten Worte abwog.

»Vielleicht sollten wir darüber nicht sprechen«, meinte er schließlich. »Es wurden Dinge im Zorn gesagt, die niemand wirklich so meinte, aber die Worte waren ausgesprochen und konnten nicht mehr zurückgenommen werden. Martha und ich haben versucht, deine Mutter zu beruhigen, aber sie war außer sich und verlangte, dass Michael sofort das Haus verließ. In dem Zustand, in dem sie sich befand, hielten wir es für das Beste, ihrem Wunsch nachzugeben. Ein Fehler – wie sich später herausstellte.«

»Und dann?«

»Rachel schloss sich mit dir in ihrem Zimmer ein. All unsere Bitten, die Tür zu öffnen, wurden ignoriert. Wir haben uns große Sorgen um euch gemacht, aber deine Mutter schwieg eisern, sprach nicht mehr mit uns. Die ganze Nacht haben wir vor der Tür gesessen und gewartet.«

Wieder schwieg er, so als wäre er durch die Zeit gereist und erlebe jetzt alles noch einmal.

»Am nächsten Morgen kam dein Vater zurück. Er hatte einen großen Strauß Blumen für deine Mutter gekauft. Sie ließ ihn ins Zimmer. Was da gesprochen wurde, weiß ich bis heute nicht, denn Rachel hat es uns nie erzählt. Schließlich öffnete sich die Tür und Michael ging, ohne ein Wort zu sagen, an uns vorbei. Wir haben ihn nie wiedergesehen, nie wieder von ihm gehört.«

Lara dachte darüber nach. Im Großen und Ganzen stimmte die Geschichte ihres Großvaters mit der Erzählung ihrer Mutter überein, aber sie sah auch die Unterschiede.

Laut ihrer Mutter war ihr Vater noch am Abend der Geburt gegangen, gleich nachdem er erfahren hatte, dass sein Kind nicht ein Junge, sondern ein Mädchen war. In der Version ihres Großvaters hingegen hatte Rachel ihren Ehemann nach einem hitzigen Streit aufgefordert zu gehen. Ein großer Unterschied. Ihre Mutter hatte auch nicht den Streit erwähnt, den sie scheinbar mit Michael gehabt hatte. Ihrer Erzählung nach war die ganze Sache fast wortlos abgelaufen.

Wie war es wirklich gewesen?

Welche Version war die richtige? Oder stimmten beide und die seitdem vergangene Zeit hatte dazu beigetragen, dass Details vergessen wurden oder sich änderten?

Aber Lara wollte noch etwas anderes wissen.

»Wie war das für euch?«, fragte sie ihren Großvater. »Wie habt ihr euch bei alldem verhalten?«

Er seufzte. »Deine Mutter war die nächsten Tage kaum ansprechbar. Sobald wir das Zimmer betraten und nach ihr oder dir sehen wollten, schickte sie uns wieder hinaus. Ich habe versucht, in Ruhe mit ihr darüber zu sprechen, aber ich glaube, das alles war zu viel für sie. Sie hat mir Vorwürfe gemacht, ich sei an allem schuld, ich hätte Michael ins Haus geholt.« Ein weiterer Seufzer. »Ja, sie warf mir sogar vor, ich hätte diese Beziehung geplant und sie ganz bewusst manipuliert.« Seine Stimme hob sich im Zorn. »Schließlich platzte mir irgendwann der Kragen und ich sagte wütend, wenn wir so schlimme Eltern seien, die nichts anderes im Sinn hätten, als ihr zu schaden, dann könne sie ja gehen. Eine Stunde später war sie fort. Sie hat ihre Sachen gepackt, dich in eine Babytrage gelegt und sich ein Taxi gerufen. Seit diesem Tag habe ich meine Tochter nicht wiedergesehen.«

Lara fühlte den inneren Schmerz, der ihren Großvater zu zerreißen drohte. Tröstend legte sie eine Hand auf seinen Arm.

Aber ihre Gedanken waren in Aufruhr. An dieser Geschichte stimmte etwas nicht und dieses Mal konnte nicht die Zeit die Details verändert haben.

Ihre Mutter hatte erzählt, ihre Eltern hätten *ihr* Vorwürfe gemacht, dass sie Michael aus dem Haus getrieben habe. In der Erzählung ihres Großvaters war es genau anders herum, da hatte Rachel gegenüber den Eltern Anschuldigungen erhoben.

Lara hatte das Gefühl, dass beide Seiten sich die Wahrheit zurechtbogen. Dass keiner seine eigene Schuld an dem Geschehenen zugeben wollte, sondern die Last jeweils auf dem anderen ablud.

Aber da war noch mehr, das spürte Lara.

Denn eine Frage blieb.

Was war aus ihrem Vater geworden?

26.

Die fünf Männer trafen sich in einem kleinen Park ganz in der Nähe der Spree. Die Überreste einer letzten spätherbstlichen Grillparty verunzierten den noch immer grünen Rasen. Der Wind trug den Geruch des träge vorbeifließenden Wassers heran und wirbelte ein paar vergessene Plastikbecher in die Luft. Arias blickte gedankenverloren zum Fluss. Trauerweiden ließen ihre Äste bis tief über das Wasser hängen. Ein einsamer Vogel zwitscherte in einem kahlen Gebüsch. Am Himmel hingen schwarze Wolken, die ein heraufziehendes Gewitter ankündigten.

Neben Arias stand ein weiterer Krieger, der unruhig mit einem Ast in der Grillkohlenasche herumstocherte, als sich drei Männer vom Eingang des Parks her näherten.

Arias wandte sich um, als er ihre Schritte hörte, dann ging er auf sie zu. Ohne ein Wort fasste er die Hände eines jeden einzelnen und dankte ihnen so für ihr Kommen. Dieser Ort war nicht gefährlich, er lag fernab jener Stadtviertel, die die Dämonen unter ihren Einfluss gebracht hatten, aber Gabriel hatte ihnen befohlen, zu warten und noch nichts zu unternehmen. Aber Arias wollte nicht mehr warten.

Gaval war tot. Die Dämonen hatten ihn in eine Falle gelockt, und als er starb, durchlebten alle Engel in der Stadt seinen Untergang mit ihm. Seine Verzweiflung war zu ihrer Verzweiflung geworden, aber sein tapferer Kampf hatte sie auch mit Stolz erfüllt. Nun war es Zeit zu handeln. Es war an der Zeit, Gavals Tod zu rächen.

Obwohl sie sich telepathisch verständigen konnten, zog

es Arias vor, in der Sprache der Menschen zu reden. Sollte sich doch ein Jogger oder Spaziergänger hierher verirren, würde eine schweigende Gruppe von Männern bestimmt auffallen.

»Unser Bruder ist gefallen. Gaval ist nicht mehr bei uns.«

Die anderen blieben stumm. In ihren edlen Gesichtern war Trauer zu sehen, aber man konnte auch Zorn darin entdecken.

»Ich kenne das Gebäude, in dem sich die Dämonen verstecken, die Gaval in eine Falle gelockt haben, und ich sage euch, lasst uns den Kampf in ihre Reihen tragen. Lasst uns Gaval rächen.«

Sanael blickte erschrocken auf. »Gabriel hat uns befohlen zu warten. Er ist unser Führer in dieser Schlacht. Wir können nicht ohne seine Zustimmung handeln.«

»Gabriel ist unser Führer«, stimmte Arias ihm zu. »Und es gibt keinen Besseren als ihn, aber jetzt ist nicht die Zeit des Wartens. Wir müssen ein Zeichen setzen – für uns und die anderen.« Seine ausgestreckte Hand deutete auf die andere Seite des Flusses. »Die Dämonen sollen erfahren, dass kein Angriff ungesühnt und kein Gefallener ungerächt bleibt.«

Arias trat auf Sanael zu, der immer noch zögerlich wirkte, und legte ihm beide Hände auf die Schultern. »Ich respektiere Gabriel über alle Maßen, das weißt du. Wir haben im großen Krieg Seite an Seite gekämpft, aber ich kann nicht zusehen, wie die dunkle Seite unsere Brüder tötet, ohne dass wir etwas dagegen tun. Verstehst du das?«

Sanael nickte.

»Dann lasst uns beten, für Gaval und für das, was wir heute Nacht tun müssen.«

Alle fünf beugten ihre Häupter und falteten ihre Hände.

Und Arias sprach das uralte Gebet, das Engel an den Herrn aller Welten richten, bevor sie für die Seite des Lichts in den Kampf ziehen.

Lara hatte unruhig geschlafen und lustlos ein halbes Brötchen gefrühstückt. Obwohl sie dabei ein schlechtes Gewissen verspürte, war sie froh, dass ihre Großmutter das Haus bereits für weitere Besorgungen verlassen hatte. Lara wusste nicht, wie sie ihr gegenübertreten sollte. Zum einen empfand sie großes Mitleid mit ihr, aber andererseits war sie auch wütend darüber, dass alle sie wegen ihrer Vergangenheit anlogen.

Ich muss erst wieder zu mir finden, dann spreche ich mit ihr. Dann habe ich vielleicht die Kraft, sie zu trösten und ihr beizustehen, aber im Augenblick ist mir das alles zu viel.

Laras Blick fiel auf die Wanduhr über der Anrichte. Fast zehn Uhr. Ob sie Damian heute sehen würde? Ihre Verabschiedung gestern Abend war ziemlich merkwürdig gewesen. Damian hatte so traurig gewirkt, aber er hatte Lara versprochen, sich bei ihr zu melden. Wie sie es hasste, ihn nicht einfach anrufen zu können! Sie überlegte, ob sie daheimbleiben und darauf warten sollte, ob er sich meldete, entschied sich dann aber dagegen. Wieso musste nur immer alles so kompliziert sein?

Lara ging zum Fenster. Am Himmel zogen dunkle Wolken auf, aber das sollte sie nicht davon abhalten, das Haus zu verlassen. Sie musste raus aus diesen bedrückenden Wänden, die sie permanent an all die Lügen erinnerten, die ihre Vergangenheit überschatteten. Und sie hatte einfach keine Lust darauf, über ihr verkorkstes Leben nachzudenken. Aber was sollte sie alleine unternehmen?

Schon wieder einkaufen, kam nicht infrage, so viel gab ihr Geldbeutel nicht her, und bloß durch die Stadt zu bummeln, war langweilig, zumal es jeden Augenblick regnen konnte.

Eine bunte Ansichtskarte des Berliner Zoos fiel ihr an der Pinnwand ihrer Oma auf. Knut, der Eisbär, war darauf abgebildet. Lara hatte damals den Rummel um den kleinen Eisbären verfolgt. Beinahe täglich hatte sie die Nachrichtensendungen und Fernsehmagazine angeschaut, die immer neue Bilder des tapsigen Bärenbabys zeigten.

Knut wollte ich schon immer mal sehen, lächelte Lara zufrieden. Er war zwar jetzt erwachsen, aber seine Ausstrahlung auf die Massen hielt nach wie vor an. Täglich besuchten viele Menschen den Zoo, nur um ihn zu sehen.

Lara ging in ihr Zimmer und kramte den Reiseführer von Berlin hervor, den sie letzte Woche in Stuttgart gekauft hatte. Der Berliner Zoo lag fast am anderen Ende der Stadt, aber in dem Handbuch gab es einen Fahrplan der öffentlichen Verkehrsmittel.

Lara zog sich Schuhe an, warf sich eine Jacke über und machte sich auf den Weg.

Als Lara das Haus verließ, bemerkte sie die junge Mutter nicht, die einen Kinderwagen mit zugezogenem Verdeck vor sich herschob.

Die Frau war mittelgroß, mit aschblondem Haar, das ihr strähnig ins Gesicht fiel. Sie trug einen langen Mantel, der den Großteil ihres Körpers verhüllte, und ging mit langsamen Schritten hinter Lara her, als diese die Straße zur nächsten U-Bahn-Station hinablief.

Die Frau hatte keine Eile, aber ihre Hände umklammerten

die Haltegriffe des Kinderwagens viel zu fest und durch ihr Gewicht presste sie die Räder auf die Straße, bis sie quietschten.

Ein grausamer Zug lag auf den grell geschminkten Lippen, als sie sich umsah und feststellte, dass niemand außer ihr und dem Mädchen unterwegs war. Sie warf kurz einen Blick ins Innere des Kinderwagens und lächelte die Holzpuppe an, die sie hineingelegt hatte.

Eine List, die aber eigentlich unnötig war, denn der Dämon hatte nicht vor, jemanden in den Kinderwagen blicken zu lassen.

Die Augen der Frau suchten wieder Lara, die gerade um die Ecke der nächsten Straße bog. Sie hatte inzwischen einen gehörigen Vorsprung, aber auch das war nicht von Bedeutung. Im ganzen Umkreis um das Haus hatten Dämonen Posten bezogen und beobachteten jeden ihrer Schritte.

Die junge Frau fletschte die Lippen, als sie an den Anführer dachte, und offenbarte dabei gelb verfärbte Zähne. Satan hatte ihnen befohlen, das Mädchen zu ihm zu bringen, und er würde sie reich belohnen, wenn dieses Kind endlich in seiner Gewalt war. Aber es ging nicht nur um Belohnung. Es ging um Macht. Dieses Mädchen bedeutete Macht. Wer über Macht verfügte, kontrollierte die Tore zu dieser Welt und herrschte über die Menschen.

Der Dämon bleckte die Zähne. Nur allzu gern wäre er über die Straße gestürzt, um das Mädchen zu packen und sie mit sich in die Hölle zu schleppen, aber er tat es nicht, denn er fürchtete Damians Zorn, der ihn unbarmherzig zerschmettern würde, sollte er keinen Erfolg haben und das Tor zur Unterwelt nicht rechtzeitig erreichen.

Grum'aak hatte recht, wenn er sagte, der Anführer sei

schwach und es wäre an der Zeit, ihn zu töten, aber noch besaß Damian die Kräfte eines dunklen Engels und es gab keinen Dämon, der sich ihm entgegenstellen konnte, so lange er über diese Macht verfügte. Grum'aak war ein Narr, wenn er glaubte, Damian besiegen zu können. Andererseits hatten sie alle das Zittern von Damians Händen gesehen. Nicht mehr lange und seine Kräfte würden ihn verlassen.

Dann würden sie bereit sein.

Aber noch war es nicht so weit.

Nicht heute.

27.

Lara ließ sich mit der Menge in den Zoo treiben. Obwohl der Himmel sich weiter verfinstert hatte, drängten zahlreiche Besucher in den Tiergarten. Um sie herum schnatterten Kinder und Eltern riefen mit lauter Stimme nach ihrem Nachwuchs. Es war ein Stimmengewirr aus vielen Sprachen, das ihr wie eine Woge entgegenbrandete, wann immer sie stehen blieb, um die Tiere in ihren Gehegen zu betrachten.

Es wurde geschubst und gedrängelt und bald hatte Lara genug davon. Sie ließ sich hinter den Hauptstrom zurückfallen und schlenderte langsam den Weg entlang.

Ein rauer Wind war aufgekommen und wirbelte Laub vor ihren Füßen auf. Lara warf einen Blick zum Himmel, der sich am Horizont nachtschwarz verfärbt hatte. Blitze zuckten darüber, aber den dazugehörenden Donner konnte man noch nicht hören.

Wenn das Unwetter losging, würde sie sich eben unterstellen oder solange ins Aquarium gehen.

Der Zoo war eine Enttäuschung. Alles war alt, abgenutzt und verströmte den Geruch von Verfall und Verwesung. Mochte der Zoo auch im Sommer und bei Sonnenschein freundlicher aussehen, so blieb unter dem grauen Himmel doch alles trostlos. Die Bäume hatten ihre Blätter verloren, die Büsche wirkten zerzaust und ungepflegt.

Schon nach wenigen Metern schien sich ein Stein auf Laras Brust zu legen und sie überlegte, den Zoo gleich wieder zu verlassen, aber dann ging sie doch weiter. Erste Blitze zuckten über den Himmel und von fern rollte Donner heran.

Die Atmosphäre schien derart elektrisch geladen zu sein, dass es auch den Tieren nicht entging, die unruhig in ihren Gehegen oder Käfigen auf und ab streiften.

Lara ließ die Elefanten, Giraffen und Antilopen hinter sich und suchte nach Tieren, für die sie sich mehr interessierte. Vor ihr lagen die Affengehege, aber sie waren leer, da sich die Menschenaffen in die Innengehege zurückgezogen hatten. Lara betrat das sich anschließende Affenhaus.

Vor ihr öffnete sich ein Gang, an dessen einer Seite wie in einem Aquarium Glasscheiben angebracht waren. Lara blieb verdutzt stehen und sah sich um. Aber sie war richtig, das hier war definitiv das Affenhaus. Sofort taten ihr die Affen leid, die in diesen offensichtlich völlig veralteten Betonschaukästen gehalten wurden und die eine Nüchternheit verströmten, in der man keine Tiere, schon gar keine Menschenaffen halten sollte.

Lara ging ein paar Schritte weiter. Auch hier waren die Tiere unruhig. Sie beobachtete Schimpansen, die sich verängstigt aneinanderklammerten und fürchterlich kreischten, als sie vorbeiging. Am Ende des Ganges waren die Gorillas untergebracht. Ein großes Gorillamännchen, ein Silberrücken namens Ivo, und drei Gorilladamen wurden darin gehalten. Als der Silberrücken Lara entdeckte, brüllte er so laut auf, dass sie zusammenzuckte. Die Augen des Tieres waren auf sie gerichtet. Äußerste Wut schien sich in ihnen widerzuspiegeln. Das sonst so friedliche Antlitz war verzerrt. Riesige Zähne wurden ihr entgegengebleckt, dann trommelte der Gorilla heftig auf seine Brust, vollführte noch eine drohende Bewegung, so als wolle er auf sie zuspringen, aber dann wirbelte er herum und jagte zurück zum Rest der Gruppe, der sich ängstlich in einer Ecke zusammenkauerte.

Die Tiere sind wegen des Gewitters außer Rand und Band, dachte Lara. Trotzdem, sie fühlte sich unwohl und beschloss, den Zoo rasch zu verlassen.

Auf ihrem Weg zum Ausgang kam sie an den Raubtiergehegen vorbei. Und hier war es noch schlimmer. Ein ausgewachsener persischer Leopard unterbrach abrupt seine Wanderung durch den Käfig. Er duckte sich tief auf den Boden, riss den Rachen weit auf und fauchte sie wild an. Die fingerlangen gelben Zähne entblößt, ließ er ein dumpfes Grollen erklingen. Der lange Schwanz peitschte über die Erde und plötzlich machte er einen Satz und sprang gegen das Gitter des Geheges – direkt auf Lara zu, die erschrocken zurückwich. Das Tier prallte hart gegen das Metallgitter, fiel zu Boden, jaulte schmerzerfüllt auf und warf sich sofort wieder gegen das Gitter.

Lara war nun fast einer Panik nahe. Die wilde Angriffslust des Tieres verstörte sie zutiefst. Schweiß brach ihr aus allen Poren, aber sie konnte sich nicht rühren. Das Schauspiel der tobenden Raubkatze hielt sie fest in seinem Bann. Das Fell einer Pranke war aufgerissen und Blut tropfte aus der Wunde hervor.

»Mama, die Frau macht den Tieren Angst«, weinte eine helle Stimme neben ihr. »Sie soll das nicht tun.«

Lara wandte den Kopf und blickte auf einen kleinen, vielleicht vier Jahre alten Jungen hinab, der sie aus tränenerfüllten Augen ansah. Neben ihm beugte sich nun die Mutter des Kindes hinunter und schloss ihren Sohn in den Arm.

»Aber die Frau macht doch gar nichts, Tobias«, sagte sie beruhigend.

»Doch, sie macht der Katze Angst«, schluchzte der Kleine. »Sie soll weggehen.«

Die Mutter bemerkte, dass Lara die Unterhaltung mit angehört hatte und entschuldigte sich bei ihr. Lara winkte ab. Sie war vollkommen verwirrt. Die Worte des Jungen kreisten in ihren Gedanken: *Mama, die Frau macht den Tieren Angst!*

Lara sah zu den anderen Tiergehegen hinüber. Ihr Blick hastete nach links und rechts. Überall herrschte Ruhe, die Tiere benahmen sich nicht auffällig, nur der Leopard vor ihr spielte noch immer verrückt.

Lara trat ein paar Schritte zurück und sofort endete der erfolglose Versuch des Tieres, aus dem Käfig zu gelangen. Erschöpft und hechelnd ließ sich die Katze zu Boden sinken. Die gelben Augen fixierten Lara, aber als sie sich abwandte und ein Stück weiterging, begann der Leopard, sich das Blut von seiner verletzten Pfote zu lecken.

Lara dreht sich um und schritt schnell den Weg in Richtung Zooausgang hinunter.

Mama, die Frau macht den Tieren Angst!

Tränen liefen ihr über das Gesicht. Was geschah hier? Was war bloß los mit ihr?

28.

Lara lief durch die Straßen. Sie hatte die U-Bahn bis in den Stadtteil ihrer Großeltern genommen, war aber zwei Stationen davor ausgestiegen. Die Enge des Fahrabteils schien ihr den Atem zu nehmen und sie brauchte Raum für ihre Gedanken.

Das Unwetter war über die Stadt hereingebrochen. Gleißende Blitze zerrissen den dunklen Himmel und Donnergrollen rollte über das Land. Der Regen prasselte von Sturmböen angepeitscht fast waagrecht in Laras Gesicht, aber es machte ihr nichts aus. Tatsächlich war das Toben der Natur wie eine Befreiung für sie.

Sie rannte, den Kopf in den Nacken gelegt, die Arme ausgebreitet, dem Gewitter entgegen und achtete dabei nicht auf die Leute, die sich an Bushaltestellen oder unter Hausdächern zusammendrängten, um nicht nass zu werden.

Lara war das alles scheißegal.

Scheißegal, dass ihr die Klamotten auf der Haut klebten und sie vor Kälte zitterte.

Scheißegal waren auch die Kopfschmerzen, die in ihrem Hirn hämmerten, als ginge es darum, die Schädeldecke wegzusprengen.

Ihr war einfach alles scheißegal.

Ben.

Ihr Vater.

Die Lügen ihrer Großeltern.

Und alles andere.

»Ich bin Lara«, schrie sie, aber der Wind fetzte die Worte von ihren Lippen.

Sie blieb stehen. Keuchend. Den Kopf nach vorne gebeugt, die Hände auf den Knien abgestützt, stand sie im strömenden Regen, starrte auf das Wasser, das ihre Füße umfloss und lächelte.

Ich bin Lara und ich bin, wie ich bin. Liebt mich oder lasst es bleiben.

Von heute an würde sie ihr Leben selbst in die Hand nehmen, und wenn ihre Umgebung Schwierigkeiten damit hatte, *wie* sie das tat, dann war das deren Problem. Sie würde sich nicht mehr verbiegen, um anderen zu gefallen.

Plötzlich tauchten ein paar Stiefel in ihrem Gesichtsfeld auf. Sie hob den Blick. Dunkle Jeans und ein schwarzer Ledermantel. Abrupt richtete sie sich auf.

Damian stand vor ihr.

Der Regen hatte seine langen Haare an die hohen Wangenknochen geklebt. Unablässig strömte Wasser über sein Gesicht, troff über seinen Hals unter seinen Mantel, der vor Nässe glänzte, aber er rührte sich nicht, sprach kein Wort, stand einfach nur da und sah sie stumm an.

Mit einem sanften Lächeln im Gesicht. Seine Lippen waren leicht geöffnet, so als sei er gerannt. Zu ihr gerannt.

Lara blickte ihn lange an. Dann stürzte sie sich in seine Arme. Seine Hände umfassten sie, hielten sie fest und sein warmer Atem kitzelte an ihrem Hals. Sie schlang ihre Hände um seinen Nacken, presste ihn fest an sich, fühlte sein Kinn in ihrer Halsbeuge.

Sie standen schweigend.

Im strömenden Regen des tobenden Unwetters.

Aber sie hörten das Donnern nicht, hörten nur den Atem

des anderen. Sie sahen die Blitze nicht, als sie sich vorsichtig voneinander lösten, sahen nur in die Augen des anderen.

Und sie spürten keinen Regen, nur den Gleichtakt ihrer pochenden Herzen.

Küss mich, dachte Lara. *Bitte, küss mich.* Aber Damian ließ sie los, stand ihr gegenüber und sah sie an.

»Was ist mit dir?«, fragte er.

Was ist mit mir? Wie kann ich darauf eine Antwort wissen?

Sie schüttelte den Kopf. Damian streckte seine Hand nach ihr aus und zog sie mit sich. »Komm.«

»Wo gehen wir hin?«

»Ist das nicht egal?«

»Doch.« Und es war egal. Sie wollte nur mit ihm zusammen sein und den Rest der Welt vergessen.

»Du zitterst«, stellte er fest. »Dir ist kalt.«

Zittern war noch untertrieben. Ihr ganzer Körper schlotterte vor Kälte. Damian zog seinen Mantel aus und legte ihn ihr um die Schultern.

»Das geht nicht«, protestierte Lara. »Du wirst ganz nass.«

Sein Lachen befreite auch sie. »Na und? Es ist bloß Wasser.«

Er ließ sie los und drehte sich mit ausgebreiteten Armen wie ein Tänzer um sich selbst. »Nur Wasser.«

Lara schaute ihn an. Das blütenweiße Hemd klebte an seinem Körper, war fast durchsichtig geworden, und sie sah, wie sich die Muskeln seines schlanken Körpers darunter abzeichneten.

Er war so unglaublich schön. In ihr breitete sich eine

Wärme aus, die in ihrer Körpermitte begann und dann in alle Glieder strömte.

Sie begehrte ihn mit jeder Faser ihres Körpers.

Aber er stand da, mit geschlossenen Augen, den Kopf in den Nacken gelegt und genoss den strömenden Regen auf seinem Gesicht.

Schließlich blickte er wieder zu ihr.

»Komm.«

Hand in Hand gingen sie schweigend die Straße entlang.

Lara spürte den kräftigen Druck seiner Finger. Sie wünschte sich, er würde mehr von ihr berühren. Ihr Gesicht glühte. Die Kälte war vergessen.

Links von ihnen tauchte der kleine Park auf, in dem sie sich kennengelernt hatten. Damian und Lara überquerten die Straße. Bald schon knirschte der Kies unter ihren Füßen.

Unter einer großen Eiche, deren noch immer dichtes Laubdach Schutz vor dem Regen bot, setzte sich Damian auf den weichen, überraschenderweise trockenen Boden und zog Lara neben sich.

Die raue Rinde war selbst durch den Ledermantel spürbar, als sich Lara gegen den Baumstamm lehnte. Das Gewitter hatte sich verzogen, aber noch immer prasselte der Regen herab.

Damian sprach kein Wort. Sie wusste, dass er gerne wissen wollte, was mit ihr los war. Warum sie wie eine Irre durch den Regen lief, während um sie herum die Blitze zuckten.

»Wie hast du mich gefunden?«, fragte Lara schließlich.

Damian hatte ein kleines Stück Holz aufgehoben und kritzelte nun Zeichen in den weichen Boden.

»Es war Zufall. Ich wollte gerade zu dir.«

»Hattest du einen besonderen Grund oder wolltest du einfach nur so vorbeischauen?«

»Darüber können wir später reden.«

»Okay.« Lara wischte sich eine Strähne aus dem Gesicht. »Worüber willst du dann reden?«

»Du weißt es.«

Über mich.

Lara wusste erst gar nicht, wo sie anfangen sollte. Zu viel war passiert in den letzten Tagen. Doch dann musste sie als Erstes an das Gespräch mit ihrem Großvater denken.

»Meine Großmutter wird sterben«, sagte sie leise. »Opa hat es mir letzte Nacht gesagt. Es ist Krebs. Unheilbar.«

»Wann?«

»Bald.«

Seine Hand, die er schon die ganze Zeit über ihre gehalten hatte, schloss sich fester um ihre Finger.

»Aber das ist nicht alles«, fuhr Lara fort. »Ich habe dir gestern von meinem Vater erzählt und später noch mit meinem Großvater über ihn gesprochen. Ich kenne jetzt einen Teil der Wahrheit, aber es ist nur ein Teil, denn sowohl meine Großeltern als auch meine Mutter sagen mir nicht die Wahrheit – zumindest nicht die ganze.«

Dann berichtete sie ihm, was sie herausgefunden hatte und wie sich die Erzählungen in den Aussagen unterschieden.

Als Damian etwas dazu anmerken wollte, hob sie die Hand. »Nein, lass es. Ich werde selbst herausfinden, was wirklich wahr ist. Bis dahin gibt es nichts dazu zu sagen. Ich wollte dir nur erklären, was mit mir los ist.«

Damian ließ ihre Hand los. Auch er lehnte mit dem Rücken gegen den Baumstamm, die Beine angewinkelt, die Hände locker darübergelegt.

»Scheint gerade nicht die einfachste Zeit deines Lebens zu sein«, meinte er schließlich.

»Ja, und heute ist etwas Merkwürdiges geschehen. Etwas, das mir Angst macht.«

Er hob fragend seine Augenbrauen und Lara berichtete ihm von den Vorfällen im Zoo. »Alle Tiere sind komplett ausgerastet, als ich vorbeigekommen bin. Sie waren aggressiv, vermutlich hätten sie mich angegriffen, wenn sie gekonnt hätten.«

»Wahrscheinlich lag es am Gewitter. Du solltest der Sache nicht zu viel Bedeutung beimessen.«

Lara schüttelte heftig den Kopf. »Das alleine ist es nicht. Ich habe generell das Gefühl, dass sich alles verändert – dass ich mich verändere.«

Sie erzählte ihm von ihren Träumen. Von dem Gefühl, das sie manchmal überkam, anders als andere zu sein.

»Fühlt sich nicht jeder so? Zumindest manchmal?«, fragte Damian.

Lara zuckte die Schultern. »Es fühlt sich anders an. Ich empfinde es extremer.«

Er ging nicht darauf ein, was sie merkwürdig fand, sondern fragte: »Was willst du jetzt machen? Ich meine wegen deinem Vater.«

»Was soll ich schon machen?« Lara schüttelte leicht den Kopf. »Immer wieder nachfragen, nicht aufgeben. Irgendwann werde ich die ganze Wahrheit kennen.«

»Und wenn du sie kennst? Was dann?«

»Ich verstehe nicht, worauf du hinauswillst?«

»Manchmal ist es besser, die Dinge ruhen zu lassen.«

Damian sah ihr in die Augen. Lara hatte das Gefühl, als würde ein dunkler Schatten über sein Gesicht huschen.

»Manchmal lebt es sich mit einer Lüge einfacher«, fügte er leise hinzu.

Lara sah ihn erstaunt an. »Aber die Wahrheit ist wichtig. Woher soll man sonst wissen, wer man ist? Woher man kommt und wohin man geht?«

Damians Lächeln war plötzlich voller Bitterkeit. Lara blickte in seine wunderschönen Augen und entdeckte tiefen Schmerz darin. »Möchtest du darüber reden?«, fragte Lara zaghaft.

»Nein.«

Sie sah, wie sich seine Kiefermuskeln anspannten, und wusste, dass er nicht bereit war, mit ihr über seine Vergangenheit zu sprechen. Gleichzeitig spürte sie, wie Ärger in ihr aufstieg. Ärger darüber, dass sie sich ihm geöffnet hatte und er ihr Vertrauen nicht mit Gegenvertrauen beantwortete.

»Findest du das fair?«

»Was?«

»Ich habe dir so viel von mir erzählt, aber ich weiß praktisch nichts über dich.«

»Gib mir einfach noch ein bisschen Zeit.« Damian versuchte ein Lächeln. »Früher oder später werde ich dir alles erzählen. Ich kann gerade einfach nicht darüber reden, aber glaube mir, es liegt nicht an dir. Ich vertraue dir.«

Die Worte wischten ihre Enttäuschung beiseite. Lara erhob sich und blickte zum Himmel. »Es hat aufgehört zu regnen.«

Sie streckte ihm die Hand entgegen und zog ihn auf die Füße.

»Du hast mir noch nicht gesagt, warum du mich besuchen wolltest.«

Ein breites Grinsen erschien auf seinem Gesicht. »Stimmt!«, gab er zu.

»Also?«

»Also, ich wollte dich fragen, ob du Lust hast, mit mir auszugehen.«

»Hhmmm«, zögerte Lara gespielt. »Was hast du denn mit mir vor?«

»Heute Abend veranstaltet eine Freundin von mir ein Event. Sie ist Künstlerin. Malerin. Und sie wird live ein neues Gemälde erschaffen.«

»Und du denkst, es könnte mich interessieren, jemandem stundenlang dabei zuzusehen, wie er mit einem Pinsel Farbe auf einer Leinwand verteilt?«

»Ja, da bin ich mir ziemlich sicher. Ich kenne Marika schon ziemlich lange und kann dir versprechen, du wirst es nicht bereuen. Sie ist außergewöhnlich, in jeder Beziehung.«

Die Worte waren wie Pfeile, die sich in ihre Seele bohrten. Eifersucht stieg in ihr auf, aber Lara riss sich zusammen.

»Ach ja?«

»Ja, und übrigens – Marika verwendet keine Pinsel für ihre Kunst.«

»Was benutzt sie dann?«

»Lass dich überraschen.«

29.

Die Nacht war hereingebrochen. Es war nahezu finster, denn der Mond blieb hinter tief stehenden Wolken verborgen. Ein leichter Wind ließ achtlos weggeworfenes Papier rascheln. Die drei Männer bewegten sich lautlos durch die Dunkelheit. Ihre Augen waren nicht auf das Licht des Mondes angewiesen und die Straßenlaternen funktionierten nicht, dafür hatten sie gesorgt.

Dies hier war das Gebiet der Dämonen.

Sie waren Engel und sie waren auf der Jagd. Sie waren hier, um Rache für Gavals Tod zu nehmen.

Die Tür zu dem mehrstöckigen Gebäude war verschlossen, aber als Arias seine Hand darauf legte, schwang sie auf. Mit einer Handbewegung bedeutete er den beiden anderen, ihm zu folgen. Zwei weitere Krieger würden an der Rückwand des Hauses hochklettern und über das Dachfenster eindringen. Sie waren nur fünf und wussten nicht, wie vielen Feinden sie gegenüberstehen würden, aber sie waren von Zorn erfüllt und voller Kampfeswillen.

Leise stieg Arias die Treppe hinauf. Das Haus wirkte von außen nicht ungewöhnlich, ein ganz normales Mietsgebäude, wie es so viele in der Stadt gab. Aber Arias wusste, dass dies bloß Tarnung war, denn sämtliche Mieter waren in Wahrheit Dämonen, die nur dann menschliche Gestalt annahmen, wenn sie auf die Straße gingen oder andere Menschen in ihrer Nähe wähnten.

Auf jedem Stockwerk gab es nur eine Wohnung, das würde die Sache einfacher machen; trotzdem gab es keinen

Grund, unachtsam zu sein. Arias sank neben der ersten Tür auf die Knie. Die beiden anderen Krieger taten es ihm nach und gemeinsam flüsterten sie das Gebet und baten darum, falls sie heute sterben sollten, dass ihre Seelen gerettet wurden. Als das Gebet gesprochen war, richtete sich Arias geräuschlos auf. Der Kampf konnte beginnen.

Damian und Lara fuhren durch das nächtliche Berlin. Sie wusste nicht, woher Damian das Auto aufgetrieben hatte, aber sie genoss es, nicht die öffentlichen Verkehrsmittel benutzen zu müssen. Es war ein schwarzer Opel Diplomat, Baujahr 1966 – so hatte Damian Lara stolz erzählt –, lang gestreckt und breit, mit schwarzem Vinyldach und dicken Reifen. Der Motor brummte tief vor sich hin und ließ die Sitze vibrieren, wenn Damian beschleunigte.

Die Lichter der Straßenlaternen huschten durch das Fahrzeug und immer wieder blickte Lara zu Damian hinüber, dessen Gesicht glücklich und entspannt wirkte.

»Männer sind alle gleich«, meinte sie.

»Was?«

»Na, mit eurem Techniktrip, besonders wenn es um Autos geht. Da dreht ihr alle vollkommen durch.«

»He, bloß weil es mir Spaß macht, mit dieser Karre zu fahren, heißt es noch lange nicht . . .«

»Oh doch!«

Er grinste. »Ich glaube, du hast recht. Es ist aber auch ein geiles Gefühl.«

»Wo hast du das Auto her?«

»Von einem Freund.«

»Ich dachte, du hast keine Freunde.«

»Das habe ich nicht gesagt, ich bin nur einfach wählerisch.«

»Und ein cooles Auto hilft sicherlich dabei, dich als Freund zu gewinnen.«

»So ist es!«

Lara musste laut lachen. »Ist es noch weit?«

»Nein, wir sind gleich da.«

Sie fuhren jetzt durch ein Industriegebiet und die Landschaft wurde zusehends eintöniger. Die gepflegten Häuser der Stadt verschwanden hinter ihnen und machten Platz für lang gestreckte Firmengebäude, die allesamt schon bessere Zeiten gesehen hatten.

Modrige Luft drang durch das geöffnete Fenster in den Wagen. Der Fluss konnte nicht weit entfernt sein.

Lara blickte hinaus und erschauerte. Im trüben Licht der wenigen Laternen wirkte das ganze Gebiet vollkommen unbewohnt. So als hätten hier vor langer Zeit Menschen gelebt, die eines Tages beschlossen hatten, diesen trostlosen Ort zu verlassen und ihr Glück woanders zu suchen.

»Und hier hat deine Freundin ihr Atelier?«

»Etwas Besseres kann sie sich nicht leisten.«

»Dann scheint sie nicht viel mit ihrer Kunst zu verdienen.«

Lara bereute den Satz, kaum dass sie ihn ausgesprochen hatte.

»Du kennst Marika nicht, also urteile nicht über sie. Erfolg und Können haben nicht immer etwas miteinander zu tun. Es gibt auch so etwas wie Glück. Man muss zur richtigen Zeit am richtigen Ort sein und die richtigen Leute treffen.«

»Tut mir leid, war ein blöder Spruch. Sauer?«

»Schon gut.«

Aber sie spürte, dass eine Veränderung mit ihm vorgegangen war. Sein Gesicht wirkte hart im blassen Licht der Armaturenbeleuchtung.

»Willst du mir etwas über Marika erzählen?«

»Nein. Du wirst sie nachher kennenlernen und ich möchte, dass du ihr vorurteilsfrei gegenübertrittst.«

Wie geheimnisvoll . . . Marika scheint ja eine ganz tolle Frau zu sein, dachte Lara und spürte, wie ihre Vorfreude auf den Abend langsam verflog.

Kies knirschte unter den Rädern, als Damian von der Straße abbog und durch ein großes Tor fuhr.

Das Gelände sah nicht anders aus als all die anderen in der Nachbarschaft. Ein Maschendrahtzaun spannte sich zu einem Viereck, in dessen Mitte sich ein von Strahlern angeleuchtetes, flaches Gebäude am Boden duckte.

Das graue Wellblechdach, das sich darüber spannte, war fleckig und wies Moosbesatz auf. Es gab keine Fenster, zumindest nicht an der Vorderfront, nur eine schmutzige Backsteinmauer, an die sich Unkraut klammerte.

Durch eine offen stehende Eingangstür drang rotes blitzendes Licht nach draußen. Links neben der Tür war ein Stoffbanner aufgespannt, von dem zwei faszinierend grüne Augen in den Hof hinabstarrten. Darunter standen zwei Wörter: »Marika live!«

»Wir sind da«, meinte Damian lapidar und bremste den Wagen so abrupt ab, dass die Hinterräder ausbrachen. Kurz darauf hatte er das Fahrzeug wieder im Griff und stellte den Motor ab.

Als sie ausstiegen, drang der heftige Beat einer Bassdrum an ihre Ohren, deren Rhythmus durch die Nacht wummerte.

Die Atmosphäre wirkte auf Lara nicht nur trostlos, sondern irgendwie auch beunruhigend. Sie überlegte, ob sie

Damian bitten sollte, sie nach Hause zu fahren, verwarf den Gedanken aber gleich wieder.

Sie war jung und eine aufregende Nacht lag vor ihr.

Mit ihm.

Alles andere zählte nicht.

30.

Es war unglaublich voll. Kaum hatten sie den Eingang betreten, mussten sie sich einen Weg durch die Menschmassen bahnen. Die Luft war stickig und angefüllt mit dem Rauch unzähliger Zigaretten. Ohrenbetäubende Musik dröhnte aus verborgenen Boxen und die tiefen Basstöne ließen Laras Körper vibrieren.

Wohin sie auch sah, überall standen oder tanzten junge Leute, viele in ihrem Alter und nur wenige über dreißig Jahre alt. Wie in der Gothic-Szene trugen die Frauen und Männer schwarze Lederklamotten. Aber im Gegensatz zu den *Gothic People* wirkten sie nicht melancholisch, sondern auf düstere Art sinnlich.

Eine junge Frau mit langen blonden Haaren kam mit schwingenden Hüften auf sie zu. Sie trug eng anliegende Ledershorts und Stulpenstiefel. Ihre Lippen waren grellrot geschminkt und mit ihren High Heels machte sie einen etwas billigen Eindruck. Trotzdem war sie eine der schönsten Frauen, die Lara jemals gesehen hatte. Ohne zu zögern, schritt sie zu Damian, legte ihre Hände um seinen Hals und gab ihm einen langen Kuss auf den Mund.

»Hallo, Damian«, sagte sie leise, aber Lara hörte die Worte trotz des Lärms. »Schön, dass du gekommen bist. Marika wird sich freuen.«

Lara, die von der intensiven Begrüßung der beiden völlig irritiert war, hatte erwartet, dass diese Blondine die Künstlerin war, aber da hatte sie sich wohl getäuscht.

»Darf ich dir Lara vorstellen?«, fragte Damian die Frau,

die noch immer ihre Arme um ihn geschlungen hatte. Sie wandte Lara den Kopf zu. Ein gelangweiltes Lächeln, das fast schon abfällig wirkte, glitt über ihr makelloses Gesicht.

Lara trug Jeans und das neue T-Shirt, das sie sich gekauft hatte. Sie hatte geglaubt, gut auszusehen, aber neben dieser Frau wirkte sie einfach nur blass und langweilig.

»Das ist Cara, eine Freundin von mir.«

Eine Hand wurde ihr entgegengestreckt und kurz ein schlaffer Händedruck ausgetauscht.

»Du bist das Mädchen, das gerade auf Besuch in der großen Stadt ist, stimmt's? Damian hat von dir erzählt.«

Nenn mich nicht Mädchen, *du blöde Kuh. Und sprich nicht mit mir, als wäre ich vier,* hätte Lara am liebsten gesagt, aber sie wollte sich keine Blöße geben.

»Ja, die bin ich«, sagte sie stattdessen. »Ich hoffe, er hat nur Gutes von mir berichtet«, fügte sie lässig lächelnd diese alberne Floskel hinzu.

Ein merkwürdiger Blick traf sie. »So einiges.«

Lara blickte verwirrt zu Damian, aber der zuckte nur mit den Schultern. Was hatte er dieser dummen Tussi erzählt? So lange kannten sie sich doch noch gar nicht.

Lara begann, sich unwohl zu fühlen. Die schlechte Luft schlug ihr auf den Magen und Übelkeit stieg in ihr auf. Noch immer hämmerte die Musik, Menschen drängten an ihr vorbei, schubsten und stießen sie. Am liebsten wäre sie einfach davongerannt. Aber sie wollte nicht schon wieder den Abend verderben, so wie gestern.

Endlich ließ die blonde Tussi Damian los. Sie winkte Lara lässig zu. »Bis später. Ich muss jetzt hinter die Bühne und Marika bei ihrem Auftritt helfen.« Rot lackierte Fingernägel wedelten in die entsprechende Richtung. Kurz darauf war sie verschwunden.

Damian beugte sich zu ihr hinüber. »Und?«

»Was und?«

»Wie findest du es hier?«

Lara ließ den Blick durch die Halle schweifen. »Laut. Und voll.«

»Dahinten ist die Bühne. Dort wird Marika nachher auftreten.«

Noch wurde die Bühne von einem schwarzen Vorhang verdeckt, der von der Hallendecke bis zum Boden reichte. Das Ganze wirkte ziemlich geheimnisvoll und Lara spürte, dass sie sich auf die Performance freute.

»Wer war das?«, rief Lara gegen den Lärm an. »Cara?«

»Ja.«

»Eine Freundin, habe ich doch schon gesagt.«

Lara zögerte. Sie wusste, die nächste Frage sollte sie lieber nicht stellen, aber sie konnte nicht anders. »Hattest du mal was mit ihr?«

Damians Kopf ruckte herum. Ein durchdringender Blick traf sie, aber Lara wich ihm nicht aus.

»Nein.«

Klar, das hätte ich jetzt auch gesagt.

»Und selbst wenn es so wäre, wäre es jetzt Vergangenheit. Ich habe dich getroffen.«

Die Worte klangen gut und nur zu gerne hätte Lara ihnen Glauben geschenkt. Doch das alte Misstrauen war wieder erwacht. Sie konnte einfach nichts dagegen tun. Trotzdem beschloss sie, ihre Ängste und Zweifel beiseitezuschieben und sich auf das zu freuen, was dieser Abend bringen würde. Wieso ließ sie sich nur immer so leicht verunsichern?

»Willst du etwas trinken, bevor die Show losgeht?«, fragte Damian und riss Lara aus ihren Gedanken.

»Ja.«

»Was? Bier? Saft? Einen Cocktail?«

Die Musik war noch lauter geworden. Sie musste praktisch alles von seinen Lippen ablesen.

Cocktail klang gut. »Einen Caipirinha, bitte.«

»Okay«, meinte er und ging auf eine lang gezogene Theke zu, die sich an einer Seite der Halle befand. Lara sah ihm nach. Damian schritt zielstrebig durch die Menge, ohne den Leuten auszuweichen. Vielmehr schienen die Menschen ihm Platz zu machen. Wie Moses das Rote Meer, teilte er die Massen und alle wichen vor ihm zurück. Fast als hätten sie Angst vor ihm, dachte Lara, kicherte aber gleichzeitig bei dem Gedanken. Damian war schlank und muskulös, aber er ging an Männern vorbei, die mindestens einen Kopf größer als er waren.

Zum ersten Mal nahm Lara ihre Umgebung bewusst wahr. Sie ließ ihren Blick wandern und beobachtete die Leute, wie sie beieinanderstanden und trotz des Lärms miteinander sprachen.

Es waren viele außergewöhnlich schöne Frauen anwesend, aber die Männer standen ihnen in nichts nach. Gut aussehend, mit markanten Gesichtern und durchtrainierten Körpern, die in modischen Klamotten steckten, die zumeist aus schwarzem Leder bestanden, hätte man glauben können, man wäre bei einem Casting zu einer Modelshow gelandet.

Lara dachte an ihre Freundinnen Jasmin und Simone. Wenn die diese ganzen Menschen hier sehen könnten, all die gut aussehenden Frauen und Männer ... Lara blickte in

Gesichter, die so schön waren, dass sie jederzeit das Cover eines berühmten Modemagazins zieren konnten.

Irgendwie seltsam, überlegte sie, aber es musste an der Künstlerszene liegen. Wahrscheinlich war Marika total angesagt und man empfand es als hip, ihre Liveshow zu besuchen. Deshalb tummelten sich hier die Schönen und Erfolgreichen Berlins. Trotzdem war es merkwürdig, so viele makellose Menschen zu sehen.

Damian kehrte mit zwei Cocktailgläsern zurück und drückte ihr eines davon in die Hand. »Alkoholfrei«, sagte er und hielt ihr seinen Saftcocktail vor die Nase.

»Schon okay«, lächelte Lara.

Plötzlich entstand Unruhe in der Nähe des Eingangs. Die Menschen, die dort standen, drängten zurück und machten einem hochgewachsenen Mann Platz, der ohne nach links oder rechts zu sehen, geradewegs auf sie zuhielt.

Er trug einen langen weißen Mantel, der ihn in diesem Ambiente mit all den schwarzen Klamotten vollkommen deplatziert wirken ließ. Blonde Haare fielen ihm bis fast auf die Schultern.

Lara starrte ihn mit offenem Mund an. Selbst unter den vielen gut aussehenden Menschen stach er noch hervor. Er war schlichtweg der schönste Mann, den sie je gesehen hatte. Sein Gesicht strahlte Ruhe und Erhabenheit aus. Unter einer klassischen Nase waren volle Lippen leicht zu einem selbstbewussten Lächeln geöffnet. Als er näher kam, sah sie in unglaublich blaue Augen. Der Fremde nickte ihr kurz zu und blieb dann vor Damian stehen.

»So sehen wir uns wieder«, sagte er zu ihm, und als Lara bemerkte, dass sie seine Worte verstand, erkannte sie, dass die Musik tatsächlich leiser geworden war.

Damians Gesicht war eine starre Maske. »Hallo, Gabriel.«

Der Mann wandte sich Lara zu, sprach aber zu Damian. »Willst du mich nicht vorstellen?«

»Das ist Gabriel, ein alter Freund von mir.«

Gabriel streckte ihr eine Hand entgegen, und als Lara seine schlanken Finger umfasste, breitete sich Wärme in ihr aus.

»Ich bin Lara«, sagte sie.

»Ein schöner Name.«

»Du hättest nicht herkommen sollen.« Damians Stimme klang wie ein Knurren und Lara spürte die Spannung zwischen den beiden Männern. Als sie einen Blick über die Schulter des Fremden warf, sah sie, dass die meisten Leute ihre Unterhaltung unterbrochen hatten und zu ihnen herüberstarrten.

»Warum nicht?«, entgegnete Gabriel und schaute sich interessiert um. »Hier scheint doch ganz schön was los zu sein.«

»Ja, aber das ist nicht deine Welt.« Damian umfasste die Halle in einer Geste. Lara sah, wie er sich zu einem Lächeln zwang, aber es war mehr ein freudloses Zähneblecken. Sie überlegte, was zwischen den beiden vorgefallen sein mochte, dass sich Damian so merkwürdig verhielt.

»Vielleicht mache ich es zu meiner Welt.«

Damian lachte laut auf und Lara bekam eine Gänsehaut. Er beugte sich so weit vor, dass seine Nasenspitze fast das Gesicht des anderen berührte.

Was Damian zu Gabriel sagte, verstand sie nicht, aber wenige Sekunden später verbeugte sich der Mann vor ihr und nickte Damian noch einmal zu. Kurz darauf war er so spurlos verschwunden, wie er gekommen war.

Damian trank in großen und hastigen Schlucken. Als das Glas leer war, wischte er sich mit dem Handrücken über den Mund.

»Wer war das?«, fragte Lara. »Wie ein Freund von dir hat er nicht gerade gewirkt.«

Damians Kopf ruckte herum. Sein Gesicht verlor den angespannten Ausdruck und er wirkte fast ein wenig melancholisch. »Wir waren einmal Freunde, fast so etwas wie Brüder.«

»Ist er der Mann, von dem du mir erzählt hast, er hätte dich verraten?«

»Nein, das war ein anderer. Trotzdem werden wir nie wieder Freunde sein.«

»Und du willst mir wie üblich nicht sagen, was vorgefallen ist, richtig?«

»Nicht jetzt zumindest. Die Show müsste bald anfangen.«

Kaum ausgesprochen, erstarb die Musik und die Halle versank in Dunkelheit.

31.

Der Dachboden wurde vom Licht einer einzelnen Glühbirne erhellt, die an einem langen Kabel nackt in der Fassung hing. Die sechs Dämonen hockten auf dem Boden und teilten sich die Überreste eines Hundes, den Mor'ak, ein Feuerdämon, streunend auf der Straße gefunden hatte. Sie grunzten zufrieden, während sie Fleischstücke aus dem pelzigen Leib rissen und Knochen brachen, um das darin enthaltene Mark auszusaugen.

Alle sechs hatten ihre dämonische Gestalt angenommen und auf ihren Fratzen glänzte das Blut ihres Opfers. Ein kleiner Dämon namens Zop'al griff nach einem Fleischstück, aber Mor'ak hieb ihm die Pranke ins Gesicht und der Rattendämon wurde in eine Ecke geschleudert. Seine spitz zulaufende Schnauze mit den scharfen Zähnen verzog sich hasserfüllt und er zischte zornig. Mor'ak ließ sich davon nicht beeindrucken und spuckte in seine Richtung, dann fraß er weiter. Die mächtigen Muskeln bewegten sich unter der roten Haut, als er mit einer Klaue ein Stück Fleisch aus seinen Reißzähnen pulte.

»Heute haben wir einen großen Sieg errungen«, knurrte er. Die Nüstern blähten sich, als er an den Engel dachte, den sie getötet hatten.

»Ja, ein großer Sieg«, versicherte Maa'al, ein buckliger Jäger, und die anderen Dämonen stimmten hastig zu. Sie alle fürchteten Mor'aks unkontrollierte Wutausbrüche und seine Lust am Töten.

Mor'ak wandte sich Maa'al zu und betrachtete neugierig

das von rituellen Narben überzogene Gesicht des anderen. Maa'al senkte den Kopf unter diesem stechenden Blick. Seine spitzen Ohren zuckten nervös.

»Du hast heute versagt, Maa'al«. Mor'aks Stimme klang gelassen, aber der andere erzitterte.

»Der Engel . . .«

». . . war zu schnell«, unterbrach ihn der Feuerdämon. »Engel sind schnell. Es war deine Aufgabe, ihm die Lanze in den Leib zu rammen, aber du bist zurückgewichen und der Engel konnte Saar'astal töten, bevor wir ihn überwältigt hatten.«

»Er war ein großer Krieger. Die Engel rühmten seine Kampfkraft.«

»Dachtest du, das weiß ich nicht?« Mor'ak sog tief die Luft ein. Sein riesiger Brustkorb spannte sich, als er in der Luft eine Faust ballte, die so groß wie Maa'als Kopf war. »Wenn du noch einmal versagst, werden wir keinen Hund mehr essen müssen. Wir werden dich fressen und an deinen Knochen saugen.«

Maa'al nickte ergeben.

»Und nun geh nach unten und hol die anderen. Grum'aak hat uns eine Botschaft gesandt. Wir müssen reden.«

Hastig schlich Maa'al davon.

Arias klopfte leise mit dem Fingerknöchel gegen die Tür. Schritte erklangen, dann öffnete eine alte Frau mit krummem Rücken die Tür. Die weißen Haare hingen strähnig herab. Die Haut ihres faltigen Gesichts schimmerte wie abgewetztes Leder im Licht, das aus der Wohnung drang.

Das Schwert in Arias Hand fuhr tief in den ausgemergelten Leib. Als die Klinge eindrang, verwandelte sich das menschliche Antlitz, wurde zu etwas, das einer Fledermaus mit vorstehenden Eckzähnen ähnelte. Eine Sekunde später verging der Dämon in einer hoch aufflackernden Flammenzunge, die einen rußigen Fleck an der Decke hinterließ.

Arias trat über die verbrannte Stelle im Teppich und durchsuchte die Wohnung. Ein Krieger folgte ihm, der andere hielt Wache an der Tür. Die übrigen Räume waren leer und so gingen sie in den nächsten Stock hoch.

Auch dieser Dämon öffnete arglos die Tür. Er wies das Aussehen eines Mannes in mittleren Jahren auf, wirkte insgesamt aber ungepflegt und verbraucht. Den wulstigen Bauch überspannte ein weißes, fleckenübersätes Unterhemd. Mit Tätowierungen überzogene Arme hoben sich erschrocken, als Sanael auf ihn zutrat. Der Dämon versuchte noch, sich in seine ursprüngliche Gestalt zu verwandeln, aber das Schwert des Engels ließ ihn in einem Feuerschwall vergehen. Bevor der Dämon starb, stieß er einen schrillen Schrei aus, der durch das ganze Haus drang.

Maa'al wollte gerade die Treppe hinuntergehen, als er den Schrei hörte. Augenblicklich hielt er inne. Die Art des Schreis ließ ihn eindeutig schlussfolgern, dass ein Dämon gerade Schmerzen erlitten hatte. Unsagbare Schmerzen. Der Tod eines Gefährten rührte Maa'al nicht, aber dieser Tod bedeutete Gefahr – und so zögerte er weiterzugehen.

Vorsichtig schob er seinen Kopf über das alte Holzgeländer und spähte die Treppe hinab. Was er sah, ließ ihn erschauern. Direkt unter ihm stand ein Engel und blickte ihm geradewegs in die Augen.

Maa'al wirbelte herum. Er wollte zurück auf den Dachboden fliehen, aber der Engel schwang sich mit einem einzigen Schlag seiner Flügel zu ihm empor. Seine Lanze war ein gleißender Lichtschein aus Schmerz und Hitze, der Maa'al verbrannte, als er versuchte, die Klauen schützend vor sein Gesicht zu legen.

Der Engel sank langsam zu Boden. Die Faust, die den Speer hielt, öffnete sich und die Waffe verschwand. Dies war seine erste Begegnung mit einem Dämon gewesen und ihn erstaunte die Hässlichkeit des Feindes. Gedankenversunken starrte Linas auf den schwarzen Fleck, den der Untergang des Dämons auf dem Holz der Treppe hinterlassen hatte, als eine mächtige Pranke aus Feuer in seinen Rücken drang. Er warf den Kopf in den Nacken. Seine Hand schloss sich zur Faust, aber die Waffe erschien nicht, denn alle Kraft war dabei, in einem goldenen Lichtstrom aus ihm herauszufließen.

Als der Körper sich nicht mehr bewegte, zog Mor'ak seine Krallen aus dem Leib, der polternd zu Boden fiel, bevor er in einem überirdischen Lichtschein verschwand. Mor'ak grinste zufrieden. Er war Maa'al nachgegangen, um ihm zu befehlen, einen weiteren Hund zu fangen, den er Grum'aak und den anderen als Festmahl servieren wollte. So hatte er den Angriff des Engels aus nächster Nähe miterlebt und sich in einem Moment der Unaufmerksamkeit an ihn heranschleichen können.

Mor'ak blähte seine Nüstern. Die haarigen Büschel in seinem Nacken stellten sich auf, als er die Anwesenheit weiterer Engel wahrnahm. Ein tiefes Knurren entwich seiner Kehle. Dann stieß er einen Kriegsschrei aus und sprang die Treppe hinunter.

32.

Die Dunkelheit in der Fabrikhalle wurde durch einen Lichtstrahl zerrissen, der senkrecht von der Decke zu Boden fiel. Der schwarze Vorhang, der die Bühne verdeckt hatte, war verschwunden.

Laras Augen brauchten einen Moment, um sich an die veränderten Lichtverhältnisse zu gewöhnen, dann entdeckte sie die zusammengekauerte Gestalt, die im Kegel des Scheinwerfers auf der Bühne hockte. Die Knie unter den Leib gezogen, die Arme an den Körper gelegt, den Kopf auf die Brust gezogen, kauerte dort eine nackte Frau. Ihre langen schwarzen Haare ergossen sich auf den Boden wie ein dunkler Teich.

Ein einzelner dumpfer Trommelschlag erklang, ließ Gläser, Flaschen und Menschen erzittern.

Dann wieder Stille.

Ein erneuter Trommelschlag, dieses Mal noch lauter als der erste. Künstlicher Nebel wallte aus versteckten Düsen auf die Bühne, hüllte die Frau ein.

Schließlich ein dritter Trommelschlag. Er drang Lara durch Mark und Bein. Sanfte Musik ertönte von irgendwoher, wie die Flügel eines Schmetterlings teilte sie die Atmosphäre in Ruhe und Klang. Die Frau erhob sich anmutig. Schlangengleich entwirrten sich Arme und Beine, der Kopf wurde in den Nacken geworfen und die schwarzen Haare flossen bis zum Po hinab.

Die Frau war atemberaubend schön.

Lara hatte noch nie zuvor einen derart sinnlichen Körper

gesehen. Muskeln spielten elegant unter der Haut, wenn sie sich bewegte. Die Beine waren lang und makellos, die Brüste rund und fest. Marikas Körper war perfekt. Vollkommen. Die Sünde selbst. So mochte Eva ausgesehen haben, als sie Adam den Apfel reichte. Adam hatte keine Chance gehabt, denn wer konnte solchen Augen, solchen Lippen widerstehen?

»Das ist sie«, sagte Damian leise neben ihr. »Ist sie nicht unglaublich?«

Aber Lara beachtete ihn nicht. Sie hatte nur noch Augen für dieses Wesen aus Sinnlichkeit und Lust.

Marika ließ nun ihre Hüften kreisen. Ihre Arme streckten sich fordernd nach einem unsichtbaren Liebhaber aus, der sie zu umarmen, zu liebkosen schien, denn ihr Körper wölbte sich ihm wollüstig entgegen. Marikas Lippen öffneten sich und ihre Zunge glitt suchend hervor, bis sie sich im Spiel mit einem nicht sichtbaren Gegenpart zum Tanz vereinte.

Plötzlich stöhnte Marika auf. Sie warf den Kopf in den Nacken.

Die Musik wurde lauter. Eindringlicher. Der Rhythmus schneller. Marika schrie auf. Die Musik erstarb.

Im Publikum herrschte atemlose Stille. Alle waren fasziniert von dem Schauspiel auf der Bühne. Marika hielt sie fest in ihrem Bann. Sie wandte ihnen das Gesicht zu und lachte. Ihr rechter Arm hob sich, der ausgestreckte Zeigefinger deutete zur Hallendecke und alle Blicke folgten ihm.

Ein neuerlicher Trommelschlag rollte durch den Raum.

Und dann ergoss sich aus unzähligen Eimern, die verborgen an der Decke hingen, Farbe über Marika. Rot, Grün, Schwarz, Blau, Gelb und alle denkbaren Zwischentöne überschütteten den nackten Leib, der sich genussvoll in diesem Bad aus Licht und Farbe wand.

Von Marika war schließlich nichts mehr zu erkennen. Sie war zu einem fließenden Farbspiel geworden, das sich bei jeder Bewegung des Körpers veränderte. Die Farben versiegten. Die Künstlerin stand dem Publikum zugewandt. Die Füße eng beieinanderstehend, die Arme seitlich ausgestreckt, den Kopf in den Nacken gelegt, schien sie zu warten.

Dann ließ sich Marika nach hinten fallen, ohne ihre Haltung zu verändern und ohne zu versuchen, den Fall zu dämpfen. Für einen Moment war kaum noch etwas von ihr zu erkennen, dann bewegte sich plötzlich die ganze Bühne, hydraulische Pumpen hoben mit lautem Ächzen den hinteren Teil der Bühne an. Mit ihm wurde die Frau wieder sichtbar. Lara erkannte, dass die Bühne in Wahrheit eine gigantische Leinwand war.

Kurz darauf stand diese Leinwand senkrecht. Makelloses Weiß, dass nur in der Mitte durch Marikas farbigen Körper unterbrochen wurde.

Lara verstand nicht, warum die Leinwand nicht durch die herabfließende Farbe verschmiert worden war. Vielleicht war alles abgedeckt gewesen und erst kurz vor ihrem Fall hatte man die Schutzfolie weggezogen. Wahrscheinlich Caras Job, dachte Lara, denn was sonst hätte sie zu der Vorstellung beitragen können.

Der Scheinwerfer war mit Marika gewandert und umfasste sie jetzt in gleißendem Licht. Die Haltung der Frau erinnerte Lara an etwas, das sie nicht benennen konnte.

Wieder setzte Musik ein, aber dieses Mal war es eine einzelne Posaune, deren klagevoller Ton durch die Halle drang.

In dem Farbenmeer, das Marikas Gesicht darstellte, bewegte sich etwas und dann schlug sie die Augen auf.

Vorsichtig setzte sie einen Fuß nach vorn, dann löste sich der ganze Körper von der Leinwand und Marika trat einen Schritt zur Seite, damit alle das neu entstandene Gemälde sehen konnten.

In diesem Moment brauchte Lara nicht länger zu raten, woran sie das Bild erinnerte.

Marika hatte eine fast perfekte Wiedergabe der Kreuzigung Jesu erschaffen. Der Körper eines geschundenen Mannes hing am Kreuz, die Arme über den Querbalken gespannt, die Füße am Ende des senkrechten Balkens zusammengenagelt. Das müde Haupt mit der Dornenkrone auf die Brust gesenkt, die Augen geschlossen, schien der Gekreuzigte auf sein Ende zu warten, während unablässig Blut aus der Wunde an seiner Seite zu Boden floss.

In der Halle herrschte Stille. Niemand klatschte oder rührte sich. Marika stand schweigend da. Plötzlich erklang ein Surren und die Leinwand begann, sich langsam um einhundertachtzig Grad zu drehen. Als der Gekreuzigte auf dem Kopf stand, flossen die Farben nach unten und ein neues Bild entstand.

Dieses Mal formte sich daraus kein Mann.

Sondern eine Frau.

Und diese Frau war, trotz aller Abstraktion, eindeutig Marika.

Der Applaus war ohrenbetäubend und schien nicht enden zu wollen.

Arias und Sanael fühlten, wie Linas starb und ihre Seelen füllten sich mit Trauer. Aus dem Treppenhaus erklang ein

Rumpeln. Dann ein zorniges Brüllen. Sanael und Arias, der hinter ihm stand, wirbelten herum. Vor der Tür stand ein Feuerdämon, dessen hässlicher nackter Schädel bis fast zur Decke reichte. Berge von Muskeln bewegten sich unter lederartiger Haut, über die winzige Flammenzungen leckten, als er den Kopf einzog und mit einem markerschütternden Schrei auf sie zustapfte.

Die beiden Engel wichen langsam zurück. Der Wohnungsflur war zu eng, um nebeneinander zu kämpfen. Ihre Schwerter waren auf den Dämon gerichtet, der unerschrocken auf sie zuhielt. Dann blieb das Unwesen abrupt vor ihnen stehen.

»Dieser Tag wird für alle Zeiten ein heiliger Tag sein. Zwei Engel habe ich heute schon getötet und ihr werdet nun für mich diesen Tag vollkommen machen. Euer Tod wird meinen Namen vor allen Dämonen preisen.« Die Stimme des Dämons dröhnte in ihren Ohren. Der Hass, der darin lag, jagte ihnen wie ein loderndes Feuer entgegen.

Arias trat einen weiteren Schritt zurück. Sie standen in der Mitte eines Raumes, der einmal ein Wohnzimmer gewesen sein mochte, nun aber von Unrat übersät war. Verschlissene Möbel, aus denen die Polsterung hervorquoll, waren in einer Ecke gestapelt. Darüber lag ein Teppich, dessen ehemalige Farbe man noch nicht einmal mehr erahnen konnte.

In der ganzen Wohnung stank es nach verfaulenden Essensresten, aber auch nach Verwesung und Tod. Arias' Blick fiel auf ein langes Regal, das sich von einer Ecke des Raumes zur anderen spannte, auf dem unzählige Tierschädel ordentlich aufgereiht nebeneinanderstanden. Unter seinen Stiefeln knackten kleine Knochen, als seine Füße nach festem Stand suchten.

Sanael hielt das Schwert senkrecht über dem Kopf erhoben. Auf seinem Gesicht lag keinerlei Furcht. Im Gegenteil, er lächelte.

Arias nickte zufrieden. Er war froh, dass Sanael seine Zweifel abgelegt hatte und ihm zur Seite stand. Arias schwang sein Schwert in einem langsamen Bogen zurück, bis sich die Spitze der Waffe auf seiner Schulterhöhe befand.

»Wir sind alle in der Hand des Herrn. Was geschehen soll, wird geschehen«, sagte Arias. Er streckte die linke Hand auffordernd aus. »Und nun lass uns tanzen, Dämon.«

Gabriel ging allein durch die Stadt, als ein glühender Schmerz durch seinen Körper fuhr. In seiner Seele wurde der Name Linas geflüstert. Er krümmte sich vor Schmerz und Trauer zusammen. Das Fabrikgelände, in dem gerade die Performance stattfand, lag weit hinter ihm. Dafür war er dankbar. Ohne auf seine Umgebung zu achten, sank er auf die Knie. Das Gefühl des Verlustes war überwältigend. Für einen Moment schien es, als könne er nicht mehr atmen, dann stöhnte er laut.

Eine ältere Frau, die an der Haltestelle auf der gegenüberliegenden Seite der Straße auf den Bus wartete, blickte neugierig zu ihm herüber. Gabriel wurde bewusst, dass er zu viel Aufmerksamkeit auf sich zog. Er richtete sich mühsam auf. Gebeugt, das Kinn auf der Brust, stand er im Licht einer beleuchteten Reklamewand und weinte. Linas war tot.

Der Dämon machte einen Satz nach vorn. Beide Arme schwingend, schien er schwerelos geworden zu sein, als er zwischen Sanael und Arias landete und gleich darauf herumwirbelte. Seine mächtigen Pranken durchschnitten die Luft, aber Arias und Sanael wichen in einer Drehung zur Seite aus. Mor'aks Schädel ruckte herum. Er fixierte Sanael.

»Willst du kämpfen, Engel, oder weiter vor mir fliehen?«

Sanael lächelte. Sein Schwert vollführte einen perfekten Kreis und deutete schließlich auf den Dämon. Den anderen Arm hielt er weit nach hinten ausgestreckt. In diesem Augenblick war er der vollkommene Krieger. Eine Aura der Erhabenheit umgab ihn wie einen unsichtbaren Mantel.

Er glitt einen Schritt zurück und griff dann mit Schwung den Feuerdämon an. Seine Schwertspitze zuckte nach vorn, aber der Dämon sprang mit einem hastigen Satz zurück. Der riesige Körper krachte gegen die Wand. Putz rieselte von der Decke auf ihn herab. Amüsiert schüttelte er den Schädel. Auf den schuppigen Lippen lag ein trotziges Lächeln.

Arias und Sanael schwangen ihre Waffen fast gleichzeitig nach dem Dämon, aber Mor'ak stieß sich von der Wand ab und fuhr zwischen ihnen hindurch. Sanael wurde wie eine Puppe zur Seite geschleudert. Er stürzte über einen Sessel und blieb für einen Augenblick benommen liegen.

Der Dämon drehte sich blitzschnell herum. In seinen Augen standen Gier und Grausamkeit, als er die Hilflosigkeit seines Gegners bemerkte. Wilde Flammenzungen leckten über seine Haut. Ein tiefes Knurren entwich seiner Kehle und er sprang durch den Raum. Beide Arme weit ausgestreckt, die Krallen bereit, sich in Fleisch zu schlagen, jagte er auf Sanael zu, der sich gerade vom Boden erhob.

Der Engel versuchte noch, nach seinem auf dem Boden liegenden Schwert zu greifen, aber es war zu spät. Der Dämon war bereits über ihm.

33.

Gabriel torkelte wie ein Betrunkener die Straße entlang. Jegliche Kraft war aus seinem Körper gewichen. Er versuchte, das Gleichgewicht zu halten, aber immer wieder knickte ein Bein unter ihm weg. Dann stolperte er nach Halt suchend vorwärts. Seine Hand fand schließlich den Maschendraht eines Gartenzaunes. Mit letzter verbliebener Kraft zog er sich vorwärts.

Linas war tot. Und der Schmerz seiner Auslöschung tobte durch Gabriels Körper. Tot. Tot. Tot.

Mein Bruder ist von mir gegangen.

Die Trauer übermannte ihn und er sank erschöpft zu Boden.

Er spürte den harten Asphalt nicht. Er fühlte auch nicht die Feuchtigkeit, die seine Kleidung durchdrang. Auf dem Rücken liegend, die Arme seitlich ausgestreckt, lag er in der Dunkelheit. Er wollte beten, aber die vertrauten Worte fanden den Weg zu seinen Lippen nicht.

Gabriel schloss die Augen.

»Was machst du da?«, fragte eine helle Stimme. »Bist du krank?«

Der Engel schlug die Augen auf. Er sah in das unschuldige Gesicht eines kleinen Mädchens, das neugierig auf ihn herabblickte. Ihr blondes Haar leuchtete golden im Schein der Straßenlaterne. Ein mitfühlendes Lächeln spielte um ihre Mundwinkel.

»Mama, ich glaube, der Mann ist krank.«

Gabriel wandte den Kopf. Eine vielleicht dreißig Jahre alte Frau stand neben dem Kind und hielt die kleine Hand fest. Auch in ihrer Miene stand keine Angst, sondern Anteilnahme.

»Geht es Ihnen nicht gut?«, fragte sie mit besorgter Stimme.

Gabriel versuchte sich an einem Lächeln, aber er fühlte, dass sich nur sein Gesicht verzog.

»Wenn Sie mir vielleicht aufhelfen könnten«, sagte er leise.

Die junge Frau streckte ihm ihre Hand entgegen, auch das kleine Mädchen griff nach ihm. Dankbar nahm Gabriel das Geschenk an.

Als er die Frau und das Kind berührte, kehrte seine Kraft zurück. Das Gute in ihnen, die selbstlose Anteilnahme am Schicksal eines anderen, gab ihm neue Energie.

Als er schließlich aufrecht vor ihnen stand, sah er sie lange an. »Ich danke euch.«

»Bist du gefallen?«, fragte das Mädchen, das wieder nach der Hand seiner Mutter griff.

Gabriel lächelte. »Ich nicht, aber andere und dieser Sturz schmerzt noch immer.«

»Das verstehe ich nicht«, entgegnete das Kind.

Der Engel fuhr mit seiner Hand durch ihr Haar. »Das musst du auch nicht.«

Die Frau starrte ihn sprachlos an.

Gabriel legte ihr einen Finger auf die Stirn. Ein leuchtendes Licht entwich der Fingerspitze, drang in den Körper der Frau und durch sie auch in das Mädchen.

»Ihr sollt gesegnet sein.«

Dann wandte er sich um und ging rasch davon. Nach wenigen Metern drehte er sich noch einmal um. Die beiden

Menschen standen reglos nebeneinander, aber dieser Moment würde gleich vergehen.

Er wusste, dass sich Mutter und Kind schon jetzt nicht mehr an ihn erinnerten.

Arias' Schwert flog wie ein Pfeil durch das Zimmer und fuhr tief in Mor'aks Rücken, als der Dämon seine Klauen nach Sanael ausstreckte, um ihn zu töten. Mit einem Jaulen wirbelte der Dämon herum. Seine Hand griff nach dem Auslöser des brennenden Schmerzes, aber er bekam die Waffe nicht zu fassen.

Rasend vor Zorn brüllte er auf. Seine geschlitzten Pupillen zuckten wild, während seine Pranken sich ohnmächtig öffneten und schlossen.

»Engel«, dröhnte seine Stimme. »Ich werde dich zerfetzen. Das schwöre ich bei den neun Pforten der Hölle.«

Hinter ihm richtete sich Sanael auf. Er umfasste den Griff des Schwertes in Mor'aks Rücken und zog es in einer einzigen fließenden Bewegung heraus.

Der Dämon stolperte einen Schritt nach vorn. Erneut brüllte er vor Wut. Sanael warf das Schwert quer durch das Zimmer zu Arias, der die Waffe geschickt auffing.

Beide Engel machten einen Schritt auf den Dämon zu. Ihre Körper vollführten synchron eine elegante Drehung und goldene Klingen bohrten sich von beiden Seiten tief in Mor'aks Hals. Die Augen des Dämons weiteten sich entsetzt. Seine Fäuste öffneten und schlossen sich, ohne etwas zu greifen, das er zerreißen konnte. In einem Ächzen entwich seinen Lippen ein Schwall stinkender Atem.

Arias und Sanael zogen ihre Schwerter aus dem Körper, der wie ein stürzender Baum nach vorne fiel. Kurz darauf schoss eine Flammenzunge aus Mor'aks Leib und verkündete sein Ende.

»Wir müssen weiter«, sagte Arias. »Komm.«

Gemeinsam rannten sie die Treppe hinauf. Es ging nicht mehr darum, den Gegner zu überraschen, denn der Feind war längst gewarnt.

Als sie den obersten Treppenabsatz erreichten, sahen sie, dass der Kampf bereits im Gange war. Die beiden anderen Engel waren über die Dachfenster ins Haus eingedrungen und hatten die Dämonen überrascht. Als diese versuchten, vor den blitzenden Klingen in den Hausgang zu fliehen, traten ihnen Sanael und Arias entgegen.

Der Kampf war kurz und heftig.

Danach gab es keine Dämonen mehr in diesem Haus.

34.

Als der Applaus schließlich abebbte, stand Lara noch immer wie betäubt da. Noch nie zuvor hatte sie etwas Derartiges gesehen. Noch immer erfüllte Marikas Sinnlichkeit die Halle wie ein schwerer Duft, obwohl sie die Bühne längst verlassen hatte. Die Musik setzte wieder ein, aber dieses Mal war es eine ruhige Melodie, die nur leise im Hintergrund erklang.

Der schwarze Vorhang war inzwischen herabgesunken und verbarg das von der Künstlerin geschaffene Gemälde. Ein Bild, das durch den Einsatz eines Körpers gemalt worden war. Eigentlich waren es zwei Bilder gewesen, denn das eine war aus dem anderen heraus entstanden.

Die Symbolik der beiden Abbildungen konnte Lara nicht vollständig begreifen, aber sie spürte, dass sich dahinter eine tiefe Botschaft verbarg. Etwas Geheimnisvolles. Etwas Altes. Eine unbändige Sehnsucht.

Damian stand neben ihr. Bisher hatte er kein Wort gesagt. Nun wandte er Lara den Kopf zu. Er sah sie neugierig an. Sie las die Frage in seinen Augen und sagte: »Es war unglaublich. Du hast nicht zu viel versprochen.«

»Es freut mich, dass es dir gefallen hat.«

»Mehr als das.« Lara fühlte sich noch immer wie betäubt, als würde sie gerade aus einer anderen Realität auftauchen. »Es war so . . .« Hilflos suchte sie nach den richtigen Worten.

»Intensiv?«, kam er ihr zu Hilfe.

»Ja. Intensiv.«

»So ist Marika. Die außergewöhnlichste Frau, der ich jemals begegnet bin.«

Die Bemerkung versetzte Lara einen Stich. Wenn sie doch nur auch außergewöhnlich wäre, dachte sie. Aber wie konnte sie sich mit jemandem wie Marika vergleichen oder messen?

Gar nicht, flüsterte ihr eine innere Stimme zu. *Neben den Marikas dieser Welt wirst du niemals bestehen können. Finde dich damit ab.*

Sie hatte die Hoffnung gehabt, dass sich Damian für sie interessierte, aber nachdem sie gesehen hatte, mit welchen ungewöhnlichen Frauen er Kontakt hatte, konnte sie sich das kaum noch vorstellen. Der Gedanke machte sie wütend.

Damian *hatte* ihr das Gefühl gegeben, etwas Besonderes zu sein. War das alles nur gespielt gewesen?

Sie betrachtete ihn heimlich aus dem Augenwinkel, beobachtete, wie sein Blick über die Menge glitt, wie er jemandem zunickte. Er war so schön, wirkte so selbstbewusst und schien vollkommen in sich selbst zu ruhen. Seiner Anziehungskraft konnte Lara sich einfach nicht widersetzen – und das ging ganz bestimmt nicht nur ihr so, das konnte wahrscheinlich keine Frau.

Was will er bloß von mir? Will er überhaupt etwas von mir? Oder spielt er nur ein grausames Spiel?

Unwillkürlich erinnerte Lara sich an den seltsamen Traum, den sie gehabt hatte. An Damian. Sein grausames Lächeln, als er gesagt hatte: *»Du gehörst mir. Mir allein.«*

Barg dieser Traum vielleicht eine Wahrheit, die sie in ihrer Verliebtheit nicht erkennen wollte? War sie für Damian nur eine weitere Eroberung? Oder lag es an ihr und sie hatte sich nach der Geschichte mit Ben einfach in etwas hineingesteigert und sah überall Gespenster?

Je länger sie sich mit diesen Fragen beschäftigte, desto wütender wurde sie. Ihre Wangen glühten vor Zorn und mit jeder Sekunde, die verging, glaubte sie der inneren Stimme immer mehr, die unablässig flüsterte: *Du bist nicht interessant genug für ihn.*

Inzwischen fiel ihr das Atmen schwer. Die Wut schnürte ihr den Hals zu.

Du bist nicht interessant genug für ihn.

Monoton, immer und immer wieder echote dieser Satz durch ihren Kopf.

Plötzlich schrak sie auf. Damian hatte etwas zu ihr gesagt, aber sie hatte nicht verstanden, was. Ihr Kopf ruckte hoch. Sie musste trocken schlucken. Vor ihr stand Marika. Sie war frisch geduscht und trug eine lange schwarze Lederhose, High Heels und einen schlichten schwarzen BH, der ihre vollkommenen Brüste deutlich hervorhob. Die langen Haare fielen locker auf die bloßen Schultern herab. Lara entdeckte ein winziges Tattoo, ein unbekanntes Symbol, am Halsansatz.

Marika stand neben Damian. Eine Hand hatte sie besitzergreifend auf seine Schulter gelegt. Die rot geschminkten Lippen waren zu einem Lächeln verzogen. Katzengrüne Augen blickten Lara neugierig an. Ein starker weiblicher Geruch strömte von ihr aus, ließ Lara schwindlig werden.

Wie aus weiter Ferne hörte sie Damians Stimme, aber sie verstand die Worte nicht, die er sprach. Ihre Augenlider fühlten sich plötzlich so schwer an. Irgendetwas geschah mit ihr.

Die roten Lippen der Frau formten sich zu Worten, die an

Lara vorbeiglitten. Ihr wurde bewusst, dass sie jeden Augenblick ohnmächtig werden konnte.

Eine Hand mit zarten, perfekten Fingern wurde nach ihr ausgestreckt. Als sie Lara berührten, verflog jede Schwäche. Flammende Wut raste durch ihren Körper. Sie schüttelte den Kopf. Was war bloß los mit ihr?

Aber alles spielte sich in ihr selbst ab, niemand anderes schien etwas zu bemerken, denn Marika beugte sich zu Damian hinüber und küsste ihn auf die Wange.

Neben Damian tauchte Cara auf. Während Marika noch Damian küsste, umarmte auch sie ihn. Flüsterte ihm etwas ins Ohr. Marika musste die Worte gehört haben, denn sie löste sich von Damian und alle drei lachten auf.

Sie lachen über dich, wisperte die heisere Stimme der Eifersucht Lara zu. *Sie amüsieren sich über dich.*

Nein, schrie Lara innerlich auf. Das dürfen sie nicht.

Damian schien jetzt zu bemerken, dass etwas nicht mit ihr stimmte. Er schob Marika zur Seite und trat einen Schritt auf sie zu.

»Was ist mir dir?«, fragte er scheinbar besorgt.

Lara biss die Zähne zusammen, bis es knirschte.

Gleich wird er wieder so tun, als wärst du die Königin des Abends, flüsterte die Stimme. *Aber die Nacht wird er mit ihnen verbringen.*

»Ist irgendetwas?«, fragte er erneut.

Lara lächelte boshaft. »Ja«, sagte sie mit zusammengebissenen Zähnen. »Das!«

Dann schlug sie zu.

Ihre flache Hand klatschte in sein Gesicht und hinterließ ein feuerrotes Mal auf seiner Wange. Lara sah, wie Marika erschrocken die Luft einsog, aber sie rührte sich nicht. Die Unterhaltungen um sie herum stockten plötzlich. Neugierig wandten die Leute sich dem Geschehen zu. Alle schienen den Atem anzuhalten und gespannt darauf zu warten, was jetzt geschehen würde.

Damian selbst wirkte ganz ruhig. Fast schien es, als habe er eine derartige Reaktion von ihr erwartet. Als Lara in seine blaugrauen Augen sah, wurde ihr bewusst, was sie gerade getan hatte.

Sie hatte den Mann geschlagen, der sein Leben riskiert hatte, um sie vor einer Vergewaltigung zu bewahren. Sie hatte ihn vor all seinen Freunden und Bekannten geohrfeigt.

Und warum?

Aus Eifersucht. Aus dem Gefühl heraus, für ungenügend befunden werden zu können.

Dabei hatte er ihr nie etwas versprochen. Nie angedeutet, dass zwischen ihnen mehr als Freundschaft sein könnte.

Er hatte sie hierher gebracht, damit sie an einem außergewöhnlichen Erlebnis teilhaben konnte. Und wie hatte sie es ihm gedankt?

Sie hatte ihn geschlagen. Vor den Augen seiner Freunde. Als hätte irgendetwas in ihr die Macht übernommen. Etwas Unbändiges. Etwas Glühendes.

»Es ... tut ... mir ... so ... leid«, brach es aus ihr hervor.

Dann floh sie.

Hinaus in die Nacht.

35.

Lara rannte. Ohne sich umzusehen. Durch die Dunkelheit. Ihr Atem keuchte. Der Herzschlag dröhnte in ihren Ohren, aber sie hielt nicht an, verlangsamte ihren Schritt nicht.

Bloß weg.

Was hatte sie getan?

Wie konnte sie sich nur so gehen lassen?

Ich habe ihn geschlagen. Oh Gott, lass das nicht wahr sein.

Aber es war so.

Seit sie in Berlin war, geschahen Dinge mit ihr, die sie nicht verstand. Alles veränderte sich und sie sich selbst am meisten. Manchmal hatte Lara das Gefühl, nur noch ein stiller Beobachter in ihrem eigenen Körper zu sein. Und sie schien dazu verdammt zu beobachten, wie jemand anderes die Kontrolle übernahm.

Eine andere Lara.

Eine Lara, die sie nicht kannte. Die sie nicht sein wollte.

Das Klatschen ihrer Schuhsohlen auf dem Asphalt war das einzige Geräusch, das sie begleitete. Es war eine trostlose Gegend, mit wenigen flachen Gebäuden auf großen Grundstücken, die allesamt von verblassten Firmenschildern verziert wurden. Autovermietungen, Transportunternehmen und Werkstätten wechselten einander ab.

Als Lara an einer Spedition vorbeikam, stürzte ein Hund aus den Schatten hervor. Es war ein großes starkes Tier.

Ein Rottweiler.

Sein Bellen klang dumpf und bedrohlich, aber der Maschendrahtzaun verhinderte zum Glück, dass er sich auf sie stürzte. Als Lara weiterrannte, folgte ihr der Hund auf der anderen Seite des Zaunes. Die gelben Augen fest auf sie gerichtet, das gefährliche Gebiss entblößt, knurrte er wild, während der Geifer den schwarzen Hals hinunterlief. Als das Grundstück endete, erwartete Lara, dass der Hund stehen blieb und ihr nachbellte, aber das Tier bog, ohne langsamer zu werden, nach rechts ab und jagte weiter den Zaun entlang.

Lara lief noch ein Stück weiter, dann blieb sie stehen. Erleichtert ließ sie den angehaltenen Atem ausströmen. Gott sei Dank war der Hund weg. Der Rottweiler hatte ihr eine Heidenangst eingejagt, wie sie an ihrem stark pochenden Herzen merkte.

Sie wandte sich um und blickte zurück zum Grundstück. Wo war das blöde Vieh? Wo war dieser Scheißköter hingelaufen? Warum stand er nicht an der Ecke und bellte sich frustriert die Seele aus dem Leib?

Ein furchtbarer Verdacht keimte in Lara auf. Was, wenn der Hund einen Weg hinaus kannte? Vielleicht lief er gerade zu einer Stelle am Zaun, die schlecht gesichert war. Einer Stelle, an der er sich unter dem Zaun durchquetschen konnte oder an der der Maschendraht so niedrig war, dass es kein Problem war, darüber hinwegzuspringen.

Ihr Blick jagte die Straße zurück.

Und dann sah sie ihn.

Einen dunklen Schatten, der schnell näher kam.

Damian schaute noch immer zum Tor der Halle. Als Lara ihn geschlagen und sich anschließend durch die Fabrikhalle nach draußen davongemacht hatte, war er zu überrascht gewesen, um zu reagieren. Es war nicht die Tatsache, dass Lara zu einer solch überzogenen Reaktion fähig war, die ihn erstarren ließ. Vielmehr beunruhigte ihn die Art des brennenden Schmerzes, der über seine Wange zog. Als hätte die feurige Hand eines Dämons seine Haut berührt.

Die Veränderung hatte begonnen. Unverkennbar.

Schließlich waren es Marikas Worte, die ihn aus seinen düsteren Gedanken rissen.

»Ich glaube, deine kleine Freundin hat ein Problem mit mir.«

Sie grinste, während Cara herantrat und sich an sie schmiegte.

»Sie macht gerade einiges durch«, erwiderte Damian tonlos.

»Hast du dich nicht intensiv genug um das kleine Ding gekümmert?« Marikas belustigter Blick ruhte herausfordernd auf Damian.

Seine Augen nahm einen harten Ausdruck an. Er beugte sich so weit vor, dass sich ihre Gesichter fast berührten. »Du tust, was ich dir sage, und wenn ich deine Meinung hören möchte, werde ich danach fragen.« Sein Atem strich über ihre Wangen. »Und wenn du noch einmal respektlos zu mir bist, werde ich dich und . . .«, er deutete auf Cara, ». . . dieses Nichts hier in Asche verwandeln.«

Dann ging er zur Halle hinaus.

Lara stand wie erstarrt da, während der Hund auf sie zujagte. Sie hörte das heisere Hecheln des Tieres.

Das Vieh würde sie angreifen, ihr wahrscheinlich die Kehle zerfetzen, aber was sollte sie jetzt noch tun?

Weglaufen konnte sie nicht, dafür war der Hund zu

schnell und sie wollte auch nicht von hinten angefallen werden.

Langsam wandte sie sich um. Sie wurde ruhig. Etwas schien erneut die Kontrolle über sie zu übernehmen. Der schwarze Schatten jagte auf sie zu. Gleich würde er über sie herfallen. Er würde sie schwer verletzen. Vielleicht sogar töten.

Das durfte sie nicht zulassen.

Der Hund hatte sie fast erreicht. Dann sah sie, wie sich der Körper des Tieres zum Sprung spannte.

Lara schloss die Augen. Sie streckte ihren rechten Arm aus, den Zeigefinger befehlend auf das Tier gerichtet.

Ohne dass es ihr bewusst war, verließen seltsame Worte ihre Lippen.

Dann schrie sie.

In einer fremden Sprache.

Der Rottweiler jaulte schmerzerfüllt auf. Pfotengetrappel erklang. Krallen, die hektisch über den Asphalt kratzten.

Als Lara die Augen wieder öffnete, war der Hund verschwunden.

36.

Gabriel sah dem Mädchen hinterher, wie es durch die Nacht ging. Er hatte im Schatten eines Gebäudes das Geschehen verfolgt und beobachtet, wie der Angriff des Hundes abgewehrt worden war, ohne dass er hätte sagen können, wie Lara das gelungen war. In einem Moment war der Hund noch eine geifernde Bestie gewesen, nur um im nächsten Augenblick verängstigt und schmerzgepeinigt die Flucht anzutreten.

Dieses Mädchen war zweifellos etwas Besonderes. Er spürte, dass von ihr eine sonderbare Macht ausging.

In ihm drängte alles danach, ihr hinterherzugehen, mit ihr zu sprechen, aber eine innere Stimme zwang ihn zur Ruhe. Er fühlte, dass der Moment zu handeln noch nicht gekommen war.

Heute Abend war er Damian gegenübergetreten. Unter den Augen seiner Feinde war er zu ihm gegangen und hatte ihn durch sein Auftauchen wissen lassen, dass die Krieger des Lichts bereit waren, den Kampf anzunehmen. Lara war ein Machtfaktor in diesem großen Krieg, auch wenn er nicht wusste, weshalb die dunklen Engel sich für sie interessierten. Aber sie war auch ein Mensch, den es zu beschützen galt.

Lara ging nun langsamer. Ein unangenehmer Nieselregen hatte eingesetzt. Sie zog die Jacke enger um sich, aber es half nichts, schon jetzt war sie vollkommen durchnässt und fror. Als sie sich mit dem Handrücken über die Augen wischte, blieben schwarze Spuren ihres Kajals darauf zurück.

Ich sehe bestimmt toll aus. Na, eigentlich auch egal, es ist sowieso niemand da, um mich anzuschauen.

Es musste bereits weit nach Mitternacht sein, denn obwohl sie nun einen bewohnten Stadtteil erreicht hatte, begegneten ihr keine Menschen und nur wenige Autos waren unterwegs. Die meisten Fenster waren dunkel. Die Menschen schliefen, während sie durch die Nacht stolperte und sich fragte, wo zum Teufel sie eigentlich war und wie sie jetzt nach Hause kommen sollte.

Die Szene mit dem Hund erschien Lara wie ein Traum. Als hätte alles nur in ihren Gedanken stattgefunden. Stattdessen drängten sich ihr immer wieder die Gesichter von Marika und Cara auf. Wie sie beide dagestanden hatten. Eng an Damian geschmiegt. Und dann hatte sie plötzlich den Abdruck ihrer Hand auf Damians Wange vor Augen.

Wie konnte ich nur, wie konnte ich nur, wie konnte ich nur?

Hinter ihr erklang der Motor eines Fahrzeugs. Das Auto fuhr langsam an ihr vorbei, dann flammten die Bremslichter auf. Lara beachtete es nicht. Den Kopf gegen den Regen gesenkt, setzte sie einen Schritt vor den anderen.

Wie konnte ich nur?

Eine Autotür wurde geöffnet und wieder zugeschlagen. Dann kamen Schritte auf sie zu. Lara hob nun doch den Blick.

Vor ihr stand Damian. Er sah sie an. Lara senkte beschämt ihr Haupt.

»Ich habe dich gesucht.«

Es klang, als meinte er nicht nur die vergangene Stunde, seit sie weggelaufen war.

»Und ich habe dich gefunden.«

Ihre Kehle zitterte. Ein Schluchzen entrang sich ihren Lippen. Die schmalen Hände verkrampften sich zu Fäusten der Scham.

»Ich ... wollte ... das ... nicht.« Die Worte kamen ihr so unendlich schwer über die Lippen.

»Ich weiß«, meinte er schlicht.

Lara hob den Blick und sah in diese ungewöhnlichen grauen Augen, in denen sie sich so gern verlieren würde.

»Kannst du mir verzeihen?«

»Es gibt nichts zu verzeihen.«

Ihr Arm hob sich unendlich langsam, eine Hand wurde ausgestreckt, dann strich sie sanft über die Stelle seines Gesichtes, an der ihr Schlag ihn getroffen hatte.

Damian rührte sich nicht. Er rührte sich auch nicht, als sie auf ihn zutrat und ihr Gesicht dem seinen vorsichtig näherte. Er bewegte sich nicht, als sich Laras Lippen öffneten und sie Zentimeter um Zentimeter näher kamen, so als wollte ihm Lara die Gelegenheit geben, dem auszuweichen, was unvermeidlich war.

Wie der Flügelschlag eines Schmetterlings berührten ihre Lippen die seinen. Weich und voll waren diese Lippen und Lara spürte, wie ihr Herz gegen ihre Brust hämmerte, als sie sich ganz diesem wundervollen Gefühl hingab.

Damians Arme schlossen sich um ihren zitternden Körper. Laras Atem fühlte sich heiß in seinem Nacken an. Er spürte ihre Leidenschaft, ihr Verlangen nach ihm.

Und plötzlich löste sie sich von ihm.

Trat zurück und blickte ihn an. Ihr keuchender Atem erzeugte kleine weiße Dampfwolken in der kalten Nachtluft.

»Lass uns gehen«, sagte sie leise.

Er nickte nur. Er fühlte sich wie benommen. Ein Gefühl, das er noch nie gekannt hatte, durchströmte seinen Körper. Er wusste, dass es falsch war. Und doch konnte er sich nicht dagegen wehren. Damian streckte eine Hand nach Lara aus und zog sie erneut an sich. Lara drückte ihren Kopf gegen seine Schulter und er fuhr ihr durch das nasse Haar.

»Ja, lass uns gehen«, flüsterte er und ein schneidender Schmerz durchzuckte seinen Brustkorb.

Mit offenen Augen rannte er in sein Verderben.

Und zog Lara mit sich.

Als der Opel vor dem Haus ihrer Großeltern zum Stehen kam und Damian den Motor ausschaltete, wagte Lara, Damian auf eine Sache anzusprechen, die ihr nicht mehr aus dem Kopf gegangen war, seit sie die Fabrik verlassen hatte.

»Damian?«

»Ja?«

»Ich glaube, Marika steht auf dich.«

Er drehte seinen Oberkörper ein Stück, sodass er ihr in die Augen sehen konnte. »Das bestimmt nicht.«

»Wie kannst du dir da so sicher sein?«

»Cara.«

»Was hat Cara damit zu tun?«

»Die zwei sind ein Paar.«

Lara schnappte nach Luft. »Du meinst . . .«

»Ja.«

Verwirrt schüttelte Lara den Kopf. »Ich hätte schwören können . . .«

»Was?«

»Dass sie dich liebt.«

Er lachte laut auf. »Das will ich doch schwer hoffen.«

Bevor sie entrüstet aufbrausen konnte, fügte er hinzu: »Sie ist meine Schwester.«

Lara war vollkommen verblüfft. Mit allem hatte sie gerechnet, aber nicht damit. Dabei hatte ihr Damian am See davon erzählt, dass er eine ältere Schwester hatte, und jetzt, wo sie darüber nachdachte, fiel ihr auch die Ähnlichkeit zwischen den beiden auf. Beide hatten schwarze Haare, wie die Federn eines Raben, und ein schmales Gesicht mit hohen Wangenknochen. Marikas Augen waren zwar grün, hatten aber die gleiche Intensität wie Damians. Und beide verfügten über eine starke Anziehungskraft, der man sich kaum entziehen konnte.

Warum war sie bloß nicht selbst darauf gekommen?

»Du hast gesagt, sie wäre eine Freundin«, meinte Lara vorwurfsvoll.

»Ja, aber ich habe auch gesagt, dass ich möchte, dass du ihr unvoreingenommen gegenübertrittst. Das wäre nicht der Fall gewesen, wenn du gewusst hättest, dass sie meine Schwester ist.«

»Ja, wahrscheinlich hast du recht.«

»Zufrieden?«, fragte er.

»Beschämt«, antwortete Lara.

Er zog sie an sich und küsste sie. »Du kannst alles wiedergutmachen.«

Lara gab ihm einen Kuss auf die Nasenspitze. »Das werde ich.« Dann öffnete sie die Wagentür und verschwand in der Dunkelheit.

Trotzdem hörte er noch einmal ihre Stimme. Ihr glückliches, befreites Lachen.

»Das werde ich.«

37.

Der Tag begann mit einem goldenen Lächeln und Sonnenstrahlen, die in Laras Zimmer fielen. Als sie die Augen aufschlug, war sie glücklich.

Damian empfand wie sie.

Das Leben war schön.

Schwungvoll schlug sie die Bettdecke zurück und tapste auf nackten Füßen ins Badezimmer. Nun ja, der Abend hatte ein paar dunkle Augenringe hinterlassen, aber das würde sich im Lauf des Tages geben.

Lara bürstete ihr Haar durch, legte etwas Wimperntusche und ein leichtes Make-up auf. Schon besser. Sie warf ihrem Spiegelbild eine Kusshand zu und ging dann in die Küche hinunter.

Ihre Großmutter stand am Herd und machte Rührei mit Speck für sie. Ein stechender Schmerz durchfuhr sie, als sie an das Gespräch mit ihrem Großvater dachte, doch Lara wollte sich nichts anmerken lassen und warf ihrer Oma ein fröhliches Lächeln zu.

»Ich habe dich schon gehört, als du eben im Bad warst«, erklärte Martha. »Und nachdem du letzte Nacht spät heimgekommen bist . . .« Sie hob lächelnd die Hand, als Lara ihr einen unsicheren Blick zuwarf. »Wie spät es war, möchte ich gar nicht wissen. Aber ich kann mir gut vorstellen, dass du Hunger hast.«

Der Geruch des Essens strömte ihr entgegen und Lara bemerkte, dass sie tatsächlich wahnsinnig hungrig war. Sie trat zu ihrer Großmutter und drückte ihr einen Kuss auf die Wange. »Danke, das ist genau das, was ich jetzt brauche.«

Martha sah sie ruhig an. »Ich wollte mich noch bei dir entschuldigen, Lara.« Sie zögerte, sprach dann aber entschlossen weiter. »Ich hätte nicht so streng sein sollen.«

»Mir tut es auch leid, Oma. Ich war ungerecht zu dir.«

»Ich glaube, ich hatte es verdient. Und jetzt lass uns frühstücken!«

Martha trug die Pfanne zum Tisch und schob eine große Portion dampfendes Rührei auf Laras Teller. Sie selbst nahm sich nur wenig davon.

Hungrig machte sich Lara über das Essen her. Nur wenig später war der Teller leer.

»Willst du noch etwas?«

»Nein, danke, aber es hat toll geschmeckt. Isst du gar nichts?«, fragte Lara und deutete auf den unberührten Teller ihrer Großmutter.

»Ich habe schon mit deinem Großvater gefrühstückt, bevor er aus dem Haus ging«, erklärte sie, aber Lara hatte den Verdacht, dass sie log und nicht zugeben wollte, dass ihr die Krankheit den Appetit genommen hatte. Sie überlegte, wie sie das Thema ansprechen konnte. Noch während sie nach den passenden Worten suchte, nahm ihre Großmutter ihr die Entscheidung ab.

»Lara?«

»Ja, Oma?«

»Max hat mir gesagt, dass er mit dir über meine Krankheit gesprochen hat.«

Lara schluckte schwer. Ihr Blick senkte sich auf den Teller.

»Schau mich an.«

Lara hob den Kopf und nickte. »Ja, Opa hat es mir erzählt.«

»Gut. Das ist in Ordnung so, aber ich denke, wir sollten darüber reden.«

»Okay.«

»Ich will dir nichts vormachen, Lara. Krebs ist eine ernste Erkrankung, aber so schlimm, wie dein Großvater es dargestellt hat, ist es nun auch wieder nicht.«

»Opa hat gesagt . . . er hat gesagt . . .« Weiter kam sie nicht. Die Worte wollten ihren Mund nicht verlassen. Sie konnte es nicht aussprechen.

»Dass ich bald sterben muss?«

»Ja.«

»Das wissen weder die Ärzte noch dein Großvater.« Stolz trat in ihre Augen. Kampfgeist.

Lara bewunderte sie dafür.

»Ich bin nicht bereit, so schnell aufzugeben. Zwar glaube auch ich nicht an ein Wunder, aber man wird sehen, wie viel Zeit mir bleibt.«

Die alte Dame erhob sich entschlossen. Mit fahrigen Händen strich sie die Schürze glatt. »So, jetzt wird es aber Zeit. Du weißt, heute ist der Geburtstag deines Großvaters und wir erwarten Gäste. Ich muss noch einiges vorbereiten.«

»Kann ich dir helfen?«

»Nein, danke, Lara. Ich schaff das schon.« Sie blickte auf die Küchenuhr. »Oh, schon so spät. Ich muss zum Cateringservice und noch ein paar Sachen mit den Leuten dort besprechen.« Während sie den Knoten der Küchenschürze löste, fragte sie ihre Enkeltochter: »Und was hast du bis heute Abend vor?«

»Ich weiß noch nicht.«

»Triffst du Damian?«

»Nein, er hat Vorlesungen, aber er kommt heute Abend kurz vorbei, um für Großvater ein Geschenk abzugeben.«

»Lade ihn doch ein. Sag ihm, er soll zur Party kommen.«

»Ehrlich?«, fragte Lara, die schon enttäuscht gewesen war, dass sie heute nichts miteinander unternehmen konnten.

»Ja, er ist immer willkommen. Dein Großvater mag ihn. Wahrscheinlich erinnert ihn Damian an sich selbst in diesem Alter.«

»Das wäre toll.« Lara strahlte.

Martha sah sie nachdenklich an. »So schlimm ist es?«

»Ja, Oma. So schlimm«, grinste Lara. »Ich bin verliebt.«

Rachel Winter saß in ihrem Büro und starrte in Gedanken versunken auf den Monitor ihres Computers, ohne wahrzunehmen, dass der Bildschirmschoner sich eingeschaltet hatte und anstatt einer Excel-Tabelle nun die künstlichen Fische eines virtuellen Aquariums zu sehen waren.

Sie dachte an Lara. An das Telefonat mit ihr, aber auch an das Gespräch mit ihrem Vater. Es hatte sie eigenartig berührt, seine Stimme nach so langer Zeit zu hören.

Sie hatte Lara die Wahrheit über Michael und die Ereignisse in jener Nacht gesagt. Ihr von den schweren Vorwürfen ihrer Eltern berichtet, aber nicht davon gesprochen, dass sie sich von den eigenen Eltern manipuliert gefühlt hatte.

Ihr Vater hatte Michael mit nach Hause gebracht, die Weichen für das gestellt, was kommen sollte. Aber nicht nur das, beide Eltern hatten ihr immer wieder gut zugeredet und darüber gesprochen, was für ein schönes Paar sie waren. Und sie hatte ihnen geglaubt. Sich in Michael verliebt und die Wahrheit erst erkannt, als es zu spät war.

Sie wusste nicht, warum oder weshalb, aber sie hatte sich benutzt gefühlt, von ihm und von ihren Eltern.

Und nun spürte sie, dass etwas mit Lara geschah. Wieder war ein junger Mann im Spiel, der auf perfide Weise in irgendeiner Beziehung zu ihrem Vater zu stehen schien.

Was kann ich tun?

Wie kann ich Lara schützen?

Sicher, sie konnte nach Berlin fliegen, ihre Tochter aus dem Haus zerren und zurück nach Rottenbach bringen – aber würde ihr das Lara jemals verzeihen? Würde sie überhaupt mit ihr kommen? Lara wurde bald achtzehn. Sie war kein kleines Kind mehr, das man an den Ohren hinter sich herziehen oder mit der Drohung von Fernsehentzug bestrafen konnte.

Lara war verliebt, das hatte Rachel deutlich aus ihren Worten herausgehört, obwohl sie es nicht gesagt hatte.

Betrübt schüttelte sie den Kopf, als ihr bewusst wurde, dass sie rein gar nichts tun konnte. Lara würde in wenigen Tagen zurückkommen und bis dahin hieß es, sich auf die Lippen zu beißen, damit sie nicht nach dem Telefonhörer griff, anrief und ins Telefon schrie: »Bitte komm nach Hause. Ich habe Angst um dich.«

Wahrscheinlich machten das alle Eltern irgendwann einmal durch. Sie wussten oder spürten, dass etwas nicht gut für ihr Kind war, und mussten es dennoch geschehen lassen. Lara musste ihre eigenen Erfahrungen, ihre eigenen Fehler machen und ihr als Mutter blieb nichts als die Hoffnung, dass es keine Fehler waren, von denen es kein Zurück mehr gab.

38.

Der *3. Kreis der Hölle*

Die Halle hatte Ausmaße, die jede Vorstellungskraft überstiegen. Aus schwarzem Fels geschlagen, schien sich ihre Kuppel bis in den dunklen Himmel zu erstrecken.

Gigantische Säulen, jede so stark, dass einhundert ausgewachsene Männer sich an den Händen fassen mussten, um sie zu umschließen, stützten das Gebilde.

Der Boden dieses monströsen Bauwerks bestand aus Schieferplatten, in die dämonische Symbole geritzt worden waren. Flackernde Fackeln warfen zuckendes Licht, als Baalaeth, der Anführer von Satans Legionen, darüber hinwegschritt. Er hätte nicht gehen müssen, denn seine magischen Fähigkeiten verlangten es nicht. Er konnte erscheinen, wann und wo es ihm beliebte, aber er nutzte die Zeitspanne, die es dauerte, den Palast zu durchqueren, um seine Gedanken zu ordnen und das Ungeheuerliche zu verarbeiten. Ein dumpfes Echo warf das Geräusch seiner Schritte zurück. Es klang wie eine wehmütige Melodie, wie ein letztes Lied.

Sein Blick fiel auf die menschlichen Schädel, die bleich die Säulen verzierten und mit ihren Knochen weitere Runen schufen. Aus leeren Augenhöhlen starrten sie ihn an. Die fleischlosen Gebisse gebleckt, als wollten sie ihn verhöhnen, ihm zuraunen, dass er versagt hatte.

Er wird dich töten. Seine Krallen werden deinen Leib und

deine Seele zerfetzen. Satan verzeiht nicht. Satan toleriert kein Versagen. Satan herrscht und du dienst ihm. Wenn du ihm nicht dienst, stirbst du.

All das wusste er, dennoch empfand er keine Angst. Er und seine Armee hatten tapfer gekämpft. Unzählige waren in den Schlachten gefallen, aber es war ihnen nicht gelungen, die dunklen Horden zurückzudrängen. Der unterste Kreis der Hölle war endgültig verloren. Dämonen herrschten nun darüber. Ihr Gegenangriff war erfolglos geblieben. Inzwischen sammelten sich die Horden am Tor zum nächsten Kreis, bereit, eine weitere Ebene zu erobern.

Als er Satans Thron erreicht hatte, sank er ehrfürchtig auf die Knie. »Herr, ich bin gekommen, um zu berichten.«

Satan hatte die Gestalt eines zehn Jahre alten Jungen angenommen. Er saß auf einem einfachen Holzstuhl. Seine nackten Beine, die in kurzen Hosen, Kniestrümpfen und Halbschuhen steckten, baumelten gelangweilt hin und her. An seinem rot karierten Hemd mit den kurzen Ärmeln fehlte ein Knopf und er war gerade dabei, mit kleinen, etwas dicklichen Fingern den nächsten abzudrehen.

Hinter dem Herrscher standen seine Wachen. Dunkle Engel in schwarzen Rüstungen, deren polierte Brustharnische im Licht der Fackeln glänzten. Die Gesichter blieben hinter den Visieren ihrer Helme verborgen, während sie reglos, die Speere in den gepanzerten Fäusten haltend, auf die Befehle Satans warteten.

So viele Namen trug er. *Satan. Luzifer. Beelzebub. Mephistopholes. Beliar.* Sie hatten ihn als Lichtbringer, Träger der Morgenröte, als den Herrn der Fliegen bezeichnet, doch gab es keinen Namen, keinen Begriff für ihn, der ihm gerecht geworden wäre. Einst war er der höchste der Engel gewesen, aber sein Stolz hatte ihn verleitet und sein Hass auf die Menschen ihn verdammt.

Gott hatte ihn verstoßen und so herrschte er über ein Reich aus Feuer und Schmerzen. Gestern. Heute. Aber vielleicht nicht mehr bis in alle Ewigkeit. Seine Herrschaft war bedroht. Sein Reich dem Untergang geweiht. Wenn es fallen sollte, gab es kein Morgen mehr. Für niemanden.

»Was gibt es denn zu berichten?«, fragte der Höllenfürst mit piepsiger Stimme.

Baalaeth ließ sich weder von der Stimme noch von der kindlichen Gestalt täuschen. Satan verfügte über eine Macht, mit der sich nichts und niemand messen konnte. Ein Fingerschnippen und von ihm würde nicht einmal ein Häufchen Asche übrig bleiben.

»Herr, der neunte Kreis ist verloren. Deine Legionen haben tapfer gekämpft, aber es gelang uns nicht, die Ebene zurückzuerobern. Schließlich wurden wir zurückgedrängt und mussten die Ebene verlassen. Sie gehört nun den Dämonen. Vollständig.«

»Verluste?«

Baalaeth nannte ihm die ungeheuerliche Zahl. Zum ersten Mal blitzte so etwas wie Interesse in Satans Augen auf.

»So viele?«, fragte er nach.

»Ja, Herr.«

»Und nun?«

»Die Horden drängen gegen den Zugang zum achten Kreis. Fünftausend Krieger sichern das Portal, sie bilden einen lebenden Runenschild und werden bis zum letzten Mann kämpfen, aber es ist nur eine Frage der Zeit, bis auch diese Ebene von den Dämonen überrannt wird.«

Plötzlich flimmerte die Luft um Satan. Seine Konturen

wurden unscharf, dann verwandelte er sich in atemberaubendem Tempo. Der Stuhl wurde nach hinten geschleudert und klapperte über den Steinboden, bevor er an einer Säule zersplitterte.

Die Kleidung, die Satan getragen hatte, verschwand und aus dem kleinen Jungen wurde ein drei Meter hoher Dämon. Über den muskelbepackten Körper jagten unablässig Feuerzungen, als Satan die mächtigen Fäuste ballte, den hässlichen Kopf mit den vier aus seiner Stirn springenden Hörnern in den Nacken warf und ein Brüllen ausstieß, das alle erzittern ließ.

»Du wagst es, mir das zu sagen? Du wagst es, von Niederlage zu reden. Von Verlusten.«

Baalaeth erbleichte. »Deine Krieger haben tapfer gekämpft.«

»Nein«, brüllte der Herrscher zornig. »Sie haben versagt. Wenn sie nicht schon tot wären, würde ich jetzt ihre Seelen essen.«

Baalaeth fühlte, wie Zorn in ihm aufwallte. So viele waren gefallen. Sie hatten sich einer gigantischen Übermacht gestellt und waren erst gewichen, als es keine Hoffnung mehr gab.

Trotzig hob Baalaeth den Blick und sah direkt in die geschlitzten Augen des Fürsten. Dessen breite Nüstern blähten sich geräuschvoll. Schwefelwolken drangen daraus hervor, aus den gebleckten Lippen tropfte Geifer auf den Boden und hinterließ schmierige Flecken.

»Dann habe auch ich versagt. Töte mich!«

Satan verwandelte sich erneut. Diesmal nahm er die Gestalt einer wunderschönen Frau mit langen schwarzen Haaren an. Ihr Gesicht war die Verwirklichung aller Schönheitsideale. Ihr nackter, muskulöser Körper die Sünde selbst. Graziös trat sie vor den knienden Baalaeth. Eine Hand legte sich sanft auf seine Stirn.

»Wie du meinst«, hauchte die sanfte Stimme, voll der schweren Süße des Todes.

Und Baalaeth verging in einem Feuersturm.

Etwas später nahm Satan die Gestalt eines alten, vom Leben gebeugten Mannes an. Das spärliche weiße Haar und der lange graue Bart verliehen ihm das Aussehen eines Hundertjährigen. Er saß mit untergeschlagenen Beinen auf dem harten Boden. Seine dürren Finger fuhren die im Stein eingelassenen Symbole nach. Die nackten Füße lugten unter dem langen zerschlissenen Gewand hervor, als er innehielt und verspielt die Zehen bewegte.

»Asiszaar?«, krächzte seine Stimme. »Wo bist du?«

Ein Krieger trat aus der geschlossenen Formation. Seine Stiefel dröhnten auf den Steinplatten, als er zu Satan schritt und sich demütig verbeugte.

»Ich kann dein Gesicht nicht sehen, mein Sohn«, jammerte der Alte.

Asiszaar entledigte sich seines Helms. Sein hartes, von rituellen Narben verziertes Gesicht und die grausamen, fast weißen Augen kamen zum Vorschein. Haare, so schwarz wie eine Rabenfeder, fielen ihm bis auf die gepanzerten Schultern, als er Satan ehrfürchtig ansah.

In der Hand des alten Mannes erschien ein langer Eibenstock, der genauso brüchig und verrottet wie er selbst aussah. Er zog ein Knie an und versuchte schwerfällig, sich aufzurappeln, aber immer wieder rutschten ihm die Füße weg und er fiel keuchend zu Boden.

Beim dritten Versuch trat Asiszaar vor und streckte Hilfe anbietend eine Hand aus.

»LASS DAS!«, dröhnte Satans Stimme so laut, dass alle im Saal furchtsam zusammenzuckten. Aus Asiszaars Antlitz verschwand jede Farbe, als er zurückwich und sich auf die Knie fallen ließ.

»Verzeih mir, Herr«, flüsterte er ergeben.

»Schon gut, mein Junge. Ich komme allein zurecht.«

Scheinbar eine Ewigkeit später stand Satan mit zitternden Knien vor dem Krieger.

»Du kannst jetzt aufstehen.«

Asiszaar erhob sich, aber sein Blick blieb gesenkt.

»Ich habe eine Aufgabe für dich.«

»Was immer du verlangst, Herr.« Die Worte erfüllten vibrierend die Luft.

»Was immer ich verlange?«, wiederholte der Alte nachdenklich. Eine kalte Hand legte sich auf Asiszaar Schulter. »So viel ist das nicht.« Dann ein heiseres Brüllen. »Ich verlange nur eines. Bring mir den Kopf des Mannes, dem ich vertraut habe und der mich enttäuscht hat, und bringe das Mädchen hierher. Nur mit ihrer Hilfe können wir die Horden noch aufhalten, ansonsten ist alles verloren.«

Der widerliche Atem des Alten floss über Asiszaar hinweg, aber trotz allen Ekels zuckte er mit keiner Wimper, sondern hob seinen Blick und sah in diese uralten Augen, die seine Seele zu verschlingen drohten.

»Und du solltest besser nicht versagen, mein Junge«, fügte Satan mit einem Lächeln noch hinzu.

39.

Stille herrschte im Haus. Lara blickte zum Fenster hinaus, aber die tief hängenden Wolken luden nicht gerade zu einem Spaziergang ein. Sie beobachtete, wie der Wind mit dem gefallenen Laub spielte, aber ihre Gedanken waren bei Damian.

Deutlich sah sie sein Gesicht vor sich, seinen Mund, sein Lächeln, und als sie die Augen schloss, konnte sie noch immer seine Lippen auf den ihren spüren. Der Kuss war anders gewesen als alles, was sie bisher erlebt hatte. Allein der Gedanke daran gab ihr das Gefühl, als würde sie innerlich brennen. Ein angenehm warmes Gefühl durchströmte ihren Körper, wie ein sanft loderndes Feuer breitete es sich in ihrem Inneren aus, durchströmte sie bis in ihre Fingerspitzen. Niemals hatte sie sich vorgestellt, dass es so etwas geben konnte. Was sie mit Ben erlebt hatte, kam ihr angesichts dieser Empfindung nun wie eine alberne Kinderei vor. Mit Damian war es so anders ... so wunderschön. Hatte sie bisher geglaubt gehabt, geliebt zu haben, so musste sie sich nun eingestehen, dass sie sich getäuscht hatte. Das hier war größer als alles, was sie jemals empfunden hatte.

Lara öffnete benommen die Augen, noch immer betäubt von ihren intensiven Gefühlen. Ein Blick auf die Uhr verriet ihr, dass es noch Stunden bis zur Geburtstagsparty ihres Großvaters dauern würde. Lara seufzte laut auf. Wie sollte sie bloß die Zeit bis dahin totschlagen, ohne aus Sehnsucht nach Damian verrückt zu werden?

Zu lesen hatte sie nichts mehr. Schon in den ersten Tagen

ihres Berlinaufenthaltes hatte sie die beiden mitgebrachten Bücher ausgelesen. *Okay, dann wollen wir doch mal sehen, was Opa und Oma so lesen,* dachte Lara und ging zur Bibliothek hinüber.

Ein schwerer Vorhang verdeckte das große Fenster, aber Lara zog ihn kurz entschlossen auf und ließ das Tageslicht ins Zimmer. Es war ein behaglicher Raum mit Regalen, die drei Seiten des Zimmers bedeckten und bis zur Decke reichten. Bücher über Bücher. Tausende.

Obwohl ihr Großvater nicht anwesend war, nahm Lara seinen Geruch wahr, eine Mischung aus Rasierwasser, Zigarrenrauch und Wissen. Sein großer Schreibtisch aus dunklem Eichenholz war ordentlich aufgeräumt. Zwar stapelten sich einige Aktenordner darauf, aber sie bildeten einen ordentlichen Turm, neben dem die lederne Schreibunterlage und der Federhalter in seinem Tintenglas nicht in Gefahr waren.

Mitten im Raum standen sich, nur durch einen runden Holztisch getrennt, ein altmodisches Sofa und ein brauner Ledersessel gegenüber. Beide Möbelstücke waren gut gepolstert. Lara wusste von den gemeinsamen Abenden mit ihrem Großvater in der Bibliothek, dass man hervorragend darauf herumlümmeln konnte – allerdings sah es ihr Großvater nicht gern, wenn man es sich mit Jeans oder Schuhen darauf bequem machte. Er behauptete, die Metallnieten der Jeans würden das Leder zerkratzen und Schuhe hatte man gefälligst auszuziehen, bevor man sich hinlegte.

Aber dieses Mal gab es kein Risiko für seine kostbaren Möbel, denn Lara trug eine schwarze Jogginghose und ein graues Sweatshirt, beides aus Baumwolle. Ihre Füße steckten in weichen, warmen Wollsocken, die kitzelten, als sie über den dicken dunkelroten Teppich zum Regal rechts des Fensters ging.

Hier standen wissenschaftliche Werke und Abhandlungen, manche davon sehr alt und mit Ledereinbänden versehen, die bereits brüchig geworden waren. Lara ließ ihren Blick darüber wandern. Neben zahlreichen Büchern zur Geschichte der Menschheit gab es auch Werke, die sich mit Okkultismus beschäftigten.

Sie zog eines davon heraus.

Disquisitionum magicarum libri sex war als Titel in das weiche Leder geprägt.

Als Lara das Buch aufschlug, las sie überrascht, dass es im Jahr 1617 gedruckt worden war. Bestimmt sehr wertvoll, dachte sie und stellte es vorsichtig zurück.

Das nächste Werk war noch älter, aus dem Jahr 1599, und hieß *De philtris, utrum animi hominum his commoueantur, nec ne* und beschäftigte sich mit Liebeszauber. Lara blätterte ein wenig darin herum. Es ging um sogenannte *Philtren* – Liebestränke, denen mithilfe der Macht des Teufels angeblich Wirkung verliehen werden konnte.

Lara grinste. Vielleicht sollte sie Damian einen derartigen Trank einflößen . . . Aber seit der letzten Nacht war sie sich sicher, dass er sich von ihr angezogen fühlte, vielleicht sogar in sie verliebt war.

Als sie das Buch wieder zuschlagen wollte, fiel ein einzelnes Foto heraus und segelte langsam zu Boden. Lara bückte sich und hob es auf.

Es war eine alte Schwarz-Weiß-Fotografie, die feierlich gekleidete Menschen zeigte, die sich zu einer Gruppe aufgestellt hatten, um sich ablichten zu lassen. Sie wollte das Bild gerade zurückstecken, als ihr etwas auffiel.

In der Mitte des Fotos stand ein junges Paar, das unzweifelhaft ihre Großeltern waren. Ihr Opa trug einen dunklen Anzug, ein blütenweißes Hemd und eine Krawatte. Sehr ungewöhnlich für einen Mann, der alle Konventionen ablehnte. Sein Haar war noch voll und schwarz, zwar länger als zur damaligen Zeit üblich, aber noch nicht so lang wie heute und auch nicht als Pferdeschwanz gebunden.

Ihre Oma trug ein einfaches weißes Kleid, das über den Knien endete und sich eng an ihren schlanken Körper schmiegte. Ihre Haare waren zu einer kunstvollen Frisur hochgesteckt, um den Hals lag eine schlichte Perlenkette. Auf dem Arm ihrer Großmutter ruhte ein Baby, das nicht viel älter als ein Jahr sein konnte.

Lara wendete das Bild. Über einem verblassenden Stempel mit dem Namen des Fotoateliers war handschriftlich das Datum der Aufnahme vermerkt.

6. Juni 1967.

Was Lara sich schon gedacht hatte, wurde nun zur Gewissheit. Das Baby auf dem Foto war natürlich ihre Mutter, und zwar an ihrem ersten Geburtstag – auch wenn das Ganze nicht gerade wie eine Geburtstagsfeier wirkte. Ihre Großeltern blickten genauso ernst in die Kamera wie die ungefähr zehn Gäste, die sie in die Mitte genommen hatten.

Der rechte Arm des Professors lag um die Schulter seiner Frau, so als müsse er sie stützen. Die andere Hand hielt die Hand seiner Tochter oder deutete darauf, so genau war das auf dem Foto nicht zu erkennen.

Ihre Mutter steckte in einem weißen Kleidchen mit Rüschen, das fast bis zu den Knöcheln reichte, aus denen weiße Söckchen hervorlugten. Die nackten Arme waren frei und wie bei allen Kindern dieses Alters wirkten sie ein wenig speckig.

Irgendwie war es seltsam, die eigene Mutter als Baby zu sehen. Lara betrachtete das Gesicht ihrer Mutter. Offensichtlich hatte das Kind keinen Spaß an der ganzen Sache, denn der kleine Mund war zu einem stummen Schrei aufgerissen, das Gesicht schmerzvoll verzerrt.

Arme Mama, dachte Lara und lächelte. Sie selbst war nie getauft worden, aber bei der Feier auf der Fotografie handelte es sich zweifellos um eine Taufe. Dem feierlichen Anlass trugen die erwachsenen Gäste mit ernsten Mienen Rechnung.

Als Lara darüber nachsann, wie viel Zeit seitdem vergangen war, fiel ihr noch etwas auf dem Foto auf. Vor dem zerfließenden Hintergrund, der nicht ahnen ließ, ob das Foto drinnen oder draußen aufgenommen worden war, standen zwei weitere Männer. Abseits der Gruppe hatten sie die Köpfe zusammengesteckt und sprachen miteinander.

Irgendetwas an diesen beiden Gestalten kam Lara merkwürdig vertraut vor, aber die Männer blieben unscharfe Schemen.

Komisch, dachte sie, warum haben sich die beiden nicht zur Gruppe gestellt, als das Foto gemacht worden war?

Die Türglocke läutete und Lara zuckte zusammen. Hastig steckte sie das Bild zurück ins Buch und schob es an die vorgesehene Stelle ins Regal. Danach ging sie an die Haustür.

Sie hatte erwartet, dass es ihre Großmutter oder ihr Großvater waren, die ihren Hausschlüssel vergessen hatten, aber vor ihr stand ein Fahrer von *Fleurop* mit einem gigantischen Blumenstrauß auf den ausgestreckten Armen.

»Für Professor Maximilian Hermsdorf«, sagte der Bote.

»Das ist mein Opa.«

Sofort übergab er ihr den Strauß und zog ein Klemmbrett unter seiner Achsel hervor.

»Ihr Name, bitte?«

»Lara Winter.«

Er reichte ihr das Formular und einen Kugelschreiber.

»Bitte rechts unten unterschreiben.«

Als er das Klemmbrett wieder in Empfang nahm, grinste er. »Ich würde die Blumen sofort ins Wasser stellen. Das sind teure Orchideen, die ein Vermögen kosten, und falls die . . .« Er blickte Lara vielsagend an.

»Ich passe schon drauf auf«, erklärte Lara und fragte sich stumm, warum sie sich vor einem vollkommen fremden Mann rechtfertigte.

»Dann ist ja gut«, meinte dieser, nickte ihr zu und ging zurück zu seinem Fahrzeug, das in der Hofeinfahrt parkte.

Da Lara nicht wusste, wo ihre Großmutter die Vasen aufbewahrte, ging sie in die Küche, ließ Wasser ins Waschbecken laufen und stellte den Strauß hinein. Am Einpackpapier war ein Umschlag befestigt, in dem eine Karte steckte. Vorsichtig, damit das Papier nicht nass wurde, löste sie den Umschlag und legte ihn auf die Anrichte.

Ein Blick auf die Wanduhr zeigte ihr, dass sie einige Zeit in der Bibliothek verbracht hatte. Zwar würde es noch ein paar Stunden dauern, bis die ersten Gäste eintrafen, aber sie wollte noch duschen, sich die Haare machen und die Nägel neu lackieren.

Lara wollte schön sein.

Für ihren Großvater.

Und für Damian.

40.

Damian saß auf den staubigen Holzbrettern des alten Dachbodens. Seine Jäger hatte er losgeschickt, die Gegend um Laras Haus zu sichern. Der Angriff der Engel auf eine Gruppe Dämonen mitten in der Stadt verwirrte ihn.

Er wusste, dass Gabriel die Engel anführte, aber er konnte sich nicht vorstellen, dass er den Befehl zum Angriff gegeben hatte. Gabriel war ein vorsichtiger Mann, klug und besonnen. Ein derart emotionales Vorgehen entsprach nicht seinem Charakter, denn hier ging es eindeutig um Rache. Rache für den Tod eines Engels, den die Dämonen in eine Falle gelockt und getötet hatten.

Unruhe erfasste Damian. Konnte es sein, dass der Große Krieg begann? Dass die alten Prophezeiungen wahr wurden? Die letzte Schlacht zwischen Himmel und Hölle bevorstand? Er hatte geglaubt, dass sich zwischen Himmel und Hölle noch immer alles im Gleichgewicht befand. In einem Gleichgewicht, das seit Ewigkeiten herrschte, das nun aber offensichtlich durch den Aufstand der Dämonen in Gefahr geriet.

Reagierten die Engel auf diese Gefahr, indem sie begannen, Dämonen zu jagen und zu vernichten?

Damian war verwirrt. Wie schon die ganze Zeit, seit er Lara das erste Mal in die Augen gesehen hatte. Seine Gedanken waren in Aufruhr. Er wusste, es war an der Zeit zu handeln. Doch er konnte es nicht. Er hatte Satans Befehle nicht befolgt. Ihm noch immer nicht das Mädchen gebracht.

Warum? Warum widersetzte er sich?

Sei ehrlich zu dir, flüsterte er sich selbst zu. *Es ist nicht deine Überzeugung, dass es einen anderen Weg gibt, das Reich der Hölle zu retten, ohne sie dafür in Gefahr zu bringen.*

Er wusste, dass Satan ohne das Mädchen seine Macht verlieren würde. Und er war Satans gehorsamer Diener. Doch tief in seinem Inneren hatte sich etwas verrändert, hatte er etwas entdeckt, das er nicht kannte, von dem er aber eine vage Ahnung hatte. Wie die Erinnerung an einen Traum, der längst aus dem Bewusstsein verschwunden ist.

Du bist nicht länger ein Jäger der Hölle, du hast dich verwandelt.

Er fühlte Laras Liebe zu ihm. Ihre Gefühle hatten etwas Unschuldiges, etwas Bezauberndes, das ihn berührte.

Und ihn verzweifeln ließ.

Ihn schmerzte das Wissen, dass er Lara verletzen würde. *So gern würde ich deine Liebe erwidern,* dachte er, *dich halten und dir zuflüstern, wie viel du mir bereits bedeutest. Aber ich bin dazu verflucht zu schweigen.*

Wütend sprang Damian auf die Füße und wanderte rastlos über die morschen Holzbretter. Er war nicht von dieser Welt und konnte nicht in ihr bleiben. Schon jetzt zog es ihn mit aller Macht in die Dunkelheit zurück und seine Kraft neigte sich dem Ende entgegen.

Lara liebte ihn und er war bereit, sie zu verraten. Ihr Vertrauen zu missbrauchen. Was auch immer passieren mochte, er musste auch weiterhin lügen. Es gab keinen Raum für die Wahrheit.

»Denn wenn du die Wahrheit kennst, bist du verloren«,

flüsterte er in das Zwielicht hinein, das auf dem staubigen Dachboden herrschte. »Davor will ich dich beschützen.«

Und wenn aus ihrer Liebe Hass wurde, würde er den Preis dafür bezahlen.

Bald. Bald würde sich alles entscheiden.

Laras Schicksal würde das Schicksal aller sein.

Auch wenn ich deine Liebe nicht erwidern kann, will ich dich schützen. So lange es mir möglich ist.

Er hob seine Hand und sah, dass sie zitterte. Als er versuchte, sie zur Faust zu ballen, verkrampften sich seine Finger zu Krallen und es gelang ihm nicht.

Ihm blieb nicht mehr viel Zeit in dieser Welt.

Er musste handeln.

Handeln, wenn es eine Zukunft geben sollte.

Für irgendjemand.

Für alle.

Grum'aak hatte zwar das alte abbruchreife Haus auf Damians Befehl hin verlassen, aber nicht das Gelände. Der riesige Dämon verbarg sich in einer schäbigen Wellblechhütte, die einmal als Garage gedient haben mochte. Ölflecken auf dem Boden und verrostetes Werkzeug an den Wänden erzählten von einer besserer Zeit, die aber längst vergangen war.

All das war ihm gleichgültig. Er presste sein Gesicht gegen einen Schlitz zwischen zwei Platten und stierte hinaus. Ab und zu entwich ihm ein ungeduldiges, zorniges Schnauben, dann spannten sich seine mächtigen Muskeln und seine Lippen fletschten sich so weit, dass die langen Reißzähne sichtbar wurden, aber jedes Mal zwang er sich zur Ruhe.

Er musste geduldig sein.

Irgendwann würde Damian das Haus verlassen und Grum'aak wollte ihm folgen, beobachten, was er tat, und vielleicht würde er herausfinden, warum sie Satans Befehl bisher noch nicht ausgeführt hatten.

Grum'aak vermutete, dass Damian inzwischen ein eigenes Spiel spielte und vorhatte, Satan zu betrügen. An sich war ihm das gleichgültig, aber er spürte, dass etwas in der Luft lag. Er wollte die Gelegenheit nicht versäumen, Rache an den dunklen Engeln und Satan zu nehmen. Rache für all die Schmerzen und die Schmach, die er und die Seinen hatten hinnehmen müssen.

Und da war diese Sehnsucht nach dieser Welt, die Gier, unter Lebenden zu sein, Fleisch zu jagen und zu fressen. Er wusste nicht, warum das so war, alle Erinnerungen an seine frühere Existenz waren ausgelöscht, aber er fühlte körperlichen Schmerz bei dem Gedanken, in die Hölle zurückzukehren. Er gehörte dort nicht hin.

Er gehörte in diese Welt.

Denn er war ein Jäger.

Und die Beute war hier.

Ein wütendes Grunzen verließ seine Lippen.

Er würde Damians Befehlen nur noch so lange folgen, bis er die Gelegenheit bekam, ihn zwischen seinen Krallen zu zerreißen.

Aber er musste vorsichtig sein, Damian war ein mächtiges Wesen. Dennoch, er hatte das Zittern seiner Hände gesehen.

Bald würde den dunklen Engel die Kraft verlassen und er war bereit, ihn zu töten und an seine Stelle zu treten.

Ein Geräusch weckte seine Aufmerksamkeit. Hastig presste er ein Auge an den Schlitz.

Damian hatte das Haus verlassen. Er stand auf dem ersten Treppenabsatz und blickte sich suchend um. In seinem Rücken klapperte die Tür im Wind.

Als der dunkle Engel zur Hütte sah, trat Grum'aak in den Schatten zurück. Er wusste, dass man ihn nicht sehen konnte, aber sein Instinkt ließ ihn zurückweichen.

Sekunden später hörte er die Schritte des Anführers im abgestorbenen Gras rascheln. Grum'aak verwandelte sich und nahm die Gestalt eines Mannes mittleren Alters in Geschäftskleidung an. Er hob ein verrottetes Stück Holz auf, das in seiner Hand zu einem Regenschirm wurde. Aus einer Plastiktüte entstand ein Aktenkoffer.

Zufrieden fuhr sich Grum'aak durch das spärliche braune Haar, das am Hinterkopf deutlich lichter wurde. Seine Finger betasteten die knollige Nase und die fleischigen Lippen. Als er an sich heruntersah, grinste er breit. Der teure dreiteilige Anzug spannte über einem Wohlstandsbauch und genau dieses Detail machte seine Erscheinung perfekt.

Es war Zeit zu gehen.

Zeit, die Dinge zu verändern.

41.

Zahlreiche Menschen drängten sich im Flur, im weitläufigen Wohnzimmer und in der Küche. Die meisten von ihnen hatten ein Glas in der Hand, viele rauchten und überall war man in Gespräche vertieft. Die meisten der Gäste waren im Alter ihrer Großeltern, aber es gab auch junge Leute, die eindeutig Studenten waren. Warum sie zum Geburtstag eines alternden Professors gingen, der längst nicht mehr dozierte, wusste Lara nicht. Vielleicht war es die Aussicht auf ein Bier und ein kostenloses Essen, das sie an den Stadtrand von Berlin trieb.

Als Lara die Treppe hinabstieg, empfing sie eine Kakofonie aus Stimmen und Geräuschen. Glas klirrte, Wörter echoten durch den Raum und über allem lag ein Summen, das an einen Bienenschwarm erinnerte. Auf dem letzten Treppenabsatz zögerte sie. *Wenn doch nur Damian schon da wäre . . .*

Am Ende der Treppe stand ihre Großmutter und lächelte ihr entgegen. Die alte Dame trug ein schlichtes schwarzes Kleid, das bis zu den Knöcheln reichte. Die grauen Haare waren tadellos frisiert. Zusammen mit dem perfekten Make-up und den in blassem Rot geschminkten Lippen wirkte sie wie Anfang sechzig. Keinen Tag älter. Als sich Lara vorbeugte, um ihr einen Kuss auf die Wange zu hauchen, atmete sie den Duft eines teuren Parfums ein.

»Du siehst toll aus, Oma«, flüsterte sie ihr ins Ohr.

»Und du bist wunderschön«, erwiderte ihre Großmutter das Kompliment.

Lara trug ein enges rotes Kleid, das sie sich noch vor ihrer Abreise in Stuttgart gekauft hatte. Ihre Füße steckten in roten Ballerinas mit flachem Absatz. Um ihren Hals lag eine indische Kette mit Halbedelsteinen, die sie sich von ihrer Mutter geliehen hatte. Ein passendes Gegenstück umschloss ihr linkes Handgelenk.

»Wo ist Opa?«, fragte Lara ihre Großmutter. »Ich muss ihm noch gratulieren und mein Geschenk geben.«

»Wenn er nicht in der Küche ist und das Essen vollqualmt, dann findest du ihn bestimmt im Wohnzimmer.«

Lara gab ihrer Großmutter noch einen Kuss, dann zwängte sie sich zwischen den Leuten hindurch in Richtung Küche. Ihr Großvater war nicht dort und auch nicht im Wohnzimmer. Sie fand ihn schließlich in der Bibliothek am offenen Fenster. In seiner rechten Hand hielt er eine große Zigarre. Als Lara eintrat, drehte er sich um und lächelte sie strahlend an.

»Du siehst unglaublich aus«, meinte er stolz und legte die Zigarre in einen bereitstehenden Aschenbecher.

»Danke, Opa.«

Sie trat auf ihn zu. Er breitete die Arme aus, um sie zu umarmen. Ihr Kopf ruhte an seiner Brust. Sie hörte den beruhigend kräftigen Schlag seines Herzens.

»Alles, alles Gute zum Geburtstag, Opa«, sagte Lara und legte den Kopf in den Nacken, um ihn auf beide Wangen zu küssen.

»Danke, Lara. Es ist so schön, dass du da bist. Das ist für mich das wichtigste Geschenk heute Abend.«

»Sag das nicht. Du weißt nicht, was ich hier für dich habe.«

Lachend zog sie das Päckchen hinter ihrem Rücken hervor. Ihr Großvater machte ein pflichtbewusstes Oh, so als habe er zuvor nicht bemerkt, dass sie etwas in der Hand hielt.

»Aufmachen«, befahl Lara.

Umständlich und so langsam, dass Lara schon ungeduldig wurde, wickelte der Professor das Buch aus.

»John Milton – Das verlorene Paradies«, sagte er fast ehrfürchtig.

»Du hast es doch noch nicht, oder?«

»Nein – nicht diese Ausgabe.«

»Freust du dich darüber?«

»Ja, sehr. Aber woher . . .«

»Ich war in der Buchhandlung *Fischer*. Der Besitzer hat es mir empfohlen. Er sagte, du wärst Stammkunde und hättest dich für dieses Buch interessiert.«

»Der alte Fischer«, seufzte der Professor. »Ich muss mich nachher bei ihm für diesen Tipp bedanken.« Er drückte seine Enkelin fest an sich. »Das ist ein tolles Geschenk, Lara.«

»Herr Fischer kommt zu deiner Feier?«, fragte Lara verwundert.

»Ja, warum?«

»Einfach nur so, ich wusste nicht, dass ihr euch *so* gut kennt. Er sagte nur, dass du ein langjähriger Kunde wärst, von Freundschaft hat er nicht gesprochen.«

»Na, wäre vielleicht auch übertrieben. Sagen wir so, Herr Fischer und ich teilen die gleiche Leidenschaft.«

»Und die wäre?« Lara musste an die merkwürdige Vision denken, als ihr die Nerven in der Buchhandlung einen Streich gespielt hatten.

»Natürlich Bücher«, lachte ihr Großvater und gab ihr einen Klaps auf die Schulter.

Lara stimmte erleichtert in sein Lachen ein – welche Antwort hatte sie auch erwartet? »Bücher, was sonst«, erwiderte sie fröhlich.

»So, nun komm. Ich muss mich um meine Gäste kümmern und für dich wird es Zeit, dass du dich ein wenig amüsierst.«

Er blinzelte ihr verschwörerisch zu. »Ich habe gehört, Damian will noch vorbeikommen.«

»Oma!«, stellte Lara vorwurfsvoll fest. »Nie kann sie etwas für sich behalten.«

»Wann erwartest du den jungen Mann?«

»Wir hatten keine Zeit ausgemacht.«

»Wenn er da ist, sag mir Bescheid. Ich muss mit Damian etwas Wichtiges besprechen.«

Bevor Lara nach dem Grund für diese Aussage fragen konnte, drehte sich ihr Großvater um und verließ die Bibliothek. Lara sah ihm nachdenklich hinterher.

Ich muss mit Damian etwas Wichtiges besprechen.

Was hatte das nun schon wieder zu bedeuten?

Als Damian die Straße entlangging, hatte er das Gefühl, beobachtet zu werden, aber er ließ sich nichts anmerken und drehte sich auch nicht um.

An einer Bushaltestelle hielt er kurz an. Während er vorgab, sich die Schuhe zu binden, sondierte er aus dem Augenwinkel die Umgebung.

Die Dunkelheit war hereingebrochen, nur noch wenige Menschen waren unterwegs. Dies war eine ruhige Seitenstraße, die in einer Sackgasse endete. Dementsprechend begegneten ihm auch kaum Fahrzeuge.

In zwanzig Metern Entfernung sah er zwei Mädchen im Teenageralter, die sich lautstark unterhielten.

Rechts von ihm war ein Mann mittleren Alters auf dem Heimweg. Sein sichtbares Übergewicht und die beginnende Glatze machten ihn wahrscheinlich um einiges älter, als er tatsächlich war. In seiner Hand schaukelte ein Aktenkoffer, während er den Regenschirm in der anderen Hand als Gehstock benutzte. Irgendetwas war merkwürdig an dem Mann, aber er konnte nicht sagen, was es war. Verwirrt schüttelte er den Kopf.

Ein Geräusch von links ließ Damian zusammenzucken, aber es war nur eine streunende Katze, die unter einem parkenden Fahrzeug hervorkroch und sich an seinen Beinen rieb. Er bückte sich und strich dem pechschwarzen Tier über den Kopf. Ein zufriedenes Schnurren war die Antwort.

»Na, kleine Katze, so spät noch unterwegs? Oder bist du auf der Jagd?«

Plötzlich ging eine Veränderung mit der Katze vor sich. Ihr Rücken wölbte sich zu einem Buckel, der Schwanz richtete sich steil auf, alle Haare standen ab. Die Katze riss ihr Maul auf, zeigte die spitzen Zähne und zischte gefährlich.

Damian reagierte sofort. Er warf sich zu Boden, aber er konnte dem Schlag nicht mehr vollständig ausweichen. Messerscharfe Krallen fuhren über seinen Rücken, zerfetzten das Leder seines Mantels und hinterließen tiefe Spuren in seinem Fleisch.

Brennender Schmerz jagte durch seinen Körper, es schien, als würde sein ganzer Rücken in Flammen stehen, aber er tat dem Angreifer nicht den Gefallen, sich zusammenzukrümmen.

Im Gegenteil. Ungeachtet der Schmerzen rollte er sich zur Seite, obwohl das bedeutete, dass Druck auf die offene

Wunde ausgeübt wurde. Keine Sekunde zu spät. Eine mächtige Pranke donnerte auf den Asphalt an der Stelle, an der sich eben noch sein Kopf befunden hatte. Ein enttäuschtes Brüllen erklang.

Damian nutzte das Zögern seines Gegners, um mit einem einzigen Satz auf die Beine zu springen. Sofort nahm er eine stabile Kampfstellung ein. Sein vorderer Fuß schob sich nach vorn, sodass sein Körpergewicht sich besser verteilte, während er den hinteren Fuß auf dem Absatz drehte, um mehr Stabilität zu erreichen. Beide Arme wurden zu einem rechten Winkel gebeugt und die Hände zu lebendigen Schwertern, die den Oberkörper schützten. Um die Mädchen, die ein Stück weiter unten auf der Straße standen, machte er sich keine Gedanken. Diese Straße war eindeutig Dämonengebiet, der menschliche Körper der beiden nur Tarnung, um sich ohne Aufsehen auf der Straße bewegen zu können. Damian konzentrierte sich auf seinen Gegner und stieß einen wilden Kampfschrei aus, der den Feind verunsichern sollte.

Als er sah, wer ihn angegriffen hatte, wusste er, dass ein derartiges Unterfangen sinnlos war. Vor ihm, im Licht einer einsamen Straßenlaterne, ragte Grum'aaks zweieinhalb Meter großer Körper wie ein dunkler Berg auf. Das hässliche Gesicht des Dämons war zu einer Maske aus Hass und Wut verzerrt. Gewaltige Muskeln bewegten sich unter der Haut, als er seine Fäuste öffnete und die langen, scharfen Krallen spielen ließ. Ein tiefes Schnauben erklang.

»Du bist es«, stellte Damian fest und versuchte, seine Stimme nicht zittern zu lassen.

Der Dämon warf sich nach vorn. Krallen zischten durch die Luft und drangen tief in seinen Arm ein. Als Grum'aak die Pranke zurückzog, riss er einen Teil des Oberarmmuskels heraus.

Die Schmerzen raubten Damian fast die Sinne. Er spürte, wie warmes Blut seinen Arm und seinen Rücken hinunterlief. Die Wunden waren nicht tödlich, sonst wäre er längst in einem Feuersturm vergangen, aber der Blutverlust schwächte ihn. Bald würde Grum'aak einfaches Spiel haben, wenn er zum vernichtenden Schlag ausholte. Er konnte sich heilen, aber dafür benötigte er Zeit. Zeit, die er nicht hatte.

Das Monster schnupperte geräuschvoll. »Du blutest, Herr.«

»Kümmere dich nicht darum, es ist nur ein Kratzer.«

Er taumelte plötzlich. Vor seine Augen trat Schwärze, die aber gleich wieder verging. Als sein Blick wieder klar wurde, stellte er fest, dass ihm die Füße weggesackt waren und er am Boden kniete.

»Nur ein Kratzer.« Grum'aaks Fratze verzog sich zu etwas, das wohl ein Lächeln sein sollte. »Aber es ist die erste Linie zu einem Muster, das ich in deinen Körper schnitzen werde, Engel.«

Engel. Seit Äonen hatte ihn niemand mehr so genannt. Der Name gab ihm Kraft. *Engel,* das bedeutete, ein Krieger des Himmels zu sein. Auch wenn das Licht des Herrn nicht mehr auf ihn fiel, weil er gefehlt hatte, so war er doch noch ein Krieger, der aufrecht sterben konnte.

Er würde nicht um sein Leben betteln, wie Grum'aak vielleicht hoffte.

Mühsam rappelte er sich auf, bis er auf seinen Füßen vor dem riesigen Dämon stand. Den Kopf in den Nacken gelegt, breitbeinig, obwohl er vor Schwäche zitterte, stand er da und blickte in die gelben Pupillen des Sklaven, der kein Sklave mehr sein wollte.

»Töte mich«, flüsterte er.

»Mit Vergnügen, Herr.«

Damian schloss die Augen, als die mächtige Pranke ausholte, um ihn auszulöschen.

42.

Es war bereits nach einundzwanzig Uhr und von Damian war immer noch nichts zu sehen. Lara nippte an ihrem Glas Sekt. Sie versuchte, sich auf die Worte des Mannes zu konzentrieren, der sich mit einem schüchternen Lächeln als Werner Grunbach vorgestellt hatte – ein Historiker, wie ihr Großvater. Er redete und redete, doch Lara interessierten seine ausschweifend erzählten Geschichten nicht. Immer wieder warf sie einen Blick auf die Küchenuhr und wurde zunehmend nervöser. Grunbach schlürfte laut aus seinem Glas, das einen zwanzig Jahre alten Single-Malt enthielt, wie er Lara erklärt hatte. Eichenfasslagerung.

Der Mann, der schätzungsweise Anfang siebzig war, langweilte Lara mit seinem Geschwätz zu Tode. Am liebsten hätte sie ihn zum Teufel geschickt, aber zum einen saß sie am Küchentisch direkt an der Wand und sie hätte zwei andere Personen auffordern müssen, sie durchzulassen, und zum anderen fühlte sie sich verpflichtet, die Gäste ihrer Großeltern höflich zu behandeln. So blieb ihr nichts als die Hoffnung, dass Grunbach bald ein willigeres Gesprächsopfer erspähte, bis dahin musste sie sein sinnloses Gelaber wohl einfach ertragen.

In ihr brodelte es vor Ungeduld. Wo war Damian? Weshalb war er noch nicht hier? Sie spürte Unruhe in sich aufsteigen, so als sei er in Gefahr, aber das war natürlich eine Reaktion, für die es keinen Grund gab. Dennoch konnte Lara keine Sekunde mehr länger ruhig sitzen bleiben.

»Entschuldigen Sie mich«, brach es aus Lara heraus, als sie von ihrem Stuhl aufsprang.

Das enttäuschte Gesicht von Werner Grunbach nahm sie gar nicht mehr wahr, als sie sich ihren Weg aus der Küche hinaus bahnte.

Der Tod war nahe, das Erlöschen seiner Seele nur noch einen Wimpernschlag entfernt, aber Damian fürchtete sich nicht. Eine tiefe Ruhe hatte ihn erfasst. Sein Schicksal würde sich nun erfüllen. Sein Weg war zu Ende.

»Halt!«, befahl plötzlich eine tiefe, melodische Stimme.

Er schlug die Augen auf und sah, wie Grum'aak herumwirbelte, beide Pranken herausfordernd ausgestreckt. Sechs Engel waren erschienen. Krieger des Lichts, in langen weißen Gewändern. In ihren Händen lagen Waffen. Drei von ihnen trugen leuchtende Speere, zwei Engel hatten Kampfposition eingenommen, die Schwerter stoßbereit erhoben. Nur der Anführer war unbewaffnet.

Gabriel. Der erste Krieger Gottes auf Erden.

Grum'aaks Augen rollten in den Höhlen. Dampf quoll aus seinen Nüstern. Zwischen den gefletschten Zähnen tropfte Speichel hervor und lief den bulligen Hals hinab.

»Das ist nicht euer Kampf«, zischte er. Drohend fuhr er seine messerscharfen Krallen aus.

Gabriel lächelte schmallippig. »Nicht?«

Ein zorniges Brüllen war die Antwort. Grum'aak sprang nach vorn, seine Pranken fuhren durch die Luft, aber sie fanden kein Ziel. Die sechs Engel hatten synchron eine Drehung ausgeführt und waren dabei gleichzeitig zur Seite ausgewichen. Dann kamen die Waffen zum Einsatz. Die Schwerter drangen tief in den Leib des Dämons ein, während die Speerspitzen von drei Seiten den Hals durchbohrten. Grum'aak wurde in der Vorwärtsbewegung abrupt gestoppt. Verblüffung lag in den geschlitzten Pupillen. Er versuchte, an sich herabzusehen, die Wunden in seiner Körpermitte zu begutachten, aber die Speere verhinderten es.

»Ihr sollt verflucht sein«, röchelte der Dämon.

Gabriel gab einen lautlosen Befehl. In einer einzigen fließenden Bewegung wurden die Waffen gleichzeitig zurückgezogen. Aus den Wunden leckten rote Feuerzungen, dann verging Grum'aak in einem Flammensturm.

Die Engel traten zurück. Ruhig sahen sie Damian an. In ihren Augen lag kein Hass, nur Mitleid.

Er blickte auf die Verletzung an seinem Oberarm und stellte befriedigt fest, dass die Wunde sich zu schließen begann. Auch der zerfetzte Rücken heilte. Aber die Selbstheilung forderte ihren Preis. Seine Kraft ließ nach. Seine Glieder zitterten. Erschöpft sank er auf die Knie. Das Gesicht zum Boden gewandt, fragte er leise: »Warum hast du das getan, Gabriel? Warum hilfst du mir?«

Der Engel schwieg. Damian hob den Kopf und schaute ihn direkt an.

»Warum wollte er dich töten?«, fragte Gabriel.

Der dunkle Engel seufzte. »Es gibt Dinge, die du nicht wissen musst.«

»Muss ich nicht?« Gabriel ging einen Schritt auf ihn zu. Seine Hand legte sich unter Damians Kinn. Sanft hob er dessen Kopf an. »Ich bin neugierig. Warum versucht ein Sklave, seinen Herrn zu töten? Und du bist doch sein Herr, sein Anführer? Er ist einer deiner Jäger, warum also lauert er dir in der Dunkelheit auf?«

»Gabriel, ich *kann* es dir nicht sagen.«

»Du schuldest mir dein Leben.«

»Ich weiß . . . trotzdem.«

Der Engel sah ihn eindringlich an. »Dieses Mädchen. Ich weiß, dass du ihretwegen hier bist. Ich ahne ihre Bedeutung, aber ich verstehe nicht, was du mit ihr vorhast. Was ist Satans Plan für Lara?«

»Auch das kann ich dir nicht sagen.« Während seine Wunden heilten, verließen ihn seine Kräfte mehr und mehr. Er war kurz davor, ohnmächtig zu werden. Jedes Wort verließ nur noch unter großer Anstrengung seine Lippen.

»Vertraue mir. Wenn . . . es . . . so weit ist, wirst du alles erfahren.«

Gabriels Blick wurde eindringlich. »Du verlangst viel.«

»Ja«, ächzte Damian. »Aber . . . der . . . Zeitpunkt . . .« Sein Oberkörper schwankte wie Weizen im Wind. »Bald . . . Lara . . . ist in . . . großer Gefahr. Die Hölle wird . . .«

Mit einem leisen Stöhnen fiel er nach vorn aufs Gesicht und rührte sich nicht mehr.

Gabriel sah auf die bewusstlose Gestalt herab. Einer der anderen Streiter trat vor.

»Er ist ihr Anführer. Warum töten wir ihn nicht?«

Gabriel wandte den Kopf. Nachdenklich blickte er Sanael an. »Irgendetwas geht vor. Wir müssen wissen, was es ist.« Er deutete mit der Hand auf den Ohnmächtigen. »Er kennt die Antworten auf all unsere Fragen, aber wir können ihn nicht zwingen, es uns zu sagen. Damian ist eine wichtige Figur in einem großen Spiel. Er gehorcht Satan nicht mehr und wir müssen wissen, warum. Ich kann es fühlen, dass eine große Veränderung bevorsteht. Was immer es ist, wir müssen darauf vorbereitet sein.« Gabriels Hand legte sich auf die Schulter des Engels. »Aus diesem Grund töten wir ihn nicht.«

43.

Lara war auf der Suche nach ihrem Großvater. Sie wollte wissen, was er an diesem Abend mit Damian bereden wollte. Als sie sich in Richtung Bibliothek bewegte, sprach sie überraschend eine Stimme an.

»Ah, das Fräulein Winter. Ich wünsche einen guten Abend.«

Sie wandte den Kopf und sah direkt in die Augen von Herrn Fischer. Der alte Buchhändler hatte sich in Schale geworfen. Er trug eine braune Cordhose, ein dunkelblaues Hemd und ein Tweedsakko. Irgendwie passte alles zwar nicht so recht zusammen, aber die Sachen waren sauber und ordentlich gebügelt. Die weißen Haare standen wie ein Heiligenschein vom Kopf, während wässrige blaue Augen sie freundlich betrachteten.

»Guten Abend«, erwiderte Lara höflich, aber zurückhaltend. Sie hatte das merkwürdige Verhalten des Alten nicht vergessen, aber jetzt hatte sie andere Dinge im Kopf. »Mein Großvater wird sich freuen, Sie zu sehen. Er hat schon von Ihnen gesprochen.«

»Hat er das?« Die blassen Augen blitzten vergnügt auf, dann wurde der alte Herr ernst. »Ich wollte mich noch bei Ihnen für unser unfreundliches Verhalten . . .«

Lara winkte ab. »Kein Problem. Darüber müssen wir nicht reden.«

Sie sah, wie er erleichtert aufatmete. »Es wäre mir sehr peinlich, wenn Sie einen schlechten Eindruck von mir und meinem Enkel gewonnen hätten.«

»Machen Sie sich keine Gedanken darüber.«

Der Alte nestelte an seiner Brille herum, nahm sie schließlich ab und zog ein Taschentuch aus der Hosentasche. Eifrig begann er, die Gläser zu putzen. »Hat dem Herrn Professor Ihr Geschenk gefallen?«

»Ja, sehr. Nochmals danke für die Beratung.«

»Nicht der Rede wert. Das habe ich gern für einen alten Freund getan.«

Lara war zwar nicht ganz bei der Sache, aber ihr fiel auf, dass auch der Buchhändler plötzlich von Freundschaft sprach.

Der nächste Satz traf sie wie ein Schlag ins Gesicht.

»Wussten Sie, dass ich Ihren Vater kannte?«

Ihr Herz klopfte wild und sie spürte, wie ihr vor Aufregung das Blut in die Wangen schoss. »Sie kannten ihn?«

»Aber ja, sehr gut sogar. Ihr Großvater und er besuchten mich oft in meinem Laden. Manchmal haben wir gemeinsam Tee getrunken und geplaudert, aber ...« Er geriet ins Stocken und wirkte plötzlich sehr verlegen. »... das war, bevor Sie geboren wurden. Danach ...«

... habt ihr euch nicht mehr gesehen, vollendete Lara den Satz in Gedanken. *Klar, dann war ja ich auf der Welt und mein Vater hat sich aus dem Staub gemacht.*

Heiße Wut stieg in ihr auf, aber sie zwang sich zur Ruhe. Der Alte konnte nichts dafür, dass ihr Vater ein Arschloch war. Der Buchhändler brabbelte munter vor sich hin, aber Lara hörte nur noch mit halbem Ohr zu.

»Es müsste sogar irgendwo ein Foto von uns allen geben. Damals hat meine selige Mathilde noch gelebt. Es muss wohl siebenundsechzig gewesen sein ... ein Jahr vor ihrem Tod ... mein Sohn war noch sehr klein, als ...«

Lara blickte Hilfe suchend nach ihrer Großmutter, aber die war nirgends zu entdecken. Sie brachte es nicht übers Herz, den Alten stehen zu lassen, aber sie war noch immer beunruhigt wegen Damian und hatte einfach keinen Nerv, sich zu unterhalten.

»... wir die Verlobung feierten und ...«

Unerwartet beendete der alte Fischer seinen Vortrag. Verlegen sah er sie an. »Aber ich rede zu viel ...«

Gott sei Dank. Er hat es gemerkt.

»... ein junges Mädchen hat sicher andere Sachen zu tun, als meinen Erinnerungen zu lauschen.«

Der Mann ist ein Gedankenleser, dachte Lara und grinste innerlich.

Die Türglocke läutete melodisch. *Endlich!* Hastig entschuldigte sich Lara bei Herrn Fischer, ging zur Haustür und öffnete sie erwartungsvoll.

Draußen stand Damian. Lara erschrak zutiefst. Er war noch bleicher als sonst und wirkte vollkommen erschöpft. Die Hand, mit der er sich gegen den Türrahmen gelehnt hatte, zitterte und auf seiner Stirn stand Schweiß.

»Was ... was ist mit dir?«, fragte Lara heiser vor Angst.

»Nichts ... ich weiß nicht. Kann ich ...«

Er stolperte ins Haus. Seine Hand löste sich vom Türrahmen und legte sich schwer auf Laras Schulter. Sie umfasste seine Hüfte und hielt ihn aufrecht, da sie befürchtete, er könne jeden Moment zusammenbrechen. Sein Atem strich über ihr Ohr.

»Es geht gleich wieder, wahrscheinlich habe ich mir ein Virus eingefangen oder so etwas. Plötzlich wurde mir schwindelig und ich habe nur noch schwarze Flecken vor den Augen gesehen.«

»Soll ich einen Arzt holen?«

Damian schüttelte den Kopf. »Nein, das wird schon wieder in Ordnung kommen. Ich muss mich nur ein wenig ausruhen. Kann ich mich irgendwo hinsetzen?«

In diesem Moment tauchte Martha auf. Ihr Gesicht drückte Besorgnis aus, als sie Damian ansah. »Was ist mit ihm?«

»Ich weiß es nicht«, gab Lara zu. »Er meinte, ihm sei schwindlig geworden, und jetzt fühlt er sich schwach.«

»Vielleicht der Blutdruck«, vermutete ihre Großmutter. Sie wedelte energisch mit der Hand. »Aber egal, solange er sich kaum auf den Beinen halten kann, sollte er sich erst einmal hinlegen. Bring ihn rauf in dein Zimmer. Ich sage deinem Großvater Bescheid.«

»Sollen wir einen Arzt rufen?«

»Dafür ist immer noch Zeit, jetzt warten wir erst einmal ab, ob er sich nicht auch so erholt.«

Nachdem Lara Damian die Treppe hinaufgeholfen und er sich bis auf sein T-Shirt und die Boxershorts entkleidet hatte, fiel er aufs Bett und gleich darauf in einen tiefen Schlaf.

Die letzten Gäste hatten das Haus verlassen. Lara hörte, wie ihre Großmutter in der Küche mit dem Geschirr klapperte. Sie hatte ein schlechtes Gewissen, weil sie ihren Großeltern die ganze Arbeit überließ, aber gleichzeitig brachte sie es nicht über sich, Damian allein zu lassen.

Im Raum herrschte das Licht einer einzelnen Nachttischlampe, die auf einem kleinen Tisch in der Ecke stand. Lara saß auf einem Stuhl und dachte nach.

Sie machte sich keine Sorgen mehr, denn inzwischen hatte seine Gesichtsfarbe die unnatürliche Blässe verloren und sein Atem ging ruhig und gleichmäßig. Neben dem Bett lag Damians völlig zerfetzter Mantel auf dem Boden. Lara hob ihn auf, wendete ihn und betrachtete verwirrt die langen Risse auf der Rückseite. Es sah aus, als habe ein Raubtier mit messerscharfen Krallen Damian angegriffen, aber das war natürlich Unsinn. Gleiches galt für das Hemd, das er getragen hatte, auch hier war der Stoff in Fetzen gerissen worden. Was war bloß geschehen?

Ihr Blick fiel auf Damians schmales Antlitz und sie dachte darüber nach, wie jung und verletzlich er im Schlaf aussah. Im Augenblick wirkte er wie ein kleiner Junge mit verstrubbelten Haaren – obwohl Lara wusste, wie viel Kraft in seinem Körper steckte.

Als Damian sich im Schlaf drehte, erhob sich Lara und zog die verrutschte Bettdecke wieder über seine Schultern. Es klopfte leise an die Tür. Lara öffnete sie einen Spalt und blickte in die fragenden Augen ihrer Großmutter.

»Wie geht es ihm?«

»Ich denke gut. Er schläft noch immer«, antwortete Lara leise. »Meinst du, ich soll ihn wecken, damit er nach Hause kann?«

Ihre Großmutter schüttelte den Kopf. »Lass ihn schlafen.«

»Seine Kleidung ist zerfetzt und schmutzig. Kannst du ihm etwas von Opa ausleihen? Ein Hemd und eine Jacke vielleicht, damit er morgen früh etwas zum Anziehen hat?«, fragte Lara.

Ihre Großmutter sah sie nachdenklich an, nickte dann aber. »Ich werde etwas vor die Tür legen.«

»Danke, Oma.« Und nach einer kurzen Pause fügte sie

schließlich noch hinzu: »Danke für alles, was du für mich getan hast, seit ich in Berlin bin.«

Martha gab ihrer Enkelin einen Kuss auf die Wange. »Gute Nacht, Lara. Schlaf gut.«

Nachdem ihr Großmutter gegangen war, setzte sich Lara auf die Bettkante. Vorsichtig ließ sie sich aufs Bett sinken. Als sie neben Damian lag, drehte Lara sich auf die Seite und sah ihn lange an. Sie streckte ihre Hand aus und strich über seine Wange.

»Wenn du wüsstest, wie sehr ich dich liebe«, flüsterte sie.

Damian schlug die Augen auf. »Dann sag es mir«, antwortete er leise.

»Du bist wach?«

»Ja, gerade eben aufgewacht.«

»Das solltest du nicht hören.«

»Es war das Schönste, das ich je gehört habe.«

»Wirklich?«

Statt einer Antwort drehte er sich vom Rücken auf die Seite, bis er ihr genau gegenüberlag. Ihre Gesichter waren nun nur noch wenige Zentimeter voneinander entfernt und er sah sie ruhig an. In seinen Augen stand ein Ausdruck, der all ihre Fragen beantwortete. Lara schloss die Augen, beugte sich vor und küsste ihn sanft auf die Lippen. Ihr Kuss wurde zart erwidert.

Als Lara ihre Augen öffnete, sah Damian sie an. In seinen Augen lag Sehnsucht, aber auch etwas anderes, das sie nicht benennen konnte.

Damian sah sie an und sein Herz schien zerspringen zu wollen. Lara war so unendlich schön und so unendlich verletzbar. Er streckte seine Hand nach ihr aus und zog ihren Kopf zu sich heran. Ihre Lippen fanden sich in einem langen Kuss.

Es kann nicht sein, was nicht sein darf, schrie es stumm in ihm. Seine Hände tasteten sich zwischen sie, sanft schob er sie von sich.

»Lara . . .« Dann schwieg er.

»Willst du mit mir schlafen?«, fragte Lara zaghaft und er konnte die Angst in ihrer Stimme hören, wenngleich in ihren Augen auch ihr Verlangen zu sehen war. Ihre Augen waren so voller Liebe.

Damian beugte sich vor, nahm sie fest in die Arme. »Dafür ist es noch zu früh, Lara. Ich möchte dich einfach nur halten. Dich spüren und bei dir sein.«

Lara ließ sich zurück auf ihr Kissen sinken. Kurz durchzuckte sie eine Woge der Enttäuschung, doch dann machte sich Erleichterung in ihr breit. Schweigend drehte sie sich wieder Damian zu, bettete ihren Kopf auf seiner Schulter und atmete tief seinen Duft ein, als er seine Arme um sie schlang. Sie sagte nichts und auch Damian schwieg. Schließlich hörte sie an seinem gleichmäßigen Atmen, dass er eingeschlafen war. Kurz darauf übermannte auch sie die Müdigkeit und geborgen ließ Lara sich in die dunkle Umarmung der Nacht sinken.

44.

Arias lehnte mit dem Rücken gegen die kühle Wand des Hauseingangs. Eine nackte Glühbirne baumelte von der Decke herab und ihr Lichtschein zuckte im Durchzug der offenen Tür über die beiden Männer, die sich hier trafen, um miteinander zu sprechen, obwohl sie beide fühlten, dass Worte sie nicht mehr verbinden, sondern nur noch trennen konnten. Arias hielt den Kopf gesenkt, starrte auf seine gefalteten Hände und fragte leise: »Warum?«

Gabriel ließ sich Zeit. Sein Blick wanderte hinaus in die Nacht und in seinen Gedanken war er bei dem, was kommen mochte. Schließlich sagte er: »Er ist nicht mehr unser Feind.«

Arias' Augen richteten sich auf ihn. »Damian ist einer von Satans treuesten Dienern. Wir müssen ihn töten und das Mädchen schützen.«

»Ich glaube nicht, dass ihr Gefahr von ihm droht. Ganz im Gegenteil. Was heute geschehen ist, zeigt mir, dass er den Befehlen des Höllenfürsten nicht mehr gehorcht. Warum sonst sollte ihn einer seiner Jäger angreifen?«

»Das wissen wir nicht. Niemand kann ahnen, was in den Köpfen dieser Bestien vor sich geht. Sie töten um des Tötens willen. Grausamkeit ist ihre Natur.«

»Ja, aber die dunklen Engel sind ihre Herren. Dämonen sind nur Sklaven, die von ihren Trieben gesteuert werden. Dass einer von ihnen eine derartige Tat wagt, beweist, dass sich etwas im Reich der Schmerzen verändert hat.«

»Es beweist gar nichts«, widersprach Arias heftig. »Und

wir können es uns nicht leisten, ihr Verhalten zu deuten. Das Mädchen ist in Gefahr. Wir müssen handeln.«

Gabriel sah ihn ruhig an. »Wie bei dem Überfall auf die Dämonen?«

»Gavals Tod verlangte nach Sühne.«

Mit einer kaum wahrnehmbaren Bewegung schüttelte Gabriel den Kopf. »Nein, es war der von dir empfundene Verlust, der nach Rache schrie. Dein Zorn und deine Wut, die du nicht kontrollieren wolltest. Du hast getötet, um den Schmerz in dir zu lindern, und hast dabei andere in Gefahr gebracht. Linas ist für deine Rache gestorben.«

Arias sprang auf. »Er starb im Dienst des Herrn. Im Kampf gegen das Böse. Er diente dem Licht – etwas, dass du vergessen zu haben scheinst.«

Gabriel wollte seinen Gefühlen freien Lauf lassen. Arias anbrüllen, ihn schütteln, damit er wieder zur Vernunft kam, aber er wusste, dass jedes weitere Wort ihn nur noch mehr aufbringen würde, also zügelte er sich. »Sprich nicht so zu mir.«

Arias' Miene entspannte sich, als er erkannte, dass er zu weit gegangen war. »Gabriel, es tut mir leid, das hätte ich nicht sagen sollen. Trotzdem . . .«

Gabriel sah ihn fragend an.

». . . kann ich dir nicht mehr folgen. Dein Weg ist nicht mehr mein Weg.«

Gabriel fühlte einen Stich in seinem Herzen. Trauer lag in seinem Blick, als er fragte: »Was hast du vor?«

»Zu Ende bringen, was du begonnen hast.«

Der 1. Kreis der Hölle

Asiszaar hatte den ersten Kreis der Hölle erreicht. Er stand auf einer hohen Felsnadel und blickte hinab auf die öde Ebene zu seinen Füßen.

Dunkler Stein und feurige Flüsse, so weit das Auge reichte. Hier gab es kein Leben. Keine Pflanzen, keine Tiere, nichts außer stickig heißer Luft und den Gestank des aufsteigenden Schwefels. Über den grauen Himmel zogen tief hängende, bleischwere Wolken, die sich an manchen Stellen zu mächtigen Gebilden auftürmten, aus denen Blitze zur Erde herabfuhren. In regelmäßigen Abständen rollte Donner über das Land.

Asiszaar grinste. Er liebte diesen Anblick. Den Anblick von Tod und Verderben. Diese Landschaft, die so schwarz wie seine Seele war. Als er Satan nach dem großen Fall in die Hölle gefolgt war, war mit ihm eine Veränderung vorgegangen.

Im Gegensatz zu vielen anderen dunklen Engeln genoss er sein neues Dasein, die Fähigkeit, Schmerzen zu verursachen, die Fähigkeit zu töten. Grausamkeit war zu seiner Natur geworden und darum betrachtete ihn Satan als einen vorzüglichen Krieger.

Auch jetzt war er wieder auf der Jagd und seine Beute würde ihm nicht entkommen. In seiner Brust loderte das Feuer des Hasses, als er an Damian dachte, der ein Günstling Satans war und ein Vertrauen erfuhr, das er nicht verdiente.

Endlich, endlich hatte der Fürst erkannt, was für ein Schwächling Damian war, den er einst Bruder nannte. Nun spie Satan seinen Namen voller Verachtung aus und nannte ihn Verräter. Asiszaars Grinsen wurde noch breiter, als er an den qualvollen Tod dachte, den er Damian bereiten wollte.

In der Ferne flimmerte das Energiefeld des Portals. Durch dieses Tor würde er die Welt der Menschen betreten. Der Gedanke an die Vergnügungen, die ihm all die schwachen Lebewesen bereiten würden, ließ ihn erschauern.

Ein Geräusch in seinem Rücken schrie nach seiner Aufmerksamkeit. Asiszaar wandte sich langsam um, obwohl er sich der Gefahr, in der er schwebte, bewusst war.

Vor ihm stand eine Gruppe abtrünniger Dämonen. Rebellen, die es irgendwie geschafft hatten, bis auf diese Ebene vorzudringen. Sie waren fast am Ziel ihrer Träume, denn nicht weit von hier lockte das Portal mit Freiheit. Aber zwischen ihnen und dieser Freiheit stand er. Sie würden versuchen, ihn zu töten.

In ihren monströsen Fratzen konnte er Gewissheit und Zuversicht erkennen. Das hier waren erprobte Kämpfer, die in der Schlacht gestanden und dunkle Engel getötet hatten. In ihren Fäusten hielten sie Waffen und ihre bulligen Leiber waren mit Rüstungen von Satans Kriegern bedeckt.

Asiszaar zählte sechs von ihnen – falls sich nicht weitere Gegner verbargen und die Gruppe nur die Vorhut darstellte. Aber das glaubte er nicht. Zwei der Dämonen waren geflügelte Wesen mit menschlichen Körpern, aus denen lederartige Flügel wuchsen. Ihre Gesichter ähnelten mumifizierten Fledermäusen. Die spitzen Zähne ließen keinen Zweifel daran, dass diese Monster gefährlich waren. Asiszaar nahm sich vor, sie ganz besonders im Auge zu behalten. Die anderen vier Abtrünnigen waren bullige Dämonen von über sieben Fuß Höhe. Muskelbepackt, mit Stiernacken und widderförmigen Hörnern, die aus ihrer Stirn wuchsen. Die dunklen Engel nannten diese Art *Golem,* da sie zumeist nur zu primitivem Denken fähig waren. Aber es gab Ausnahmen. Eine dieser Ausnahmen deutete mit seiner Pranke auf ihn.

»Geh uns aus dem Weg«, knurrte die Bestie.

Asiszaar sah sich gelassen um. »Und wenn nicht? Es ist ziemlich eng hier oben.«

»Werden wir dich töten und dein Fleisch essen.«

Der Krieger lächelte, aber dieses Lächeln erstarb urplötzlich. Dann zischte er: »Nein, ich werde *euch* töten, wenn ihr euch nicht vor mir in den Staub werft. Winselt um Gnade und euer Tod wird ohne Schmerzen sein.«

Der Dämon fauchte wild auf. Er und die drei anderen Golem bildeten einen Halbkreis, während die Geflügelten zum Himmel stiegen, um sich auf Asiszaar zu stürzen.

In den Händen des dunklen Engels erschienen gebogene schwarze Klingen, die so scharf aussahen, als könnten sie die Luft in Scheiben schneiden. Asiszaar bleckte die vernarbten Lippen.

»Seht euch noch einmal um, denn es ist das Letzte, was ihr von dieser oder jeder anderen Welt sehen werdet«, knurrte er und ging in Kampfstellung.

Dann begann das Gemetzel.

45.

Lara erwachte und reckte sich wohlig im Bett. Sie hatte wunderbar geschlafen. Ohne die Augen zu öffnen, streckte sie die Hand nach Damian aus, aber das Bett neben ihr war leer.

Verwirrt richtete sie sich auf und blickte sich um, aber sie spürte, dass er gegangen war. Auf dem Kopfkissen lag eine Nachricht von ihm.

Lara!

Bitte sei nicht enttäuscht, dass ich nicht bei dir bin, aber ich muss jetzt allein sein. Das hat nichts mit dir zu tun und hat es doch. Ich weiß, es ist schwer zu verstehen, ich verstehe es ja selbst kaum.

So vieles ist in den letzten Tagen geschehen, ich bin verwirrt und brauche Zeit, um über alles nachzudenken.

Außerdem habe ich dringende Angelegenheiten zu erledigen, die keinen Aufschub dulden. Bitte glaube mir, es geht nicht anders.

Damian

Lara hätte am liebsten aufgeschrien. Für ein paar Sekunden war eine unendliche Leere in ihrem Kopf, dann überschlugen sich ihre Gedanken förmlich. Was sollte seine alberne Bitte, sie solle nicht enttäuscht sein? Ihr Innerstes brannte vor Sehnsucht nach ihm, vor Enttäuschung darüber, dass er nicht da war. Lara stieß ein bitteres Lachen aus. Wieder einmal hatte sie jemand verlassen, den sie liebte. Erst Ben und jetzt Damian.

Wie versteinert lag sie auf ihrem Bett, den Zettel hielt sie noch immer in ihrer Hand, die vor Wut zitterte. Ihre Augen brannten, doch Tränen kamen keine. Sie hätte es besser wissen müssen! Warum nur hatte sie sich so leichtfertig verliebt?

Sie war glücklich gewesen, als sie letzte Nacht neben ihm eingeschlafen war. Es hatte sich so gut angefühlt. Doch das Erwachen war wie ein Schlag ins Gesicht, als sie vor wenigen Augenblicken ihre Hand ausgestreckt hatte und er war nicht da. Damian hatte sie allein gelassen, allein mit all ihren Gefühlen. Und nun blieb nichts von ihm zurück, nichts außer seinem Duft, der Lara vom Kopfkissen in die Nase stieg.

Wütend sprang sie aus dem Bett, den Zettel noch immer fest in der Hand haltend. Ihre Augen huschten erneut über das Stück Papier.

Er schrieb davon, dass er verwirrt war.

Das bin ich auch, schrie Lara stumm auf. *Aber deshalb laufe ich nicht einfach davon.*

Dringende Angelegenheiten? Was für eine billige, schäbige Ausrede! Was für dumme, leere Worte! *Dringende Angelegenheiten* waren nur ein anderes Wort für Feigheit. Hatte sie denn nichts Besseres verdient als einen läppischen Zettel voller Lügen und Ausflüchte?

Sie hatte Damian ihr Herz geschenkt und er hatte es zerschmettert.

Etwas in Lara zerbrach. Sie spürte, wie ein Feuer ihre Seele verbrannte. Blitzende Sterne tanzten vor ihren Augen. Heiße Wut stieg in ihr auf. Ohnmächtiger Zorn.

Mein Vater hat mich verlassen. Ben hat mich verlassen. Und nun auch du.

Ohne es zu merken, zerknüllte sie den Brief in ihrer Faust. Sie presste das Papier so stark zusammen, dass die Adern auf ihrer Hand hervortraten.

»Niemand wird mich jemals wieder verlassen, dafür werde ich sorgen«, sagte sie und ihre Stimme klang wie knisterndes Feuer.

Lara sah ihre Umgebung durch einen blutroten Schleier. Sie empfand glühende Verzweiflung. Sie spürte nicht, wie die Flammen zwischen ihren Fingern hindurchzuckten und das Papier in ihrer Faust zu Asche verbrannte.

Etwas in ihr war erwacht.

Arias saß auf einer Bank am Alexanderplatz. Seine Augen folgten einer Touristengruppe, die einem jungen Mann mit in die Luft gerecktem Regenschirm hinterherlief. Ein paar Jugendliche fuhren mit ihren Skateboards auf und ab und das alberne Kichern zweier Mädchen drang an sein Ohr. Obwohl Arias' Augen scheinbar dem folgten, was um ihn herum passierte, war er in seinen Gedanken ganz woanders. Sie kreisten um Gabriel.

Er bedauerte die Vorwürfe nicht, die er dem Engel gemacht hatte, aber wie sie ausgesprochen worden waren, war unangemessen gewesen. Gabriel war ein großer Krieger und ein weiser Anführer. Arias liebte ihn von Herzen, aber er sah auch die Gefahr heraufziehen, die durch Gabriels Zögern nur noch größer wurde. Satan hatte Damian in diese Welt gesandt, damit er sich des Mädchens bemächtigte. Was er mit ihr vorhatte, wusste er nicht. Wer konnte schon wissen, was Satans schwarze Seele begehrte?

Das Mädchen war von großer Bedeutung.

Arias spürte, dass ihr Schicksal über das Schicksal der

Menschen entscheiden konnte. Umso wichtiger war es, nicht länger einfach nur abzuwarten, sondern den gegnerischen Anführer zu vernichten – auch wenn der Gedanke, einen dunklen Engel zu töten, ihm Unbehagen bereitete. Sein Tod würde die dämonischen Jäger führerlos zurücklassen. Wie eine Schlange, der man den Kopf abgeschlagen hatte, wären sie unfähig, Satans Befehle zu befolgen. Gabriel würde die Zeit bekommen, die er brauchte, um mit dem Mädchen zu reden.

Aber dafür mussten sie handeln. Jetzt!

Kannst du es nicht sehen, Gabriel?, schrie er stumm auf. *Jeder Tag, der vergeht, jede Stunde bringt Satan der Erfüllung seiner Träume näher. Er hat uns schon einmal verraten. Nun will er sich erneut an Gottes Schöpfung vergehen. Nur wir stehen zwischen ihm und dem Ende der Welt.*

Arias ließ seinen Blick über all die Menschen schweifen, die gerade über den Platz liefen. In seiner Seele echote eine einzige Frage.

Bin ich würdig?

Bin ich würdig, Gottes Plan zu erfüllen?

Darauf gab es keine Antwort. Jede Antwort wäre anmaßend gewesen, denn es hätte bedeutet zu glauben, den Willen des Schöpfers zu kennen.

Er versuchte, alle Geräusche auszublenden und in sein Inneres zu lauschen. Er *musste* es fühlen. Doch alles, was er fühlte, war Verzweiflung.

Tränen liefen über sein Gesicht. Langsam stand er auf und überquerte den Platz. Er konnte nicht mehr warten. Die Zeit zu handeln war gekommen. An einer Ampel blieb er stehen, legte den Kopf in den Nacken und schloss langsam die Augen. Das Gesicht zum Himmel gewandt, begann er zu beten.

46.

Lara erwachte wie aus einem dunklen Traum. Sie saß auf der Bettkante und wie ein Puzzle setzte sich Stück für Stück das Zimmer vor ihren Augen zusammen. Sonnenschein fiel durch die geöffneten Vorhänge auf den Boden und sie starrte auf das Muster aus Licht und Schatten.

Hell. Dunkel. Weiß. Schwarz.

Was war mit ihr geschehen? Warum saß sie hier? Wo war Damian?

Dann fiel es ihr wieder ein. Dieses Mal erfüllte sie keine zügellose Wut, sondern nur eine alles umfassende Traurigkeit. *Der Brief!* Sie wollte ihn noch einmal lesen.

Lara öffnete ihre geballte Faust. Kleine Aschefetzen stoben im Luftzug davon. Verblüfft starrte sie auf ihre verrußte Hand. Sie konnte sich nicht daran erinnern, das Stück Papier verbrannt zu haben – und doch musste es so sein, denn woher sollte sonst die Asche kommen?

Lara beugte sich vor und blies vorsichtig über ihre Handfläche. Ein letztes Stück verkohltes Papier schwebte davon.

Was habe ich bloß falsch gemacht? Warum liebt mich niemand? Als ihr im nächsten Moment Tränen in die Augen stiegen, verfluchte sie sich für ihr Selbstmitleid. Sie ganz allein war schuld an ihrem Elend. Niemand zwang sie dazu, ihr Herz ständig an den Falschen zu verschenken.

Ein bitteres Lächeln kroch über ihr Gesicht.

Liebe? Ist wohl nicht mein Ding, also sollte ich es in Zukunft besser einfach bleiben lassen!

Lara wusste nicht, wie lange sie auf ihrem Bett saß und

vor sich hin starrte, aber allmählich klang der Schmerz in ihrem Inneren ab. Zurück blieb ein dumpfes, schales Gefühl, aber immerhin konnte sie wieder klar denken.

Die Ferien waren bald zu Ende, dann würde sie in ihr altes Leben zurückkehren, sich auf die Schule konzentrieren und sich ansonsten um sich selbst kümmern. Aber erst einmal musste sie diesen Tag in Angriff nehmen.

Lara erhob sich vom Bett und ging ins Badezimmer. Sie putzte sich die Zähne und wusch sich das Gesicht. Einige Minuten lang kämmte sie ihr langes Haar durch. Sie tat es gedankenlos und ohne sich darum zu kümmern, ob sich neue Knoten bildeten. Nachdem sie etwas Rouge aufgelegt hatte, wagte sie es endlich, sich selbst im Spiegel zu betrachten.

Was sie erblickte, war okay. Nicht mehr und nicht weniger. Sie sah nicht gerade wie das blühende Leben aus, aber sie hatte auch keine vom Weinen geröteten Augen oder geschwollene Tränensäcke.

Scheiß drauf. Ab jetzt ist Schluss mit der Flennerei!, beschwor sie sich stumm.

Bald kam ihr achtzehnter Geburtstag, dann galt sie offiziell als erwachsen. Es war an der Zeit, sich auch so zu benehmen.

So, und was ich mache ich jetzt mit meinen letzten Tagen in Berlin?, fragte sich Lara und verbot sich jeden weiteren Gedanken an Damian.

Sie beschloss, die Zeit zu nutzen, um mehr über ihren Vater in Erfahrung zu bringen. Und sie würde sofort damit beginnen. Lara wusste, dass sie gar nicht erst ihre Großeltern zu fragen brauchte. Diese hatten sich ihre eigene Version der Geschichte zurechtgelegt. Aber vielleicht konnte sie irgendwo im Haus wenigstens ein paar neue Hinweise finden, die ihr weiterhalfen.

Als sie vor sich hin grübelte, wo sie mit ihrer Suche beginnen sollte, kam ihr plötzlich das gestrige Gespräch mit dem Buchhändler in den Sinn. Der Alte hatte irgendetwas von einem Foto aus dem Jahr neunzehnhundertsiebenundsechzig erzählt, auf dem angeblich er und seine verstorbene Frau abgebildet sein sollten – gemeinsam mit ihrem Vater.

Das Foto aus der Bibliothek fiel Lara ein. Meinte er vielleicht diese Aufnahme? Nein, das konnte nicht sein. Der Alte musste etwas durcheinandergebracht haben, denn ihre Mutter war damals ja erst ein Jahr alt gewesen – und dementsprechend jung war ihr Vater zu dieser Zeit.

Lara versuchte, sich das Foto ins Gedächtnis zu rufen, und dabei fielen ihr die beiden Figuren ein, die abseits der anderen auf dem Foto zu sehen waren. Konnte es sich bei einem von ihnen um ein Kind handeln? Konnte es sein, dass tatsächlich ihr Vater auf diesem Foto zu sehen war?

Laras Herz begann, schneller zu schlagen. Wenn es so wäre, dann hätte ihre Mutter den unwiderlegbaren Beweis, dass ihre Eltern ihren späteren Verlobten schon lange zuvor gekannt hatten. Dass alles ein abgekartetes Spiel war.

Aber warum sollten ihre Großeltern so etwas tun? Welches Geheimnis verbargen sie? Was steckte hinter alldem?

Die Antwort war auf dem Foto zu finden, das spürte Lara deutlich.

Aufgeregt stürmte sie die Treppe hinunter.

Damian wanderte ruhelos durch die Stadt. Ohne die Menschen zu beachten, ging er den Ku'damm entlang. Ziellos, allein mit sich und seinen Gedanken.

Das Erwachen heute Morgen war schmerzhaft gewesen. Lara hatte noch immer in seinem Arm gelegen. Wie friedlich ihre Gesichtszüge gewirkt hatten. Wie glücklich. Er wusste, dass sie ihn über alles liebte. Und dennoch war er gegangen.

Ich musste es tun, sagte er sich immer wieder. Aber hatte er wirklich gehen müssen? Noch bevor sie erwacht war?

Ja.

Nein.

Damian war vollkommen verwirrt. Aber eines wusste er ganz genau: Wäre er geblieben, hätte Lara die Wahrheit in seinen Augen gelesen. Und die Wahrheit war, dass er sie nicht lieben konnte. Nicht lieben durfte. Um ihrer selbst willen. Der Schmerz über diese Erkenntnis hätte ihre Seele verbrannt. So wie alles andere, das er berührte.

Er war ein gefallener Engel, unfähig zu lieben und dennoch . . . nein, es konnte nicht sein, was nicht sein durfte. Seine Zeit in dieser Welt war begrenzt und bald musste er in die Hölle zurückkehren. Und wieder würde Laras Herz brechen, wenn erneut jemand, den sie liebte, sie verlassen würde. Zuerst ihr Vater, dann Ben und schließlich er.

Die Wahrheit? Konnte er ihr die Wahrheit sagen? Vielleicht würde sie ja verstehen . . .

Nein!, entschied er. Wer konnte schon die Art von Wahrheit ertragen, die er anzubieten hatte? Lara würde zerbrechen. Sich selbst für alle Zeiten fremd werden.

Damian lauschte in sein Innerstes und entdeckte ein Gefühl, von dem er geglaubt hatte, es sei für immer verloren. Mitgefühl. Mitleid. Er litt mit ihr, konnte erahnen, wie sich Lara nun fühlen musste. Kurz versank er in ihrem Schmerz, dann schüttelte er energisch den Kopf.

Nun war nicht die Zeit für Mitleid. Er musste etwas tun.

Sofort.

Aber wo sollte er hin? Was konnte er unternehmen?

Damian blieb plötzlich stehen. Inmitten all der Menschen, die ärgerlich schimpfend an ihm vorbeidrängten. Und dann kannte er die Antwort.

Wenn ich sie schon nicht lieben kann, dann muss ich sie schützen. Vor mir und den anderen, die so sind wie ich.

Es war nur so unglaublich schwer, denn wenn er diesen Schritt tat, gab es kein Zurück mehr.

Aber wollte er überhaupt zurück?

Nein!

Die Entscheidung war gefallen.

47.

Als er das Portal durchschritt, brannte sein Körper, so als streiche Feuer darüber. Dann war es vorbei. Asiszaar erschien im Keller eines Mietshauses. Um ihn herum herrschte fahle Dunkelheit und seine Augen brauchten einen Moment, um sich an die Lichtverhältnisse zu gewöhnen. Als er einzelne Konturen ausmachen konnte, bleckte er die Zähne zu einem wilden Lächeln.

Er war da! Die Welt der Menschen mit all ihren Vergnügungen lag vor ihm. Vorfreude auf die Jagd raste durch seinen Körper und ließ ihn erschauern. Dann zwang er sich zur Ruhe. Satan hatte ihm einen eindeutigen Befehl gegeben. *Bring mir das Mädchen! Töte den Verräter!*

Er schloss die Augen für einen Moment und sog tief die abgestandene Luft ein. Es war kühl hier unten. Obwohl der Staub in seiner Nase kitzelte, empfand er das Gefühl zu atmen als angenehm.

Asiszaar öffnete die Augen und streckte beide Hände vor sich aus. Flammenzungen zuckten aus seinen nach oben gekehrten Handflächen und erleuchteten die Umgebung. Aufmerksam sah er sich um. In einer Ecke des Kellers waren verrostete Gartenstühle aufeinandergestapelt. Auf einem Holzregal standen ein paar leere Einmachgläser, von denen viele gesprungen waren, und an der gegenüberliegenden Wand lehnte ein altes Fahrrad ohne Sattel.

Am anderen Ende des Raumes führte eine steile Treppe in die Oberwelt. Als Asiszaar die Stufen hinaufstieg, knarrte das alte Holz unter seinem Gewicht.

Oben angekommen, versperrte ihm eine abgeschlossene Tür den Weg. Asiszaar zögerte nicht. Das Feuer in seiner rechten Hand erlosch und er stieß mit der Faust gegen die Tür, die daraufhin aus den Angeln gerissen und in den nächsten Raum geschleudert wurde.

Er betrat das Erdgeschoss des Hauses und blickte sich um. Nackte Wände, mit Blut und Fäkalien verschmiert, glotzten ihn stumm an. Hier gab es nichts. Nichts außer vertrockneten Knochen, die den Boden bedeckten und unter seinen Schritten zersplitterten. Ein Fenster fehlte. Asiszaar ging hinüber und blickte hinaus.

Vor ihm lag ein verlassener Hof, über den der Wind vertrocknetes Laub wehte. In den Ritzen des Kopfsteinpflasters wuchsen Grasbüschel. Das Wrack eines Autos, dessen Marke man nicht einmal mehr erahnen konnte, rostete einsam vor sich hin.

Asiszaar sah sich aufmerksam um. Doch auch hier drohte keine Gefahr. Keine Menschen. Keine Dämonen. Nichts außer dem Wind, der über sein Gesicht strich und den verlockenden Duft von Beute mit sich trug.

Der dunkle Engel löschte nun auch das Feuer, das noch immer über seine linke Hand züngelte, und ging zur Tür hinüber, die ihn in den Hof führte. Irgendwo, weit entfernt, kläffte ein Hund. Das heisere Gebell zog wie ein Klagelied über ihn hinweg, ohne ein Echo zu finden. Asiszaar orientierte sich kurz, dann ging er mit zügigen Schritten in Richtung der angrenzenden Straße, auf der weder Menschen noch irgendwelche Fahrzeuge zu sehen waren.

Er wusste, wo Damian zu finden war, aber erst musste er dorthin gelangen. Außerdem brauchte er Unterstützung – Dämonen, die er unter seinen Willen zwingen konnte, damit sie ihm dienten und den Verräter in seine Arme trieben. Er wusste nicht, wie loyal die mit Damian ausgesandten Jäger waren, aber Asiszaar war sich bewusst, dass er einer überwältigenden Übermacht gegenüberstehen konnte, und so hatte er beschlossen, die Hilfe der hier lebenden Dämonen für sich in Anspruch zu nehmen. Dazu musste er jedoch in die Innenstadt. Aber wie sollte er dorthin kommen?

Ratlos blieb er auf dem Bürgersteig stehen, als ein tiefes Brummen seine Aufmerksamkeit weckte. Asiszaar wandte den Kopf und sah einen gigantischen Lastwagen die Fahrbahn entlangkommen. Im nächsten Moment stand er mitten auf der Straße. Den Körper seitlich weggedreht, streckte er den rechten Arm aus, als wolle er mit der bloßen Hand das tonnenschwere Fahrzeug stoppen. Aber so weit kam es nicht. Mit einem protestierenden Kreischen und dem anschließenden Zischen der pneumatischen Bremsen kam der Lkw keinen Meter vor ihm zu stehen.

Ein Mann mittleren Alters beugte sich aus dem Fenster der Fahrerkabine. Von seiner Stirn lief Schweiß, das Gesicht war wutverzerrt. »He, du Arschloch. Was soll der Scheiß?«, brüllte er Asiszaar entgegen. »Bist du geil aufs Sterben?«

Asiszaar ging um die Frontseite des Fahrzeugs herum, bis er neben der Fahrertür stand. Er legte den Kopf in den Nacken und sagte ruhig: »Ich muss in die Stadt und du wirst mich dahin bringen.«

»Du kannst mich mal!«, kam als Antwort.

Der dunkle Engel lächelte. »Das war keine Frage«, entgegnete er und griff nach dem Türgriff, aber der Mann war schneller. Die Verriegelung rastete ein.

»Und nun?«, fragte der Mann.

Asiszaar packte den Griff und riss die Tür heraus. Achtlos warf er sie hinter sich, wo sie laut scheppernd über den Asphalt fegte.

»Fahren wir in die Stadt«, meinte Asiszaar.

48.

Lara stand in der Bibliothek und grübelte. In welchem Buch hatte sie das Foto gefunden? Mist, sie hätte sich den Titel merken sollen! Ihre Augen glitten die ordentlich aneinandergereihten Buchtitel entlang. Schließlich fand sie das Buch und schlug es ungeduldig auf. Sie nahm das Bild und ging damit zum Fenster hinüber, dann öffnete sie die Vorhänge ein Stück und betrachtete konzentriert die auf dem Foto abgebildeten Personen. Bis auf ihre Großeltern kamen ihr alle anderen Menschen fremd vor, obwohl . . .

. . . obwohl es sich bei dem Paar ganz links auf der Aufnahme um Fischer und seine Frau handeln konnte, aber so ganz sicher war sich Lara da nicht. Das Gesicht des Mannes lag im Schatten und wurde so verfremdet, dass es unmöglich war, ihn zweifelsfrei zu identifizieren. Falls es tatsächlich der Buchhändler war, dann war die Dame neben ihm wahrscheinlich seine Frau.

Lara richtete ihre Aufmerksamkeit als Nächstes auf die beiden Männer, die abseits der Gruppe standen und sich unterhielten. Aber sosehr sie sich auch konzentrierte, die Gestalten blieben nur formlose Schemen. Unmöglich zu sagen, ob einer von ihnen ein Kind war – was aber unwahrscheinlich war, da beide Personen ungefähr gleich groß waren und die Größe von Erwachsenen hatten.

Lara fluchte herzhaft, aber ihre Neugierde war endgültig geweckt. Sie fühlte einfach, dass mit diesem Foto etwas nicht stimmte. Klein, viereckig und unscheinbar lag es in ihrer Hand, zeigte eine Szene, wie sie unendlich viele Male schon abgelichtet worden war, und dennoch hatte Lara das untrügliche Gefühl, dass da etwas war. Es lag vor ihren Augen – sie konnte es nur nicht erkennen.

Sie brauchte eine Lupe! Hastig ging sie zum Schreibtisch ihres Großvaters, aber alle Schubladen waren abgeschlossen. In Filmen brach die Hauptfigur an dieser Stelle dann jedes Mal mit einem Brieföffner das Schloss auf, aber erstens fand Lara keinen Brieföffner und zweitens hätte sie sich auch nicht getraut, den teuren Schreibtisch ihres Großvaters zu beschädigen.

Was jetzt? Welche Möglichkeiten habe ich noch?

Sie drehte das Bild in ihrer Hand hin und her und starrte gedankenverloren darauf, als sie plötzlich ein Gedanke durchzuckte.

Das Fotoatelier!

Der Name des Fotoateliers stand auf der Rückseite. Verblasst, aber noch immer deutlich zu lesen. Es war ein Fotostudio in Berlin – und Lara kam sogar der Straßenname bekannt vor. Wenn sie sich nicht täuschte, war es gar nicht weit von hier.

Vielleicht gab es das Atelier noch und vielleicht fand sie dort Antworten auf ihre Fragen.

Lara wollte die Bibliothek gerade verlassen, als hinter ihr Schritte erklangen. Kurz darauf fragte die Stimme ihrer Großmutter: »Ist Damian schon gegangen?«

Mist! Lara hatte gedacht, ihre Großmutter wäre gar nicht zu Hause. Und sie hatte absolut keine Lust, mit ihr über ihre Vergangenheit oder gegenwärtigen Probleme zu diskutieren. Sie wollte einfach nur in Ruhe gelassen werden und das Rätsel um ihren Vater lösen. Sie hatte ein Recht darauf, die Wahrheit zu erfahren. Gleichzeitig ahnte sie, dass weder ihre Großeltern noch ihre Mutter ihr jemals erzählen würden, was damals wirklich vorgefallen war.

Lara drehte sich betont langsam um. Das Foto schien sich in ihre Handfläche brennen zu wollen, aber sie zwang sich, ruhig in die Augen ihrer Großmutter zu sehen.

»Ja, er war schon weg, als ich aufgewacht bin.«

Martha runzelte die Stirn. »So früh am Morgen?«

»Er hat mir eine Nachricht geschrieben. Anscheinend gibt es dringende Angelegenheiten, die keinen Aufschub dulden.« Laras Stimme triefte vor Spott.

»Ist etwas zwischen euch vorgefallen?«

Feurige Hitze schoss Lara ins Gesicht und sie spürte, wie erneut Wut in ihr aufbrandete.

Ja, er hat mich verlassen. Sonst noch Fragen?

»Nein, alles okay«, sagte sie stattdessen.

Der Blick ihrer Großmutter wurde bohrender. »Ging es ihm gut?«

Zum Teufel auch, bestimmt ging es ihm gut. Warum fragst du nicht mal, wie ich *mich fühle?*

»Irgendwas ist los mit dir, das spüre ich«, beharrte Martha. »Was hast du da eigentlich in der Hand?«

»Ein Foto.«

»Was für ein Foto?«

Lara hielt es ihrer Großmutter entgegen. Interessiert trat Martha einen Schritt näher, doch als sie einen Blick auf das Bild warf, schien alle Farben aus ihrem Gesicht zu weichen.

Aha, dachte Lara triumphierend, der die Reaktion nicht entging. Sie hatte also doch recht gehabt, ihrem Gefühl zu folgen und erneut nach dem Foto zu suchen.

»Was willst du damit und wo hast du es her?«

Der Tonfall war härter geworden, jede Fürsorge aus der Stimme ihrer Großmutter verschwunden.

»Ich wollte mir ein Buch ausleihen, da ist es herausgefallen«, entgegnete Lara ruhig. Seltsamerweise verspürte sie keinerlei Gewissensbisse oder Angst. »Vielleicht kannst *du* mir ja sagen, was es mit diesem Foto auf sich hat. Wer sind all diese Leute? Was haben sie auf der Taufe meiner Mutter zu suchen? Und wer sind die beiden Figuren im Hintergrund?« Laras Stimme hatte einen scharfen Unterton angenommen.

Martha fuhr sich verwirrt durch die kurzen Haare und brachte so, ohne es zu bemerken, ihre Frisur in Unordnung. Ihr war deutlich anzusehen, dass sie nach einer Antwort suchte, dass sie nach Ausflüchten und Lügen rang.

»Was auf dem Foto zu sehen ist oder nicht, spielt keine Rolle, denn ich möchte jetzt nicht mit dir darüber reden.«

»Nur jetzt nicht? Oder nie?«, fragte Lara gefährlich leise. »Ich will endlich Antworten auf meine Fragen.«

»Nicht heute . . . ein anderes Mal vielleicht«, stotterte ihre Großmutter. Dann wurde ihre Stimme zu Eis. »Und nun gib mir das Foto!«

»Nein!« Ihre Großmutter im Blick behaltend, zog Lara ihre Hand zurück und verbarg das Bild hinter ihrem Rücken. »Nicht bevor ich Antworten auf meine Fragen bekommen habe.«

»Lara, ich werde es nicht noch einmal sagen. Dieses Foto gehört mir, gib es her!«

»Nein! Du kannst es in einer Stunde wiederhaben, aber solange behalte ich es.«

»Was hast du damit vor?«

Als Lara schwieg, machte ihre Großmutter einen entschlossenen Schritt auf sie zu. Lara war klar: Sie würde ihr das Bild notfalls auch gewaltsam wegnehmen.

»Wage es nicht, mich anzufassen«, zischte Lara.

Martha zögerte und Lara nutzte die Gelegenheit, sich rasch an ihr vorbeizudrängen und in den Flur zu rennen. Sie schnappte sich ihre Jacke vom Haken und verließ das Haus.

49.

Damian saß in der U-Bahn. Das Abteil war fast leer, lediglich am hinteren Ende saß eine Mutter mit zwei kleinen Kindern, von denen eines, ein kleines Mädchen von vielleicht vier Jahren, in ihrem Arm eingeschlafen war, während ihr etwas älterer Bruder seinem eigenen Spiegelbild im Fenster Fratzen schnitt.

Als der Zug an der nächsten Station haltmachte, öffneten sich die automatischen Türen mit einem Zischen. Damian hörte in seinem Rücken, wie eine einzelne Person zustieg. Kurz darauf fuhr die Bahn mit einem Ruck wieder an.

Sie hatten die Haltestelle kaum verlassen, als ein Mann sich ihm gegenüber auf den Sitz fallen ließ. Er war mittelgroß, trug Jeans und eine dicke graue Sweatshirt-Jacke, deren Kapuze tief in die Stirn gezogen war. Die Hände steckten in den Jackentaschen, die Beine hatte er lässig ausgestreckt.

Damian versuchte, den Mann zu ignorieren, aber etwas an ihm beunruhigte ihn. Er hob den Kopf und sah den Mann direkt an. Eine Sekunde verging, dann schlug der andere die Kapuze zurück. Ein makelloses Gesicht erschien. Lange blonde Haare wurden sichtbar. Ein bitteres Lächeln zeichnete sich auf dem perfekten Mund ab.

»Ich bin Arias«, sagte er mit wohltönender Stimme, die er schließlich zu einem leisen Flüstern senkte. »Und ich bin gekommen, dich zu töten.«

Damian sah ihn eine Weile schweigend an, ehe er etwas sagte. »Ich erinnere mich an dich. Du bist ein Kämpfer Gabriels. In der großen Schlacht hast du gemeinsam mit ihm und Sanael gekämpft.« Ein Schatten huschte über sein Gesicht. »Aber das war vor dem Fall.« Er zögerte. »Warum willst du mich töten?«

»Du kennst die Antwort.«

»Ja«, gab Damian zu. »Wir sind Feinde. Heute und bis in alle Ewigkeit. Wir jagen und töten einander.«

»Du hattest die Wahl vor langer Zeit«, sagte Arias ruhig. »Du hast dich gegen das Licht und für die Dunkelheit entschieden.«

Damian lächelte freudlos. »Nein, ich habe mich für etwas anders entschieden – für Stolz und Eitelkeit. Für die Liebe zu jemandem, der es nicht wert war, geliebt zu werden. Nun bin ich verdammt. Aber sei gewarnt, Arias, auch du kannst fallen. Dein Vorhaben zeigt mir, dass du auf dem falschen Weg bist.«

»Ich stehe im Licht«, beharrte der Engel.

»Und tust dennoch gerade den ersten Schritt in die Dunkelheit.« Als Arias erneut widersprechen wollte, hob Damian die Hand. »Ich weiß, dass mein Tod deiner Seele nichts anhaben kann, aber die Freude, die du dabei empfinden wirst, wird es tun.« Er beugte sich vor und flüsterte: »Ist es nicht so, dass dich Wut und Zorn hierher getrieben haben? Ist es nicht so, dass Hass dich leitet? Ist das nicht der Weg, den Satan vor uns gegangen ist? Der Weg in die Dunkelheit.«

Arias sprang auf. Seine Hand schoss vor und packte den anderen am Jackenaufschlag. Das Gesicht war wutverzerrt, als er zischte: »Du kannst reden, solange du willst, aber ich kenne meinen Weg und deiner endet hier. Wenn du ein Krieger bist, steigst du an der nächsten Haltestelle mit mir aus.«

»Ich will nicht mit dir kämpfen.«

»Du hast keine Wahl.«

»Dann flehe ich dich an. Lass uns in Frieden auseinandergehen. Es gibt wichtigere Dinge als . . .«

Arias' Blick war blankes Feuer, seine Züge schienen wie aus Stein gemeißelt. »Dafür ist es zu spät. Kämpfe und stirb ehrenvoll.«

»Und wenn ich mich weigere?«

»Werde ich dich gleich hier vernichten.«

Damian nickte in Richtung der Frau und der Kinder. Der kleine Junge sah noch immer zum Fenster hinaus, aber seine Mutter hatte die Auseinandersetzung bemerkt und blickte ängstlich herüber. Damian lächelte ihr beruhigend zu, aber die Frau hörte nicht auf, ihn und Arias anzustarren.

»Was ist mit ihnen?« Arias sah Damian eindringlich an. »Du weißt, dass ich die Macht besitze, sie vergessen zu lassen.«

Ein müder Ausdruck überzog Damians Gesicht. Er hatte gehofft, den Engel noch umstimmen zu können, aber nun erkannte er, dass es sinnlos war. »Dann soll es so sein.«

Arias lächelte.

Lara rannte die Straße entlang. Sie wusste, dass ihre Großmutter ihr nicht folgte, aber sie wollte Distanz zwischen sich und das Haus ihrer Großeltern bringen. Einen Abstand, der es ihr ermöglichte, wieder frei atmen und klar denken zu können.

Der Tag war genauso trübe wie so viele in letzter Zeit. Tief hängende Wolken verbargen die Sonne und das allumfassende Grau ließ alle Farben blasser erscheinen. Es waren kaum Leute unterwegs. Lediglich eine junge Frau mit Kinderwagen kam ihr entgegen. Lara warf der jungen Mutter einen flüchtigen Blick zu. Etwas an der Frau mit den grellrot geschminkten Lippen kam ihr bekannt vor. Wahrscheinlich wohnte sie in dieser Straße und Lara war ihr in den letzten Tagen schon öfter begegnet, ohne sie bewusst wahrzunehmen.

Doch ihre Gedanken wanderten zu einer anderen Person, als sie den Park erreichte – den Ort, an dem sie scheinbar vor einer kleinen Ewigkeit Damian kennengelernt hatte. Lara verlangsamte ihren Schritt und blieb schließlich stehen. Ihr Herz klopfte wild in der Brust und ihr Schädel pochte im Takt ihres Herzschlags. Noch immer hielt sie das Foto in der Hand. Nun starrte sie es erneut an.

So klein, so unbedeutend. Dennoch barg es die Antworten auf all ihre Fragen, das hatte die Reaktion ihrer Großmutter deutlich gezeigt. Weshalb sonst hatte sie das Bild unbedingt zurückhaben wollen? *Wahrscheinlich hätte sie es vernichtet,* dachte Lara bitter. Niemand wollte, dass sie die Wahrheit über ihren Vater erfuhr, am wenigsten ihre Großeltern.

Unwillkürlich musste Lara an ihre Mutter denken – und an ihre Theorie, dass das Ganze damals ein abgekartetes Spiel war. Einen Moment überlegte sie, ob sie ihre Mutter anrufen und ihr von dem Foto erzählen sollte. Doch dann entschied sie sich dagegen. Wahrscheinlich kannte ihre Mutter die Aufnahme nicht einmal und würde sich nur unnötigerweise aufregen. Noch wusste Lara gar nichts und ihre Vermutungen beruhten auf dem wirren Geschwätz eines alten Mannes, der vielleicht Ereignisse und Zeiten durcheinanderbrachte.

Letztendlich war es nur ihr Gefühl, der Wahrheit auf der Spur zu sein – aber ihre Gefühle konnten sie täuschen, wie die Erfahrung mit Ben und Damian gezeigt hatte.

Lara ging zu einer Parkbank, wischte mit dem Ärmel ihrer Jacke darüber, um den gröbsten Schmutz zu entfernen, und setzte sich. Den Oberkörper vorgebeugt, sah sie das Foto an, das sie mit beiden Händen festhielt, als könne es beim ersten Windstoß davongetragen werden.

So viele Fragen.

Keine Antworten.

Nur ein unscharfes Bild, das über vierzig Jahre alt war. Die Menschen darauf waren entweder bereits verstorben oder alte Leute. Bis auf ihre Großeltern und den Buchhändler kannte Lara niemanden auf dem Bild.

Einen Moment lang war sie versucht, den Buchladen noch einmal aufzusuchen und mit dem alten Fischer zu reden, aber eine innere Stimme sagte ihr, dass dies nichts bringen würde. Der Mann war senil. Vielleicht wusste er etwas über ihre Vergangenheit, vielleicht auch nicht. Seine Aussagen würden sie nur zusätzlich verwirren, da sie nicht wissen konnte, welchen sie Glauben schenken konnte und welchen nicht.

Nein. Konkrete Antworten steckten nur in dieser verblassten Schwarz-Weiß-Aufnahme. Tatsachen, an denen nicht zu rütteln war, mit denen sie ihre Großeltern konfrontieren konnte.

Lara erhob sich. Sie würde das Atelier aufsuchen.

Der Dämon starrte noch immer in die Richtung, in der Lara verschwunden war. Vor ihm stand der Kinderwagen mit der Attrappe darin. Seine Hände umklammerten den Griff, als gelte es, ihn zu zerbrechen. Die geschminkten Lippen zornig gefletscht, überlegte er, was nun zu tun sei.

Das Mädchen war gerannt. Etwas musste geschehen sein. Beute rannte nur, wenn sie gejagt wurde, aber er sah keine Jäger.

Verlassen lag die Straße vor ihm. Was sollte er jetzt tun? Dem Mädchen folgen oder Posten vor dem Haus beziehen?

Damian war letzte Nacht nicht zurückgekehrt, was nicht ungewöhnlich, aber im Augenblick auch nicht hilfreich war.

Und Grum'aak? Spurlos verschwunden. Entweder er verfolgte inzwischen eigene Ziele oder die Engel hatten ihn erwischt.

Bei diesem Gedanken zog der Dämon die Schultern hoch und blickte sich ängstlich um. Nein, Engel waren nicht zu sehen.

Was sollte er nur machen?

Unschlüssig trat er von einem Bein aufs andere, dann zuckte ein Gedanke durch sein Hirn.

Maa'al!

Maa'al war ein hinterlistiger Feigling, aber ein kluger Kopf. Er würde wissen, wie sie sich nun verhalten sollten.

Irgendwann würde der Anführer wieder auftauchen. Bis dahin galt es, keinen Fehler zu machen, den der dunkle Engel bestrafen konnte.

Noch war er ein mächtiges Wesen.

Noch.

50.

Der Truckerfahrer zitterte wie Espenlaub. Seine Hände hielten das große Lenkrad so fest umklammert, dass die Fingerknöchel weiß hervortraten. Schweiß lief ihm in Strömen über das vor Aufregung gerötete Gesicht. Sein Atem ging stoßweise.

An einer roten Ampel musste der Lkw anhalten. Der Fahrer wagte es, den ungebetenen Fahrgast aus dem Augenwinkel zu betrachten. Ganz in Schwarz gekleidet, Hose, Stiefel, Hemd und Mantel, alles aus Leder, alles tiefschwarz. So wie die Haare des Mannes. Einzig die fast weißen Augen ragten aus dieser Monochromie heraus. Wenn der Fremde den Kopf wandte und ihn ansah, lag keinerlei Mitleid in diesen Augen, nur erbarmungslose Grausamkeit.

Obwohl er schon weit über fünfzig war und durch seinen Beruf viel erlebt hatte, erschauerte der Fahrer beim Anblick des Gesichts. Narben bildeten auf der bleichen Haut ein Muster, das aussah, als habe sich ein Wahnsinniger mit einem stumpfen Taschenmesser daran zu schaffen gemacht. Wie konnte jemand derart verunstaltet in Berlin herumlaufen?

Und dann diese übermenschliche Kraft, mit der er die Fahrertür herausgerissen hatte. Mal abgesehen davon, dass die Tür an massiven Scharnieren gehangen hatte, war sie auch mindestens hundert Kilo schwer. In der Faust des Fremden hatte sie hingegen wie ein Blatt Papier gewirkt.

Das hier neben ihm war kein Mensch, konnte kein

Mensch sein. Was bedeutete, dass er in großen Schwierigkeiten war.

Harry Beilstein wusste, dass er sterben würde, sobald der Mann ihn nicht mehr brauchte, und das Ziel war nur noch wenige Kilometer entfernt. Mit einem Menschen hätte er reden und um sein Leben feilschen können – aber welche Worte konnten schon dieses Monster, das über unvorstellbare Kräfte verfügte, umstimmen? Keine!

»Wie weit ist es noch?«, fragte der Fremde mit einer Stimme, die direkt aus der Hölle zu kommen schien.

»Nicht ... mehr weit«, krächzte Harry. »Hören Sie, ich habe Familie ... Kinder ...«

»Ich will deine Familie nicht«, knurrte der andere und glotzte starr zur Fensterscheibe hinaus. Durch die fehlende Fahrzeugtür wehte der Fahrtwind herein und wirbelte die langen Haare um das hagere Gesicht.

Trotz der kühlen Brise war Harry Beilstein in Schweiß gebadet. Seine Hose klebte am Hintern und das karierte Hemd hing wie ein nasser Lappen an seinem Leib. Er nahm eine Hand vom Lenkrad und wischte sich mit dem Handrücken über die Stirn.

»So war das nicht gemeint. Ich wollte sagen, dass meine Familie mich ... braucht.« Seine Stimme vibrierte vor Nervosität.

Das entstellte Gesicht wandte sich ihm zu. »Was willst du mir damit sagen?«

»Ich weiß, Sie werden mich töten!«

Es war heraus. Scheißegal, wenigstens wusste der andere jetzt, dass er kein dummes Schaf war, das man so einfach zur Schlachtbank führen konnte. Andererseits, was konnte er tun?

Beim nächsten Halt aus dem Lkw springen und davonrennen? Vielleicht war es einen Versuch wert. Er könnte ...

Als habe der Fremde seine Gedanken gelesen, schoss seine Hand vor und schloss sich wie ein Schraubstock um seinen Oberarm.

»Versuche nicht zu fliehen.«

Resigniert und verzweifelt ließ sich Harry gegen die Polsterung seines Sitzes sinken. »Warum ich?«, sagte er mehr zu sich selbst.

»Du warst da. Ich musste in die Stadt. Du bringst mich dahin.«

»Und dann tötest du Arschloch mich.«

»Was ist ein Arschloch?«

Der Fahrer fasste nach der Blende über dem Kopf des Fremden und klappte sie herunter.

»Dort im Spiegel siehst du eines.«

»Ich sehe einen Mann. Einen Krieger.«

»Und ich ein Arschloch.«

»Ich werde dich nicht töten.«

Hoffnung stieg in Harry auf, verebbte aber keine Sekunde später wieder. Er hatte das Gesicht des Fremden gesehen und konnte bei der Polizei eine glasklare Täterbeschreibung abgeben. Auch wenn keine weitere Straftat mehr hinzukam, mit Entführung und schwerer Sachbeschädigung war nicht zu spaßen, das sollte für ein paar Jahre Knast reichen.

»Und das soll ich dir glauben? Ich kenne dein Gesicht. Hör auf, mich zu verarschen.«

»Deine Sprache gefällt mir nicht. Sie ist unwürdig«, sagte der Mann in Schwarz.

Harry grinste ihn an. »Leck mich doch!«

Es war reiner Selbstmord, den Mann zu provozieren, aber was hatte er schon noch zu verlieren? Nichts.

»Schweig oder ich zwinge dich, dir selbst die Zunge abzubeißen.«

Alles.

Der 3. Kreis der Hölle

Der Krieger, der vor ihm kniete, war über und über mit Ruß und Dämonenblut beschmiert. In dem Gesicht leuchtete das Weiß seiner Augen unwirklich hell.

Satan blickte hin und wieder von seinem Thron auf den Boten hinab, während er sich darauf konzentrierte, Nagellack gleichmäßig auf seine Zehennägel aufzutragen. Er hatte die Gestalt einer jungen Frau angenommen. Der schlanke Körper wurde von dem kuscheligen rosafarbenen Bademantel verborgen, der nur unzureichend geschlossen war, sodass eine Brust vorwitzig herauslugte und etwas tiefer der dunkle Schatten seiner Weiblichkeit zu sehen war. Das noch feuchte Haar steckte unter einer Frotteehaube. Satan hielt den kleinen Pinsel zwischen zwei Fingern und brachte vorsichtig Schicht um Schicht auf.

Schließlich war der letzte Zehennagel lackiert und er schnalzte zufrieden mit der Zunge. Er richtete sich im Thron auf und streckte die Beine aus. Spielerisch wippte er mit den Füßen.

»Sind sie nicht schön? Und was für eine herrliche Farbe. So rot. So rot wie das Blut eines Menschen. Ja, ich liebe diese kleinen Annehmlichkeiten des Lebens.« Er hielt sich eine Hand vor den Mund und gluckste vergnügt. »Was sage ich da? Leben.« Dann wurde er wieder ernst. »In meinem Fall ist das vielleicht nicht ganz zutreffend.«

Satan hob den Kopf und sah in die Runde. Hunderte von Kriegern, bis an die Zähne bewaffnet, in dunkle Rüstungen gekleidet, hatten im großen Saal Aufstellung genommen und warteten auf seine Befehle. Dies waren die tödlichsten Kämpfer, die es je gegeben hatte. Jeder von ihnen war so viel wie Dutzende Dämonen wert und sie hatten ihre Kampfeskraft mehr als nur einmal bewiesen. Doch Satan zögerte, sie einzusetzen. Noch hatte er die Hoffnung nicht aufgegeben, die Situation auch ohne sie in den Griff zu bekommen.

Seine schlanke Hand mit den perfekt lackierten Nägeln wedelte in der Luft herum. »Irgendjemand, der sich zu meinem Aussehen äußern möchte? Nein? Dann nicht.«

Er verzog die Lippen zu einem Schmollmund. »Nun gut, dann reden wir eben über *andere* Dinge.«

Satan wandte sich dem Boten zu. »Was sagtest du noch mal? Ich war etwas abgelenkt, entschuldige bitte. Ich glaube, du sprachst von Opfern . . . von Gefallenen oder so etwas.«

»Ein weiterer Kreis der Hölle ist verloren«, sagte der Krieger, ohne dabei aufzusehen. »Die dort kämpfende Legion wurde bis auf den letzten Mann vernichtet. Die Dämonen überrennen das Land und drängen gegen das nächste Portal. Wir mussten uns in die Festung zurückziehen und halten noch stand, aber wenn keine Verstärkung eintrifft, sind wir verloren.«

Satan machte ein gequältes Gesicht. »Verstärkung, Verstärkung, Verstärkung . . . immer das Gleiche, wie langweilig. Dabei ist es doch so einfach.«

Mit einem Knall verwandelte sich Satan in ein Monster

kaum vorstellbaren Ausmaßes. Sein Kopf reichte nun fast bis zur kuppelförmigen Decke. Seine muskelbepackten Beine waren so dick wie die Runensäulen, die die ganze Konstruktion stützten.

Eine Faust, groß wie ein Haus, donnerte auf den Boden herab und ließ tonnenschwere Steinplatten zerspringen. Krieger wurden zu Boden geschleudert. Splitter zischten durch die Luft, schwarzer Staub wurde meterhoch aufgewirbelt.

Als der Bote sich aufrappelte und wieder sehen konnte, erschrak er bis auf den Grund seiner schwarzen Seele. Satans Gesicht, eine überdimensionierte Fratze mit mannsgroßen Reißzähnen, hatte sich zu ihm herabgebeugt. Geschlitzte Pupillen, aus denen die Verheißung auf unerträgliche Qualen sprach, glotzten ihn an und in den Augen des Fürsten sah er sein eigenes Spiegelbild kleiner und kleiner werden.

»Ich sage, kämpft. Kämpft wie Krieger und die Horden werden zerschmettert werden.«

Dann fasste eine riesige Pranke nach dem Boten. Während Satan dem winzigen Wesen nacheinander die Gliedmaßen ausriss, verebbte sein Zorn und er erkannte, dass er nicht länger warten konnte. Bisher hatte er darauf vertraut, sein Schicksal mithilfe des Mädchens jederzeit ändern zu können, aber nun ahnte er, dass er handeln musste oder sie waren alle verloren.

Der Fürst der Hölle veränderte seine Gestalt zu einem menschlichen Wesen. Nun sah er wie seine Krieger aus. Groß und schlank, mit langem schwarzem Haar. An seinem Körper lag eine glänzende Rüstung, in einer Hand hielt er den Helm mit den gebogenen Hörnern, der ihn als Fürst auszeichnete, in der anderen ruhte sein Schwert.

Das schöne Antlitz verriet Entschlossenheit. Die Lippen zusammengepresst, musterte er seine Soldaten. Als er den Helm über den Kopf streifte, sanken die dunklen Engel ehrfürchtig auf die Knie.

Satan hob das Schwert an und reckte es der Kuppel entgegen.

»Heute werden wir in den Kampf ziehen!« Seine Stimme rollte durch den großen Saal.

Als Zustimmung donnerten die stumpfen Enden Hunderter von Lanzen auf den Steinboden und ließen ihn erzittern.

Satan lächelte.

Die letzte Schlacht hatte begonnen.

51.

Harry Beilstein hatte einen Entschluss gefasst. Er würde sterben, daran war wohl nichts zu ändern, aber er wollte nichts unversucht lassen. Falls es kam, wie es kommen sollte, hatte er wenigstens selbst über sein Schicksal bestimmt.

Wieder einmal wagte er es, den Fremden aus dem Augenwinkel zu beobachten. Der Mann saß kerzengerade auf dem Beifahrersitz und starrte zur Frontscheibe hinaus. Sie hatten die Stadtgrenze erreicht und sich in den zunehmend dichter werdenden Verkehr eingereiht.

Harry fuhr auf der linken Spur, damit ihn niemand überholen konnte und auf die fehlende Fahrertür aufmerksam wurde. Bei dem, was er vorhatte, musste er sich voll konzentrieren, irgendeine Ablenkung durch andere Autofahrer konnte er dabei nicht gebrauchen.

Sein Plan sah vor, bei höchstmöglicher Geschwindigkeit ein Ziel anzuvisieren und aus dem fahrenden Truck zu springen, bevor es zum Zusammenstoß kam. Was er brauchte, war ein Brückenpfeiler. Er wusste von früheren Fahrten, dass sie noch einige Brücken passieren würden, bevor sie im Zentrum waren. Alles hing davon ab, wie hoch die Geschwindigkeit beim Aufprall war.

Der Bastard neben ihm durfte nicht überleben oder musste zumindest so schwer verletzt werden, dass er ihm nichts mehr anhaben konnte. Gleichzeitig durfte er nicht zu schnell fahren, um selbst eine Chance zu haben. Allerdings gab es ein Problem. Je näher sie dem Zentrum kamen, desto dichter wurde der Verkehr und die Fahrgeschwindigkeit der

Kolonne nahm ab. Derzeit fuhr er knapp fünfzig, obwohl hier hundert erlaubt waren. Fünfzig war eindeutig zu langsam für sein Vorhaben.

»Wie weit ist es noch?«, fragte der Mann neben ihm.

Harry schrak aus seinen Gedanken auf und zwang sich zur Ruhe. Jetzt bloß nichts anmerken lassen. »Nicht mehr weit«, antwortete Harry. »Vielleicht noch zwanzig Minuten oder eine halbe Stunde.«

Der Fremde wandte ihm den Kopf zu, sah ihn eindringlich an. »Was ist mit dir?«

»Ich habe Angst«, gab Harry zu und spürte, wie ihm schon wieder der Schweiß ausbrach. Der Typ schien misstrauisch geworden zu sein.

»Angst wovor?«

»Zu sterben«, sagte Harry mit heiserer Stimme und wurde ob dieser herablassenden Frage so wütend, dass er dem anderen am liebsten in seine hässliche Fratze gespuckt hätte.

»Der Tod ist nicht das Ende. Nur ein weiterer Anfang.«

Nun wurde dieser Arsch auch noch philosophisch! Harry lagen jede Menge Beleidigungen auf den Lippen, aber er presste die Zähne zusammen, bis ihm der Kiefer wehtat. Jetzt bloß nichts mehr riskieren. Die Sache war auch so schon schlimm genug.

»Du sagst nichts mehr«, hakte der Fremde nach.

Die ganze Zeit hatte der Mistkerl geschwiegen und ausgerechnet jetzt war ihm nach Plaudern zumute? Scheiße!

Harry bleckte seine Lippen zu einem verkrampften Lächeln. »Fällt mir schwer, an ein Leben nach dem Tod zu glauben«, sagte er freudlos.

Der schwarze Mann blickte ihn überrascht an. Zum ersten Mal überhaupt zeigte sein Gesicht eine Reaktion. »Niemand sprach von einem weiteren Leben. Deine Seele wird mit mir in die Hölle kommen und dort für immer im Feuer brennen.«

Harry sah ihn an und wusste, dass er die Wahrheit sprach. Wer oder was immer da neben ihm im Truck saß, war kein Mensch, aber er hoffte, dass *ES* trotzdem sterben konnte.

Als Harry wieder nach vorn blickte, entdeckte er in einiger Entfernung einen massiven Brückenpfeiler, der seinen riesigen Schatten quer über die Fahrbahn warf. Harry grinste stumm in sich hinein.

Perfekt!

Noch zwei Kilometer.

Seine rechte Hand schob sich Millimeter für Millimeter am Lenkrad entlang, bis sie auf gleicher Höhe mit dem Schalter der Warnblinkanlage am Armaturenbrett lag. Er musste die hinter ihm fahrenden Autos warnen.

Jetzt brauchte er nur noch freie Fahrbahn, um zu beschleunigen.

Ein Kilometer.

Vor ihm zockelte ein alter Peugeot herum und hinterließ qualmende Abgase, die in die offene Kabine drangen.

Verflucht!

Noch fünfhundert Meter.

Der Peugeot wurde immer langsamer.

Harry zog an der Lichthupe und blinkte auf.

Vierhundert Meter.

Die alte Frau in dem Fahrzeug hatte ihn anscheinend im Rückspiegel entdeckt . . .

Dreihundert Meter.

. . . und riss abrupt das Lenkrad zur Seite. Die verrostete Karre machte einen Satz auf die rechte Fahrspur. Die Fahrzeuge dahinter bremsten quietschend ab. Jemand hämmerte auf seine Hupe.

Zweihundert Meter.

»Was tust du da?«, fragte der Fremde neben ihm.

Harry beachtete ihn nicht und aktivierte das Warnblinklicht.

Hundert Meter.

Fünfzig Meter.

Zwanzig Meter.

Eine Hand fasste nach ihm.

Zu spät.

Harry hatte sich bereits aus dem Fahrzeug fallen lassen.

Lara ging die schmale Gasse entlang. Sie hatte ein paar Leute nach der Adresse fragen müssen, weil sie die Straße doch nicht gleich auf Anhieb gefunden hatte, doch schließlich hatte ihr ein älterer Herr, der an einer Bushaltestelle gewartet hatte, weiterhelfen können. Das Foto noch immer fest in der Hand haltend, blieb sie nun vor einem alten, aber ordentlich renovierten Gebäude stehen.

Das Erdgeschoss wurde von einer breiten Glasfront dominiert, darüber hing ein Firmenschild mit Logo und verriet, dass hier tatsächlich immer noch das Atelier Westermann untergebracht war. Unter dem Namen des Inhabers stand der Slogan »Fotografie aus Leidenschaft«.

Lara zögerte nicht länger. Sie wollte gerade die Klinke der Eingangstür herunterdrücken, als sie von innen geöffnet wurde. Ein Mann Anfang dreißig mit kurz geschorenen blonden Haaren stand ihr gegenüber und warf ihr einen fragenden Blick zu.

»Ja, bitte?«, fragte er.

Der Mann war einen Kopf größer als Lara und schlank. Er trug schwarze Hosen und einen für die Jahreszeit zu dicken schwarzen Pulli. Über seinem rechten Arm hing ein Mantel. Anscheinend war er gerade im Begriff, seinen Laden zu verlassen.

Lara sah ihn neugierig an. Wenn das Westermann war, dann war er eindeutig zu jung, um der Fotograf der Aufnahme zu sein, wegen der sie hier war. Lara zögerte kurz. »Sind Sie Herr Westermann? Der Besitzer des Ateliers?«

»Ja, warum?«

Sie hielt ihm das Foto hin. »Vielleicht bin ich ja falsch. Ich suche den Mann, der diese Aufnahme gemacht hat.«

Westermann nahm ihr das Foto aus der Hand und betrachtete es eingehend. Dann drehte er es um und las den Stempel.

»Das ist von uns«, sagte er. »Besser gesagt, von meinem Vater. Er hat das Foto gemacht.«

Klar, es hatte auf der Hand gelegen. Doch Lara wollte nicht vorschnell aufgeben. »Könnte ich Ihren Vater sprechen? Es ist sehr wichtig. Ich möchte ihm gerne ein paar Fragen zu diesem Foto stellen.«

»Mein Vater ist tot. Vor zwei Jahren gestorben.«

»Oh«, entfuhr es Lara enttäuscht, die alle Hoffnung schwinden sah.

»Was ist an dieser Fotografie so Besonderes?«, wollte Westermann wissen. Er wirkte nicht misstrauisch, einfach nur neugierig. Lara beschloss, sich ihm anzuvertrauen. Eine andere Wahl hatte sie ohnehin nicht.

»Dieses Bild zeigt meine Großeltern und meine Mutter sowie einige andere Leute. Wichtig sind für mich diese beiden Personen.« Sie deutete auf die Schemen abseits der Gruppe. »Ich muss wissen, wer das ist.«

Warum sie das wissen musste, sagte sie ihm nicht und Westermann fragte nicht danach, sondern sah das Foto nur eindringlich an.

»Meinen Vater können wir nicht mehr fragen und wie ich am Stempel sehe, wurde diese Aufnahme vor über vierzig Jahren gemacht. Unwahrscheinlich, dass er sich noch daran erinnert hätte.«

Missmutig schaute Lara Westermann an, der angesichts ihres Gesichtausdrucks lächeln musste. »Auch wenn wir *ihn* nicht mehr fragen können, so können wir doch das Bild fragen.«

Lara runzelte die Stirn. »Wie meinen Sie das?«

»Computer. Moderne Bildbearbeitung. Heute ist vieles möglich, wovon zu Zeiten meines Vaters nur zu träumen war. Ich denke, aus dieser Aufnahme lässt sich noch einiges herausholen. Vielleicht erkennen Sie die Personen, wenn ich das Foto bearbeitet habe.«

Unwahrscheinlich, dachte Lara. *Ich war damals noch nicht einmal geboren.* Trotzdem, es war einen Versuch wert.

»Was würde mich das kosten?«

Er blickte sie an. Lara spürte, dass der Fotograf bereits ahnte, dass sie sich seine Dienste nicht leisten konnte.

»Darüber können wir später immer noch reden. Jetzt lassen Sie uns erst einmal herausfinden, ob ich Ihnen überhaupt helfen kann.«

»Wollten Sie nicht gerade weg?«, fragte Lara, die Westermann immer sympathischer fand.

»Bloß ins Café. Heute ist wenig los und mir war langweilig«, gab er lächelnd zu.

Lara lächelte zurück und streckte ihm die Hand entgegen.

»Lara Winter. Vielen Dank dafür, dass Sie sich die Zeit nehmen, mir zu helfen.«

Er ergriff ihre Hand. »Nennen Sie mich Paul.«

»Lara«, erwiderte sie sein Angebot.

Westermann schwang die Tür auf. »Dann wollen wir uns mal an die Arbeit machen.«

52.

Harry Beilstein prallte mit solcher Wucht auf den Asphalt, dass er einem Gummiball gleich wieder in die Luft geschleudert wurde. Zu seinem unsagbaren Glück landete er auf dem schmalen Grünstreifen, der die Fahrbahn von der Gegenspur trennte. Trotzdem brach er sich den linken Ober- und Unterarm, mehrere Rippen und den rechten Fuß. Zusätzlich erlitt er schwere Prellungen – aber er lebte.

Noch während er aufschlug, sah er seinen geliebten Truck gegen den Brückenpfeiler rasen. Mit ohrenbetäubendem Krach donnerte der Lkw in den massiven Beton. Metall kreischte auf. Die Frontscheibe und die verbliebene Seitenscheibe explodierten in einem Orkan aus Glas und Splittern. Der Truck kam zum Stehen, erzitterte noch einmal, dann bewegte er sich nicht mehr.

Keine Sekunde später erfüllte das schrille Quietschen von Bremsen die Luft. Harry sah mehrere verzweifelte Autofahrer, die versuchten, dem Hindernis auszuweichen. Aber nicht allen gelang es, rechtzeitig stehen zu bleiben oder dem Truck auszuweichen. Ein Fahrzeug – es war der verrostete Peugeot, den er kurz zuvor überholt hatte – reagierte zu spät und fuhr in das Wrack hinein. Harry fluchte stumm. Das hatte er nicht gewollt. Doch zu seiner großen Überraschung schwang die Fahrertür des kleinen Autos auf. Eine alte, weißhaarige Dame kletterte schimpfend heraus. Ihr Gezeter war bis hierher zu hören und verriet Harry, dass sie nicht schwer verletzt sein konnte.

Über Harrys Gesicht zog ein gequältes Grinsen. Er lebte,

auch wenn ihm jeder Knochen wehtat. Anscheinend war niemand außer ihm zu Schaden gekommen. Aber das Wichtigste war, dass dieses blöde Arschloch, das ihn gekidnappt hatte, nun Vergangenheit war. Was immer *es* auch gewesen sein mochte – jetzt war es tot!

Er hatte den Gedanken noch nicht zu Ende gedacht, als die Beifahrertür seines Trucks auf die Fahrbahn geschleudert wurde. Funkenstiebend schrammte das Metall über die Straße und krachte gegen ein Fahrzeug, das dort zum Stehen gekommen war.

Harry erschrak bis zum Grund seiner Seele. In seinem Kopf hämmerte nur ein Gedanke, nur ein Wort.

Verdammt!

Dann tauchte der schwarze Mann aus dem Gewirr von verbogenem Stahl auf und sprang auf die Straße hinab. Eine dünne Blutspur lief an seinem Mundwinkel das Kinn hinab. Anscheinend hatte er sich beim Aufprall auf die Zunge gebissen. Ansonsten sah er absolut unverletzt aus. Lässig strich er seinen schwarzen Mantel glatt, dann hob er den Kopf und sah Harry direkt an.

Er lächelte.

Harry fluchte stumm.

Martha hatte zunächst versucht, Lara zu erreichen – ohne Erfolg. Das Handy war einfach tot. Außerdem versuchte sie nun schon seit über einer Stunde, ihren Mann anzurufen, doch bei ihm meldete sich jedes Mal nur die Mailbox. Sie hatte ihm bereits jede Menge Nachrichten hinterlassen, aber noch immer keinen Rückruf erhalten.

Wütend knallte sie das Telefon auf die Station. Wahrscheinlich saß er wieder mit einem seiner früheren Kollegen in einem Café und diskutierte über die Geheimnisse historischer Persönlichkeiten. Doch sie und ihr Mann hatten *auch* Geheimnisse. Und das größte von allen war gerade dabei, von ihrer eigenen Enkeltochter aufgedeckt zu werden. Sollte das geschehen, sollte Lara jemals die Wahrheit herausfinden, konnte alles passieren.

Lara hatte in den letzten Tagen auf Martha ziemlich ungestüm gewirkt – das eindeutige Erbe ihres Vaters, das dabei war, ihr ganzes Wesen zu verändern. Lara wusste nicht im Geringsten, was mit ihr vorging. Aber Martha wusste es. Als sie ihre Enkelin vor ein paar Jahren getroffen hatte, war sie eher schüchtern und zurückhaltend gewesen. Doch je näher sie ihrem achtzehnten Geburtstag kam, desto mehr veränderte sie sich. Und seit Lara in Berlin war, schritt ihr Wandel zu einer ausgeprägten Persönlichkeit rasend schnell voran. Einer Persönlichkeit, die dunkle Seiten und Abgründe aufwies, das konnte sie spüren. Und wie sollte es auch anders sein? Martha hatte all die Jahre gewusst, dass es so kommen würde. Dennoch hatte sie wider jeder Logik gehofft, es würde nicht geschehen.

Vor vielen Jahren hatten sie und ihr Mann eine schreckliche Tat begangen. Den Preis dafür zahlten sie noch immer und er stieg von Tag zu Tag. Inzwischen lag er jenseits der Grenze, die sie noch ertragen konnten.

Erst Rachel. Und jetzt Lara.

In ihrer schwächsten Stunde hatten sie und Max einen fatalen Fehler begangen. *Er* hatte ihnen geschmeichelt, sie verführt und seinen Zwecken dienlich gemacht, als ihr Leben nur noch aus Tränen und Verzweiflung bestanden hatte.

Dann war er gegangen und sie hatten gehofft.

Als sie schon glaubten, alles überstanden zu haben, mussten sie feststellen, dass es kein Entkommen gab.

Nicht vor *ihm.*

Es hatte keine Wahl gegeben. Entweder sie taten, was er verlangte, oder sie wären alle gestorben. Und so hatten sie sich gefügt. Geglaubt, es gäbe vielleicht eine andere Lösung, sie würden einen Weg finden, könnten *ihn* betrügen. Aber er war nicht zu betrügen, denn er war der Betrug selbst.

Der letzte Keim der Hoffnung war geschwunden.

Und es kam noch schlimmer.

Lara war dabei, die Wahrheit herauszufinden.

53.

Paul Westermann zog einen Drehstuhl heran und bedeutete Lara, sich zu setzen. Er selbst nahm auf einem lederbezogenen Bürosessel vor einem Computer Platz und öffnete den Deckel eines Scanners, der neben dem Computer stand. »Dann wollen wir das Foto mal einscannen, damit ich es bearbeiten kann.«

Während er verschiedene Voreinstellungen am Gerät vornahm, erklärte er: »Am besten, wir setzen die Auflösung so hoch wie möglich an. Das dauert dann zwar etwas länger, aber dafür haben wir mehr Bildpunkte, mit denen wir arbeiten können – und mehr Bildpunkte bedeuten mehr Bildschärfe.«

Als das Gerät zu surren begann, spürte Lara, wie aufgeregt sie war. Verbarg das Bild tatsächlich den Schlüssel zu ihrer Vergangenheit? Mit klopfendem Herzen starrte sie auf den Monitor, auf dem das Schwarz-Weiß-Foto erschien.

Westermann machte einen Doppelklick und die Fotografie wurde bildschirmfüllend angezeigt. Die Qualität schien eher schlechter geworden zu sein, aber das mochte an der Vergrößerung oder an der Darstellung auf dem Bildschirm liegen.

Westermann schien ihre Zweifel zu bemerken, denn er sagte: »Keine Panik, das ist nur das Ausgangsmaterial. Du musst dich noch ein paar Minuten gedulden.«

Lara nickte und sah ihm fasziniert dabei zu, wie er mithilfe verschiedener Programme das Bild bearbeitete und es schließlich in sechs gleich große Abschnitte einteilte.

»So, jetzt kann's losgehen«, meinte er schließlich murmelnd, als sich der erste Abschnitt zu schärfen begann – unendlich langsam, wie es Lara erschien. Deutlich traten nun Details hervor, die Lara zuvor wegen der schlechten Qualität der Aufnahme nicht bemerkt hatte.

Leider war dieser Teil des Fotos uninteressant für sie, da bis auf einen abgeschnittenen Kopf keine Person zu sehen war. Wenigstens erkannte sie jetzt, dass die Aufnahme nicht unter freiem Himmel, sondern in einem geschlossenen Raum gemacht worden war. Deutlich war die Stoffstruktur eines Vorhangs erkennbar, der Falten warf.

»Geht das nicht schneller?«, fragte Lara ungeduldig.

»Leider nicht«, meinte Westermann bedauernd und lehnte sich zurück. »Liegt an der großen Datenmenge. Das Programm muss jeden Bildpunkt neu berechnen und je nach Detailmenge kann das ganz schön dauern.«

Lara zwang sich zur Ruhe. Es brachte nichts, wenn sie jetzt drängelte und womöglich Westermann verärgerte, der immerhin seine Zeit opferte, um ihr zu helfen.

Du hast so viele Jahre auf Antworten gewartet, da kommt es auf die paar Minuten auch nicht mehr an, sagte sie sich, während sie weiterhin wie gebannt auf den Monitor blickte.

Harry Beilstein hatte aufgegeben. Er lag auf dem Grasstreifen zwischen den Fahrbahnen und sah den Mann in Schwarz langsam auf sich zukommen.

An Flucht war nicht zu denken. Der Fremde grinste bösartig, als er unaufhaltsam wie eine Naturgewalt auf ihn zuhielt. Ein vorwitziger Autofahrer, der es ebenfalls geschafft hatte, dem ganzen Chaos unverletzt zu entkommen, stieg aus seinem Fahrzeug und sprach den Mann in Schwarz an.

Harry konnte nicht verstehen, was er sagte, aber an seinem wütenden Gesichtsausdruck konnte man erkennen, dass er ihm heftige Vorwürfe machte. Der Fremde wandte nicht einmal den Kopf. Mit dem Handrücken schlug er dem Mann so heftig ins Gesicht, dass er meterweit davongeschleudert wurde und bewusstlos zwischen zwei Fahrzeugen liegen blieb.

Harry überlegte noch, ob er um Hilfe rufen sollte, aber das Signalhorn eines sich nähernden Polizeifahrzeuges nahm ihm die Entscheidung ab. Weit entfernt noch, aber deutlich auszumachen, raste auf der Gegenspur ein Streifenwagen mit Blaulicht heran.

Der Fremde blieb stehen. Zögerlich drehte er den Kopf in Richtung des schrillen Geräusches und starrte die Straße entlang. Kurz verharrte er so, dann wandte er sich abrupt um und stieg über eine Leitplanke der Fahrbahnbegrenzung. Hier wuchsen dichtes Unterholz und struppige Büsche.

Nicht lange und der Mann in Schwarz war aus Harrys Blickfeld verschwunden. Am ganzen Körper zitternd ließ er den Kopf auf die Erde sinken und sandte ein stummes Gebet zum Himmel.

Endlich. Endlich erreichte Martha ihren Mann. Im Hörer ertönte das Freizeichen und dieses Mal meldete sich nicht wieder die Mailbox.

»Hermsdorf«, schnaubte seine tiefe Stimme.

»Ich bin es«, meldete sich Martha. »Wo bist du denn? Ich versuche, dich seit über einer Stunde zu erreichen.«

»Ich sitze hier mit Jürgen Baumgärtner, du kennst ihn ... Was ist denn los? Du klingst so aufgeregt.«

Martha brachte ihre Stimme unter Kontrolle und sagte etwas ruhiger: »Du musst sofort nach Hause kommen.«

»Was ist denn los?«, wiederholte der Professor. »Nun sag schon, ist etwas passiert? Geht es dir gut? Soll ich den Krankenwagen rufen?«

Sie erkannte, dass er die falschen Schlüsse aus ihrem Anruf zog. »Nein, nein«, versicherte sie ihm. »Es ist wegen Lara.«

»Lara?«, wiederholte er. Dann wurde es still. Schließlich fragte Max: »Hat er sie mitgenommen? Er hat gesagt ... er hat mir versprochen ... Ich dachte, sie wäre in Sicherheit. Ich dachte, alles würde gut werden.«

»Es ist ihr nichts geschehen, aber sie ist weg«, sagte seine Frau.

»Weg?«, fragte er vollkommen überfordert. »Aber du hast doch gerade gesagt ...«

»Sie hat das Bild gesehen.«

Stille.

Dann: »Von was für einem Bild zum Teufel sprichst du überhaupt? Himmel noch mal, du rufst mich an, versetzt mich in Todesangst und sprichst nur in Rätseln, verdammt!«

»*Das* Bild!«

»WAS FÜR EIN SCHEISSBILD?«, brüllte er in den Hörer. Dann schwieg er. Martha fühlte, dass er nun wusste, von welchem Bild sie sprach.

»Wie konnte das passieren?«

»Ich habe keine Ahnung«, gab Martha zu. »Sie muss es in der Bibliothek gefunden haben. Ich dachte, das Foto wäre längst vernichtet oder zumindest so gut versteckt, dass es niemand findet.«

Schweigen.

»Ist sie zu Damian gegangen?«

»Nein, das glaube ich nicht.«

»Glaubst du es oder weißt du es?«

Nun verlor *sie* die Nerven und zischte ins Telefon: »Ich habe nicht die geringste Ahnung, wo sie ist.«

»Ist ja gut«, versuchte sie ihr Mann zu beruhigen. »Lass uns nachdenken. Hast du versucht, sie auf dem Handy anzurufen?«

»Da kommt noch nicht mal ein Freizeichen.«

»Mist. Also gut, wo könnte sie hingegangen sein?«

»Sie kennt in Berlin doch niemanden.«

»Vielleicht wollte sie nur allein sein und über alles nachdenken. Meinst du, sie ahnt etwas?«

»Kann ich mir nicht vorstellen. Das Bild ist alt und unscharf. Sie wird darauf nicht viel erkennen.«

»Trotzdem . . .«

Beide schwiegen für den Moment.

»Ob sie Rachel anruft?«, überlegte Max laut.

»Ihre Mutter?«, echote Martha, so als könne sie sich nicht an den Namen ihrer Tochter erinnern.

»Vielleicht solltest du sie anrufen oder herausfinden, ob sich Lara bei ihr gemeldet hat. Vielleicht weiß Rachel, wo sie sich aufhält.«

»Ein Anruf würde sie nur misstrauisch machen.«

»Da hast du recht«, gab Max zu. »Lassen wir das. Aber hat Lara denn nicht irgendetwas zu dir gesagt? Denk genau nach.«

Martha erzählte ihm die ganze Szene und beendete ihren

Bericht schließlich mit Laras letzten Worten, bevor sie gegangen war: *»Du kannst es in einer Stunde wiederhaben, aber so lange behalte ich es.«*

»Was hat das zu bedeuten?«, grübelte Max. »Anscheinend wollte sie nicht weit weg. Eine Stunde ergibt eine einfache Wegstrecke von dreißig Minuten. Wo kann man von unserem Haus aus in dreißig Minuten hingehen?«

»Vielleicht hat sie ein Taxi genommen oder ist mit dem Bus gefahren – sie könnte praktisch fast überall in Berlin sein.«

»Glaube ich nicht. Lara hatte ein Ziel im Kopf und wusste, wie sie dorthin gelangen kann. Sie konnte nicht ahnen, dass du sie überraschst. Sie wusste, was sie mit dem Foto anfangen wollte, also hat sie spontan die Wahrheit gesagt.«

»Das ist es!«, rief Martha aufgeregt ins Telefon.

»Was? Ich verstehe nicht . . .«

»Du hast gesagt ›was sie mit dem Foto anfangen wollte‹. Sie hat etwas mit dem Foto vor.«

»Und was könnte das sein?«

»Lara will das Foto jemanden zeigen. Fragen dazu stellen.«

»Aber alle auf dem Foto . . .« Er zögerte, dann sagte er ruhig: »Fischer. Der alte Buchhändler. Er ist auf dem Foto. Wahrscheinlich hat ihn Lara erkannt und ist nun auf dem Weg zu ihm.«

»Wäre möglich«, gab seine Frau zu. »Ich habe gesehen, dass Lara sich mit ihm auf der Party unterhalten hat. Das war, kurz bevor Damian auftauchte. Ich habe der Sache keine Bedeutung zugemessen.«

»Also gut«, sagte der Professor. »Ich werde Fischer anrufen und ihn fragen, ob Lara bei ihm war. Vielleicht haben wir Glück und sie ist sogar noch dort. Dann soll er sie so lange dort festhalten, bis wir kommen.«

»Was soll ich tun?«

»Warte einfach, bis ich mich wieder bei dir melde.«

54.

Unerträglich langsam war der zweite Bildabschnitt scharf geworden. Nun war sich Lara absolut sicher: Es war der alte Fischer – damals noch jung und mit einer blassen Frau an seiner Seite. Stocksteif standen sie da und starrten in die Kameralinse.

Lara konnte es kaum erwarten, dass sich nun auch endlich die anderen Bildabschnitte aufbauten. Der dritte Teil der Aufnahme stand kurz vor der Vollendung der Nachbearbeitung. Als sich die Bildpunkte schärften, sah Lara direkt in die Augen ihres Großvaters, der ernst in die Kamera blickte. Neben ihm stand Laras Großmutter. Martha sah aus, als habe sie geweint. Dunkle Schatten lagen unter ihren Augen. Sie hielt die Lippen zusammengepresst, als leide sie unter starken Schmerzen. Der Professor hingegen wirkte müde, vielleicht sogar apathisch. Fast schien es, als habe er zu viel Alkohol getrunken. Die Gesichtszüge waren schlaff, der Mund stand leicht offen. Sein Blick war entrückt.

Lara sah die beiden Menschen lange an. Furcht schlich sich in ihr Herz. Auf dem Foto standen unverkennbar ihre Großeltern, aber gleichzeitig wirkten sie wie Fremde. Beide sahen unendlich erschöpft aus. Fast so, als habe ihnen jemand die Lebenskraft ausgesaugt, dachte Lara. Die Fotografie wurde ihr immer unheimlicher und sie ließ ihren Blick zu den anderen Personen schweifen, doch sie kannte niemanden von ihnen.

»Der nächste Abschnitt wird scharf«, sagte Paul Westermann, der von ihrem Unbehagen nichts mitbekommen hatte.

Laras Kopf ruckte auf den Teil des Bildes, der sich nun langsam herauskristallisierte. Es waren nur die Körper ihrer Großeltern und der neben ihnen stehenden Gäste und natürlich das Abbild ihrer Mutter im Säuglingsalter. Lara rückte mit dem Stuhl näher an den Monitor, um die Fotografie näher in Augenschein zu nehmen.

Westermann sagte irgendetwas zu ihr, aber sie blendete seine Stimme aus, konzentrierte sich nur auf das, was sie sah. Ein Kleinkind im weißen Kleidchen mit Rüschen, die Arme nackt. Das Gesicht war verzerrt, der Mund zum stummen Schrei aufgerissen. Ihre Mutter brüllte vor Schmerz oder Angst – oder war es etwas anders? Hunger? Durst? Kleine Kinder schrien häufig und nicht immer war eine Ursache für ihr Unwohlsein auszumachen.

Als Nächstes nahm Lara die Hand, oder besser gesagt, den Zeigefinger der linken Hand ihres Großvaters wahr. Er zeigte damit auf die Hand seiner kleinen Tochter. Auf dem alten Foto hatte es so ausgesehen, als hielte er die Hand des Kindes, doch nun war deutlich zu erkennen, dass er auf etwas deutete.

»Kann man das hier vergrößern?«, fragte Lara, erhob sich und zeigte auf die Stelle, die sie meinte.

»Klar, kein Problem.«

Einen Doppelklick später nahm der Ausschnitt fast den gesamten Bildschirm ein.

Lara schluckte schwer. Ihr wurde schwindelig. Mit einem Stöhnen ließ sie sich zurück auf den Stuhl fallen. Die Rollen des Drehstuhls ächzten unter der Belastung auf. Es klang, als ob ein Tier gequält würde. Westermann sah sie überrascht und etwas besorgt an.

»Ist alles okay mit dir?«

Lara riss sich zusammen. Der Fotograf durfte ihr nichts anmerken. »Ein bisschen komisch im Bauch«, murmelte sie. »Hast du vielleicht was zu trinken für mich?«

Westermann erhob sich und ging in einen Nebenraum – anscheinend eine kleine Küche, denn sie hörte, wie er eine Schranktür öffnete. Kurz darauf klirrte etwas.

»Verdammt!«, drang es ins Atelier hinaus. »Ich habe ein Glas fallen lassen. Ich kehre nur kurz die Splitter auf, dann bin ich wieder bei dir. Kannst du noch so lange warten?«

»Sicher«, rief Lara zurück. »Mir geht es schon wieder besser. Lass dir Zeit.«

Der Vorfall gab ihr die Gelegenheit, das Foto noch eindringlicher zu studieren. Sie wollte sicher sein.

Fünf Sekunden später war sie sich sicher.

Was sie ursprünglich für einen Schatten auf der Kinderhand gehalten hatte, stellte sich jetzt als ein Gegenstand heraus.

Es war ein Ring.

Rachel trug einen Ring an der linken Hand. Doch es war nicht ein Ring, wie man ihn mittlerweile häufig zur Taufe verschenkte – kleine Schmuckstücke in Gold, in die oft der Name des Kindes eingraviert war. Nein, dieser Ring war schwer und ganz offensichtlich zu groß; er rutschte fast von dem kleinen Finger.

In den Ring war ein Edelstein eingelassen. Lara musste nicht raten, um welchen es sich dabei handelte. Es war ohne Zweifel ein Rubin in einer massiven, aufwendigen Goldfassung.

Sie kannte den Ring.

Sie hatte ihn schon ein Mal gesehen. Und sie würde ihn nie wieder vergessen. Weil es das einzige Mal gewesen war, dass ihre Mutter ihr den Ring gezeigt hatte. Er sei ein Symbol für ein Leben, das hinter ihr liege, hatte sie gesagt.

Es war Rachels Verlobungsring.

55.

Max fluchte und fluchte und fluchte. Seit zehn Minuten versuchte er, Fischer zu erreichen, aber die Leitung der Buchhandlung war permanent besetzt. Entweder der Alte hatte den Hörer seines altmodischen Telefons nicht richtig aufgelegt oder sein Enkelsohn telefonierte die ganze Zeit.

Frustriert steckte er sein Handy in die Jackentasche und dachte fieberhaft nach. Was sollte er jetzt tun? Weiterhin herumstehen und versuchen, den alten Mann telefonisch zu erreichen, oder persönlich in der Buchhandlung nachfragen, ob Lara da gewesen war und Fragen zu der Fotografie gestellt hatte?

Eigentlich hatte er keine Wahl, denn er konnte es sich nicht leisten, noch mehr Zeit mit dem sinnlosen Versuch zu verschwenden, Fischer ans Telefon zu bekommen.

Aus dem Café winkte ihm sein früherer Kollege freundlich zu. Max winkte zurück und bedeutete per Handzeichen, dass er dringend fortmusste. Baumgärtner lächelte, reckte den Daumen hoch und widmete sich wieder seinem Espresso.

In der Fensterfront spiegelte sich sein Gesicht. Max erschrak. Bleich und mit eingefallenen Wangen starrte ihm sein Abbild entgegen. Er bleckte die Lippen zu einem verzweifelten Grinsen, aber das machte die Sache nur noch schlimmer. Jetzt sah es aus, als starre ihn ein Totenschädel an. Schaudernd wandte er sich ab und ging auf der Suche nach einem Taxi die Straße entlang.

All die Jahre hatte er ein gutes Leben gehabt. Mehr als das.

Er hatte Dinge für sich verlangt, die ihm niemals zugestanden hatten. Nun war es an der Zeit, den Preis dafür zu bezahlen.

Lara ahnte von alldem nichts. Aber sie sollte nicht für seine Sünden büßen.

Asiszaar ließ die Gartenanlagen hinter sich und schritt mit weit ausholenden Schritten durch einen Vorort der Stadt. Sein erster Versuch, zu dem Haus des Mädchens zu gelangen, hatte zu viel Aufmerksamkeit erregt. Verzögerungen wie der absichtliche Unfall des Fahrers waren in seinem Plan nicht vorgesehen. Schließlich hatte er beschlossen, die Sache vorsichtiger anzugehen. Satan hatte ihm einen Befehl erteilt und er wollte sich dieser Ehre würdig erweisen.

In seiner finsteren Seele träumte Asiszaar den Traum, eines Tages zu Satans Stellvertreter aufzusteigen und den Platz einzunehmen, den Damian innehatte. Aber noch war es nur ein hoffnungsvoller Wunsch. Er musste sich konzentrieren, denn Damian war ein gefährlicher Krieger, der seiner eigenen Kampfkunst in nichts nachstand, und niemand konnte wissen, wie viele Dämonen noch treu zu ihm standen.

Dämonen waren Sklaven. Dummes Vieh. Menschliche Seelen, hinabgezerrt in die Hölle und jeglicher Erinnerung an ihr früheres Leben beraubt, existierten sie nur, um zu dienen und zu leiden. Dass sich die Dämonen gegen die Macht der Hölle erhoben hatten, erstaunte ihn, aber gleichzeitig erfüllte es ihn mit Freude. Er und seine dunklen Brüder würden die Horden zerschmettern.

Asiszaar begriff nicht, warum ihn der Aufstand der Dämonen beunruhigen sollte. Die Legionen der Engel würden sich den Horden stellen und die Bedrohung für alle Zeit beenden. Dass so viele seiner Brüder bereits gefallen waren, berührte ihn nicht. Versager verdienten kein Mitleid.

Er würde nicht versagen. Er würde den Verräter töten und das Mädchen in die Hölle schleppen. Vor Satans Füße würde er sie werfen und den Dank seines Fürsten empfangen.

Er würde zukünftig an der Seite Satans sitzen, geliebt und gefürchtet von den anderen Kriegern, die vor seinem Thron das Knie beugten.

Asiszaar bleckte die Lippen zu einem Grinsen. Bald.

Er sah sich nach rechts und links um. Als er niemanden entdeckte, verwandelte er sich und nahm die Gestalt einer jungen Frau an. Auf hochhackigen Schuhen stöckelte er die Straße entlang. Er musste nicht lange suchen.

Vor einer Garage stieg ein ungefähr vierzig Jahre alter Mann aus seinem Auto aus. Er trug einen Anzug und einen Aktenkoffer unter dem Arm. Spärliches Haar, glatt zurückgekämmt, sollte den beginnenden Haarausfall kaschieren. Seine Augen waren gerötet. Er roch nach Alkohol.

»Hallo«, flötete Asiszaar.

Der Mann drehte sich überrascht um. Seine Augen wanderten ungeniert über den Körper der Frau. Schlaffe Wangen verzogen sich zu einem Lächeln, das die schmalen Lippen nicht erreichte. »Kann ich Ihnen helfen?«, fragte der Mann heiser, seinen Blick schamlos auf das Dekolleté der Frau geheftet.

»Ja.« Asiszaar schlug die Augen nieder und sah hilflos durch lange Wimpern nach oben. »Wie komme ich am schnellsten in die Stadt?«

»Es fährt ein Bus. Nicht weit von hier.« Der Mann deutete mit der Hand in die entsprechende Richtung. Das Jackett klaffte auf. Dunkle Schweißflecke auf seinem Hemd wurden sichtbar. »Wo müssen Sie denn hin? Vielleicht könnte ich ja . . .«

Asiszaar trat auf den Mann zu. Dies war ein williges Opfer, schon jetzt ein Sklave im Geiste. Er legte dem Mann die Hand auf die Stirn. Die Augen wurden glasig.

»Ja, du kannst«, sagte Asiszaar lächelnd. »Du kannst mir dienen.«

Kurz darauf bestiegen beide den schwarzen Saab und fuhren in die Stadt hinein.

56.

Lara starrte noch immer fassungslos auf den Bildschirm. Ihr Kopf war leer. Kein Gedanke. Nichts. Unfähig zu verstehen, was da vor ihren Augen Gestalt annahm, heftete sie ihren Blick auf den nächsten Abschnitt, der sich gerade scharf stellte. Die Stelle mit den beiden Männern, die nur schemenhaft zu erkennen gewesen waren, setzte sich nach und nach zu einem deutlichen Bild zusammen.

Lara sah es und konnte es nicht glauben. Schon immer war ihr an den Figuren etwas vertraut vorgekommen, aber nun erlitt sie einen Schock.

Der linke Mann war ihr Vater. Eindeutig und unverwechselbar.

Ich verstehe es nicht, ächzte Lara stumm. *Wie kann er als erwachsener Mensch mit meiner Mutter auf einem Bild zu sehen sein, während Mama selbst noch ein Kleinkind ist?*

Sie waren fast gleich alt, als sie sich kennenlernten, aber dieser Mann auf dem Foto sah aus wie Anfang oder Mitte zwanzig. Wie konnte das sein?

Und was hatte der Ring an der Hand ihrer Mutter zu bedeuten? Plötzlich kamen ihr die Worte des alten Buchhändlers in den Sinn.

»Es müsste sogar irgendwo ein Foto von uns allen geben. Damals hat meine selige Mathilde noch gelebt. Es muss so siebenundsechzig gewesen sein . . . ein Jahr vor ihrem Tod . . . mein Sohn war noch sehr klein, als . . . wir die Verlobung feierten und . . .«

Danach hatte er wahrscheinlich gemerkt, dass er sich verplappert hatte, und nicht weitergeredet.

Verlobung! Fischer hatte von Verlobung gesprochen. Der Verlobung ihrer Mutter? Sie war doch noch ein Baby. Langsam dämmerte Lara, dass dies nicht die Aufnahme einer Tauffeier war.

Es war etwas anderes.

Etwas Ungeheuerliches.

»Das ist ja merkwürdig«, sagte eine Stimme hinter ihr. Lara zuckte zusammen. Sie hatte nicht gehört, dass Paul Westermann ins Atelier zurückgekehrt war. In seiner rechten Hand hielt er ein Glas Wasser.

»Was?«, stöhnte Lara. Ihr wurde schwindlig. Stechende Kopfschmerzen zuckten hinter ihrer Stirn auf. Ein unheilvolles Pochen ließ ihre Schläfen vibrieren.

»Na, diese Kirche ist komisch.«

Lara wandte ihren Blick wieder dem Monitor zu. Der Hintergrund war in der Zwischenzeit ebenfalls scharf geworden. Deutlich waren nun ein Altar, brennende Kerzen und Kelche zu erkennen. Paul hatte recht, die Aufnahme schien in einer Kirche gemacht worden zu sein – was für eine Taufe ja nicht ungewöhnlich war, und Lara verstand nicht, was der Fotograf daran so merkwürdig fand. Als sie ihn fragend ansah, sagte er ruhig: »Das Kreuz wurde verkehrt herum aufgehängt!«

Laras schloss kurz die Augen, ehe sie sich erneut auf das Bild konzentrierte. Ihr Herz hämmerte gegen die Rippen, als sich ihr Blick auf das Kreuz richtete. Es füllte fast den ganzen Hintergrund aus. Da Teile des Fotos bisher unscharf gewesen waren, hatte sie es nicht bemerkt, aber jetzt sah man es deutlich.

Aus massivem Metall geschmiedet, hing es von der Decke herab. Es sah alt und verwittert aus, mit dunklen Flecken und Schlieren darauf. Aber das war nicht alles.

Sie hatte in ihrem ersten Schock ganz den zweiten Mann vergessen. Den Mann, mit dem ihr Vater auf dem Foto sprach.

Das schmale bleiche Gesicht schien sie direkt anzusehen. Ein sanftes Lächeln umspielte die vollen Lippen. Selbst auf der alten Aufnahme sah er unglaublich gut aus.

Damian!

Lara fühlte Übelkeit in sich aufsteigen. Hastig hielt sie sich die Hand vor den Mund.

»Wo ist die Toilette?«, presste sie keuchend hervor.

Paul deutete mit der Hand in Richtung Küche und Lara rannte los.

57.

Als es an der Tür klingelte, hastete Martha durch den Flur. Das musste Max sein. Bestimmt hatte er Lara mitgebracht. Alles würde gut werden. Erleichtert riss sie die Tür auf.

Vor ihr stand eine junge Frau, die sie neugierig betrachtete, ohne ein Wort zu sagen. Etwas lag in ihrem Blick, das Martha frösteln ließ.

»Wer sind Sie? Und was wollen Sie?«

Statt einer Antwort begann die Luft zu flimmern und die Frau verwandelte sich in einen düsteren Mann in schwarzer Kleidung. Das Gesicht war von Narben verunstaltet und ließ sie schaudern, aber das wahre Grauen lag in den fast weißen kalten Augen, die sie unbarmherzig musterten. Der Mann trat einen Schritt vor. Seine Faust packte ihre Bluse, dann zog er sie dicht an sein Gesicht heran.

»Wo ist das Mädchen?«, knurrte er.

Martha warf einen Blick über seine Schulter und entdeckte einen schwarzen Saab, der in der Auffahrt stand. Hinter dem Steuer saß ein Mann, der apathisch durch die Frontscheibe starrte.

Sie war allein. Niemand würde ihr helfen.

»Sie ist nicht da, du Ausgeburt der Hölle!«, zischte sie.

Asiszaar grinste unheilvoll. »Endlich jemand, der mich respektvoll behandelt. Ja, ich komme aus der Hölle und ER schickt mich, damit ich das Mädchen zu ihm bringe. Wo ist sie?«

»Nicht hier.«

»Wo?«, dröhnte die Stimme des dunklen Engels. »Wo ist sie?«

Martha nahm all ihren Mut zusammen und lächelte. »Das werde ich dir nicht sagen, du Bastard.«

Asiszaars Grinsen wurde breiter. Er ließ den Kopf auf den breiten Schultern kreisen und streckte sich.

»Oh, ich denke doch, dass du es mir sagen wirst.« Seine kräftigen Muskeln spannten sich, während ein bösartiges Lächeln auf seinen Lippen erschien. Mühelos hob er die alte Dame hoch und schleuderte sie gegen die Wand.

»Du wirst es mir ganz sicher sagen!«

Damian stand vor Arias und blickte auf ihn herab. Der Engel kniete tödlich verwundet auf dem Boden der alten Fabrikhalle, zu der er Damian geführt hatte. Blut troff aus mehreren Wunden in den Staub hinab. Bald würde es vorbei sein.

Das schwarze Schwert in Damians Hand verschwand und er sank neben Arias zu Boden. Seine Hände legten sich auf die Schultern des Engels, versuchten, Trost zu spenden, Liebe zu geben – etwas, von dem er geglaubt hatte, es nie wieder empfinden zu können. Er weinte und seine Tränen fielen neben Arias' Blut in den Staub.

»Verzeih mir«, flehte Damian.

Arias hob müde sein Haupt. Das wenige Licht, das von draußen hereinfiel, funkelte in seinen gebrochenen blauen Augen, die im Todeskampf golden schimmerten.

»Dann hast du doch noch erkannt, dass dein Weg ins Unheil führt und du dem falschen Herren dienst?«, keuchte er schwer.

»Ja, Arias. Das habe ich.«

»Dann hat mein Tod einen Sinn.«

»Ich wollte dich nicht töten. Bitte glaube mir.«

Arias lächelte. »Ich weiß, all diese Finten und Riposten. Immer hast du versucht, mich nicht zu treffen, aber mein Zorn war größer als dein Edelmut und so ist es geschehen. Man kann nicht mit der Klinge tanzen, ohne sich zu verletzen.«

Ein Beben durchlief seinen Körper. »Bald ist es vorbei.«

Damian schwieg. Er beugte sich vor und umarmte Arias, hielt ihn fest, während das strahlende Licht seiner Seele aus seinem Körper floss.

»Ich muss dich jetzt verlassen«, sagte Arias leise.

Dann verging er in einem Lichtblitz.

Und Damian kniete allein im Staub und sein Herz zersprang vor Trauer. »Warum?«, schrie er zum Himmel auf.

Seine Gefühle drohten, ihn zu übermannen. Ein Sturm aus Schmerz, Trauer und Wut ließ Damian wie betäubt zum Ausgang der Fabrikhalle taumeln. Als er hinaus ins Freie getreten war, dachte er an Lara. Als er sich ihr Gesicht vorstellte, durchströmte ein vibrierendes Gefühl seinen ganzen Körper.

Wo war sie? Ging es ihr gut? Er musste unbedingt mit ihr reden. Ihr alles erklären. Vielleicht gab es doch einen Weg für sie beide.

Arias war tot, aber Lara lebte.

Er musste zu ihr.

Als Arias starb, erschütterte sein Tod die Engel auf dieser Welt. Sein Schmerz raste um den Globus und überall blieben Engel mitten in der Bewegung stehen, senkten das Haupt und trauerten um einen ihrer Brüder. So wie Gabriel ihr Führer in dieser Welt war, so war Arias das Licht gewesen, das ihnen im Dunkeln geleuchtet hatte. Sein Mut und seine Tatkraft hatten die anderen Engel zu ihm aufblicken lassen.

Sein Tod war ihr Schmerz.

Gabriel stand im Park am Flussufer. Seine Augen waren geschlossen. Er betete zum Schöpfer aller Dinge, als feurige Flammen durch seinen Leib rasten und Arias' Name in seinem Geist gewispert wurde. Er riss die Augen auf. Schwindel packte ihn und ließ ihn gegen einen Baumstamm taumeln. Vor Schmerzen gekrümmt und das Gesicht in den Händen vergraben, weinte er um den Tod seines Freundes.

Lange kauerte er so da. Weinend.

Aber als er sich wieder erhob, lag keine Trauer mehr in seinem Blick.

Nur noch Zorn und Entschlossenheit.

Asiszaar schritt zu der alten Frau hinüber, die reglos auf dem Dielenboden lag. Er beugte sich hinab und sog tief die Luft ein. Die Frau lebte noch, war aber ohnmächtig. In seiner Wut hatte er sie zu hart angefasst. Nun konnte sie ihm nicht die entscheidende Frage beantworten, wo er das Mädchen finden würde.

Er verfluchte die Alte und spuckte auf sie hinab. Dann überlegte er, was er tun konnte. Plötzlich klingelte das Telefon. Der Anrufbeantworter schaltete sich ein. Asiszaars Kopf ruckte herum, als er die Stimme der Frau hörte, die bewusstlos vor ihm auf dem Boden lag. Dann erklang ein Pfeifton und eine männliche Stimme sprach.

»Ich bin es noch mal, Martha. Geh ans Telefon.«

Eine Pause.

»Wo bist du denn?«

Eine weitere Pause.

»Ich kann Fischer nicht erreichen, seine Leitung ist ständig belegt. Es noch länger zu versuchen, macht keinen Sinn, also fahre ich jetzt zur Buchhandlung. Vielleicht ist Lara ja noch dort. Bleib du zu Hause, falls sie sich meldet. Ich rufe später noch mal an.«

Wieder erklang ein Pfeifton.

Ein grausames Lächeln zog über Asiszaars Gesicht. Er wusste jetzt, wo er das Mädchen finden konnte.

Nicht mehr lange und sie war sein.

Als Asiszaar das Haus verließ und in den schwarzen Saab einstieg, wurde er von einem jungen Mann mit goldenem Haar und himmelblauen Augen beobachtet.

Sanael hatte Arias' Tod durchlitten. Noch immer fühlte er sich schwach und kraftlos. Seine Glieder zitterten. Als er an sich herabsah, bemerkte er, dass seine linke Hand unruhig zuckte, aber er konnte jetzt nicht ruhen oder seinen Geist durch ein Gebet trösten.

Sanael stand im Schutz einer Hecke auf der anderen Straßenseite und beobachtete, wie das Fahrzeug das Grundstück der Hermsdorfs verließ. Er hatte die Ankunft des dunklen Engels beobachtet. Nun sah er, wie das Auto, in dem der Höllenkrieger saß, mit quietschenden Reifen eilig davonfuhr.

Sanael wusste nicht, was in dem Haus vorgefallen war, aber die Anwesenheit eines weiteren dunklen Engels in der Stadt konnte nichts Gutes verheißen.

Sanael verließ mit schwachen Schritten seinen Posten. Er musste sofort Gabriel informieren.

58.

Lara beugte sich ein letztes Mal würgend über die Kloschüssel, aber ihr Magen war leer. Nur noch der bittere Geschmack der Galle füllte ihren Mund. Sie erhob sich zitternd und betätigte die Spülung. Danach ging sie zum Waschbecken, öffnete den Wasserhahn und klatschte sich einen Schwall kühles Wasser ins Gesicht. Sofort ging es ihr besser. Sie hielt den Mund unter den Wasserstrahl und trank in gierigen Zügen. Ihr Magen gluckerte, als ihr Durst endlich gestillt war.

Als Lara sich wieder etwas wohler fühlte, fuhr sie sich mit den Fingern durch das Haar, holte tief Luft und öffnete die Tür. Auf keinen Fall durfte Paul nun misstrauisch werden. Zurück im Atelier, kam ihr der Fotograf mit dem Handy am Ohr entgegen. Er deutete auf das Telefon und blinzelte ihr zu.

»Dauert vielleicht etwas«, flüsterte er. Gleich darauf widmete er sich wieder seinem Gesprächspartner und sprach beschwichtigend auf ihn ein.

Lara war das nur recht. Sie wollte allein mit ihren Gedanken sein. Erneut sog sie tief die Luft ein, atmete hörbar aus, dann setzte sie sich auf den Bürostuhl und betrachtete das Foto erneut. Sie versuchte, nicht darüber nachzudenken, *was* sie dort sah. Dass es gar nicht sein durfte, was ihre Augen dort erkennen konnten. Aber es war so.

Ihr Vater und Damian waren als erwachsene Männer zu sehen. Beide wirkten gleich alt, obwohl der Altersunterschied zwischen ihnen ungefähr zwanzig Jahre betragen musste.

Was noch?

Das Foto konnte nicht neueren Datums sein, denn sie erkannte eindeutig ihre Großeltern und den Buchhändler. Alle sahen ungefähr vierzig Jahre jünger aus. Ihre Mutter war noch ein Kleinkind.

Hier lag eine enorme Diskrepanz, für die es nur eine Erklärung geben konnte – Damian und ihr Vater waren in der ganzen Zeit, die seit der Aufnahme vergangen war, nicht gealtert. Dreiundvierzig Jahre. Und sie sahen nicht einen Tag älter aus.

Lara lief ein kalter Schauer über den Rücken, als ihr die nächste Frage durch den Kopf schoss. *Waren sie unsterblich?* Als ein hysterisches Lachen in ihrer Kehle aufstieg, schob Lara diesen Gedanken schnell beiseite und ordnete die Fakten neu.

Das verkehrt herum aufgehängte Kreuz fiel ihr ein. Sie wusste um die Bedeutung dieses Zeichens. Es war ein Symbol des Teufels. Waren ihre Großeltern etwa Satanisten? Lara konnte nicht verhindern, dass ihr ein albernes Kichern entfuhr. Doch so abwegig war der Gedanke vielleicht gar nicht. Schließlich war ihr Großvater Professor für Geschichte und Okkultismus gewesen. Hastig sah sie sich nach Paul um. Ein Blick zur Küche verriet ihr, dass er immer noch telefonierte. Gut!

Tausend Fragen hämmerten in Laras Kopf und sie brauchte Antworten. Jetzt. Entschlossen griff sie nach der Computermaus und öffnete ein Browserfenster. Nachdem sie die *Google*-Webseite aufgerufen hatte, gab sie den Begriff *Okkultismus* ein.

Über zweihunderttausend Ergebnisse gab es zu diesem Begriff. Ganz oben stand der Wikipedia-Eintrag. Lara rief ihn auf und überflog den Artikel, der aber ziemlich zurückhaltend abgefasst war. Andere Internetseiten, die sie anklickte, gingen die Sache direkter an.

Okkultismus wäre so etwas wie ein Überbegriff für alle Geheimwissenschaften und übersinnlichen Phänomene, hatte ihre Großmutter erklärt. *Eine nette Beschreibung,* dachte Lara bitter – aber in Wahrheit ging es um schwarze Magie, Teufelsanbetung und Dämonenkult.

Der Scanner blinkte auf und riss Lara für einen Moment aus ihren Gedanken. Das Foto! Das Original!

Sie hob die Abdeckung des Gerätes an und nahm die Fotografie heraus. Da das Foto mit der Bildseite nach unten gelegen hatte, fiel ihr das Datum der Aufnahme ins Auge.

6. Juni 1967.

Gerade eben hatte sie auf einer der Internetseiten etwas über magische Zahlen gelesen. Hastig griff sich Lara ein Blatt Papier aus dem Zettelkasten neben dem Computer und einen Bleistift. Aufgeregt kritzelte sie das Geburtsdatum ihrer Mutter hin.

6. Juni 1966 – 6.6.1966 – 6.6.66

Auf der Webseite hatte es geheißen, dreimal die Sechs wäre die »Zahl des Tiers«. Die Zahl des Antichristen. Des Teufels. Im Geburtsdatum ihrer Mutter kam diese Zahl sogar vier Mal vor.

Was hatte das zu bedeuten? Das Geburtsdatum konnte kein Zufall sein, nicht, wenn sie all die anderen Ungeheuerlichkeiten, die sie an diesem Nachmittag erfahren hatte, bedachte – ein verkehrt herum aufgehängtes Kreuz als Zeichen für eine Satansmesse, die Verlobung eines Kindes mit einem erwachsenen Mann, der nicht alterte.

Und Damian.

Damian?

Lara nahm sich einen weiteren Zettel und schrieb seinen Familiennamen auf.

A N T A S.

Dann ordnete sie die Buchstaben des Namens neu.

Und plötzlich war alles klar.

S A T A N.

Der Schock traf sie mit solcher Wucht, dass sie aufstöhnte. Ohne es zu merken, stieß sie sich mit den Füßen vom Boden ab und rollte mit dem Bürostuhl zurück, bis sie gegen eine Regalwand stieß.

Hitze stieg in ihr auf. Dann eisige Kälte. Sie hatte das Gefühl, als würde Dunkelheit ihre Seele auffressen.

»So, da bin ich wieder«, erklang Pauls fröhliche Stimme neben ihr.

Lara sprang auf und rannte aus dem Atelier, vorbei an dem völlig fassungslosen Fotografen, der nicht verstand, was vorgefallen war.

59.

Lara fühlte sich wie betäubt. Sie stolperte durch die Straßen, ohne ihre Umgebung wahrzunehmen. In ihrem Kopf kreisten unablässig die gleichen Fragen.

Wie konnte das alles sein?

Was hatte es zu bedeuten?

Die einzelnen Elemente des Fotos wirbelten in ihrem Kopf durcheinander. Eine Gruppe Menschen. Ihre Großeltern. Ihre Mutter, noch ein Kind. Damian und ihr Vater, jung und scheinbar nicht gealtert in all den Jahren. Das verkehrt herum aufgehängte Kreuz.

Ich verstehe das alles nicht, dachte Lara. *Es ist so absurd.*

Sie schüttelte den Kopf, ohne es zu bemerken. Damian sollte Satan sein? Wie abgefahren war das denn?

Seit sie ein Kind gewesen war, glaubte sie nicht mehr an Geister, Gespenster und Dämonen und schon gar nicht an Engel oder den Teufel.

Gott? Vielleicht gab es ihn, vielleicht auch nicht, wer konnte das schon wissen? Man konnte nur glauben, dass es ihn gab. Lara war zu der Überzeugung gelangt, dass alles Gute und alles Böse von den Menschen kam. Selbst die Natur mit ihrer gewaltigen Kraft konnte da nicht mithalten.

Wieder stieg ein hysterisches Lachen in ihr auf, als sie sich vorstellte, dass sie sich in den Teufel verliebt hatte. Allein für diese Überlegung würde man sie zur Untersuchung in eine psychiatrische Klinik einweisen. Dabei hatte sie noch nicht einmal behauptet, dass ihre Mutter als Säugling mit einem Unsterblichen, wahrscheinlich Satans Diener, verlobt worden war.

Wahnsinn, dachte Lara. Es war das Absurdeste, was sie je gedacht hatte ... Aber welche andere Erklärung konnte es sonst geben?

Lara blieb an einer Hauswand stehen und lehnte sich mit dem Rücken dagegen. Sie schloss die Augen. Was sollte sie jetzt tun?

Zu ihren Großeltern konnte sie nicht zurück, denn die waren in die Sache verstrickt. Ohne ihr Einverständnis wäre es nie so weit gekommen. Sie hatten ihre eigene Tochter an den Teufel verkauft. *Warum auch immer sie das getan hatten, alleine dafür sollten sie in der Hölle schmoren,* dachte Lara und spürte die glühend heiße Wut, die bei diesem Gedanken ihren Körper durchströmte.

Nun war Lara auch klar, warum ihr Vater die Familie verlassen hatte. Wenn er nicht alterte, also unsterblich war, wäre das irgendwann aufgefallen und irgendjemand hätte begonnen, unangenehme Fragen zu stellen.

Dieser Gedanke führte sie schließlich zu ihrer Mutter. Lara fragte sich, ob sie über all das Bescheid wusste. Sie wog alles ab und entschied dann, dass ihre Mutter sehr wahrscheinlich nicht den blassesten Schimmer davon hatte, welches dunkle Spiel ihre Eltern mit ihr getrieben hatten. Der Schmerz ihrer Mutter war echt und fühlbar. Noch heute vermisste sie den Mann, den sie liebte. Das konnte Lara spüren, auch wenn Rachel immer vorgab, ihn abgrundtief zu hassen. Die Wahrheit sah anders aus. Ihr Herz war gebrochen und seit siebzehn Jahren nicht geheilt.

Außerdem glaubte Lara nicht, dass Rachel ihr den Berlinbesuch erlaubt hätte, wenn sie von irgendetwas eine Ahnung gehabt hätte.

Am besten, ich rede mit ihr und erzähle ihr alles, überlegte Lara. Sie suchte in der Jackentasche nach ihrem Handy, fand es aber nicht. Sie hatte ganz vergessen, dass es kaputt war. *Mist!* Und Geld hatte sie auch nicht eingesteckt, als sie vorhin so überstürzt aus dem Haus geflohen war. Also konnte sie noch nicht mal ein öffentliches Telefon benutzen.

Was soll ich jetzt tun?, fragte Lara sich ratlos.

Zum ersten Mal nahm sie wieder ihre Umgebung wahr. Ihr Weg hatte sie in einen für sie vollkommen unbekannten Stadtteil von Berlin gebracht. Es war noch Tag, aber langsam zog die Dämmerung herauf.

Wo sollte sie jetzt hingehen?

Sie drehte sich verwirrt um die eigene Achse.

Und dann begann es zu regnen.

60.

Max riss die Tür zum Buchladen so kraftvoll auf, dass die Glasscheiben klirrten. Mit einem Satz nach vorn betrat er den Raum und sah sich hastig um. Hinter ihm donnerte die Tür ins Schloss. Das Bimmeln der Glocke ging in diesem Lärm unter.

Aus dem Hintergrund huschte der alte Fischer heran. Sein Gesicht war bleich, die Augen erschrocken aufgerissen. Mit fahrigen Bewegungen stopfte er sein Hemd in die Hose und strich sich über das zerwühlte Haar. Wahrscheinlich hatte der Alte ein Nickerchen gemacht und das Telefon ausgesteckt.

Der Professor fluchte stumm und verwünschte den Buchhändler bis zum letzten Tag seines erbärmlichen Lebens.

Noch bevor Fischer etwas sagen konnte, fragte Max: »Lara? Ist Lara hier?«

Der alte Fischer glotzte ihn verwirrt an. »Lara? Nein, die ist nicht hier«, stammelte er. »Wieso auch? Warum . . .«

Weiter kam er nicht.

»War sie hier?«, brüllte Max ihn an.

»Nein, nein, nein«, versicherte der Buchhändler hastig.

»Sind Sie sicher?«

»Ja doch.«

Verdammt! »Und Ihr Enkel?«

»Was ist mit ihm?«

»Hat er sie gesehen?«

»Nein, das glaube ich nicht. Er war die ganze Zeit im Lager und . . .«

»Holen Sie ihn her!«, befahl Max.

Fischer hastete davon. Dann war zu hören, wie er nach seinem Enkel rief. Kurz darauf schlurfte Robert Fischer gelangweilt in den Laden. Der Professor fixierte ihn aus zusammengekniffenen Augen.

»Hör zu, du schwarzer Bastard, ich frage dich nur einmal, und wenn du mich belügst, jage ich dich in die Hölle zurück, aus der du Made hervorgekrochen bist. Wo ist meine Enkeltochter?«

Robert Fischer gab seine menschliche Gestalt auf und verwandelte sich in einen Dämon. Er war nun fast zwei Meter groß, sehr hager und ähnelte nur noch bedingt einem Menschen, da sein ganzer Körper ohne Haut war und man die offen liegenden Muskeln und Sehnen sehen konnte. Ein kleiner verkümmerter Schädel ruhte auf einem dürren Hals und pendelte bei jeder Bewegung hin und her. Rote Augen lagen tief in den Höhlen und starrten den Professor hasserfüllt an.

»Das Mädchen ist nicht hier, Hermsdorf, und du bist nicht in der Lage, mir zu drohen. Deine Macht über uns ist Vergangenheit. Satan wird bekommen, was sein ist.«

Und Max Hermsdorf spürte das Gewicht der Schuld. Nach all den Jahren wurde ihm das wahre Ausmaß seines Frevels bewusst.

Er senkte den Kopf und atmete tief ein.

In seinem Kopf hämmerte nur noch ein Gedanke: *Rette Lara!*

Seine Faust schoss vor und packte die Kreatur am dürren Hals. Noch immer war er stark. In Sachen Kraft konnte er es mit wesentlich jüngeren Männern aufnehmen. Der Dämon öffnete seinen Mund mit den spitzen Zähnen und japste nach Luft.

»Du widerliche Kreatur! Wenn du es noch einmal wagst, so mit mir zu sprechen, dann schwöre ich bei Gott, werde ich dich töten!«

Der Dämon grinste höhnisch. »Gott? Gott hat dich längst verlassen, alter Mann. Du hast ihn verraten. Dich mit dem Teufel verbündet. Nun bezahl auch den Preis dafür.«

Max konnte nicht mehr an sich halten. Seine Wut, aber auch die Sorge um Lara ließen ihn vergessen, wer oder was er war. Mit einem Aufschrei schmetterte er dem Dämon die Faust so fest ins Gesicht, dass dessen Wangenknochen brachen.

Das Monster wimmerte auf und sank zu Boden, dort versuchte es verzweifelt, unter einen Tisch zu kriechen, aber Max hatte die Kreatur an einem Fuß gepackt und schleifte sie wieder hervor. Er wollte gerade nach dem Dämon treten, als hinter ihm mit lautem Krachen die Glastür in den Raum flog. Max fuhr herum und erstarrte mitten in der Bewegung.

Im Türrahmen stand ein dunkler Engel. In beiden Fäusten hielt er gebogene schwarze Klingen. Das durch Narben verunstaltete Gesicht war zu einem breiten Grinsen verzogen.

»Wie ich sehe, bin ich hier richtig«, grollte seine tiefe Stimme. »Und jetzt – auf die Knie!«

Aus dem Hintergrund katzbuckelte der alte Buchhändler heran. Noch immer in seiner menschlichen Gestalt, verbeugte er sich unterwürfig.

»Herr . . .«

Eine der schwarzen Klingen fuhr zischend durch die Luft. Die Bewegung war zu schnell für das menschliche Auge, aber das Geräusch fuhr Max durch Mark und Bein. Dann polterte der Kopf des alten Fischer auf den Boden, während eine züngelnde Feuerzunge aus dem Hals stieg. Der Leib kippte nach hinten und wurde zu Asche.

Der dunkle Engel würdigte den Vorgang mit keinem Blick. Aus seinen weißen Augen sprach unbarmherzige Grausamkeit, als er zuerst den Professor und dann den Dämon fixierte.

»Auf die Knie!«

Hastig ließ sich der Professor zu Boden fallen. Der Einsatz hatte sich gerade wesentlich erhöht. Wenn er Lara retten wollte, musste er Zeit gewinnen und sich etwas überlegen.

Vor ihm stand ein übermenschlicher Gegner und allein seine Anwesenheit verriet ihm, dass Damian nicht mehr der Feind war, um den er sich sorgen musste.

Er hatte ein viel größeres Problem.

Damian war zurückgekehrt. Er saß in dem kleinen Park, in dem er Lara kennengelernt hatte, auf einer Bank und dachte nach. Er hatte vorgehabt, direkt zum Haus ihrer Großeltern zu gehen, aber nun zögerte er. Er war vollkommen verzweifelt. Arias' Tod hatte sein Herz mit Trauer und Angst erfüllt – und allein dieser Umstand ließ ihn noch mehr verzweifeln.

Ich bin ein Krieger der Hölle, dachte er dumpf. *Ich sollte all diese Gefühle nicht empfinden.* Zorn, Wut und Schmerz waren seine Elemente, das Elixier seines Daseins. Und trotzdem war in ihm das untrügliche Gefühl, dass er dem schwarzen Fürsten nicht mehr dienen konnte.

Damian wusste, dass er am Ende eines langen Weges stand. Eines Weges, auf dem ihn seine Liebe zu Satan in den Abgrund geführt hatte. Aber dieser Weg endete hier und heute. Es gab kein Zurück.

Er machte sich keinerlei Illusionen über sein eigenes Schicksal. Er war verloren. Sobald Satan von seinem Verrat erfuhr, würde er die Jäger aussenden. Wie Hunde würden sie ihn, die Beute, hetzen, stellen und schließlich zerfetzen.

Aber auch die Engel waren eine Bedrohung. Er hatte einen der ihren getötet. Ihr gerechter Zorn würde ihm folgen, wohin er sich auch wandte. Er war der Feind. Es würde kein Erbarmen geben.

Damian lächelte bitter. Warum auch sollte er Gnade erwarten? Sie würde ihm sowieso nichts nützen. Für ihn gab es keinen Ausweg mehr. Er konnte nicht zurück in die Hölle und seine Zeit auf Erden war begrenzt, schon spürte er, wie ihn seine Macht verließ. Nicht mehr lange und er würde sterben. Wie der Schmetterling, den er Lara gezeigt hatte, würde er vergehen, denn auch sein Sommer war nun vorbei und der Winter nahte.

Es gab nur noch eines zu tun. Er musste Lara retten.

Wenn er sich schon Satan widersetzte und mit seinem Tod den Preis dafür bezahlte, dann sollte Lara leben. Der Gedanke an sie ließ sein Herz erbeben.

Für einen Moment wagte er zu träumen, aber dann rief er sich zur Ordnung. Für ihn gab es keine Träume. Er war kein Mensch, sondern hatte nur für kurze Zeit das Leben eines Menschen gelebt. Und es war wundervoll gewesen. Endlich konnte er es sich eingestehen. Sich der Wahrheit hingeben. Er liebte Lara mit jeder Faser seines menschlichen Körpers, und das war ein Gefühl, das ihn vollkommen durchdrang. Allein für seine Liebe zu Lara und für das Gefühl, von ihr geliebt zu werden, war er bereit, alle Qualen der Hölle zu ertragen.

Und dann sprach er es aus. Zunächst war es nur ein Flüstern, dann schrie er es in den Regen hinaus: »Ich liebe dich, Lara.«

Er sank auf die Knie und blickte zum wolkenverhangenen Himmel empor. Regen prasselte auf ihn herab.

Wenn du wüsstest, Satan, dachte Damian, *vielleicht würdest auch du deinen Weg ändern.* Aber dieser Gedanke war sinnlos. Satan lebte seinen Hass, Satan war Hass. Er würde niemals Gnade oder Mitleid mit den Menschen zeigen. Wer sich in seine Fänge begab, war verloren. So wie er.

Damian erhob sich und streifte den Schmutz von seiner Kleidung. Wenn er Lara retten wollte, brauchte er Hilfe.

Die Hilfe seines größten Feindes auf Erden.

Gabriel.

61.

Lara lief noch immer durch die Stadt. Ziellos. Für einen kurzen Moment hatte der Schock sie aus ihren Fängen gelassen und sie in die Wirklichkeit katapultiert. Sie hatte Passanten gefragt, ob sie ihr Handy für einen Anruf an ihre Mutter ausleihen würden, aber die Menschen hatten ihre aufgeweichte Kleidung und die nassen, am Kopf klebenden Haare angestarrt und waren kopfschüttelnd weitergegangen.

Lara hatte sich im Schein einer Straßenlaterne im Schaufenster einer Secondhandboutique betrachtet und konnte es den Leuten nicht verübeln. Ihre Augen waren vom Weinen gerötet, die Lider geschwollen. Die Wangen wirkten eingefallen. Sie sah aus wie ein Junkie, der unbedingt den nächsten Schuss brauchte. Niemand würde ihr sein Handy auch nur für eine Sekunde in die Hand geben.

Ich selbst würde es ja auch nicht tun, dachte Lara kichernd, halb irre aus Verzweiflung und Angst. Es war empfindlich kalt geworden. Sie fror erbärmlich. Ihre Kleidung war feucht und die dünne Jacke, die sie sich hastig übergeworfen hatte, als sie das Haus ihrer Großeltern verlassen hatte, war vollkommen ungeeignet für diese Jahreszeit. Ein schneidender Wind war aufgekommen und ließ sie erschauern.

Noch immer hatte sie dröhnende Kopfschmerzen. Als sie ihre Hand an die Stirn hielt, fühlte diese sich heiß an.

Ich muss ins Warme oder ich hole mir noch den Tod, dachte sie. Ein Stück weiter die Straße hinunter leuchtete das geschwungene Logo eines Fast-Food-Restaurants. Lara atmete erleichtert auf. Dort konnte sie sich aufwärmen und mit Sicherheit würde sie auch auf junge Leute ihres Alters treffen. Vielleicht lieh ihr doch jemand sein Handy für einen Anruf oder gab ihr etwas Geld.

Im nächsten Moment rannte Lara schon die Straße entlang.

Als sie das Restaurant betrat, folgte ihr ein nachdenklicher Blick. Ein Dämon hatte das Mädchen entdeckt, war aber unschlüssig, wie er sich jetzt verhalten sollte. Damian war nicht bei ihr, und das war nicht gut. Sie war allein, leichte Beute für jeden Engel, der in der Nähe sein mochte.

Der Dämon in der Gestalt eines Straßenmusikanten zog sich noch weiter unter das Dach des Hauses zurück, vor dem er seinen Platz bezogen hatte. In seiner Hand hielt er eine alte Geige und einen Geigenbogen. Vor ihm auf dem Boden lag sein geöffneter Instrumentenkoffer, in dem nur wenige Münzen regenfeucht glänzten. Er kratzte sich am kahlen Schädel und dachte nach.

Sollte er hierbleiben und das Mädchen weiter beobachten oder zurück zum Haus gehen, wo der Anführer möglicherweise auf Nachricht von seinen Jägern wartete? Der Dämon hatte seinen Herrn seit zwei Tagen nicht gesehen.

Im Gegensatz zu den anderen Jägern war sein Herz nicht von Verrat erfüllt. Er war ein Sklave und zufrieden damit zu dienen. Es gab eine Ordnung für alle Dinge im Universum. Sein Platz war an der Seite seines Herrn, dem er folgte, wohin er auch ging. Und so traf er seine Entscheidung. Er würde zurück zum Haus gehen und auf Damian warten. Zufrieden mit sich selbst, verschwand er in der Dunkelheit.

Damian war allein. Kein Mensch war bei diesem Wetter auf den Straßen unterwegs. Er war nur wenige Meter weit durch den Park gegangen, als vor ihm die Luft zu flirren begann und ein Engel erschien. Der Krieger trug einen langen weißen Mantel, der in der heraufziehenden Dämmerung leuchtete. In der Hand des Engels glänzte ein Schwert, dessen Spitze auf den Boden zeigte, aber jeden Augenblick hochgerissen werden konnte, um ihn anzugreifen.

Der Engel sprach kein Wort. Nichts regte sich in seiner Miene. Er stand stumm da und wartete.

Damian wich einen Schritt zurück. Er hob beide Hände, um seine friedvollen Absichten anzudeuten, da erschien ein zweiter Engel. Und dann noch einer und weitere. Sie alle trugen Schwerter und Lanzen aus Licht in ihren Fäusten.

»Damian«, erklang eine Stimme hinter ihm. Damian fuhr herum.

Vor ihm stand Gabriel. Das sonst so sanftmütige Gesicht wirkte hart und ausdruckslos. Seine Augen glänzten kalt.

Damian spürte den Zorn des anderen. Schon oft waren sie sich gegenübergestanden, aber niemals zuvor war Gabriel so zornig gewesen. Wenn er von ihm angehört werden wollte, gab es nur eine Möglichkeit. Damian sank auf die Knie. Er breitete die Arme aus und bot dem Engel seinen ungeschützten Oberkörper dar. Den Kopf in den Nacken gelegt, sah er Gabriel ruhig an.

»Ich wollte Arias nicht töten. Nicht einmal kämpfen wollte ich mit ihm, aber er war so von seinem Glauben erfüllt, dass es für ihn keine Zweifel an der Richtigkeit seines Handelns gab. So geschah, was geschehen ist.«

»Warum hätte er zweifeln sollen?«, fragte Gabriel. Es lag keinerlei Nachsicht in seiner Stimme. Damian spürte, wie die Engel in seinem Rücken näher traten. Die Energie ihrer Waffen strich über seine Haut und ließ ihn erschauern.

Kies knirschte. Damian blickte auf. Nicht weit entfernt, hastete ein Mann mit gesenktem Kopf durch den Park. Er sah kurz zu ihnen herüber, blickte aber gleich darauf wieder auf den Weg. An seinem Verhalten war keine Änderung festzustellen, er zögerte nicht, ging weder langsamer noch schneller. Da wusste Damian, dass die Engel ein magisches Feld über sie gelegt hatten.

»Ich diene Satan nicht mehr.«

Regen tropfte herab und lief über die Gesichter der Männer, aber niemand rührte sich. Alle schwiegen, bis Gabriel schließlich das Schweigen brach.

»Du bist trickreich und listig wie dein Fürst, aber mich täuschst du nicht.«

»Sieh mich an, Gabriel. Schau in meine Augen. Kannst du dort eine Lüge sehen?«

»Auch ich vermag mich täuschen zu lassen.«

»Dann beantworte mir eine Frage: Wann hat jemals zuvor ein dunkler Engel sich seinem Schicksal ausgeliefert, so wie ich es jetzt tue? Mein Leben liegt in deiner Hand. Ich werde nicht kämpfen.«

»Du könntest ohnehin nicht auf einen Sieg hoffen.«

»Ja, aber ich kann viele von euch töten und auf die dunkle Reise mitnehmen, bevor es euch gelingt, mich zu besiegen.«

»Ich werde dich töten, du Höllenkreatur«, zischte ein Engel und im nächsten Moment fuhr sein Schwert singend durch die Luft, aber Gabriel hob eine Hand. Die Schneide verharrte nur wenige Zentimeter von Damians Nacken entfernt.

»Nein, Sanael.«

Gabriels Stimme war leise und machtvoll. Und Sanael fügte sich. Die Klinge verschwand.

»Was hast du mir zu sagen?«, wandte sich Gabriel an Damian.

»Ich bitte um deine Hilfe.«

Ein paar Engel sogen bei diesen Worten scharf die Luft ein, selbst Gabriel ächzte überrascht, dann lachte er bitter.

»Meine Hilfe? Du bittest um meine Hilfe?«

»Ja, Gabriel. Ich bitte nicht für mich. Lara ist in großer Gefahr. Wenn wir ihr nicht beistehen, ist sie verloren. Und mit ihr die ganze Welt.«

Gabriel blickte nachdenklich auf ihn herab. »Wir wissen, dass dieses Mädchen etwas Besonderes ist. Du bist hier in Berlin aufgetaucht, als auch sie in die Stadt kam. Deine Jäger folgen ihr auf Schritt und Tritt. Was hat dieses Mädchen an sich, das sie für deinen Fürsten so wichtig macht?«

Damian sah ihn ruhig an. »Sie ist sein Kind.« Er zögerte einen Moment und sagte dann: »Lara ist Satans Tochter.«

62.

Lara betrat das Fast-Food-Restaurant und eine Woge warmer Luft schlug ihr entgegen. Nach der Kälte auf der Straße brach ihr sofort der Schweiß aus. Sie schlüpfte aus ihrer Jacke und legte sie sich über den Arm, dann ließ sie ihren Blick durch den Raum schweifen. Der Geruch nach gebratenem Fett und Pommes frites ließ ihren Magen knurren, aber sie beachtete die bunten Tafeln nicht, die Hamburger in jeder Größe und Art anzeigten.

Es waren nur wenige Gäste anwesend und zu ihrer Enttäuschung überhaupt keine Jugendlichen. In zwei Nischen saßen Familien mit ihren Kindern, ansonsten gab es nur noch einen einzelnen Mann, der abseits von allen anderen Kaffee aus einem Becher trank.

Hier irgendjemand nach einem Handy zu fragen, machte keinen Sinn. Das Restaurant war viel zu leer und die Bedienung hinter dem Tresen hatte sie jetzt schon im Blick. Durchnässt, wie sie war, und in ihren viel zu dünnen Klamotten sah sie wie ein streunendes Straßenkind aus. Die Angestellte würde sofort reagieren, sollte sie einen der Gäste ansprechen.

Lara fluchte stumm. Sie hatte keine andere Wahl. Sie musste sich hier ein bisschen aufwärmen. Schnell verzog sie sich auf die Toilette und hielt ihre eiskalten Finger unter die heiße Luft des Händetrockners. Ihre nassen Haare drückte sie mit ein paar Papiertüchern aus und band sie mit einem Haargummi, das sie in ihrer Hosentasche fand, zusammen.

Vielleicht hatte sie so eine Chance, hier in Ruhe ihre nächsten Schritte zu überdenken, bis der Restaurantleitung auffiel, dass sie auf niemanden wartete und auch nicht vorhatte, etwas zu bestellen. Lara ging zurück und setzte sich unweit des kaffeetrinkenden Mannes hinter eine Säule, wo sie einigermaßen vor den Blicken der Angestellten geschützt war. Zusätzlich nahm sie ein Tablett vom Nebentisch, das noch nicht weggeräumt war, damit es aussah, als habe sie bereits gegessen. Neben dem Tablett lag eine Kinozeitung, die Lara scheinbar interessiert aufschlug.

Hätte ich doch bloß ein Handy, klagte sie stumm. Sie war erschöpft und den Tränen nahe. Aber heulen würde ihr jetzt auch nicht weiterhelfen.

»Sein Kind?«, wiederholte Gabriel verständnislos.

»Ja. Er war mit Max und Martha Hermsdorfs Tochter verheiratet. Und Rachel hat schließlich eine Tochter zur Welt gebracht«, erklärte Damian leise. »Lara.«

»Warum?«, fragte Gabriel aufgeregt. »Warum hat er das getan? Er ist ein Unsterblicher! Was verspricht er sich von einer Tochter, deren Leben für ihn nur einen Wimpernschlag in der Ewigkeit bedeutet?« Mit einem Wink seiner Hand bedeutete er Damian, sich zu erheben. Als die beiden sich gegenüberstanden, begann Damian zu erzählen.

»Satans Macht in der Hölle ist im Schwinden begriffen. Es ist bereits Jahrzehnte nach menschlicher Zeitrechnung her, da begannen einzelne Dämonen damit, sich uns zu widersetzen. Sie weigerten sich, Befehle anzunehmen und zu gehorchen. Wir schritten ein und töteten die Frevler, aber das rief nur weitere Gewalt hervor. Dunkle Engel wurden überfallen und getötet. Bald waren ganze Regionen in Aufruhr und Satan sandte seine Krieger, um dem Widerstand ein Ende zu bereiten, aber es war bereits zu spät. Inzwischen haben sich rebellische Dämonen in ungeheuerer Anzahl gegen ihn erhoben. Sie sind im Begriff, alle neun Kreise der Hölle zu überrennen.« Damian spürte die ungläubigen Blicke der Engel, doch er ließ sich davon nicht beirren. »Wenn das geschieht, gibt es nichts mehr, das sie daran hindert, über diese Welt herzufallen. Wenn sie das Land erst einmal überfluten, wird ihr glühender Hass jedes einzelne Lebewesen auslöschen. Nicht einmal ihr könnt sie dann noch aufhalten.«

Das aufkommende Gemurmel erstarb sofort, als Damian weitersprach: »Ihr wisst, dass wir uns nur für begrenzte Zeit in dieser Welt aufhalten können. Der Schöpfer wollte nicht, dass wir unseren Kampf auf der Erde austragen und die Welt in ein Schlachtfeld verwandeln. Die Dämonen aber unterliegen dieser Beschränkung nicht. Da sie einst zu dieser Welt gehörten, können sie in ihr existieren, ohne dass sie ihre Macht verlieren. Wenn wir die neun Ebenen der Hölle verlieren, verlieren wir auch die Macht über die Portale. Chaos und Elend werden in einem unvorstellbaren Ausmaß über die Menschen hereinbrechen.«

Gabriels Miene war angespannt. Die Haut schien über den Wangenknochen festgenagelt. Seine Lippen waren nur noch zwei schmale Striche. »Was hat das Mädchen damit zu tun? Welche Rolle spielt sie bei alldem?«

»Satan glaubte, er könne die rebellischen Dämonenfürsten wieder auf seine Seite ziehen, indem er ihnen einen Anteil an der Welt der Menschen versprach. Als Zeichen seiner Aufrichtigkeit und als Symbol wollte er ihnen seinen eigenen Sohn ausliefern. Den Kronprinzen der Hölle.«

»Seinen Sohn?«

Damian nickte. »Als Rachel eine Tochter zur Welt brachte, war Satans Plan gescheitert, denn die Dämonen würden niemals ein weibliches Wesen als Geisel akzeptieren. Ein Mädchen war einfach nicht wertvoll genug und Satan wusste, dass die dunklen Engel nur einem dunklen Prinzen folgen würden. Niemals jedoch einem Mädchen.«

Gabriel nickte langsam. »Ich verstehe. Aber welche Rolle spielt das Mädchen heute?«

»Auch wenn sie ein Mädchen ist, so ist sie doch nicht gänzlich nutzlos für Satan. Sie ist seine Tochter und entstammt einer Verbindung aus einem unsterblichen und einem menschlichen Wesen. Sie vereint beide Welten in sich. Lara gebietet über die Macht der dunklen Engel und ist doch auch ein Mensch, der sich unbegrenzt in dieser Welt aufhalten kann. Sie ahnt nichts von dieser Macht, aber die dunkle Gabe wird täglich stärker in ihr. Nach all den Jahren hat Satan doch noch ihren Wert erkannt. Zwar kann sie niemals die Herrschaft über die dunklen Engel erlangen, aber sie kann Satans Plänen auf andere Art und Weise dienen. Er will Lara zur Statthalterin seiner Macht auf Erden machen. Sie soll auf dieser Seite der Tore für ihn kämpfen und die schwarzen Horden aufhalten. Mit ihrer außergewöhnlichen Kraft wird sie Dämonen und Menschen beherrschen.«

»Du sprichst von großer Macht in ihr, aber ich verstehe so vieles nicht. Welche Macht? Und was ist deine Aufgabe dabei?«

»Satan hat mich ausgesandt, ihm seine Tochter zu bringen. Lara erreicht kurz nach ihrem achtzehnten Geburtstag das magische Alter von 6.666 Tagen. Es ist von entscheidender Bedeutung, dass sie an diesem Tag in der Hölle dem Ritual der Erweckung unterzogen wird. Danach verfügt Lara über die gleiche Macht wie Satan. Kein Engel, kein Dämon und kein Mensch wird ihr gegenübertreten können, ohne vernichtet zu werden.« Damians Stimme hatte an Lautstärke und Festigkeit verloren. Der nächste Satz war nur mehr ein kaum hörbares Flüstern. »Lara wird die Fürstin der Hölle auf Erden werden.«

Gabriel schien für einen Moment lang fassungslos. Sichtbar verstört fragte er: »Warum hast du Satans Befehl nicht längst ausgeführt und ihm seine Tochter gebracht?«

»Es ist ein weiter Weg bis zur Festung des Fürsten. Ich weiß nicht, welche Ebenen inzwischen von den Dämonen kontrolliert werden. Auch sie wissen von Laras Existenz und welche Bedeutung sie in dieser Auseinandersetzung besitzt. Sie würden sie mit Freuden töten, denn Laras Schicksal entscheidet über das Schicksal aller Dämonen. Über Schmerz und Feuer. Oder über die Freiheit.«

Gabriel sah Damian fest in die Augen. »Aber das ist nicht alles, nicht wahr? Das ist nicht der alleinige Grund?«

Damian erwiderte seinen Blick. Er ließ sich lange Zeit mit der Antwort. Schließlich sagte er leise: »Nein . . . ich liebe Lara. Und ich weiß, für ein Bündnis mit den Dämonen würde Satan sie jederzeit opfern.«

Der Regen war stärker geworden. Immer dichter prasselten die Tropfen herab. Das Wasser lief über Damians Wangen und verschwand in seinem Hemdkragen.

»Ich glaube dir«, sagte Gabriel nach einer Weile. »Und uns läuft die Zeit davon. Wir müssen handeln, denn es gibt etwas, das du wahrscheinlich noch nicht weißt.«

Damian sah ihn überrascht an. »Was?«

Gabriel machte eine Handbewegung in Richtung seiner Krieger. »Sag es ihm, Sanael.«

Sanael trat vor. »Ein weiterer dunkler Engel ist in dieser Welt erschienen.«

Damian trat unbewusst einen Schritt zurück. Die Ankunft eines weiteren Höllenkriegers konnte nur bedeuten, dass Satan sein Spiel durchschaute oder schlicht ungeduldig wurde.

»Wann ist er aufgetaucht? Und wo?«

»Vor wenigen Stunden. Ich sah ihn aus dem Haus der Großeltern des Mädchens kommen.«

»War Lara bei ihm?«, fragte Damian mit vor Aufregung heiserer Stimme.

»Nein, ein Mann hat in einem Auto auf ihn gewartet. Sie sind zusammen weggefahren.«

»Wie sah der dunkle Engel aus?«

»Er war groß. Ein eindrucksvoller Krieger. Sein Gesicht war von Narben verunstaltet. Mehr kann ich dir nicht sagen, ich sah ihn nur für einen kurzen Moment, als er das Haus verließ.«

Asiszaar!

»Ich sehe deinem Gesichtsausdruck an, dass du ihn kennst«, wandte sich Gabriel an Damian.

»Ja, ich kenne ihn«, gab Damian leise zu. »Und du kennst ihn auch.«

»Wer ist es?«

»Asiszaar.«

Gabriel sog hörbar die Luft ein. »Asiszaar«, wiederholte er langsam. »Im großen Krieg hat er viele von uns getötet. Er ist ein furchtbarer Kämpfer.«

»Und er ist ein Wahnsinniger. Satan liebt ihn. Nach dem Abstieg in die Hölle hat sich Asiszaar sehr verändert. Als Zeichen seines neuen Daseins fügte er sich diese unglaublichen Narben zu. Er liebt es, zu jagen und zu töten. Die Dämonen erschauern bereits bei der Nennung seines Namens. Dass er hier ist, kann nur eines bedeuten: Satan vertraut mir nicht mehr. Er hat Asiszaar losgeschickt, um das Mädchen zu holen. Ihn wird nichts aufhalten, kein Mensch und kein Engel.«

»Dann müssen wir das Mädchen finden, bevor er es tut. Lass uns zu dem Haus ihrer Großeltern gehen.«

»Dort kann sie nicht sein, denn sonst hätte Asiszaar sie mit sich genommen.«

Gabriel sah ihn eindringlich an. »Der dunkle Engel ist auf der Suche nach ihr. Ich bin mir sicher, dass er die Spur im Haus der Großeltern aufgenommen hat. Wir müssen wissen, was er erfahren hat, wenn wir Lara vor ihm finden wollen.«

63.

Max kniete vor dem dunklen Engel und überlegte verzweifelt, was er tun konnte, um diesen Wahnsinnigen aufzuhalten. Er hatte keinerlei Zweifel, um wen es sich bei dem Neuankömmling handelte. Satan hatte einen weiteren Krieger ausgesandt, der Lara in die Hölle bringen sollte.

Neben ihm rutschte Robert Fischer, der wieder seine menschliche Gestalt angenommen hatte, unruhig umher, kicherte ständig und plapperte leise vor sich hin.

Die mächtige Gestalt des Höllenkriegers ragte bedrohlich über ihnen auf. Damian war wahrscheinlich längst tot, aber der dunkle Engel wusste anscheinend nicht, wo er Lara finden konnte. Allerdings blieb die beunruhigende Frage, wie er *ihn* gefunden hatte.

»Du!«, dröhnte seine Stimme. »Sieh mich an!« Die Schwertspitze deutete auf den Professor. »Ich bin Asiszaar, ein Diener des schwarzen Fürsten. Wo ist das Mädchen?«

Er hatte richtig vermutet, der schwarze Bastard wusste nicht, wo sich Lara aufhielt. Nun galt es ein gefährliches Spiel zu spielen, denn er musste überzeugend wirken.

»Ich weiß es nicht.«

Max wagte nicht aufzuschauen, aber er spürte, wie sich die Blicke des dunklen Engels in seine Schädeldecke bohrten.

»Willst du sterben?«

Fast hätte er aufgelacht. Was hatte er schon zu verlieren? Seine Frau litt an einer tödlichen Krankheit und er hatte alle Menschen, die er liebte, ins Unglück gestürzt. Einzig der

Gedanke an Lara hielt ihn davon ab, sich selbst in das Schwert zu stürzen. »Nein! Ich will nicht sterben«, keuchte er.

»Er weiß es nicht«, mischte sich Robert Fischer in die Unterhaltung ein. »Er kam in den Laden, um nach ihr zu suchen.«

Der dunkle Engel schwieg. »Weißt du, wo ich sie finden kann?«, fragte er schließlich.

»Nein«, erwiderte Robert Fischer und schielte aus dem Augenwinkel auf den Fleck am Boden, an dem der Dämon vergangen war, der in der Welt der Menschen seinen Großvater gespielt hatte.

»Dann seid ihr beide nutzlos.«

Max sah, wie das Schwert gehoben wurde. »Warte«, sagte er.

Die Klinge verharrte in der Luft.

»Ich weiß vielleicht, wo du sie finden kannst.«

»Wo?«, schnaubte Asiszaar. »Und wage es nicht, mich zu belügen.«

Der Professor hob den Kopf, bis er dem dunklen Engel direkt in die grausamen Augen sehen konnte. Die Lüge kam leicht über seine Lippen. »Sie ist wahrscheinlich im Versteck.«

»Welches Versteck?«, dröhnte Asiszaars Stimme.

Max seufzte unhörbar auf. Damian war also noch am Leben. Neue Hoffnung erwachte in Max. Mit ein wenig Glück brachten sich die beiden gegenseitig um. In jedem Fall würde er Zeit gewinnen. Und Zeit war im Moment das Wichtigste.

»Das Haus, das Damian als seine Basis erwählt hat. Dort sind auch die anderen Jäger.«

Asiszaar lächelte. »Gut. Sehr gut. Dann kann ich den Verräter auch gleich töten.«

Asiszaar befahl ihnen, sich zu erheben und ihm zu folgen. Gemeinsam gingen sie zum Auto. Robert Fischer und der Professor wurden auf den Rücksitz gestoßen, der dunkle Engel nahm auf dem Beifahrersitz Platz. Er deutete auf den Fahrer. »Sag ihm, wie er zum Versteck des Verräters fahren muss.«

Max ließ seine Hand unauffällig in die Jackentasche gleiten. Mit den Fingern tastete er nach seinem Handy. Vor seinem geistigen Auge erschien das Mobiltelefon, sodass er erfühlen konnte, welche Tasten er drücken musste, damit das Gerät die letzte angerufene Nummer erneut anwählte. Er musste unbedingt Martha darüber informieren, was geschehen war und dass er Lara in der Buchhandlung nicht angetroffen hatte. Er hegte die leise Hoffnung, dass seine Frau Lara fand und in Sicherheit brachte, bevor Asiszaar sie in die Finger bekam.

Sein Daumen schob vorsichtig das Display des Handys nach oben, sodass die Tastensperre gelöst wurde. Dann drückte er zweimal hintereinander die Hörertaste.

Die Eingangstür stand offen. Damian und die Engel betraten vorsichtig das Haus. Zwar hatte Sanael beobachtet, wie Asiszaar mit einem Fahrzeug weggefahren war, aber es konnten sich auch Dämonen im Haus herumtreiben.

Stille umfing sie. Und der Geruch von Verzweiflung. Martha lag zusammengekrümmt und regungslos am Boden, aber ihr Brustkorb hob und senkte sich im Rhythmus ihrer Atmung. Ansonsten war das Haus leer. Damian trat näher und beugte sich zu der alten Frau hinab. Er legte seine Hand über ihr Gesicht und schloss die Augen. Kurz darauf öffnete er die Lider und sah Gabriel ernst an.

»Sie ist schwer verletzt«, erklärte er.

Der Anführer der Engel trat näher und sah auf Martha hinab. »Wird sie sterben?«

Bevor Damian darauf antworten konnte, klingelte das Telefon und die Ansage startete. Kurz darauf erklangen gedämpfte Stimmen. Damian trat an den Apparat und veränderte die Lautstärke. Nun war deutlich Motorengeräusch zu hören. Anscheinend kam der Anruf aus einem Fahrzeug, aber niemand meldete sich. Dann vernahm er eine bekannte Stimme. Leise, aber unverkennbar war es die Stimme von Max Hermsdorf.

»Wenn wir zu Damians Versteck wollen, um dort nach Lara zu suchen, müssen wir hier links abbiegen.«

Eine andere Stimme ertönte. Hart. Unerbittlich. Grausam. »Wenn du mich täuschst, werde ich dich in einem Ozean aus Schmerzen ertränken.«

Asiszaar.

Und Damian verstand. Max rief heimlich seine Frau an, um ihr mitzuteilen, wohin er mit Asiszaar unterwegs war, damit sie Lara warnen konnte. Anscheinend wusste der Professor nicht, dass Asiszaar längst in seinem Haus gewesen war und seine Frau schwer verletzt hatte.

Gabriel blickte Damian nachdenklich an. »Was bedeutet das?«

»Asiszaar ist auf der Suche nach Lara, aber er weiß nicht, wo sie ist. Er hat ihren Großvater in seiner Gewalt, aber ich glaube, der alte Mann versucht, Asiszaar auf eine falsche Spur zu locken. Anders kann es nicht sein, denn er weiß, dass ich Lara direkt zum Portal bringen würde, wenn ich mit ihr auf dem Weg in die Hölle wäre.«

»Was können wir tun?« Gabriels Stimme klang angespannt.

»Wir müssen Lara suchen. Asiszaar wird bald herausfinden, dass der Professor ihn belügt. Dann wird er die Spur erneut aufnehmen und sie weiter jagen. Vielleicht ist er nicht allein in diese Welt gekommen und er hat Dämonen, die ihn unterstützen. Aber er könnte auch hier Menschen oder Dämonen dazu gezwungen haben, ihm zu helfen. Asiszaar kennt kein Erbarmen beim Erreichen seiner Ziele und er gibt niemals auf.«

»Dann sollten wir keine weitere Zeit verlieren.«

Damian nickte. Alles in ihm drängte danach, sofort das Haus zu verlassen und nach Lara zu suchen. Sein Herz raste bei dem Gedanken an die Gefahr, in der sie schwebte. Doch bevor sie sich auf den Weg machen konnten, blieb noch etwas zu tun. Er wusste, wie sehr Lara ihre Großeltern liebte. Und er wusste, dass es umgekehrt genauso war.

Er ging zur Telefonstation und wählte die Notrufnummer. Laras Großmutter sollte nicht hilflos und verletzt zurückbleiben. Die alte Dame hatte in ihrem Leben bereits genug erlitten.

64.

Laras Gedanken kreisten unablässig um eine einzige Frage: Was sollte sie jetzt tun? Sie war so verzweifelt und fühlte sich so einsam wie noch niemals zuvor in ihrem Leben. Und da war noch ein anderes Gefühl, das gerade an die Oberfläche stieg, Raum und Aufmerksamkeit in ihrem Bewusstsein gewann.

Etwas veränderte sich in ihr. Sie konnte es ganz deutlich spüren. Unruhe machte sich in ihr breit, fraß sich wie Flammen durch ihren gesamten Körper. Lara erschauerte, fröstelte und gleichzeitig wurde ihr so heiß, dass ihr der Schweiß ausbrach.

Was geschieht mit mir?

Ihr Kopf ruckte herum. Der Mann mit der Zeitung starrte sie an. Lara versuchte, ihn zu ignorieren, aber sie spürte förmlich, wie sich seine Blicke in ihren Schädel bohrten. Wütend sah sie auf und blickte ihm direkt in die Augen. Er war jünger, als sie anfangs gedacht hatte, und hatte ein argloses Gesicht, aus dem sie leuchtend blaue Augen anschauten. Seine Mimik veränderte sich, nahm einen erschrockenen Ausdruck an, als er Lara anstarrte. Irgendetwas an diesem Typ war sonderbar. Er sah sie an, als habe er ein Monster vor sich.

Kenne ich den Mann?

Lara forschte in ihrem Gedächtnis. Nein, sie hatte ihn noch nie zuvor gesehen. Aber warum sah er sie dann so merkwürdig an? An ihrem Aussehen konnte es nicht liegen, denn ihre Haare waren inzwischen fast getrocknet und ihre Augen fühlten sich auch nicht mehr so verquollen an.

Lara senkte den Kopf und verbarg ihr Gesicht hinter der Zeitung, dabei beobachtete sie ihn weiter. Der Mann sah gut aus. Markantes Gesicht, blonde Haare, die unter der aufgesetzten Baseballmütze kaum auszumachen waren. Seine schlanken Hände ruhten bewegungslos auf der Tischplatte. Lara bemerkte, dass er eine dunkle Jacke und ein weißes Hemd trug. Nichts Auffälliges. Es war die Art, wie er aufrecht dasaß und sie anblickte, die ihr ein merkwürdiges Gefühl bereitete.

Sie wollte gerade aufstehen und zu ihm hinübergehen, als er sich abrupt erhob und hastig das Restaurant verließ. Lara sah ihm nach und fragte sich, ob er geahnt hatte, dass sie ihn auf sein Verhalten ansprechen wollte.

»Entschuldigung«, erklang plötzlich eine Stimme neben ihr. Lara zuckte zusammen und wandte sich um. Vor ihr stand eine Frau Anfang vierzig im dunkelblauen Kostüm und weißer Bluse. Ein Namensschild auf dem Blazer verriet, dass die Frau Bettina Rocker-Mandt hieß und die zuständige Restaurantleiterin war. Lara blickte in ein hübsches, aber energisches Gesicht.

»Darf ich fragen, warum Sie unser Restaurant besuchen?«

Die Frage war verständlich. Sie saß seit geraumer Zeit hier herum und benutzte die Waschräume, ohne etwas zu bestellen.

»Ich warte auf jemanden.«

Die Restaurantleiterin schaute demonstrativ auf ihre Armbanduhr. »Seit schätzungsweise dreißig Minuten. Anscheinend kommt er oder sie nicht mehr.«

Lara wollte etwas erwidern, wurde aber unterbrochen.

»Dies ist ein Restaurant, kein Aufenthaltsraum. Ich muss Sie bitten, jetzt etwas zu bestellen oder zu gehen. Möchten Sie etwas bestellen?«

»Im Augenblick noch nicht.«

»Dann ...« Die Hand der Frau legte sich auf ihre Schulter.

Mit der Berührung kam die Wut. Ohnmächtiger Zorn, der sie übermannte und mit sich fortspülte. Ohne es zu wollen, streckte Lara ihre Hand aus und stieß mit der Handfläche gegen die Brust der Restaurantleiterin, die es von den Füßen riss und mehrere Meter entfernt zu Boden schleuderte. Ihr Kopf knallte gegen ein Stuhlbein und sie blieb regungslos liegen.

Stimmen wurden laut. Schreie erklangen. Jemand rief nach der Polizei.

Lara erwachte wie aus einem Tagtraum und starrte entsetzt auf die bewusstlose Frau hinab.

Was habe ich getan?

Wie konnte so etwas geschehen?

Tränen der Verzweiflung stiegen in ihr auf. Ein Mann kam mit entschlossenem Gesichtsausdruck auf sie zu. Hände griffen nach ihr, aber Lara konnte sich mühelos befreien. Sie wirbelte herum, als die Menschen vor ihrer Berührung zurückzuckten, und rannte aus dem Restaurant. Hinaus in die verregnete Nacht.

Der Engel, der Lara so auffällig angestarrt hatte, stand abseits des Restaurants an einer Straßenecke und blickte zum Eingang hinüber, als Lara zur Tür hinausstürmte. Er beobachtete, wie sie einen Moment unschlüssig verharrte, so als überlege sie, in welche Richtung sie gehen solle. Der Regen hatte zugenommen. Nemathan wusste, wer sie war. Jeder

Engel in der Stadt wusste dies. Sie war ein besonderes Mädchen. Ein Mensch, der in den Fokus der Hölle geraten war, auch wenn er den Grund für dieses Interesse nicht kannte.

Nemathan blickte sich um und stellte zufrieden fest, dass keine Dämonen in der Nähe waren. Das Mädchen war nicht in Gefahr, trotzdem wollte er Gabriel darüber informieren, dass Lara allein in der Nacht unterwegs war. Nemathan schloss die Augen.

Lara rannte, ohne sich umzusehen. Sie rannte, ohne zu wissen, wohin. Als sie schließlich anhielt, war sie bereits in einem anderen Stadtteil. In der Straße, in der sie nun stand, reihte sich ein Restaurant an das andere. Vor Bars und Kneipen standen trotz des Regens Leute, die hastig eine Zigarette rauchten. Lara hatte Angst, sich ihnen zu nähern, Angst davor, dass wieder etwas in ihr die Kontrolle übernahm und sie Dinge tun ließ, die sie im tiefsten Grunde ihres Herzens verabscheute. Ihr Atem sandte kleine Wolken in die feuchte Luft. Sie fröstelte. Erschöpfung und Müdigkeit machten sich in ihr breit. Ratlos blickte sie die Straße entlang. Ohne Geld und ohne Telefon stand sie alleine mitten in einer fremden Stadt; einer Stadt, die ihr Leben für immer verändert hatte.

Was hatte sie da eben bloß getan? Warum war sie auf die Frau losgegangen, die doch einfach nur ihren Job gemacht hatte? War sie womöglich sogar tot? Die Frau hatte so hilflos, so verletzt ausgesehen, als sie da am Boden lag.

Ein Schauer durchlief Laras Körper, der nicht alleine von der abendlichen Kälte herrührte. Sie hatte sich benommen wie ein wildes, gefährliches Tier. Ein Tier, so schien es ihr, das zu allem fähig war. Erschrocken über diese Erkenntnis, rann eine einzelne Träne ihre Wange hinab. Ihre ganze Welt war in sich zusammengefallen. Alles, was gestern noch gegolten hatte, schien heute keine Bedeutung mehr zu haben. Und was mochte in der Zukunft auf sie warten?

Gestern war ich noch Lara. Und heute? Heute bin ich ...

Und plötzlich verstand Lara. Einzelne Informationen und Gedankenfragmente fügten sich wie Puzzleteile ineinander und ließen ein klares Bild vor ihren Augen entstehen. Ein Bild, in dessen Mitte ihr Vater stand. Laras Herz schien einen Schlag lang auszusetzen, als sie begriff, was mit ihr geschah. Die Erkenntnis durchzuckte sie wie ein Blitz.

Sie war nur zur Hälfte menschlich. Der andere Teil in ihr war böse. Ihr Vater war ein Diener der Hölle und sie würde so werden wie er. Das Böse in ihr würde siegen und das Gute auslöschen.

Lara stockte der Atem.

Sie war ein Monster.

Der Regen hatte zugenommen und drang nun auch unter das Vordach, unter dem Lara Schutz gesucht hatte. In ihr war eine große dumpfe Leere. Wie ein dicker Nebel umfingen Lara ihre Gedanken. Alles, von dem sie geglaubt hatte, dass es ihrem Leben Sinn verlieh, schien nicht mehr zu existieren. Ihre Freunde zu Hause waren weit weg. Ihre Großeltern hatten sie belogen und ihre Mutter in ihre dunklen Machenschaften verstrickt. Und Damian hatte sie ebenso bitter enttäuscht wie Ben.

Doch das Schlimmste war, dass sie sich in ein Monster verwandeln würde. Ein Monster, das seinem eigenen Willen gehorchte und über das sie keinerlei Kontrolle besaß. Das, was sie bisher ohne ihr eigenes Zutun getan hatte, war sicherlich nur eine erste Stufe zu etwas Ungeheuerlichem, das gerade dabei war, sich in ihr Bahn zu brechen. Das konnte und durfte sie nicht zulassen.

Lara hob den Kopf und ließ ihren Blick die Straße entlangschweifen. Ihre Augen blieben an einem Schild hängen, das den Zugang zu einer U-Bahn-Haltestelle anzeigte. Sie starrte auf den hell erleuchteten Schriftzug.

Ein bitteres Lächeln umspielte Laras Lippen, als sie einen Schritt nach vorn machte und aus dem mäßigen Schutz des Daches heraustrat. Der Regen peitschte ihr ins Gesicht, fühlte sich an wie feine Nadelstiche auf der Haut. Die Taubheit wich aus ihrem Körper und Lara spürte neue Kraft in sich aufsteigen. Kraft, eine letzte eigene Entscheidung zu treffen. Sie hatte es so satt, andere über ihr Leben bestimmen zu lassen.

Nicht weit von hier gab es die Möglichkeit zu vergessen.

Sie konnte ihre Liebe für Damian auslöschen, die sich so schmerzvoll in ihr Herz gebrannt und ihre Seele verschlungen hatte.

Vergessen, wer oder was sie war. Kein Mensch mehr. Ein Kind der Hölle.

Einfach vergessen.

Alles, was so wehtat.

Für immer.

Als die Engel das Haus verließen, blieb Gabriel abrupt stehen. Er schloss die Augen und verharrte regungslos. Als er die Lider wieder öffnete, sah er Damian eindringlich an.

»Ich weiß, wo Lara sich aufhält«, erklärte er.

Damian wollte etwas fragen, aber Gabriel hob abwehrend

die Hand. Offensichtlich lauschte er noch immer der inneren Stimme.

»Sie rennt durch die Straßen. Mitten im Regen.«

»Was? Wohin?«

»Ich weiß es nicht. Nemathan folgt ihr.«

»Ist sie weit von hier entfernt?«

»Nein.«

»Gut, dann haben wir eine Chance.«

Gabriel sah ihn ernst an. »Wir müssen uns beeilen. Nemathan sagt, irgendetwas stimme nicht mit ihr. Er kann fühlen, dass sie voller Verzweiflung ist.«

»Wo ist sie?«

Gabriel sagte es ihm.

Und Damian rannte los.

65.

Blitze zuckten vom Himmel. Donner hallte durch die Häuserschluchten. Der Regen fiel unablässig, und obwohl die Scheibenwischer auf Hochtouren liefen, war die Sicht schlecht und sie mussten langsam fahren.

Max saß auf dem Rücksitz des Autos, neben dem ständig vor sich hin kichernden Robert Fischer, der immer wieder seine Gestalt wechselte und leise dämonische Gebete vor sich hin brabbelte. Im Fahrzeug stank es durchdringend nach Alkohol. Sowohl der Fahrer als auch eine fast volle Flasche hochprozentigen Alkohols, die auf der Fußmatte vor ihm hin- und herrollte, verströmten einen Geruch, der den Professor schwindeln ließ.

Der dunkle Engel auf dem Beifahrersitz hatte seit geraumer Zeit kein Wort mehr gesprochen. Schweigend verfolgte er, wie Max den Fahrer durch die Stadt lotste. Bei dem Wetter waren nur wenige Autos unterwegs. Fußgänger sah man überhaupt nicht, aber das verwunderte auch nicht, denn sie hatten jetzt eine Gegend erreicht, die ausschließlich aus tristen grauen Plattenhäusern bestand. Geschäfte gab es hier kaum, nur das dämmrige Licht einiger Imbissbuden spiegelte sich in den Pfützen auf dem Asphalt. Der Regen floss in Bächen neben den Gehwegen und gurgelte in die Kanalisation, die zu überfluten drohte.

Dies war das schlimmste Unwetter, das die Stadt seit Jahren gesehen hatte. Fast schien es, als hätten sich die Schleusen des Himmels geöffnet, um sie aufzuhalten, und dafür war Max dankbar. Er ahnte, dass sein Leben bald enden würde. Spätestens wenn der dunkle Engel das Haus erreichte und feststellte, dass er belogen worden war. Aber das war nicht wichtig. Wichtig war allein Laras Sicherheit. Stumm fluchte Max vor sich hin, als er an seine Enkeltochter dachte.

Er hatte so vieles falsch gemacht im Leben, hatte geglaubt, er könne Wünsche einfordern, ohne den Preis dafür zu bezahlen. Doch Satan ließ sich nicht betrügen. Nein, nicht er. Er hatte geglaubt, die Dinge im Griff zu haben, aber Satan hatte ihn eines Besseren belehrt.

Dabei war ihnen damals alles so einfach erschienen – und sie waren so verzweifelt gewesen.

Als er Martha kennengelernt hatte, war ihm das Leben wie ein Traum vorgekommen. Sie war seine große Liebe und er war glücklich wie noch nie zuvor. Um ihr Glück zu perfektionieren, fehlte nur noch ein Kind. Martha wünschte es sich ebenso von ganzem Herzen wie er selbst. Sie hatten gehofft, gebetet, Hilfe bei Ärzten und Heilern gesucht, aber Martha war nicht schwanger geworden. Mit jedem Jahr sank die Hoffnung auf ein eigenes Kind und er musste mit ansehen, wie die Frau, die er über alles liebte, von ihrem Leid zerfressen wurde.

Martha verließ schließlich kaum noch das Haus. Sie zog in das Zimmer, das sie in Vorfreude auf ein Kind eingerichtet hatten. Hier verbarg sie sich vor der Welt, hinter zugezogenen Vorhängen. Sie sprachen kaum miteinander, wurden sich fremd.

Während er weiterhin zur Universität ging und seinen Doktor machte, schloss sie das Leben aus. Und mit dem Leben schloss sie auch ihn aus. Manchmal, wenn er nachts an der Tür lauschte, hörte er ihr Schluchzen und er schwor sich, ihr den wichtigsten Wunsch ihres Lebens zu erfüllen. Koste es, was es wolle.

Sie hatten alles Menschenmögliche getan, um sich ihren Kinderwunsch zu erfüllen. Nun blieb nur noch eine Möglichkeit. Lange genug hatte Max sich mit Okkultismus beschäftigt. In seinen Büchern fand er ein Beschwörungsritual, das ihm versprach, was er sich erhoffte. Er beschloss, sich auf das Wagnis einzulassen, Satan anzurufen. Von sich als Wissenschaftler vollkommen überzeugt, hatte er geglaubt, das Experiment im Griff zu haben.

Und Satan war gekommen. Der große Verführer war in sein Leben getreten. Nicht mit Donner und Schwefelgeruch, aber das hatte er auch nicht erwartet. Satan war in der Erscheinung eines jungen Studenten aufgetaucht. Am helllichten Tag hatte er ihn vor dem Universitätsgebäude gefragt, wie ernst ihm sein Wunsch sei und ob er bereit sei, den Preis für diesen Wunsch zu bezahlen.

Ja, hatte er gesagt und an seine Frau gedacht, *ich zahle den Preis. Ich bezahle jeden Preis.*

Und wenige Tage später stand Martha lächelnd vor ihm, als er am Abend nach Hause kam. Sie war tatsächlich schwanger geworden.

Die Sonne hielt wieder Einzug in ihr Haus und ihr gemeinsames Leben begann aufs Neue. Noch schöner, noch strahlender als jemals zuvor.

Dann war Satan erneut erschienen, hatte sich in der Pause zwischen zwei Vorlesungen in der Mensa zu ihm gesetzt und ihm den Preis für dieses Glück genannt.

Das Kind wird gesund geboren werden. Es wird ein Mädchen sein, das du Rachel nennen sollst. Dieser Name bedeutet »das Mutterschaf« und so soll es sein, denn sie wird mir einen Sohn gebären, der mir in mein Reich folgt, um eines Tages der Herrscher über die Erde zu werden.

Max war entsetzt zurückgewichen. Alles konnte Satan von ihm verlangen, aber nicht das. Nicht seine ungeborene Tochter als künftige Mutter für einen unheilvollen Sohn, der gleichzeitig auch sein Enkel war.

Satan hatte ihn angesehen und gelächelt. *Du hattest einen Wunsch, ich habe dir meinen genannt. Solltest du dich weigern, wird das Kind noch im Mutterleib sterben.*

Und Max hatte an Martha, an das glückliche Lächeln auf ihrem Gesicht gedacht und er wusste, sie würde den Verlust des Kindes nicht überstehen. Vielleicht würde sie weiterleben, aber dann nur noch als seelenlose Hülle, die auf das Ende wartete.

So hatte er stumm genickt. Alles erschien ihm in diesem Moment besser, als Martha endgültig zu verlieren. Die Zeit würde eine Lösung bringen, vielleicht konnte er Satan entkommen. Er besaß großes Wissen über die geheimen dunklen Wissenschaften und die jahrtausendealte schwarze Magie. In seinen Büchern standen ungeheuerliche Beschwörungsformeln und auch die Macht des Teufels war begrenzt.

Aber das war ein Irrtum gewesen. Satan ließ sich nicht beherrschen. Ein Jahr nach Rachels Geburt tauchte er wieder auf, um das Bündnis durch eine schwarze Messe zu besiegeln, das ihm das kleine Mädchen als Braut versprach. Wie betäubt hatten Martha und er sich seinem Willen gebeugt. Seine Frau, die bereits einiges geahnt hatte, erhielt nun Gewissheit. Er musste ihr Beruhigungsmittel einflößen, damit sie die Zeremonie durchstand; er selbst hatte sich mit Alkohol betäubt.

Und dann war Satan verschwunden. Sie hatten ihr altes Leben wieder aufgenommen, verdrängt, was geschehen war und alles für ihre Tochter getan, was Eltern tun konnten. Rachel war in einem Umfeld von Liebe und Geborgenheit groß geworden. Als Michael in ihrem Leben auftauchte, wusste sie nicht, wer er in Wirklichkeit war. Ein attraktiver junger Mann, ein intelligenter Student, charmant und absolut unverdächtig. Natürlich hatte sie sich sofort in ihn verliebt – und er als Vater musste daneben stehen und alles mit ansehen, denn Satan hatte ihm deutlich gemacht, dass er Rachel töten würde, wenn sie ihm kein Kind schenkte.

Und wieder einmal hatte der Fürst der Hölle bewiesen, welch brillanter Verführer er war. Unheimlich liebevoll hatte er sich um Rachel bemüht, zärtlich um sie geworben. Er und Martha hatten gehofft, alles werde vielleicht doch gut. Satan würde seinen Sohn bekommen und aus ihrem Leben verschwinden. Für Rachel bliebe immer noch ein ganzes Leben, denn Satan hatte versprochen, ihr die Erinnerung an den Verlust des Kindes zu nehmen, bevor er wieder in die Hölle hinabstieg.

Aber alles war anders gekommen. Rachel hatte einem Mädchen das Leben geschenkt. In seiner Enttäuschung darüber, dass es kein Sohn war, hatte Satan sein Versprechen gebrochen und war gegangen, ohne Rachel die Erinnerung zu nehmen.

Martha und er hatten ihre Rolle weitergespielt. Normalität vorgegaukelt. Sie hatten auf ihre Tochter eingeredet. Fragen gestellt, die andere Eltern in dieser Situation ebenfalls gestellt hätten. Ist etwas zwischen euch vorgefallen? Habt ihr euch gestritten? Aber alles war aus dem Ruder gelaufen. Rachel war außer sich gewesen. Fragen, die Anteilnahme zeigen sollten, wurden als Vorwürfe verstanden, jedes gut gemeinte Wort ins Negative gekehrt. Rachel hatte getobt und geschrien, nachdem der Mann, den sie liebte, gegangen war. Und dann war auch sie gegangen. Hatte das Kind in eine Babytragetasche gelegt und das Haus verlassen. Sie war niemals zurückgekommen.

Alle Versuche, Kontakt aufzunehmen, wurden abgeblockt. Seit nun mehr fast achtzehn Jahren herrschte Schweigen zwischen ihnen und so hatten sie ihr Enkelkind in all den Jahren nur ein einziges Mal gesehen. Bis zu diesem Herbst.

Davor war Damian in ihr Leben getreten. Max hatte ihn bereits bei der schwarzen Messe vor siebzehn Jahren kennengelernt und zu spüren geglaubt, dass er anders als die Dämonen oder Satan war. Ein dunkler Engel, dem das Schicksal der Menschen nicht völlig gleichgültig zu sein schien.

Kurz nachdem Martha von ihrer schweren Krebserkrankung erfahren hatte, stand er plötzlich vor ihrer Tür. Und wieder einmal schien alles zusammenzubrechen. Seine Frau war sterbenskrank und Satan verlangte, seine Tochter zu sehen. Max solle dafür sorgen, dass sie nach Berlin komme.

Warum Satan so plötzlich Interesse an seiner Tochter zeigte, hatte Damian nicht gesagt, aber er hatte deutlich gemacht, dass der Höllenfürst keine Gnade gegenüber denjenigen zeigen würde, die seine Befehle nicht befolgten.

Das eigene Schicksal war Max längst gleichgültig geworden und wahrscheinlich würde sich auch Martha mit Freuden für ihr Enkelkind opfern, aber er wusste, Satan würde sich in seinem Zorn nicht auf sie beide beschränken, sondern auch Rachel und womöglich Lara mit Qualen oder dem Tod bestrafen. Und das durfte nicht passieren.

All die Schuld, die er auf sich geladen hatte, schrie danach, gesühnt zu werden, und so wurde Damian ihre letzte Hoffnung. Wenn es ihm gelang, Damian zu beeinflussen, gab es Hoffnung; er wollte, dass Rachel und Lara weiterleben konnten.

Und erneut hatte er ein gefährliches Spiel gespielt, sich scheinbar auf alle Forderungen eingelassen. Dennoch hatte er immer wieder versucht, auf Damian einzuwirken. Irgendwie hing alles mit Laras kommendem achtzehntem Geburtstag zusammen. Er wusste zwar nicht, welche Bedeutung dieses Datum hatte, aber er spürte, wenn es ihm gelang, Lara bis dahin vor ihrem Vater zu schützen, würde sich alles ändern. Laras Geburtstag war der Wendepunkt in ihrem Leben. Zum Guten oder zum Schlechten. Er hatte sich geschworen, dass es zum Guten werden würde.

Und endlich einmal hatten sie Glück gehabt, denn Damian schien Lara nichts Böses zu wollen. Im Gegenteil, irgendetwas war mit dem dunklen Engel geschehen – Damian schien aufrichtige Gefühle für Lara zu empfinden. Letztendlich war das nicht wichtig. Wichtig war nur, dass er Zeit gewann. Jeder Tag, der verging, brachte Lara ihrem achtzehnten Geburtstag näher. Dann konnte sich das Schicksal für alle noch einmal wenden.

Und so hatten er und Martha gehofft. Wirklich gehofft. Aber nun war ein zweiter dunkler Engel aufgetaucht und er ließ keinen Zweifel daran, dass er Satans Befehle unverzüglich ausführen würde. Und dieser Befehl konnte inzwischen nur lauten: *Bringt mir das Kind!*

Irgendetwas Geheimnisvolles musste in der Hölle vor sich gehen, denn sonst wäre Satan längst selbst erschienen, um sein Recht zu fordern.

Bisher war es darum gegangen, Zeit zu gewinnen. Mit Asiszaars Auftauchen waren die Karten neu gemischt worden, denn nun hieß es, Laras Leben mit aller Macht zu schützen. Er war zwar nur ein Mensch, der einem Diener der Hölle gegenübertrat, aber er würde tun, was getan werden musste.

Ihm blieben nur noch zwei Möglichkeiten. Eine davon war, dass er Asiszaar zu Damians Versteck führte und dass Damian Laras Verschleppung verhinderte. Zugegeben, diese Möglichkeit war nicht sehr vielversprechend, denn niemand konnte ahnen, wie Damian reagierte. Vielleicht empfand er wirklich so viel für Lara, dass er sich Asiszaar widersetzte, aber es konnte genauso gut sein, dass er sich dieses Mal Satans Befehl unterwarf.

Aus diesem Grund hatte Max sich dafür entschieden, eine andere Möglichkeit in Betracht zu ziehen. Das Haus lag nun direkt vor ihnen. Im Licht der gleißenden Blitze, die vom Himmel fuhren und die Erde erzittern ließen, tauchten die alten Mauern auf.

So oder so, der Moment zu handeln war gekommen.

Vorsichtig ließ er seine Hand zu Boden gleiten, wo die Schnapsflasche bei jeder Bewegung des Fahrzeugs gegen seine Füße rollte. Als seine Finger gegen das Glas stießen, lächelte er. Max schob die Flasche an seinem Hosenbein hoch, bis sie auf Kniehöhe war, denn drehte er vorsichtig den Schraubverschluss herunter. Seine andere Hand griff in die Hosentasche nach seinem Feuerzeug.

»Warum lächelst du, alter Mann?«, zischte Robert Fischer,

der wieder einmal menschliche Gestalt angenommen hatte. »Weißt du nicht, dass du bald sterben wirst?«

Max' Grinsen wurde breiter. »Genau darum geht es. Sterben!«

Asiszaar wandte sich auf dem Beifahrersitz um.

»Was hast du gesagt?«, dröhnte die Stimme des dunklen Engels.

Max sah ihn ruhig an. Dann flüsterte er leise: »Fahr zur Hölle!« Seine Hand zuckte nach oben. Blitzschnell goss er den Alkohol über Asiszaars lange schwarze Haare und seine Kleidung, bis die Flasche nur noch zu einem Drittel gefüllt war. Mit dem Rest bespritzte er den Dämon neben sich.

Die Hand mit dem Feuerzeug schnellte nach vorn. Der Daumen drehte das kleine Rädchen. Eine Flamme sprang heraus, die sofort Asiszaars Haar entzündete. Orangerote Zungen leckten über das Gesicht des Höllenkriegers, dann fing auch sein Mantel Feuer. Doch Asiszaar schwieg. Kein Wort kam über seine Lippen und sein Gesicht zeigte keinerlei Regung.

Max warf sich im Sitz herum und griff nach dem überraschten Robert Fischer. Er bekam ihn am Hals zu fassen und zog ihn zu sich heran. Fischer zappelte wild, aber der Professor hielt ihn eisern fest. Dann ließ er das Feuerzeug erneut aufflammen und Robert Fischer schrie.

Der Fahrer erwachte aus seiner Trance und hämmerte den Fuß auf die Bremse. Alle wurden nach vorne geworfen. Max prallte gegen den Sitz. Fischers Kopf schlug gegen die Seitenscheibe, während Asiszaars Gesicht gegen das Armaturenbrett geschleudert wurde. Dann stand der Wagen. Der Motor erstarb.

Robert Fischer rüttelte panisch an der Tür, bekam sie

schließlich auf und rannte als brennende Fackel kreischend in die Nacht hinaus.

Auf dem Beifahrersitz umhüllten die Flammen Asiszaar, der sich langsam zu Max umdrehte. Der Anblick war gespenstisch. Feuerzungen leckten über das narbige Gesicht. Zwischen dem glühenden Rot loderte Asiszaars wildes Grinsen auf. Seine Faust schoss auf Max zu und explodierte an dessen Schläfe, sodass dieser fast ohnmächtig wurde. Ein schwarzer Schleier fiel vor seine Augen, aber ein Versinken in der Ohnmacht war ihm nicht vergönnt.

Asiszaar riss die Fahrzeugtür auf und stieg aus dem Wagen. Mit ruhigen Schritten ging er um das Fahrzeug herum, während seine brennende Gestalt die Dunkelheit erleuchtete. Dann sprach er magische Worte und die Flammen erloschen.

Max sah, dass Asiszaar schwere Brandwunden davongetragen hatte. Sein Gesicht erinnerte an geschmolzenes Wachs. Einzelne Haarbüschel hatten das Feuer überstanden und hingen schlaff an Asiszaars Schädel herab. Nase und Lippen waren kaum noch in der formlosen Masse auszumachen. Die weißen Augen leuchteten gespenstisch in der Dunkelheit.

Noch während Max den dunklen Krieger anstarrte und sich verzweifelt fragte, wie Asiszaar seinen Angriff überlebt haben konnte, begann die Heilung. Max ächzte auf, als er sah, wie sich offene Wunden schlossen, schwarz verbrannte Haut wieder zu rosigem Fleisch wurde. Die Nase und die Lippen formten sich erneut. Langes schwarzes Haar wuchs vor seinen Augen bis zur Schulter hinab. Aber am schlimmsten war das bösartige Grinsen, mit dem Asiszaar ihn betrachtete.

Der dunkle Engel riss die Fahrzeugtür auf. Eine Hand packte ihn, zog ihn heraus und schleuderte ihn zu Boden.

Ächzend rollte sich Max zusammen. Sein Atem ging stoßweise. Ein stechender Schmerz breitete sich von seiner Brust bis in den linken Arm aus. Trotz des eiskalten Regens, der auf ihn niederprasselte, wurde ihm heiß, sehr heiß. Sein Gesicht schien zu glühen. Zweimal hustete er und jedes Mal wurde der Schmerz in seinem Brustkorb schlimmer.

Der Professor schloss die Augen. Er spürte keine Furcht mehr, nur noch die Gewissheit, dass es gleich vorüber sein würde. Max wusste, er hatte einen Herzanfall und ohne rasche medizinische Versorgung hatte er keine Chance zu überleben – aber was hatte er schon noch zu verlieren?

Innerlich gefasst, ließ er sich zurücksinken und wartete auf den Tod. Aber der kam nicht. Stattdessen packte ihn eine riesige Faust und hob ihn hoch, bis er auf gleicher Höhe mit Asiszaars Gesicht war. Die Miene des dunklen Engels war wutverzerrt.

»Du stirbst erst, wenn ich es dir erlaube, alter Mann«, schnaubte der Krieger.

Max sah ihn an. Er hatte keine Kraft mehr. Sein Körper schien nur noch aus Schmerzen zu bestehen.

»Du hast gewagt, dich mir zu widersetzen!«, brüllte ihn Asiszaar an.

Mit der letzten verbliebenen Kraft spuckte Max Asiszaar ins Gesicht und beobachtete zufrieden, wie sein Speichel über die hässliche Fratze tropfte.

Asiszaars Zorn kannte nun keine Grenzen mehr. Weit hob er den ausgemergelten Körper über seinen Kopf, dann schleuderte er den alten Mann gegen einen Baumstamm, wo er im feuchten Laub zusammensackte.

Max bekam von alldem nichts mehr mit. Er empfand keine Schmerzen mehr.

Eine allumfassende Dunkelheit umhüllte ihn, gab ihm Geborgenheit und endlich Frieden.

Ohne den Professor weiter zu beachten, schritt Asiszaar auf das Haus zu. Sein Blick fiel auf den grauen Schemen des Hauses, während der Regen ihm ins Gesicht prasselte. Blitze zuckten vom Himmel und fuhren donnernd in die Erde. Die Welt war ein Schauspiel enormer Kräfte und er genoss für einen Moment die gewaltige Macht der Natur, die sein Innerstes erbeben ließ.

Asiszaar ging zu dem Haus hinüber. Die Tür hing schief in den Angeln. Er machte sich erst gar nicht die Mühe, sie zu öffnen. Sein Fuß donnerte gegen das Holz und die Tür krachte nach innen.

Aus dem ersten Stock erklang ein Rumpeln, dann tappende Geräusche. Jemand hatte sein Eindringen gehört. Gut, das ersparte ihm den Weg die verfallene Treppe hinauf.

Asiszaar deutete mit seiner linken Hand auf einen Haufen altes Gerümpel, das in einer Ecke des Raumes stand, und eine Feuerzunge leckte daraus hervor, setzte den Stapel in Brand, sodass er nicht aus der Dunkelheit heraus angegriffen werden konnte.

Auf dem oberen Treppenabsatz erschien die Fratze eines Dämons, der ihn verblüfft anstarrte. Es war ein Wesen mit menschenähnlichem Aussehen, allerdings kleiner und gedrungener, mit einem Brustkorb so breit wie bei einem Pferd. Die muskulösen Arme endeten in dolchartigen Krallen, die fast auf Kniehöhe baumelten. Über den gesamten Schädel verteilt, stießen knöcherne Auswüchse durch die lederartige Haut, die kleine verschlungene Hörner bildeten und in alle Richtungen vom Kopf abstanden.

Der Dämon hatte tief liegende, glühende Augen, aus deren geschlitzten Pupillen er Asiszaar anstarrte. »Wer bist du?«, fragte der Dämon.

Asiszaars Blick wurde hart. »Komm her und knie vor deinem Herrn nieder!«

»Du bist nicht mein Herr. Damian ist unser Anführer. Ich folge nur ihm.«

»Wo ist der Verräter?«

»Warum sollte ich dir das sagen? Warum sollte ich dir überhaupt etwas sagen?«

Weitere Dämonen tauchten im Rücken des Wesens auf. Andere Jäger waren aus den Fenstern im ersten Stock geklettert und schlichen nun aus der Finsternis vor dem Haus heran.

Asiszaar konnte ihre Anwesenheit spüren. Golem, Feuerdämonen, geflügelte Kreaturen und eine Vielzahl anderer dämonischer Formen bildeten einen Kreis um ihn, der sich langsam immer enger zog.

Asiszaar ging zur Treppe hinüber, bevor sich der Kreis um ihn schließen konnte. Er sah in die Augen des Dämons, der es gewagt hatte, sich ihm zu widersetzen.

»Dein Name?«, zischte er.

Der Dämon lachte höhnisch. »Mein Name ist Xax'aal und . . .«

Weiter kam er nicht. Ein schwarzer Dolch erschien in Asiszaars Hand, den er blitzschnell schleuderte und dessen Klinge sich tief in die Stirn des Dämons bohrte.

»Dein Name *war* Xax'aal«, meinte der dunkle Engel ruhig.

Der Dämon verging im Feuer.

Asiszaar drehte sich langsam um sich selbst. Das Schwert in seiner rechten Hand beschrieb einen Bogen, deutete auf jeden einzelnen der um ihn lauernden Dämonen.

»Und nun kniet nieder!«

Ein kleiner schwacher Dämon, nicht größer als ein Kind, mit verformtem Körper, aus dem ein monströser Buckel wuchs, quiekte ängstlich auf und warf sich vor Asiszaar in den Staub. Zwei weitere Dämonen taten es ihm nach. Dann knieten schließlich alle vor ihm nieder. Asiszaar zählte fast zwei Dutzend von ihnen. Auch wenn manche schwach oder kränklich aussahen, ließ sich der dunkle Engel nicht täuschen. Sie waren Jäger. Gefährlich und unberechenbar. Besonders die riesigen Golem mit ihren muskelbepackten Körpern sahen beeindruckend aus, aber auch die Feuerdämonen verströmten tödliche Energie.

»Wo ist der Verräter?«

Niemand antwortete ihm. Asiszaar ging zu dem winzigen Dämon, der sich ihm als erster unterworfen hatte. Seine Faust packte das Wesen und hob es hoch. Dünne Arme und Beine zappelten. Das Zwergengesicht war angstverzerrt.

»Ich weiß es nicht, Herr! Er ging und kam nicht wieder. Wir haben auf ihn gewartet, aber wir glauben, dass ihn die Engel erwischt haben.«

Asiszaar sah den Zwerg nachdenklich an. Diese Möglichkeit hatte er gar nicht in Betracht gezogen. Vielleicht war der Verräter inzwischen tot, dennoch . . .

»Und das Mädchen? Weiß jemand, wo das Mädchen ist?«, donnerte seine Stimme durch den Raum.

Ein Dämon in menschlicher Gestalt trat vor. Er trug abgerissene Kleidung. Unter seinem Arm hielt er einen Instrumentenkoffer. Sein Haar war noch feucht vom Regen und seine Kleidung dampfte in der Hitze des Feuers.

»Ich bin gerade zurückgekehrt. Ich habe das Mädchen gesehen.«

»Wo hast du sie gesehen?«

Der Dämon erklärte es ihm.

»War sie allein?«

»Ja, Herr.«

Asiszaar grinste zufrieden. Seine Beute war nicht weit von hier. Und sie war allein.

Nicht mehr lange und er konnte seine Aufgabe zu Ende bringen.

66.

Lara stolperte die Treppe zur U-Bahn-Station hinunter. Ein eiskalter Wind pfiff durch den Schacht und ließ sie zittern. Hilflos schlang sie ihre Arme um den Körper und setzte sich auf eine Bank. Der Bahnsteig war menschenleer. Wie ausgestorben lag alles vor ihr. Weiter hinten gähnte das schwarze Loch des Tunnels, durch den die Bahnen ein- und ausfuhren.

Lara merkte nicht, wie ihr Kinn auf die Brust sank und sie zu weinen begann. Der Schmerz in ihrem Inneren brannte wie Feuer. Es war, als wäre ihre Seele verwundet.

Und es gab keine Hoffnung mehr.

Sie wiegte ihren Oberkörper vor und zurück. Immer wieder. Flüsterte sinnlose Worte.

Ein Zug fuhr in die Station ein und erinnerte Lara an ihr Vorhaben.

Ein paar Leute stiegen aus. Hasteten an ihr vorüber, ohne sie zu beachten. Niemand warf ihr auch nur einen Blick zu. Niemanden interessierte ein zitterndes, durchnässtes Mädchen, dem heiße Tränen übers Gesicht liefen.

Als der Zug die Station wieder verließ, erhob sich Lara und ging ein Stück den Bahnsteig entlang, bis sie direkt vor dem Tunneleingang stand.

Ja, hier war es gut. Hier war es richtig.

Sie schloss die Augen und breitete die Arme aus.

Der nächste Zug würde bald kommen.

Und mit ihm das Vergessen.

Der Regen peitschte Damian ins Gesicht, während Blitze durch die Nacht zuckten und der Donner über die Erde rollte. Er rannte. Schneller, als ein Mensch jemals würde laufen können, rannte er mit mörderischem Tempo durch die Dunkelheit.

In seinem Geist kreiste nur ein Gedanke.

Bitte lass mich nicht zu spät kommen.

Und dann betete er zu Gott, den er verraten hatte.

Herr, bitte lass nicht zu, dass Lara etwas geschieht. Gib mir die Kraft, rechtzeitig bei ihr zu sein.

Und so rannte er durch die Nacht. Allein und verzweifelt.

Schließlich erreichte er den von Gabriel genannten Ort. Keuchend blieb er stehen und blickte sich um. Von Lara war nichts zu sehen. Wo war sie?

Da trat ein Mann aus dem Schatten eines Hauseingangs. Es war ein Engel. Ohne auf den Regen zu achten, kam er auf Damian zu und blieb vor ihm stehen.

»Gabriel sagte mir, dass du kommst. Das Mädchen ist dort hinuntergegangen«, sagte er und deutete auf die Treppe, die zu einer U-Bahn-Station führte.

»Geht es ihr gut?«, fragte er.

»Nein, ich spüre Traurigkeit und Verzweiflung und etwas anderes, das ich noch nie zuvor gefühlt habe – etwas Fremdes, etwas Mächtiges.«

Damian nickte dem Engel dankbar zu, wandte sich um und rannte zur U-Bahn-Station. Das Schild mit der digitalen Fahrplananzeige gab an, dass die nächste U-Bahn jeden Augenblick in die Station einfahren würde.

Asiszaar und die dämonischen Jäger erreichten das Restaurant kurz nach Damian, der es, ohne es zu beachten, links liegen ließ und weiterrannte. Asiszaar grinste breit. Damian würde ihn direkt zu Lara führen und so folgten sie ihm unauffällig bis zu einer Stelle, an der er stehen blieb und sich unschlüssig umsah. Ein Engel tauchte auf und die beiden sprachen miteinander, bevor der Verräter über die Straße hetzte und eine Treppe hinunterrannte.

Der dunkle Engel bleckte seine Lippen zu einem Grinsen. Gut. Sehr gut. Dort unten gab es kaum Möglichkeiten, ihm zu entkommen, und sie waren vor den Augen der Menschen sicher, denn bei diesem Unwetter waren kaum Leute unterwegs. Sollten sich Menschen in der Station aufhalten, würden sie ebenso wie der Verräter sterben. Es würde keine Gnade und keine Zeugen geben.

Asiszaar blickte sich nach seinen Jägern um. In zwei Gruppen standen sie hinter ihm. Der Regen prasselte in ihre Fratzen. Asiszaar registrierte befriedigt die Mordlust in ihren Augen.

Als er wieder nach vorn sah, entdeckte er einen Engel, der auf die Straße trat und dann Damian in die Station folgte. Weitere Engel tauchten aus der Finsternis auf, orientierten sich und verschwanden ebenfalls im Untergrund. Was war hier los? Machten die Engel ebenfalls Jagd auf das Mädchen? Hatte Damian Lara an die Krieger des Lichts verraten?

Was auch immer der Grund für das Auftauchen der Engel sein mochte, Asiszaar war bereit, hier und jetzt der Sache ein Ende zu bereiten. Er würde Damian ebenso wie jeden Engel töten, der sich ihm in den Weg stellte. Asiszaar winkte den Dämon zu sich, der ihn hierher geführt hatte.

»Gibt es nur diesen Eingang?«, fragte Asiszaar.

Der Dämon zitterte vor Furcht und nahm unbewusst wieder menschliche Gestalt an. Die Augen weit aufgerissen, starrte er den dunklen Engel an.

»Nein, Herr.« Er deutete mit zitternder Hand die Straße hinunter. »Dort ist ein Abwasserkanal. Ich habe ihn oft bei der Jagd auf Ratten benutzt. Er führt zu einem unterirdischen Gang, der direkt in den Tunnel mündet, durch den die Züge aus Richtung Westen einfahren.«

»Gut, du wirst eine Gruppe der Jäger hinab in den Kanal führen und dich vom Schacht aus anschleichen. Sorge dafür, dass dich niemand entdeckt. Greife erst an, wenn der Feind durch den Kampf mit uns abgelenkt ist und nicht mit deinem Überfall rechnet.«

»Ja, Herr!«

Asiszaar bellte einen Befehl und die erste Gruppe der Dämonen setzte sich in Bewegung. Ihre grotesken Glieder verschmolzen mit den Schatten der Nacht, als sie unweit der Station zu einem Straßenkanal trotteten, den schweren metallenen Deckel hochhoben und sich in die Finsternis fallen ließen.

Nachdem die Gruppe im Untergrund verschwunden war, blickte sich Asiszaar nach den verbliebenen Jägern um. Die riesigen Golem, die Geflügelten und die Feuerdämonen standen im Regen und warteten.

Auch Asiszaar wartete. Die erste Gruppe würde einige Zeit brauchen, bis sie den Tunnel erreichte. Er wollte kein Risiko eingehen, denn vielleicht war es notwendig, mit allen Kämpfern gleichzeitig anzugreifen.

Er hatte zwar nur neun Engel gezählt, aber schließlich gab es auch noch den Verräter, der in Sachen Kampfkraft jedem Dämon überlegen war. Er und die Dämonen boten eine mehr als doppelt so große Übermacht auf, dennoch galt es, vorsichtig zu sein, denn Satan würde kein Versagen tolerieren.

Aber Asiszaar hatte auch nicht vor zu versagen.

Er hatte schon viel zu lange auf diesen Augenblick gewartet.

Bevor er Damian in den Untergrund folgte, flüsterte er Worte in der alten Sprache der Unsterblichen und dunkle Magie legte sich wie ein Nebel über diesen Ort, der aus dem Bewusstsein der Menschen verschwand, bis der Zauber wieder gebrochen wurde.

Es würde keine Hilfe für Damian und die Engel geben.

Niemand würde sie stören.

67.

Ein tiefes Rumpeln kündete die nächste U-Bahn an. Noch war der Schacht dunkel, ein gähnend leerer Schlund, der Lara zu verschlingen drohte, aber bald schon würden Tonnen von Stahl heranrasen und allem ein Ende bereiten.

Lara spürte die Vibrationen des Zuges. Sie fühlte, wie sie sich von ihren Füßen aus über ihren ganzen Körper ausbreiteten. Dann hörte sie ein gleichmäßiges Rattern, ab und an unterbrochen vom Kreischen der metallenen Räder auf den Schienen.

Sie dachte noch einmal an ihre Mutter und verabschiedete sich stumm von ihr. Lara hatte das Geheimnis um ihren Vater gelöst – und doch blieben so viele Fragen, auf die sie niemals mehr eine Antwort erhalten würde. Das Gefühl des gegen ihre Rippen hämmernden Herzens fühlte sich eigenartig fremd an, drang wie durch eine dicke Schicht Watte in ihr Bewusstsein. Ihr Herz schlug kraftvoll und lebendig – so wie es auch für Damian geschlagen hatte. Und Lara gab sich noch einmal ihrer Erinnerung an ihn hin.

Sein schmales, ernstes Gesicht. Sein schüchternes Lächeln. Die erste Berührung. Der erste Kuss. Dieses wunderbare Gefühl von Geborgenheit, als sie in seinen Armen eingeschlafen war. Sie hatte sich in dieser Nacht so voller Liebe gefühlt.

Das sollte ihr letzter Gedanke sein.

Diese Erinnerung würde sie mit in die Ewigkeit nehmen.

Den vollkommenen Moment in einem unvollkommenen Leben.

Der Zug war nun fast heran. Lara spürte den Luftzug, den er vor sich her durch den Tunnel trieb.

Es war Zeit zu gehen.

Lara schloss die Augen und sprang.

68.

Damian sah Lara am Bahnsteig stehen. Instinktiv ahnte er, was sie vorhatte. Seine Hand streckte sich hilflos nach ihr aus. Er wollte schreien, sie auf sich aufmerksam machen, aber es war bereits zu spät. Er würde sie nicht mehr erreichen.

Laras Körper spannte sich. Dann sprang sie vorwärts. Sie würde direkt vor dem einfahrenden Zug auf den Schienen landen und von ihm überrollt werden.

Aber in dem Sekundenbruchteil, bevor der Zug ihren Körper erfasste, geschah ein Wunder. Ein Schemen flog von der anderen Seite der Gleise heran, packte Lara noch in der Luft und riss sie mit sich auf den Bahnsteig.

Damian starrte ungläubig auf den Engel. Nemathan musste kurz nach ihm den Bahnhof erreicht haben. Bei seiner Suche war er auf die gegenüberliegende Seite des Bahnsteigs gekommen und hatte Lara im letzten Augenblick entdeckt. Seine übermenschlichen Kräfte hatten sie vor dem sicheren Tod bewahrt. Damian warf dem Engel einen dankbaren Blick zu, den dieser freundlich erwiderte.

Lara lag auf dem Rücken und starrte ihn verwirrt an. Ihr Geist hatte sich auf den Tod vorbereitet und scheinbar verstand sie nicht, weshalb sie noch am Leben war.

Dann erkannte sie ihn.

Ihr Mund öffnete sich zu einem wilden Schrei. Sie sprang auf die Füße und stürzte sich auf ihn. Kreischend schlugen ihre Hände nach ihm. Ihre Fingernägel fuhren durch sein Gesicht und hinterließen tiefe, blutige Spuren.

Damian wehrte sich nicht. Er versuchte nicht, sich zu schützen. Die Arme ausgestreckt, ließ er alles wortlos geschehen.

»Du hast mich verraten«, schrie Lara immer wieder. »Wer bist du? Was hast du mir angetan?«

Hinter Sanael tauchten weitere Engel auf, die stumm die Szene beobachteten. Schließlich trat Gabriel vor.

Alles war rot, alles war Feuer. Der Schmerz brannte in ihr. Finsternis hatte sich mit Damians Erscheinen vor ihr aufgetan. Sie wusste nicht, was sie tat, wusste nur, dass sie ihm Schmerzen zufügen wollte. Er sollte leiden wie sie. Also stürzte sich Lara auf ihn. All ihre Wut und Enttäuschung schleuderte sie demjenigen entgegen, den sie so sehr liebte.

Plötzlich legte sich eine Hand sanft auf ihre Schulter und sie hielt abrupt inne. Eine weiche Stimme flüsterte: »Du stehst in seiner Gnade, für alle Zeit.«

Die feurigen Schleier des Zorns lichteten sich. Lara konnte wieder klar sehen. Sie sah Damian, sah die blutigen Striemen, die sie seinem Gesicht zugefügt hatte. Ihr Blick wanderte zu seinen Augen, die voller Liebe waren.

Es war zu viel. Alles war zu viel. Kraftlos ließ sie sich zu Boden sinken und weinte.

Sie spürte, wie sich Damians Arme fest um sie schlossen. Mühelos wurde sie auf die Füße gezogen. Im nächsten Moment nahm sie seinen ganzen Körper wahr, seine Wärme, seinen vertrauten Duft, und sie gab sich ganz dem Gefühl hin, das ihren zitternden Körper durchströmte. Diesmal war es kein Feuer, das alles zu versengen drohte. Es war eine wundervolle Wärme, die ihr Geborgenheit schenkte und ihr die Angst nahm.

»Wer bist du?«, flüsterte sie kaum hörbar. »Bist du der Teufel persönlich?«

»Nein«, antwortete Damian ruhig. »Ich diene ihm nur.«

»Aber dein Name . . . anders buchstabiert ergibt sich Satan daraus.«

»Wir alle tragen seinen Namen. Wir sind seine Diener.«

Laras Körper erfasste ein erneutes Zittern, aber sie biss sich fest auf die Lippen und löste sich von Damian. Sie stand ihm gegenüber und entdeckte ihr winziges Spiegelbild in seinen eisgrauen Augen.

»Sag es mir! Sag mir alles!«

»Wie soll ich es dir sagen?«

»Fang von vorne an.«

»Dafür ist keine Zeit. Wir müssen gehen, du bist in großer Gefahr . . .«

»Ich gehe nirgendwohin, bevor ich nicht die Wahrheit kenne.« Laras Stimme war ein kaum hörbares Flüstern, doch Damian erkannte, dass es sinnlos sein würde, Lara umstimmen zu wollen. Trotz ihres noch immer zitternden Körpers stand ihr wilde Entschlossenheit ins Gesicht geschrieben. Also nahm er ihre Hand und zog sie mit sich zu einer Bank. Als sie sich hingesetzt hatten, begann er zu erzählen.

Lara versuchte, sich auf Damians Worte zu konzentrieren. Leise sprach er zu ihr und sie hatte das Gefühl, als würde der Bahnsteig verschwinden und Platz für eine andere Zeit, einen anderen Ort machen.

»Ich bin kein Mensch, kein Dämon und auch nicht der Teufel«, begann er mit ruhiger Stimme. »Ich bin ein gefallener Engel, Lara. Einst haben wir alle an Gottes Seite im

Himmel gelebt und ihm gedient. Aber dann erschuf Gott die Menschen und Satan begehrte auf. Satan glaubte, Gott liebe die Menschen mehr als seine Engel. Seine Seele verfinsterte sich und sein Herz füllte sich mit Neid. Satan erhob sich und stürzte den Himmel in einen Krieg unvorstellbaren Ausmaßes, den er schließlich jedoch verlor.«

Lara warf Damian einen drängenden Blick zu, als er kurz innehielt, und er erzählte weiter. »So sind wir gefallen. Unzählige von uns wurden in die Hölle hinabgestoßen – all jene, die Satan vertraut und dadurch Gottes Liebe verraten hatten. Seit Äonen leben wir nun nicht mehr im Licht des Herrn, aber wir dienen ihm auf unsere Weise, denn wir holen die Seele all jener Menschen zu uns, die sich an ihm versündigt haben. Ihre finsteren Seelen werden zu Dämonen.«

Einmal mehr hatte Lara das Gefühl, dass ihre gesamte Welt ins Wanken geriet. Ungläubig klebte sie an Damians Lippen und saugte jedes Wort auf, das er sagte.

»Dämonen sind nicht mehr als Sklaven, aber es haben sich unzählige von ihnen gegen Satan erhoben. In der Hölle tobt seit Jahrzehnten ein Krieg und Satan ist dabei, ihn zu verlieren.« Damian holte tief Luft, bevor er weitersprach. »Sollte das geschehen, Lara, dann steht nichts mehr zwischen den Menschen und den Dämonen. Nichts kann sie dann noch daran hindern, sich dieser Welt zu bemächtigen. Also beschloss Satan, seine Macht neu zu festigen. Er hatte den Plan, mit einem Menschen einen Sohn zu zeugen. Einen Prinzen, der die Kraft beider Welten in sich vereinen sollte, denn auch unsere Macht ist begrenzt.«

Lara verstand nicht, was diese ganze Geschichte mit ihr zu tun hatte. »Und wo komme ich ins Spiel?«, fragte sie Damian verständnislos.

»Deine Großeltern konnten keine eigenen Kinder bekommen und so rief dein Großvater in seiner Verzweiflung Satan an. Und Satan erfüllte ihm seinen sehnlichsten Wunsch. Allerdings verlangte er im Gegenzug, dass man ihm das Kind, das ein Mädchen werden würde, zur Braut gab. So wollte er sicherstellen, dass er eine Mutter für seinen Sohn hatte. Aber es kam anders. Du wurdest geboren.«

Lara schauderte bei dem, was sie da hörte. Eine eiskalte Hand griff nach ihrem Herz und ließ es nicht mehr los.

Sie war Satans Tochter, ein Kind der Hölle.

Die ihr bisher noch fehlenden Puzzleteile schoben sich in die restlichen Lücken. »Satan selbst ist also mein Vater. Ich bin das Kind, das er gezeugt hat – ein Mädchen und deshalb scheinbar wertlos für ihn. Aber welche Rolle spielst du bei der ganzen Geschichte?«

»Satans Plan war gescheitert«, bestätigte Damian Laras Schlussfolgerungen. »Die Dämonen wurden stärker und mächtiger. Und schließlich blieb ihm nur noch ein Hoffnungsschimmer. Ich wurde geschickt, um dich in die Hölle zu führen. Satans Plan sieht vor, dass du am 6.666 Tag deines Lebens deine Kraft mit seiner vereinst, sodass du über die Macht verfügst, seine Herrschaft in die Welt zu tragen. Du sollst an seiner statt über die Menschen herrschen. Und so kam ich in diese Welt. Der Plan war, dein Vertrauen zu gewinnen.«

Der Überfall im Park, schoss es Lara durch den Kopf und sie lachte bitter auf. Das alles war nur gespielt gewesen, damit Damian als der große Retter in der Not auftreten konnte. Und es hatte funktioniert. Sie hatte sich ich ihn verliebt.

»Warum hast du mich nicht einfach gezwungen? Warum dieses Versteckspiel?«

Er sah sie ruhig an. »Je näher der Tag der Machtvereinigung rückt, desto stärker erwacht in dir die Kraft des Bösen. Niemand, nicht einmal Satan selbst, kann erahnen, wie stark diese Kraft bereits ist. Niemals zuvor hat es ein Wesen wie dich gegeben. Die Kraft der dunklen Engel, die Macht der Hölle wächst in dir heran und vielleicht ist diese Macht bereits so stark, dass man dich gar nicht zwingen kann.«

Lara dachte bei diesen Worten an all die sonderbaren Dinge, die mit ihr oder durch sie geschehen waren. Das Handy, das vor ihren Augen schmolz. Die Aufregung der Tiere im Zoo, die offenbar das Böse in ihr gewittert hatten. Damians Brief, der in ihrer Hand zu Asche verbrannt war, und nicht zuletzt die unglaubliche Kraft, mit der sie die Frau im Fast-Food-Restaurant von sich geschleudert hatte . . .

»Deshalb hat Satan einen anderen Weg gewählt«, unterbrach Damian ihre Gedanken. »Einen Weg, der mehr Aussicht auf Erfolg bot, und alles geschah, wie es geschehen sollte, aber eines hatte Satan nicht bedacht.«

Lara blickte auf, als sie Damians Blick auf ihrem Gesicht ruhen spürte. »Nämlich dass ich mich in dich verlieben würde.«

Damian sah sie ruhig an und Lara konnte die Wahrheit dieser Worte in seinen Augen lesen.

»Lara, du musst mir glauben«, sagte er. »Ich konnte selbst kaum verstehen, was mit mir passierte. Und so, wie meine Liebe zu dir mit jedem Tag wuchs, wuchsen auch meine Zweifel an Satans Vorhaben. Ich beschloss, mich seinen Wünschen zu widersetzen, aber dadurch habe ich dich in große Gefahr gebracht. Asiszaar, einer von Satans furchtbarsten Kriegern, ist aufgetaucht und sucht nach dir. Wenn er dich findet, wird er dich in die Hölle schleppen und vor Satans Thron werfen. Dein Vater wird es riskieren, dich dazu zu zwingen, ihm zu dienen, und dabei alle Mittel einsetzen, um dich gefügig zu machen. Notfalls wird er dir den eigenen Willen rauben, dich zur Sklavin machen. Du wirst mächtig über alle Maßen sein und dennoch ein Nichts.«

Lara schwieg. Sie versuchte, Damians Erklärungen zu verstehen, aber so richtig wollte ihr das nicht gelingen. Es war alles zu viel und sie war plötzlich so unsagbar müde. Sie blickte auf und sah die Engel an, die unweit von ihr abwartend herüberschauten. Ihr Blick blieb schließlich an einem Gesicht hängen, das eine Erinnerung in ihr weckte.

»Ich kenne dich«, sprach sie den einen Engel an.

»Ja«, sagte Gabriel. »Wir sind uns schon einmal begegnet.«

»Auf dem Kunstevent.«

Gabriel nickte und lächelte.

»Sagt er die Wahrheit?« Lara machte eine Bewegung mit dem Kopf in Damians Richtung.

»Soweit ich sie kenne, ja. Aber dafür ist jetzt keine Zeit. Wir müssen gehen. Sofort.«

Aber es war schon zu spät.

Asiszaar hatte sie gefunden.

69.

Damian sprang auf und stellte sich schützend vor Lara, als der Krieger mit dem vernarbten Gesicht gelassen die Treppe herunterkam. Asiszaar starrte ihm direkt in die Augen und lächelte boshaft. Die Engel wichen ein Stück zurück und bildeten einen Halbkreis vor dem Mädchen. Schimmernde Schwerter und goldene Lanzen erschienen in ihren Händen.

Asiszaar beachtete sie nicht. Mit ruhigen Schritten trat er auf Damian zu. Zwei Meter vor ihm blieb er stehen.

Hinter ihm schlichen die Dämonen die Treppe auf den Bahnsteig hinunter. Lauernd und erwartungsvoll schnaubend bildeten sie eine Mauer aus Klauen und Zähnen im Rücken des dunklen Engels. In ihren geschlitzten Pupillen stand die Vorfreude auf Schmerzen und Tod geschrieben.

Damian erkannte seine Jäger, die ihm so lange gedient hatten. Nun gehorchten sie Asiszaar und er zweifelte nicht daran, dass sie sich auf ihn stürzen würden, sobald er ihnen einen entsprechenden Befehl gab.

Er sah die Golem, groß und mächtig, mit einer für Menschen unvorstellbaren Kraft. Die Geflügelten, die sich nun vom Boden erhoben und unter der gemauerten Decke des Bahnsteigs drohend über ihnen schwebten. Ihre fingerlangen, messerscharfen Krallen klapperten, als sie die Fäuste öffneten und schlossen. Dann noch die Feuerdämonen mit ihren muskelbepackten Körpern, über die unablässig Flammenzungen zuckten und die sich schnell bewegen und mit ihren Pranken sogar Stahl durchschlagen konnten.

Zwölf Dämonen. Und Asiszaar.

Aber wo war der Rest seiner ehemaligen Jäger? Die kleineren, aber nicht minder gefährlichen Dämonen, die Gift spucken konnten, oder diejenigen, die über nadelartige Fingernägel verfügten, die sie auf den Feind schleuderten, wenn sie angegriffen wurden. Wo waren die Dämonen mit den spitzen Zähnen oder die mit den Hundegebissen, die oftmals den Gegner zu Tode hetzten?

Dass sie alle nicht zu sehen waren, beunruhigte Damian. Es wäre ihm lieber gewesen, mehr Feinden gegenüberzustehen, als sich permanent zu fragen, wo die restlichen Dämonen lauern mochten.

Asiszaar sah ihm ruhig in die Augen. Seine Miene zeigte Neugier, so als könne er kaum glauben, dass sich ihm jemand widersetzen wollte.

Damians Blick schweifte über das Gesicht des anderen. Die rituellen Narben, die sich Asiszaar selbst beigebracht hatte, wirkten wie ein verworrenes Muster mit einer Bedeutung, die ihm verschlossen blieb.

Asiszaar war ohne Zweifel verrückt. Ein gehorsamer Diener Satans und ein gefürchteter Kämpfer, aber eindeutig wahnsinnig. Er liebte und genoss die Gewalt, das Gefühl, anderen Lebewesen Schmerz zuzufügen und zu töten. Asiszaar war der leibhaftige Tod für jeden, der sich ihm in den Weg stellte.

»Gib mir das Mädchen.«

Damian hatte erwartet, dass Asiszaar mit dröhnender Stimme sprechen würde, aber stattdessen war seine Forderung kaum mehr als ein gehauchtes Flüstern, so als wolle er ihn umstimmen und ihm zeigen, dass keine Bedrohung von ihm ausging. Sie beide wussten, es war ein Spiel – und dieses Spiel wurde auf Leben und Tod gespielt.

Damian schob langsam seinen rechten Fuß nach hinten, um ein besseres Gleichgewicht zu erlangen. Mit der Hand öffnete er seinen schwarzen Ledermantel, damit er mehr Bewegungsfreiheit hatte. Als er seine Kampfstellung eingenommen hatte, erschien ein schwarzes Schwert in seiner Faust. Die glänzende dunkelgraue Klinge schimmerte tödlich im Licht der Neonbeleuchtung. Als er das Schwert zurückzog und über seinen Kopf hob, sang das Metall in der Luft. Die Engel nahmen ebenfalls Kampfstellung ein. Ihre Schwerter und Lanzen waren in goldenen Glanz getaucht.

»Sieh dich um«, sagte Asiszaar. »Ihr seid allein. Es wird keine Hilfe geben, dafür habe ich gesorgt. Ihr seid nur wenige und ich sage es noch einmal. Gib mir das Mädchen und wenigstens einige von euch werden weiterleben.«

»Nein«, antwortete Damian ruhig.

Asiszaar stand aufrecht, den Kopf stolz erhoben. Er streckte die Arme zu beiden Seiten aus und schwarze gebogene Klingen erschienen in seinen Händen.

»Dann werde ich eure Seelen verbrennen.«

Hinter Asiszaar brüllte ein Feuerdämon ungeduldig auf. Krallen schabten über den Betonboden. Knallendes Flügelschlagen erklang in der Luft. Dann stieß Asiszaar einen Kampfschrei aus, der alle erzittern ließ.

Und stürzte vorwärts.

Die beiden Schwerter waren ein wirbelnder Sturm. Zischend fuhren sie durch die Luft, suchten nach Fleisch und Blut, aber Damian wich zur Seite aus und die Hiebe gingen ins Leere.

Asiszaar schoss an ihm vorbei und sah sich plötzlich Nemathan gegenüber, dessen goldene Lanze nach ihm stieß. Nur durch eine rasche Seitwärtsdrehung gelang es ihm, dem Stoß zu entkommen, aber der Engel setzte nach und Asiszaar musste sich Schritt für Schritt zurückziehen. Aus dem Augenwinkel sah er, wie einer der Golem nach vorn stampfte und mit seinen mächtigen Pranken nach dem Verräter schlug. Überall brachen nun Kämpfe zwischen Engel und Dämonen aus. Die Golem und die Feuerdämonen warfen sich in die Schlacht, während die Geflügelten aus der Höhe herabstießen. Ohrenbetäubendes Brüllen und Kreischen erfüllte die Luft. Nur Damian und die Engel kämpften schweigend.

Eine Faust, groß wie ein Männerkopf, verfehlte Damian nur um Haaresbreite und krachte in eine Betonsäule. Steinsplitter spritzten zischend durch die Luft. Der riesige Dämon holte aus und schlug erneut zu. Damian ließ sich zu Boden fallen. Vom eigenen Schwung aus dem Gleichgewicht gebracht, taumelte der Golem gegen die Säule und brachte sie zum Einsturz. Große Brocken fielen donnernd zu Boden und für einen Moment war der Riese in Staub gehüllt.

Damian rollte sich auf die Seite. Sein Schwert beschrieb einen singenden Bogen und durchtrennte das linke Bein des Dämons mit einem einzigen Hieb unterhalb des Kniegelenks. Schwarzes Blut schoss aus der Wunde und bespritzte sogar noch die Werbeplakate, die zwei Meter entfernt an den Wänden der U-Bahn-Haltestelle angebracht waren.

Der Golem wankte, dann fiel er krachend mit dem Gesicht voraus zu Boden. Seine Fäuste gruben sich in den Beton, als er versuchte, den Sturz abzufangen.

Damian sprang auf die Beine. Die Klinge stieß blitzschnell herab und durchbohrte den Schädel des Monsters. Blut spritzte hervor, aber kurz darauf entlud sich eine gewaltige Feuerzunge aus dem Körper des Golems und er wurde zu Asche.

Damian nahm eine Bewegung in seinem Rücken wahr und wirbelte herum, keinen Moment zu spät, um den Angriff eines Feuerdämons abzuwehren, der mit beiden Pranken nach ihm griff.

Gabriel hatte kaum einen Golem vernichtet, als ein Geflügelter auf ihn herabstieß. Das fledermausartige, lederne Gesicht war zur Fratze verzerrt. Die spitzen Zähne tropften vor Gier. Die Flügel weit ausgebreitet, die Krallen ausgestreckt, schoss er auf Gabriel zu, der nicht auswich, sondern blitzschnell sein Schwert nach oben riss, den dürren Leib aufspießte, nur um ihn in der gleichen Bewegung gegen die Wand zu schleudern. Schrilles Kreischen begleitete den Tod der Kreatur.

Gabriel ließ sich von der lodernden Feuersäule ablenken und so sah er nicht, wie sich ein riesiger Feuerdämon nach vorn warf, um ihn zu packen und in der Luft zu zerreißen.

Lakasan jagte seine Lanze in den Körper eines Feuerdämons und zog sie sofort wieder zurück. Der Stich war tödlich und das Wesen verging in einem Feuersturm.

Auf der Suche nach einem neuen Gegner wandte er sich um und entdeckte Gabriel, der gerade einen Geflügelten vernichtet hatte, aber in diesem Augenblick einem Feuerdämon den ungeschützten Rücken darbot. Lakasan zögerte nicht.

In einer einzigen, für menschliche Augen kaum sichtbaren Bewegung schleuderte er seinen Speer, der dem Dämon von hinten durch den Nacken fuhr und auf der anderen Seite des Schädels aus dem zum Schrei geöffneten Mund drang. Die mächtigen Hände griffen nach dem Holz, versuchten verzweifelt, die Waffe herauszuziehen, aber es war zu spät. Ein letztes Röcheln, dann verbrannte der Dämon zu Asche.

Gabriel spürte die Bewegung mehr, als dass er sie sah. Er wirbelte herum. Mit überraschtem Blick registrierte er, wie ein gigantischer Feuerdämon auf ihn zustürzte, aber im letzten Augenblick von einer Lanze durchbohrt wurde und starb.

Dankbar wandte er den Kopf und nickte Lakasan zu, der ihn anlächelte. Aber plötzlich wurde das Gesicht des Engels starr. Seine Augen waren weit aufgerissen und er senkte langsam den Kopf, um an sich herabzusehen.

Im selben Augenblick entdeckte auch Gabriel die brennende Faust, die den Brustkorb des Engels durchschlagen hatte. Die Flammen griffen sofort auf den ganzen Körper über. Lakasan versuchte, sich umzudrehen, damit er sich dem Feind stellen konnte, aber die andere Pranke des Monsters zischte durch die Luft und enthauptete ihn. Noch einen Moment stand sein Körper aufrecht, dann gab es einen grellen Lichtblitz und Lakasan war verschwunden.

Gabriel stieß einen wilden Schrei aus. Er überwand die Distanz zu dem Dämon, der Lakasan getötet hatte, mit einem weiten Satz. Noch während er sprang, hob er sein Schwert über den Kopf, dann stieß er herab und durchbohrte den mächtigen Brustkorb des Feuerdämons.

Gabriel zog die Klinge sofort wieder heraus und stach erneut zu. Ein gewaltiges Brüllen erklang, als sich das Wesen zurückwarf und dem Stoß zu entkommen versuchte, aber Gabriels Zorn verlieh ihm zusätzliche Kraft, sodass es kein Entkommen gab. Wieder und wieder tauchte die Spitze des Schwertes in dämonisches Fleisch, bis aus schwarzem Blut rotes Feuer wurde und den Gegner verschlang.

Lara saß auf der Bank. Wie betäubt verfolgte sie die um sie herum tobenden Kämpfe und sah ungläubig dabei zu, wie Körper in Licht und Feuer vergingen.

Plötzlich entdeckte sie eine Gruppe Dämonen, die aus dem Tunnelschacht ans Licht kroch und nun ebenfalls am Kampf teilnahm. Die noch lebenden Engel und Damian wurden zurückgedrängt. Diese Dämonen waren kleiner und sie griffen in Gruppen an. Lara beobachtete, wie ein weiterer Engel starb.

Langsam erhob sie sich. Wie in Trance drehte sie sich um die eigene Achse. Etwas geschah mit ihr. Sie fühlte ein Feuer in ihrem Inneren, das sie zu verschlingen drohte. Ihr Kopf war unendlich schwer und hinter ihren Augen hämmerte ein wilder Schmerz. Als würde ein Marionettenspieler an den entsprechenden Fäden ziehen, streckte sie ihre Arme aus, die Hände mit den Handflächen nach oben gekehrt. Erstaunt beobachtete Lara, wie Flammen in ihren Händen aufloderten, aber sie fühlte keinen Schmerz, nur eine wohltuende Wärme. Und die Hitze in ihrem Inneren wurde immer stärker, drängte darauf, in die Welt hinausgelassen zu werden.

Sie stöhnte leise, ohne es zu bemerken.

Dann machte sie den ersten Schritt vorwärts.

Damians Klinge war ein Schemen, als sie herabfuhr und dem Golem die Hand abtrennte. Das Monster brüllte auf, ließ sich aber von der Wunde nicht aufhalten. Die andere Faust krachte gegen Damians Brust und schleuderte ihn gegen einen Fahrkartenautomaten. Ächzend sackte er zusammen und verlor für einen Moment den Überblick. Ein rasender Schmerz hämmerte in seiner Brust. Er bekam kaum noch Luft.

Der Golem stampfte heran. Seine Pranke packte eine Kante des Automaten, dann riss er den ganzen Apparat aus der Verankerung und warf ihn auf die Bahngleise. Die kleinen bösartigen Augen fixierten Damian, der ungeachtet aller Schmerzen auf die Beine kam und dem Dämon die Klinge in die Schulter trieb, wo sie stecken blieb und aus Damians Hand glitt. Unbewaffnet wich er zurück. Mit einem Grunzen sprang der Golem nach vorn und schlug mit seiner Faust nach Damian, dem es gerade noch gelang auszuweichen.

Sanael kämpfte wie ein Berserker. In der linken Hand funkelte sein Lichtschwert, in der rechten Hand hielt er eine goldene Lanze. Beide Waffen schlugen eine Schneise des Todes in die Reihe der Feinde, aber noch waren sie in der Überzahl. Hässliche Kreaturen mit nackten Schädeln umstellten ihn und schnappten mit ihren fürchterlichen Gebissen nach seinen Gliedmaßen, aber es gelang ihm, die Feinde auf Abstand zu halten.

Während Sanael auf die Dämonen um sich herum einhackte, schwebte ein Geflügelter heran. Er hielt sich abseits im Schatten der Stationsdecke, aber seine Augen verfolgten jede Bewegung des Engels.

Als Sanael einen weiteren Dämon enthauptete, sah der Geflügelte seine Chance gekommen. Mit einem schrillen Schrei klappte er die Flügel ein und stieß auf Sanael herab.

Seine Krallen fuhren aus, bereit, sich in den Kopf des Engels zu bohren.

Damian versuchte verzweifelt, ein Schwert in seiner Hand erscheinen zu lassen, aber der Schmerz raubte ihm die Konzentration. Wehrlos stand er dem Golem gegenüber, der unablässig mit seiner verbliebenen Faust nach ihm schlug, während er selbst hilflos zurücktaumelte.

Aus dem Augenwinkel sah er einen Feuerdämon, der einen Engel getötet hatte und sich auf der Suche nach neuer Beute zu ihm umwandte. Flammende Augen fixierten ihn, dann sprang der Dämon in weiten Sätzen auf ihn zu.

Nemathan stieß ein weiteres Mal mit seiner Lanze nach Asiszaar, aber dieses Mal machte er einen Fehler und so war seine linke Seite für den Bruchteil einer Sekunde ungeschützt.

Asiszaar zögerte nicht und rammte dem Feind eines seiner Schwerter zwischen die Rippen.

Der Engel schrie schmerzerfüllt auf und versuchte, sich wegzudrehen, aber Asiszaar kannte keine Gnade. Das zweite Schwert schlug in einem weiten Bogen von oben herab und spaltete den Oberkörper des Engels in zwei Teile. Gleißendes Licht strömte aus dem Körper und Asiszaar warf sich zurück, um der Hitze zu entkommen. Dann war der Engel verschwunden. Asiszaar wandte sich zufrieden um.

Der Kampf auf dem Bahnsteig hatte nun seinen Höhepunkt erreicht. Es war ein Inferno aus Kreischen und wütendem Brüllen, aus Schmerz und Blut.

Wilde Freude breitete sich in Asiszaars Herz aus, als er all die Gewalt um sich toben sah. Dann entdeckte er Damian, der gleichzeitig von einem Golem und einem Feuerdämon bedroht wurde.

Lara hatte das Gefühl, als würden die Geschehnisse um sie herum in Zeitlupe ablaufen. Sie setzte einen Fuß vor den anderen und schritt über den Bahnsteig, mitten ins Kampfgeschehen hinein.

Als sie den Kopf hob, entdeckte sie einen Geflügelten, der auf einen Engel herabstieß. Ein Stück weiter entfernt kämpfte Damian um sein Leben. Ein gigantisches Monster schlug nach ihm und bekam jetzt Hilfe von einem Feuerdämon. Engel ließen ihre Waffen wirbeln, aber die Übermacht war zu groß.

Lara schloss die Augen.

Sie würden alle sterben. Lara spürte es. Und dieses Gefühl machte sie traurig. Dann zornig. Ihre Seele brannte. Und da war dieses Feuer in ihr, das in die Welt wollte. *So heiß.*

Sie konnte es nicht mehr aufhalten. Es war zu spät.

Alles sollte brennen, so wie ihre Seele brannte.

Lara öffnete die Augen und stieß einen Schrei aus.

Als der Schrei erklang, froren alle Bewegungen ein. Die Zeit blieb stehen. Nichts und niemand konnte sich mehr rühren. Damian sah die gigantische Faust, die Zentimeter vor seinem Gesicht zum Stillstand gekommen war, aber er konnte sich nicht bewegen. Niemand konnte das.

Dann rollte ein Feuersturm über sie hinweg. Eine gleißende Flammenwand, die über den Bahnsteig fegte und die Dämonen zu Asche verbrannte.

Vor Damians Augen verging der riesige Golem, zerfiel zu glühendem Staub. Wie ihm erging es allen Dämonen. Nur die Engel und er überlebten den Ausbruch von Laras Macht.

Das Mädchen, das er so sehr liebte, stand mitten auf dem Bahnsteig nicht weit von ihm entfernt. Sie schien nicht zu verstehen, was geschehen war, aber auf ihrem Gesicht lag ein Lächeln, als sie näher kam und sich zu ihm herabbeugte.

»Bist du verletzt?«, fragte sie leise und berührte vorsichtig sein Gesicht.

Damian erwiderte ihr Lächeln, aber dann griff eine eiskalte Faust nach seinem Herz.

In Laras Rücken erhob sich langsam ein Schatten.

Asiszaar war noch am Leben.

70.

Asiszaar erfasste das Geschehen und wusste, er hatte verloren. Noch war er nicht besiegt, aber allein war er chancenlos. Schon richteten die Engel ihre Aufmerksamkeit auf ihn und auch Damian hatte ihn entdeckt.

Alle Träume von Ruhm und Macht würden mit seinem Tod vergehen, aber er war bereit, die Engel, Damian und Satan selbst den höchsten Preis für seinen Tod bezahlen zu lassen.

Er würde das Mädchen töten.

Regungslos stand sie mit dem Rücken zu ihm. Kein Engel war in ihrer Nähe. Niemand konnte noch ihr Schicksal ändern, denn Damian lag unbewaffnet am Boden. Er würde der Nächste sein. Und dann würde Asiszaar weiterkämpfen, bis die Engel seine dunkle Seele auslöschten.

Zwei schwarze Schwerter blitzten auf. Damian blickte in Laras Augen. Er sah ihre Liebe für ihn. Ihm blieb keine Zeit mehr und so handelte er instinktiv.

Seine Hände schossen nach oben, stießen brutal gegen Laras Schulter und schleuderten sie zur Seite. Lara rollte unter den herabstoßenden Schwertern in Sicherheit, während sich die Klingen tief in Damians Brust senkten.

Er spürte keinen Schmerz.

Nur Liebe.

Für ein Mädchen.

Aus einer anderen Welt.

Asiszaar fluchte, als die Schwerter das Mädchen verfehlten und stattdessen den Verräter aufspießten. Er wollte die Klingen aus dem Leib ziehen und erneut nach ihr stoßen, als zwei Lanzen seinen Körper durchbohrten. Aus seinem Oberkörper ragten glänzende Spitzen, die er zornig anstarrte.

Er taumelte nach vorn, aber er fiel nicht. Langsam wandte er sich um und starrte auf Gabriel und Sanael, die ihre Waffen zurückzogen. Sie sahen ihn ruhig an.

Eine weitere Lanze durchbohrte seinen Nacken und trat unterhalb des Kehlkopfes wieder aus.

Asiszaar bleckte die Zähne. Er konnte nicht mehr sprechen, nur noch ein Krächzen verließ seinen Mund. Langsam hob er die Arme mit den beiden Schwertern. Die Klingen funkelten bedrohlich, versprachen den Tod, aber er hatte nicht mehr die Kraft, sie zu schwingen.

Er schloss die Augen.

Dann kam der Schmerz in heißen Flammen und trug seinen Geist hinweg.

»Nein«, stammelte Lara. »Nein, nein, nein.«

Fassungslos blickte sie auf Damian hinab, der sie ruhig ansah. Auf seinem Hemd hatten sich zwei große dunkle Blutflecken gebildet. Ein dünnes Rinnsal Blut lief aus seinem Mundwinkel den Hals hinab.

Lara drehte sich um und starrte die Engel an. »Tut doch etwas. Helft ihm!«, flehte sie verzweifelt.

Gabriel trat einen Schritt vor. Er warf einen Blick auf Damian, der ihn anlächelte, und schüttelte dann den Kopf. »Wir können nichts für ihn tun. Seine Zeit ist gekommen.«

»Nein!«, stieß Lara hervor, ließ sich auf die Knie fallen

und presste ihre Hände auf Damians Wunden, als könne sie so die Blutungen stoppen. Sie sah in Damians bleiches Gesicht und konnte in seinen wintergrauen Augen den Frieden erkennen, der ihn erfasst hatte. Unablässig quoll sein Blut zwischen ihren Fingern hervor, aber er schien glücklich zu sein.

Dann versuchte er, etwas zu sagen. Seine Finger zuckten bei der Anstrengung, ihre Hand zu drücken. Als ein kaum hörbares Flüstern seine Lippen verließ, beugte Lara sich tief zu ihm herab und hielt ihr Ohr über seinen Mund.

»Du bist so schön«, sagte er.

Lara spürte, wie heiße Tränen über ihre Wangen rannen, als sie mit beiden Händen sein schmales Gesicht umfasste. »Nein. Nein, du bist schön. Und du musst leben. Gib nicht auf«, sagte sie. »Bitte, du darfst nicht sterben«, flüsterte sie mit zitternder Stimme.

Und da war es wieder. Sein Lächeln. Dieses Lächeln, das sie so verzaubert hatte. Lara hatte das Gefühl, als ob ihr jemand eine eiskalte Klinge ins Herz bohrte. Der Schmerz nahm ihr fast den Atem, als sie begriff, dass Damian sterben würde.

»Ich muss gehen.«

»Bitte, bitte, bleib bei mir«, stammelte Lara wieder und wieder, ihre Augen unablässig auf Damians Gesicht gerichtet.

»Siehst du das Licht?«, fragte er und sein Blick schien in weite Ferne entrückt. »Siehst du es, Lara? Es ist so . . . so strahlend.«

Dann verflogen die Worte auf seinen Lippen.

Ein warmes Leuchten strömte aus seinen Wunden. Aber es war kein Feuer und sein Leib verging nicht, sondern das

Licht wurde heller und strahlender. Schließlich hüllte es seinen ganzen Körper ein.

Gabriel legte sanft seine Hand auf Laras Schulter. »Verzweifle nicht«, sagte er leise. »Damian kehrt heim.«

Vier Engel traten vor, knieten nieder und erhoben sich mit Damians Leichnam. Nun erfasste das warme Leuchten auch sie, umgab sie mit strahlender Aura. Gabriel schritt zu ihnen und schloss Damian die Augen. Dann faltete er die Hände des gefallenen Engels über dessen Brust.

Lara erhob sich: »Bitte . . .«

»Wir müssen jetzt gehen«, sagte Gabriel. »Einer unserer verlorenen Brüder kehrt in den Himmel zurück. Damian hat etwas getan, was kein gefallener Engel vor ihm je getan hat. Er legte die Fesseln des Bösen ab, opferte sich für das Gute und tilgte seine Schuld gegenüber dem Himmel. Auch für dich ist es nun Zeit, in dein Leben zurückzukehren und zu sein, was du immer warst. Ein Mensch, auf den das Licht des Herrn fällt.«

Gabriel legte seine Hand auf ihre Stirn und sah ihr tief in die Augen. »Du stehst in seiner Gnade und wirst vergessen, was geschehen ist.«

Im nächsten Augenblick waren die Engel verschwunden und mit ihnen Damians lebloser Körper.

Lara sank zu Boden und lehnte ihren Rücken gegen eine Plakatwand. Sie verbarg das Gesicht in ihren Händen und weinte, obwohl sie nicht wusste, warum sie weinte. Ihre Gedanken flossen nur zäh und sie hatte Kopfschmerzen. Eine Bahn fuhr in die Station ein, und als Lara den Kopf hob, starrte sie befremdet auf die Menschen, die auf den Bahnsteig und kopfschüttelnd an ihr vorüberdrängten.

Sie war verwirrt und ängstlich. Was war geschehen? Warum saß sie hier auf dem kalten, schmutzigen Steinfußboden auf einem zugigen Bahnsteig?

Sie suchte in der Jacke nach ihrem Handy, fand es aber nicht. Alles fiel ihr so schwer, jede Bewegung, ja selbst das Denken war anstrengend.

Was mache ich bloß hier? Wieso bin ich hierher gekommen?

Dann hörte sie eine fremde Stimme und schlug die Augen auf. Vor ihr stand ein junger Mann in ihrem Alter. Dunkle Augen blickten sie freundlich an.

»Entschuldigung«, sagte der Fremde. »Geht es dir nicht gut? Kann ich dir helfen?«

Lara erhob sich. Plötzlich lichtete sich der Nebel vor ihrem Geist und sie wusste, was zu tun war, auch wenn sie nicht wusste, warum es die richtige Entscheidung war.

»Hast du ein Handy?«

Der junge Mann nickte.

»Kann ich mal telefonieren?«

»Klar doch.«

Er griff in seine Jackentasche und reichte es ihr. »Wie heißt du?«

»Lara.«

»Mein Name ist David.«

»Hallo, David.«

Er lächelte schüchtern. Ein Grübchen erschien an seinem linken Mundwinkel.

»Bist du aus Berlin?«

Lara sah ihn ruhig an. »Nein, ich war hier nur zu Besuch. Jetzt ist es Zeit, wieder nach Hause zu gehen.«

Dann rief sie ihre Mutter an.

Satan stand auf den Zinnen der Festung und ließ seinen Blick über die weite Ebene unter ihm schweifen. Soweit das Auge reichte, von Horizont zu Horizont, drängten Dämonen heran. Ihre Schreie, ihr Kreischen, ihr Brüllen hallte über ihn hinweg, ebenso wie das Klirren ihrer Waffen. Es waren unzählige und das Stampfen ihrer Füße ließ selbst die gigantischen Mauern erzittern.

Über ihm am dunkelgrauen Himmel ballten sich Gewitterwolken zu mächtigen Gebilden auf. Ein heißer Wind fegte über das Land, der wenigstens den Gestank der Kreaturen vertrieb, wenn ihm schon nicht ihr Anblick erspart blieb. Tausende geflügelte Dämonen segelten vorüber und der Himmel wurde finster, als der Schwarm einen Schatten warf und das Zwielicht auslöschte.

Der Fürst wandte den Kopf nach links und ließ ihn über die Mauer schweifen. Über einhunderttausend dunkle Engel hatten hier oben in vier Mann starken Reihen Aufstellung genommen. Die Linie der Krieger schien kein Ende zu nehmen und verschwand in der Ferne. Aber obwohl sie so viele waren, sie waren in der Unterzahl, denn die Anzahl der Gegner sprengte jede Vorstellungskraft.

Satan sah wieder auf die Horden hinab. Er lächelte bösartig, als die Dämonen näher rückten. In Lumpen gehüllt, stapften die Kreaturen heran und die Gier ließ sie sabbern. Viele von ihnen trugen die Waffen und Rüstungen getöteter Krieger. Satan erkannte, wie viele von ihnen schon gefallen waren. Stumm schwor er Rache für die Schmach, die ihm diese Kreaturen bereitet hatten.

In seinem Rücken leuchtete verlockend das Portal, versprach den Dämonen die Rückkehr in die Welt der Menschen. Das Portal lag im Schutz der gewaltigen Mauern, aber selbst diese Festung würde die Horden nicht aufhalten können, das konnten nur seine Krieger.

Er blickte auf die Kämpfer in ihren glänzenden schwarzen Rüstungen. Ihre Waffen funkelten im Licht unzähliger Fackeln, die er auf den Mauern hatte entzünden lassen.

Die Gesichter blieben hinter den geschlossenen Visieren verborgen, aber Satan fühlte den Kampfeswillen und den gerechten Zorn seiner Männer. Er war stolz darauf, an ihrer Seite zu kämpfen.

Hier draußen, im Angesicht des Feindes waren die Dinge einfach. Klarer. Es gab nur sie und den Feind, der um jeden Preis aufgehalten werden musste. Viel zu lange schon hatte er sich in sein Schloss zurückgezogen und vergessen, dass das Leben Kampf war. Sieg oder Niederlage. Leben oder Tod.

Dann dachte er an Damian und Asiszaar. Zwei seiner treuesten Diener. Sie waren nicht zurückgekehrt, hatten ihm nicht seine Tochter gebracht. Was mochte geschehen sein?

Damian war schon immer anders gewesen als alle seine anderen Krieger. Obwohl in die Hölle verbannt, hatte er so etwas wie Mitleid gekannt.

Mitleid!

Satan spuckte auf den Boden. Mitleid war etwas für die Schwachen. Ein wahrer Krieger, ein wahrer Sohn der Hölle empfand kein Mitleid, gewährte keine Gnade und erwartete selbst auch keine. Herrschen, Quälen und Töten, das war ihre Bestimmung. Und niemand hatte das mehr verinnerlicht als Asiszaar, der nichts anderes kannte als die Lust am Töten.

Warum war er nicht zurückgekehrt?

Warum hatte er seine Befehle nicht ausgeführt?

Asiszaar ist tot, dachte er. Damian hat ihn getötet. Es kann nicht anders sein.

Nun denn, selbst wenn seine Tochter noch nicht in die Hölle gebracht und das Ritual nicht vollzogen worden war – noch war Laras 6.666 Lebenstag nicht gekommen. Wenn diese Schlacht entschieden war und er wieder die uneingeschränkte Macht über die Hölle besaß, würde er sich selbst darum kümmern. Aber zunächst galt es, diesen Krieg zu gewinnen.

Hunderte von Posaunen erklangen auf den Mauern. Die Geflügelten bedeckten inzwischen vollkommen den Himmel und schickten sich an, die Mauern zu überfliegen.

Satan wandte sich seinen Kriegern zu. Er hob die rechte Faust. Ein schwarzes Schwert von unglaublicher Eleganz erschien in seiner Hand. Die Klinge schimmerte im Licht der Fackeln und wirkte so scharf, als könne sie die Luft zerteilen.

Dann stieß der Fürst einen grässlichen Kampfschrei aus, den seine Krieger mit einem Brüllen beantworteten, das die Mauern erbeben ließ. Lanzen und Schwerter wurden in den Himmel gereckt, dann schrie einer der Generäle einen Befehl und die Bogenschützen traten vor. Ihre Waffen waren mannsgroß und die Pfeile, die sie nun auf die Sehnen legten, länger als ein Arm.

Auf ein Kommando wurden die Bögen gehoben, dann zischte eine Wolke aus schwirrendem Metall den fliegenden Dämonen entgegen. Schon die erste Salve holte Abertausende vom Himmel, aber die Lücken schlossen sich sofort wieder und die ersten Geflügelten stürzten sich auf die Verteidiger der Mauer.

Überall entbrannten Kämpfe.

Unten auf der Ebene prallten die Horden gegen das gewaltige Tor, während die dunklen Krieger öliges Feuer auf sie schütteten. Die Dämonen begannen dennoch, die hohen Mauern zu ersteigen. Wie eine lebende Flut rollten sie gegen die Festung und kletterten immer höher hinauf. Hunderte fielen unter den hinabgesandten Pfeilen, stürzten von der Mauer und rissen andere Dämonen mit in die Tiefe, aber ihre Zahl schien endlos zu sein.

Satan nickte zufrieden, als er sah, wie seine Männer standhielten und keinen Meter zurückwichen, als die erste Welle der Dämonen über die Mauerkrone flutete. Vor ihm tauchte die Fratze eines Feuerdämons auf. Satan ließ sein Schwert wirbeln und enthauptete die Kreatur, die sofort in einem Feuersturm verging.

Sein schwarzes Herz erfüllte sich mit Freude, als er nach so langer Zeit endlich wieder das wilde Hochgefühl des Kampfes erlebte.

Noch einmal dachte er kurz an seine Tochter, dann war die nächste Kreatur heran und Satan wurde eins mit seinem Schwert.

Epilog

Der Wind trieb Schneeflocken heran, die sanft zu Boden sanken und die Welt mit Stille bedeckten. Lara saß in eine Decke gekuschelt auf der Couch und sah zum Fenster hinaus. Von unten klang das Klappern von Töpfen herauf, offensichtlich war ihre Mutter gerade dabei, das Abendessen vorzubereiten.

Es würde ein besonderes Essen werden, denn Rachel hatte ihren neuen Kollegen eingeladen. Lara lächelte. Offensichtlich war das Ganze doch mehr als nur eine rein berufliche Beziehung, mochte ihre Mutter auch immer wieder betonen, dass sie und Thorsten Stegemann nur Kollegen waren.

Lara freute sich für sie, denn die letzten Wochen waren für sie bestimmt nicht leicht gewesen. Laras Großvater war während ihres Berlin-Aufenthalts an Herzversagen gestorben und ihre Großmutter litt noch immer unter ihrer schweren Krebserkrankung. Allerdings ging es ihr inzwischen auf unerklärliche Weise viel besser, sodass die Ärzte zum ersten Mal sogar eine Heilung in Betracht zogen. Eigentlich ein kleines medizinisches Wunder, da sich der Hirntumor zusehends verkleinerte und auch keine Metastasen bildete. Ihre Mutter hatte dafür gesorgt, dass Martha in einer Rehabilitationsklinik untergebracht wurde, damit sie sich wieder vollkommen erholen konnte.

Rachel war nach Berlin geflogen, um die Trauerfeierlichkeiten für ihren Vater zu organisieren und an der Beerdigung teilzunehmen. Lara war so erleichtert gewesen, als ihre Mutter nach Berlin gekommen war. Gemeinsam hatten sie sich um Martha gekümmert und Lara hatte die beiden in der Klinik oft alleine gelassen. Sie wusste, dass sie auf dem besten Weg waren, wieder zueinanderzufinden. Mittlerweile dachte ihre Mutter sogar daran, Martha nach ihrer Entlassung aus der Klinik nach Rottenbach zu holen, damit sie sich um sie kümmern konnte.

Lara war glücklich über diesen Wandel in der Beziehung der beiden und freute sich darauf, ihre Oma vielleicht bald in der Nähe zu haben. Aber trotz dieses Glücks vermisste sie ihren Großvater und sein plötzlicher Tod schmerzte sie.

Berlin hatte sie verändert. Sie fühlte sich reifer und ruhiger. Irgendwie erwachsener. Auch wenn sie nicht sagen konnte, warum. Ihre Erinnerung an Berlin war merkwürdig verschwommen, so als habe sie manches nur geträumt. Sie erinnerte sich an die Straßen in der Großstadt, an die Plätze, die sie besucht hatte, und an den weiten Himmel Berlins, an ihren Einkaufsbummel und vieles andere, aber manches schien auch einfach aus ihrem Gedächtnis verschwunden zu sein. Lara schrieb das dem Schmerz über den Verlust eines geliebten Menschen zu.

Zurück in Rottenbach, hatte sie sich in ihr altes Leben gestürzt. Sie war zur Schule gegangen und hatte sich darauf gefreut, endlich wieder etwas mit ihren Freundinnen zu unternehmen. Neugierig hatten sie Lara über Berlin ausgefragt und wollten wissen, ob sie über die Trennung von Ben hinweg war. Doch Jungs waren im Moment das Letzte, worüber Lara sprechen wollte. Ben hatte ein paarmal versucht, bei ihr anzurufen, aber sie empfand nichts mehr für ihn. Die gemeinsame Zeit schien unendlich weit zurückzuliegen und Lara blickte mit einer merkwürdigen Distanz auf ihre

Beziehung. Das alles war Vergangenheit und sie wollte sich nun auf die Dinge konzentrieren, die vor ihr lagen.

Vor wenigen Tagen hatte sie ihren achtzehnten Geburtstag gefeiert. Ihre Freunde hatten sie mit einer Party überrascht; ihr selbst war gar nicht nach Feiern zumute gewesen. Aber es war toll gewesen und Lara musste grinsen, als sie daran dachte, wie sie mit Jasmin und Simone am nächsten Tag eine kleine Spritztour gemacht hatte. Sie hatte jetzt endlich den Führerschein und bald würde sie ihr Abi machen. Sie wusste zwar noch nicht genau, was danach kam, aber die Zeit, die vor ihr lag, schien voller Versprechungen zu sein. Zufrieden ließ sich Lara in die weichen Kissen sinken.

Ihr Blick schweifte erneut zum Fenster hinaus und für einen Moment hatte Lara das Gefühl, dort unten im Schneetreiben einen Mann zwischen den Bäumen zu sehen, der zu ihrem Fenster heraufsah. Ein Mann mit dunklen Haaren und weißer Kleidung, die sich kaum vom Schnee abhob. Er schien zu lächeln, als er sie entdeckte, und dieses Lächeln rief ein warmes Gefühl in ihr hervor.

Verwirrt kniff Lara die Augen fest zusammen. Als sie sie wieder öffnete, war der Garten menschenleer. Sie musste sich getäuscht haben. Da war niemand. Die Schneedecke zwischen den kahlen Obstbäumen war makellos und unberührt.

Lara schüttelte den Kopf. In letzter Zeit hatte sie öfters Visionen und sie sah Bilder in ihren Träumen, die sie sich nicht erklären konnte. Aber vielleicht war das ja auch ganz normal, schließlich stand ihr Leben vor einem wichtigen Wendepunkt. Bald würde sie die Schule abschließen und etwas ganz Neues beginnen.

Von unten rief ihre Mutter herauf, ob sie ihr helfen könne. Die Zeit würde so schnell vergehen, klagte sie, und es gäbe noch so viel zu tun.

Lara lächelte. Ohne zu wissen, warum, hauchte sie einen Kuss in die hereinbrechende Dunkelheit des Winters hinaus.

Und ging nach unten.

Glossar

Die Dunkelheit

Satan – Fürst der Hölle
Damian – Dunkler Engel
Asiszaar – Dunkler Engel
Baalaeth – Dunkler Engel
Grum'aak – Dämon
Zop'Al – Dämon
Mor'ak – Dämon
Maa'al – Dämon
Saar'astal – Dämon
Xax'aal – Dämon

Das Licht

Gabriel – Engel
Dariel – Engel
Sanael – Engel
Nemathan – Engel
Arias – Engel
Lakasan – Engel
Gaval – Engel
Bethael – Engel
Linas – Engel

Danksagungen

In vielen Danksagungen von Autoren steht zu lesen, dass es ohne bestimmte Menschen das Buch nicht gegeben hätte. Das gilt auch für mein Buch und ich möchte diesen Menschen Danke sagen.

Danke Gabriele und Anna dafür, dass ich mein Leben mit euch teilen darf. Und für eure Liebe.

Vielen Dank an Thomas Thiemeyer. Einen besseren Freund kann es nicht geben. Danke für die Ehre, die du mir erwiesen hast.

Ein besonderer Dank an Andreas Eschbach, der mir immer ein guter Freund war und es hoffentlich auch bleiben wird. Danke für deine Unterstützung in all den Jahren.

Nina Blazon und Wulf Dorn danke ich für ihre hilfreichen Anmerkungen zu diesem Buch. Ina Rudolph für ihre Geduld bei all meinen Fragen.

Ich möchte meiner Familie Dank sagen. All jenen, die mein Leben mit mir teilen und die für mich da sind, wann immer ich sie brauche.

Dank geht auch an meine Freunde Hans-Ulrich Mandt, Thorsten Stegemann, Jörg Seher, Jörg Leypoldt, Zelijko Ivankovic, Sergio Carvalho, Rainer Maucher, Robert Fijan, Jürgen Vier, Michele Contrino, Mathias Dieringer und ihre Familien.

Ein herzliches Dankeschön an die Mitarbeiter der Bar *Last Cathedral* in Berlin, die mich so überaus herzlich bei sich willkommen geheißen haben. Hallo, Falgalas, Iryna, Hoppi, Christian und Peter. Es war schön, euch kennenzulernen.

Dank auch an Claudia Fechner aus dem *brandstore berlin*.

Zuletzt möchte ich meiner Lektorin Sabine Franz beim Arena Verlag danken, die sich unermüdlich für mich als Autor eingesetzt hat und ohne die es dieses Buch ganz sicher nicht gäbe.

Christoph Marzi

Heaven

Stadt der Feen

London - das ist seine Stadt. Und über den Dächern von London - dort hat David sein zweites Zuhause gefunden. Hier oben kann er den Schatten der Vergangenheit entfliehen. Bis er eines Tages auf ein Mädchen trifft, das alles auf den Kopf stellt, woran er bisher geglaubt hat. Ihr Name ist Heaven. Sie ist wunderschön. Und sie behauptet, kein Herz mehr zu haben. Ehe David begreifen kann, worauf er sich einlässt, sind sie gemeinsam auf der Flucht. Und sie werden nur überleben, wenn sie Heavens Geheimnis lüften. Christoph Marzi erzählt mitreißend - Urban Fantasy vom Feinsten!

Kerstin Gier

Rubinrot

Liebe geht durch alle Zeiten

Manchmal ist es ein echtes Kreuz, in einer Familie zu leben, die jede Menge Geheimnisse hat. Der Überzeugung ist zumindest die 16jährige Gwendolyn. Bis sie sich eines Tages aus heiterem Himmel im London um die letzte Jahrhundertwende wiederfindet. Und ihr klar wird, dass ausgerechnet sie das allergrößte Geheimnis ihrer Familie ist. Was ihr dagegen nicht klar ist: Dass man sich zwischen den Zeiten möglichst nicht verlieben sollte. Denn das macht die Sache erst recht kompliziert!

352 Seiten. Gebunden
ISBN 978-3-401-06334-8
www.rubinrotlesen.de

Saphirblau

Liebe geht durch alle Zeiten

Gideon und Gwendolyn sind bis über beide Ohren verliebt. Doch Liebe unter Zeitreisenden birgt ungeahnte Tücken. Gut, dass Gwendolyn jede Menge Ratgeber an ihrer Seite weiß, sei es nun ihre beste Freundin Leslie oder Geisterfreund James. Nur Ximerius, ein leicht anhänglicher Wasserspeier, sorgt eher für Turbulenzen, als dass er hilft. Und als Gideon und Gwendolyn ein weiteres Mal in die Fänge des Grafen von St. Germain geraten, wird ihre Liebe auf eine harte Probe gestellt ...

400 Seiten. Gebunden
ISBN 978-3-401-06347-8
www.arena-verlag.de

Arena

Cassandra Clare
Chroniken der Unterwelt

978-3-401-06132-0

City of Bones

Gut aussehend, düster und sexy. Das ist Jace. Verwirrt, verletzlich und vollkommen ahnungslos. So fühlt sich Clary, als sie in Jaces Welt hineingezogen wird. Denn Jace ist kein normaler Junge. Er ist ein Dämonenjäger. Und als Clary von dunklen Kreaturen angegriffen wird, muss sie schleunigst ein paar Antworten finden, sonst wird die Geschichte ein tödliches Ende nehmen!

978-3-401-06133-7

City of Ashes

Clary wünscht sich ihr normales Leben zurück. Doch was ist schon normal, wenn man als Schattenjägerin gegen Dämonen, Werwölfe, Vampire und Feen kämpfen muss? Sie wünscht sich nichts sehnlicher, als der Unterwelt den Rücken zuzukehren. Doch als ihr Bruder Jace in Gefahr gerät, stellt sich Clary ihrem Schicksal – und wird in einen tödlichen Kampf gegen die Kreaturen der Nacht verstrickt.

978-3-401-06134-4

City of Glass

In Idris sind düstere Zeiten angebrochen. Als Valentin sein tödliches Dämonenheer zusammenruft, gibt es nur eine Chance, um zu überleben: Die Schattenjäger müssen ihren alten Hass überwinden und Seite an Seite mit den Schattenwesen in diesen Kampf ziehen. Um Clary vor der drohenden Gefahr zu schützen, würde Jace alles tun – doch dafür muss er sie erst einmal verraten …

Arena

Jeder Band:
Gebunden.
Mit goldfoliengeprägtem Schutzumschlag.

www.arena-verlag.de
www.chroniken-der-unterwelt.de